RAGE

Ingo Koch

RAGE
Ein Peter Crane Roman

Bibliografische Information der Deutschen Nationalbibliothek:
Die Deutsche Nationalbibliothek verzeichnet diese Publikation in
der Deutschen Nationalbibliografie; detaillierte bibliografische
Da-ten sind im Internet über http://dnb.dnb.de abrufbar.

Texte & Cover:
© Copyright by Ingo Koch
Deutschland, Stolberg (Rhld.)
Alle Rechte vorbehalten.
Tag der Erstveröffentlichung: 25.07.2014

E-Mail: ingokoch22@icloud.com

Internet: www.inkoch.de

Facebook: www.facebook.com/autoringokoch

Herstellung und Verlag: BoD - Books on Demand, Norderstedt

ISBN 978-3-7357-9431-4

Vorwort

Hier ist er nun also: Mein erster Roman "RAGE".
Als ich vor zwanzig Jahren noch die Schulbank drückte, hätte ich nie gedacht, dass ich jemals einen Roman schreiben würde. Denn Deutsch war gemeinsam mit Mathematik mein ungeliebtestes Fach. Und das mit Abstand. Damals wurden in der Oberstufe des Gymnasiums Interpretationen geschrieben. Zum Beispiel von Goethes "Faust". Wenn man sich als Schüler aber dem Thema im Sinne einer Interpretation annahm (Auslegung, Übersetzung, Erklärung), und das Geschriebene entsprach nicht dem, was die Lehrerin hören wollte, dann bekam man eine schlechte Note. So wie ich des Öfteren. In dieser Zeit reifte in mir der Gedanke, dass meine Lehrerin möglicherweise einen Draht ins Jenseits hatte, weil sie so genau wusste, was Goethe sich konkret bei "Faust" gedacht hatte. Dann fiel mir jedoch auf, dass die Leute gute Noten hatten, die sinngemäß aus Standardwerken und Lehrbüchern zum Thema "Goethes Faust" abschrieben. Das zerstörte meine Illusion des Übernatürlichen bezüglich meiner Lehrerin....
Man wurde also letztlich dazu animiert und motiviert, lieber abzuschreiben, als selber nachzudenken. Ich denke, wenn man mal Deutschklausuren der gymnasialen Oberstufe hinsichtlich Plagiaten prüfen würde, dann wäre das Ergebnis überraschend und zugleich erschreckend.
"Freie" Klausuren gab es in meiner Zeit nicht. Die Lehrerin hat nie gesagt:
„Schreibt eine Klausur über ein Thema eurer Wahl. Schreibt über Hobbys, über Politik. Über die Liebe oder eure Liebsten. Oder schreibt etwas Fiktionales."
Ich denke, wenn nur die Hälfte der Deutschklausuren aus freiem Schreiben bestanden hätte, anstatt die Schüler zu verdonnern, sich beispielsweise ausschließlich Gedanken darüber machen zu müssen (und abzuschreiben), was sich Goethe - möglicherweise - beim Schreiben von "Faust" gedacht hat, dann hätte mich das wesentlich mehr motiviert. So allerdings hat mir der Deutschunterricht die Lust am Schreiben und die Lust an der deutschen Sprache ziemlich ver-

miest. Nicht falsch verstehen: deutsches Kulturgut wie Goethes Faust soll natürlich im Unterricht behandelt werden. Aber ich denke, man sollte sich dem Thema anders annehmen, als nur standardisierte Interpretationen schreiben zu lassen.

Nach der Schule bin ich beruflich und privat meinen Weg gegangen. In beruflicher Hinsicht mochte und mag ich das, was tue. Und dennoch fühlte ich mich nie zu 100% ausgefüllt. Irgendetwas fehlte mir. Und als ich dann vor 5 Jahren anfing, eine dieser Geschichten, die mir im Kopf herumschwirren, aufzuschreiben, da merkte ich, dass Schreiben genau das ist, was ich machen möchte. Es erfüllt mich. Es macht mir Spaß. Es ist etwas, das ich am liebsten von morgens früh, bis abends spät machen möchte. Erstaunlich, wenn man bedenkt, dass ich jahrelang ein Deutschmuffel und äußerst schreibfaul war. 15 Jahre nach dem Verlassen der Schule hatte ich also angefangen, zu schreiben. Zunächst war es nur ein Experiment. Ich setzte mich vor mein Notebook und schrieb ein Kapitel. Als ich damit fertig war, ließ ich das Kapitel meine Frau lesen. Ihr gefiel es, also schrieb ich weiter. Immer weiter und weiter. Ich hätte das Buch durchaus innerhalb einiger Monate beenden können. Doch im Leben geht es leider nie geradeaus, und manchmal passieren Dinge, die einen vom Pfad abbringen können. So auch bei mir. Im Beruflichen und Privaten geschahen Dinge, die verhinderten, dass ich an "RAGE" weiterarbeitete. Erst Anfang 2014 befasste ich mich wieder mit meinem Projekt. "RAGE" war etwa zu 75% fertig und ich begann, das Geschriebene aus 2009 zu überarbeiten und die restlichen 25% fertig zu schreiben.

"RAGE" war für mich eine Reise. Es half mir, über mich selber zu lernen. Und es half mir, Schreiben nicht als lästiges Übel zu sehen, sondern als etwas kennenzulernen, das mir persönlich wirklich Spaß macht.

Auch die Geschichte beziehungsweise der Inhalt von "RAGE" war für mich eine abenteuerliche Reise. Von jedem einzelnen Kapitel existieren in meinem Kopf dutzende verschiedene Versionen, von denen ich mich für eine entscheiden musste. Und öfters hatte ich eine Idee für ein Kapitel und wollte dieses Kapitel dann entsprechend der Idee schreiben, doch während des Schreibens ging das Kapitel dann in eine vollkommen andere und neue Richtung. So war der Prozess des Schreibens und das Endergebnis daraus, dann immer eine spannende Entwicklung für mich selber.

"RAGE" soll für mich nur ein Beginn sein. Ein erster, leicht zaghafter Versuch ein Autor zu sein.
Ich habe noch viele Geschichten über Peter Crane und ISOS zu erzählen, und schon während ich diese Zeilen hier schreibe, arbeite ich bereits an einer Fortsetzung zu "RAGE".

Doch zunächst kommt der Moment, vor dem ich mich letztlich gefürchtet habe. Die Veröffentlichung von "RAGE". Ich weiß nicht, was mich erwartet. Es ist ein Sprung ins kalte Wasser. Ich hoffe jedoch, dass es mir gelingt, euch, liebe Leser, mit meinem Debüt als Autor zu unterhalten und euch einige spannende Stunden zu bescheren. Das würde ich mir sehr wünschen!

Viel Spaß beim Lesen!

INGO KOCH

1
New York, August 2014

Trotz der schwülen Mittagshitze von 35 Grad im Schatten, pulsierte das Leben in New York City. Am Times Square quetschten sich Menschenmassen durch die Straßenschluchten, um die grell leuchtenden Reklametafeln und die einzigartige Architektur zu bewundern. Auf der 5th Avenue flanierten die Leute mit dem nötigen Geld durch teure Edelboutiquen, um ihre prall gefüllten Kleiderschränke und Schmuckschatullen mit weiteren nutzlosen Gegenständen zu füllen. An den Straßenecken standen die allgegenwärtigen Hot Dog Stände, die es zu tausenden im gesamten Stadtgebiet gab und deren Verkäufer trotz der Hitze versuchten, ihre Snacks an den Mann oder die Frau zu bringen. Vor dem Empire State Building versammelten sich Horden von Touristen, die ungeduldig darauf warteten, die 373 Meter hohe Aussichtsplattform zu erreichen und die dabei von Ticketverkäufern, die ihre New York Sight-Seeing-Touren anpriesen, bedrängt wurden. Die Glücklichen, die solche Tickets erstanden hatten, ließen sich in blauen und roten Doppeldeckerbussen durch die Straßenschluchten von New York chauffieren oder fuhren auf dem Hudson River, auf weiß lackierten Schiffen, an der Skyline von Manhattan vorbei, begleitet vom ständigen Klicken etlicher Fotoapparate. Die Straßen quollen vor Autos und den berühmten Yellow Cabs über. Die Stadt war laut, hektisch, dreckig und überall drangen einem Gerüche von Essen, Abfall und Autoabgasen in die Nase.
Im Central Park, New Yorks grüner Lunge, schlenderte ein unscheinbar anmutender Mann in Richtung der 5th Avenue. Er war gekleidet wie ein typischer Tourist: Turnschuhe, Shorts, "I Love New York" T-Shirt und auf der Nase eine Ray Ban Sonnenbrille. Durch die Größe der Brille wurde sein halbes Gesicht verdeckt. Als Kopfbedeckung und Sonnenschutz trug er eine New York Knicks Kappe, die seine dunkelblonden Haare verdeckte. An seiner rechten Schulter baumelte ein schwarzer Rucksack. Um seinen Hals hing an einem Band ein digitaler Fotoapparat. Er war

von normaler Statur, nicht zu dick und nicht zu dünn, bei 1,82 m Körpergröße und sportlich durchtrainierten Armen und Beinen. Durch seine Kleidung verschmolz er mit den Touristen, die zu dieser Stunde durch den Central Park spazierten. Der Name des Mannes war Peter Crane, Top-Agent einer unabhängigen Geheimdienstorganisation namens "ISOS", dem "Independent Special Operation Service".
Crane hatte gehofft, durch seine Verkleidung unentdeckt zu bleiben und unbehelligt zur nächsten Hauptstraße zu gelangen, um von dort mit einem Taxi zum Flughafen zu fahren. Doch leider hatte man ihn wohl doch entdeckt. Zwei Männer hatten sich, in etwa zwanzig Meter Entfernung, an seine Fersen geheftet. Beide trugen schwarze Anzüge und Krawatten, sodass auch sie nicht weiter auffielen, da viele Geschäftsmänner, die gerade im Central Park ihre Mittagspause verbrachten, ähnlich gekleidet waren.
„Verdammt!", fluchte Crane leise, „Wie haben sie mich hier bloß gefunden?"
Aus den Augenwinkeln heraus konnte er weitere verdächtige Personen ausmachen. Ein Mann in Jeans und T-Shirt saß auf einer Bank und war auf den ersten Blick in seine New York Times vertieft. Auf den zweiten Blick erkannte Crane, dass der Mann leise, fast ohne die Lippen zu bewegen, in ein Kehlkopfmikrofon sprach, und dass in dessen linkem Ohr ein kleiner Kopfhörer steckte. Etwa fünfzehn Meter vor sich sah er einen Eisverkäufer, der offenbar kein Interesse daran hatte, sein Eis zu verkaufen, da er mit einem Kopfschütteln ein kleines blondes Mädchen mit leeren Händen wegschickte. Auch bei diesem Mann fiel ihm ein kleiner Ohrstecker auf.
Crane betrat einen Seitenweg voller Touristen und beschleunigte seine Schritte. Schweiß rann ihm von der Stirn und er überlegte fieberhaft, wie er seine Verfolger abschütteln konnte. Sie wollten die SD-Speicherkarte, die er in seiner Kamera transportierte. Was auf dieser Karte war, wusste er nicht, denn der Inhalt war verschlüsselt und er hatte noch nicht die Möglichkeit gehabt, die Verschlüsselung zu knacken. Allerdings musste der Inhalt brisant sein, denn man hatte ihm, seit er im Besitz der Karte war, schon mehrfach nach dem Leben getrachtet. Die Leute, die hinter ihm

und der SD-Karte her waren, hatten sich als extrem skrupellos erwiesen. Seine einzige Chance war, sich weiterhin in der Masse der Menschen zu bewegen, denn sollte er eine weniger belebte Straße betreten, dann wäre er mit Sicherheit ein toter Mann. Schließlich erreichte Crane die 59th Street am südlichen Ende des Parks, an der geschäftiges Treiben herrschte. Am Straßenrand standen etliche Pferdekutschen, mit denen man sich durch den Central Park fahren lassen konnte. Direkt vor ihm gingen zwei Polizisten. Zwar könnte er die Polizisten um Hilfe bitten, aber möglicherweise würde er sie damit ebenfalls in Lebensgefahr bringen, weswegen er von dieser Möglichkeit absah. Darüber hinaus schienen seine Verfolger über schier unbegrenzte Mittel zu verfügen, und es bestand durchaus die Möglichkeit, dass die Leute, die Jagd auf ihn machten, auch bei der Polizei Beziehungen hatten. Auch dieses Risiko wollte er nicht eingehen. Deswegen ging er an den Polizisten vorbei, weiter in östlicher Richtung und bog dann auf die 5th Avenue ab. Seine Verfolger waren mittlerweile nur noch wenige Meter hinter ihm.
Nach hundert Metern sah er vor einem Modegeschäft zwei dort arbeitende, leicht bekleidete, männliche Models, die sich mit jungen Touristinnen fotografieren ließen. Der Laden war voller Menschen und überall versuchten junge Verkäufer und Verkäuferinnen, Pullover, T-Shirts und Jeans der Kundschaft schmackhaft zu machen. Das konnte seine Chance sein. Er betrat das Geschäft und schaute sich kurz um. Es war sehr dunkel, denn lediglich die mit Designerklamotten gefüllten Regale waren beleuchtet. In die Decke waren Lautsprecher eingebaut, aus denen laute Technomusik dröhnte und die dafür sorgten, dass man sein eigenes Wort nicht mehr verstand. In der Mitte des Raumes befand sich eine Treppe, die in die oberen Verkaufsräume führte. Überfüllt, laut und dunkel - genau das, was er brauchte.
Er stieg die Treppe hinauf, griff sich aus einem gegenüberliegenden Regal einen Pullover, und ging in Richtung Umkleidekabinen. Glücklicherweise fand er eine freie Kabine, was in New York, in einem solchen Geschäft, zu dieser Uhrzeit, fast schon wie ein Lotteriegewinn war. Crane betrat die Kabine und öffnete seinen Rucksack, in dem er für solche Fälle einige nützliche Ge-

genstände verstaut hatte. Zuerst zog er seine Touristenklamotten aus, und holte aus dem Rucksack eine schwarze Bundfaltenhose und ein schwarzes T-Shirt, die er sich hastig überzog. Er streifte sich eine schwarze Nadelstreifenweste über, und anstatt der Turnschuhe, schlüpfte er in schwarze Slipper mit Gummisohlen. Da er nicht wusste, wo ihn seine Flucht hinführen würde, waren rutschfeste Gummisohlen immer eine gute Wahl. Über seine kurz geschnittenen, dunkelblonden Haare zog er eine Perücke mit mittellangem, schwarzem Haar. Mithilfe von Kontaktlinsen änderte er seine Augenfarbe von hellblau zu braun. Zudem sorgte er mit zwei Wattebäuschen, die er sich in die Wangen steckte, dafür, dass sein Gesicht rundlicher wirkte. Crane betrachtete sich im Spiegel und war einigermaßen zufrieden mit seiner Verkleidung. Zwar war sie bei Weitem nicht perfekt, aber für den Moment würde sie reichen müssen.

Die Speicherkarte nahm er aus der Kamera, steckte sie in eine Kunststoffschutzhülle und verstaute diese in seiner Hosentasche. Hinten in den Bund seiner Hose steckte er eine kompakte Sig Sauer Pistole mit Schalldämpfer und zog das T-Shirt darüber. Die Sig besaß zwar keine große Durchschlagskraft, doch aus der Nähe konnte man damit einem Gegner durchaus schwere Verletzungen zufügen. Als letztes entnahm er der Tasche noch fünf verschiedene Reisepässe, 1000 Dollar und 1000 Euro in bar.

Als er gerade seine alten Klamotten in den Rucksack stopfte, hörte Crane, wie einige Kabinen neben ihm, eine Frau zu schreien begann.

„Was zum Teufel wollen Sie? Schließen Sie die Tür, Sie mieses Spannerschwein!"

Vorsichtig lugte Crane aus der Kabinentür und sah, wie einer seiner Verfolger die anderen Umkleideräume durchsuchte. Er schloss die Tür und schaute unter der Trennwand hindurch in die Kabine neben ihm, welche eine junge Frau soeben verließ. Crane schob seinen Rucksack unter der Abtrennung hindurch, sodass er direkt ins Auge fiel, wenn jemand die Tür öffnete. Das würde seinen Verfolger vermutlich für ein paar Sekunden ablenken.

Als er hörte, wie neben ihm die Tür geöffnet wurde, schlüpfte er vollkommen lautlos hinaus und trat hinter den Mann in der nächsten Kabine, welcher sich den Rucksack geschnappt hatte, um diesen zu durchsuchen. Crane packte den Kopf des Mannes und schlug ihn mit voller Wucht gegen die angrenzende Betonwand. Er hörte Knochen brechen, und aus der Nase des Mannes spritzte Blut. Von der Wucht des Aufpralls verlor dieser augenblicklich das Bewusstsein.
„Träum' süß, Arschloch!", grummelte Crane, und durchsuchte ihn.
In der Tasche des bewusstlosen Mannes entdeckte er ein ledergebundenes Etui, in dem sich eine Spritze befand. Vorsichtig entfernte er den Kunststoffschutz von der Nadelspitze. Ein Geruch von Bittermandeln erfüllte die Luft: Blausäure. So also hatte der Killer vorgehabt ihn auszuschalten.
Bei einer Vergiftung mit Blausäure kommt die Zellatmung zum erliegen, was letztlich dazu führt, dass der Körper innerlich erstickt. Ist die Konzentration hoch genug, kommt es in Sekunden zur Hyperventilation, Atemstillstand, Bewusstlosigkeit, und innerhalb von wenigen Minuten zum Herzstillstand. Bei einer Obduktion könnte man eine Blausäurevergiftung zwar problemlos feststellen, für medizinische Laien sahen jedoch die ersten auftretenden Symptome dieser Vergiftung aus wie ein normaler Herzinfarkt. In einer Menschenmenge würden sich umstehende Personen nur auf das hyperventilierende Opfer mit dem vermeintlichen Herzinfarkt konzentrieren, während der Täter unbemerkt verschwinden konnte. „Sehr clever", dachte Crane.
Er schob die Spritze wieder ins Etui und steckte es ein. Ansonsten fand er keinerlei Hinweise auf die Identität des Mannes. Schließlich nahm er noch die Waffe aus dessen Schulterhalfter, und entlud sie. Dann schloss er die Kabinentür, und begab sich zurück in den Verkaufsraum, wo er die erbeutete Waffe in einem Mülleimer verschwinden ließ. Glücklicherweise schien niemand etwas von dem Vorfall bemerkt zu haben.
Von dem zweiten Verfolger fehlte jede Spur. Vor Crane befand sich eine Gruppe von Touristen, die das Geschäft offenbar verlassen wollten und sich in Richtung Treppe bewegten. Er schloss

sich ihnen an und gelangte ins Erdgeschoß. Am Ausgang entdeckte er den zweiten Verfolger, der die Menschenmenge im Geschäft genau beobachtete. Direkt vor Crane ging ein zwei Meter großer Hüne in Richtung Ausgang. Er achtet darauf, dass der Riese sich immer genau zwischen ihm und dem Killer befand, und gelangte unbehelligt an seinem Verfolger vorbei. Crane schlich sich dann von hinten an den Feind heran, und holte vorsichtig die Spritze aus dem Lederetui. Er entfernte den Kunststoffschutz, rammte dem ahnungslosen Verbrecher die Nadel tief in den Rücken, und drückte den Kolben ganz herunter. Mit vor Schreck weit aufgerissenen Augen drehte dieser sich um, und schaute Crane an. Er wollte schreien, doch kein Laut entrang seiner Kehle. Seine Hände schlossen sich um seinen Hals, weil er keine Luft mehr bekam. Von Krämpfen geschüttelt brach er zusammen, das Gesicht bereits blau angelaufen.
Einige Kunden sahen, wie der Mann zu Boden ging und eilten zur Hilfe.
Doch plötzlich fing eine Frau panisch an zu schreien. „Oh Gott, das ist ein Anschlag…Schnell raus hier." Andere Kunden schauten daraufhin hinüber, sahen den Grund des Aufschreis und gerieten ebenfalls in Panik. Dutzende Menschen versuchten so schnell wie möglich, aus dem Laden zu fliehen. Crane ließ sich einfach mit der Menge nach draußen treiben. Auf dem Bordstein stoben die Leute auseinander und flohen in alle Himmelsrichtungen. Ein Mann, der unvermittelt auf die Straße gelaufen war, wurde von einem Auto erfasst und fünf Meter durch die Luft geschleudert. Er blieb jedoch, wie durch ein Wunder, nahezu unverletzt. Aufgescheucht durch das Chaos entdeckte Crane sechs weitere Verfolger, die in Richtung des Geschäfts liefen, um zu schauen, was der Grund für die Panik war. Niemand der Männer schenkte ihm Beachtung.
Er rannte zur nächsten Kreuzung, schlüpfte in ein Taxi und gab dem Taxifahrer 100 Dollar, damit dieser ihn auf dem schnellsten Weg zum Flughafen brachte. Er musste so schnell wie möglich weg aus New York, weg aus Amerika.

Fast alle Menschen, mit denen er in den letzten zwei Tagen zu tun hatte, waren jetzt tot. Kaltblütig ermordet von den Leuten, die ihn gerade verfolgt hatten. Momentan konnte er niemandem trauen. Irgendjemand musste ihn verraten haben. Verraten, dass sein nächstes Ziel New York sein würde. Es gab nur vier Leute, die ihm jetzt noch helfen konnten. Sein altes Einsatzteam. In Berlin.

Seit nunmehr zwei Jahren hatte er sein Team nicht mehr gesehen, und hoffte nun, dass sie ihn trotzdem unterstützen würden.

2
Independent Special Operation Service

Das zwanzigste Jahrhundert galt als das Jahrhundert der Kriege. In der ersten Hälfte wurde die Welt von zwei Weltkriegen erschüttert, in denen Millionen von Menschen getötet wurden. Als der Zweite Weltkrieg schließlich sein Ende fand und Europa in Schutt und Asche lag, hofften alle Menschen, dass nun endlich Frieden herrschen würde. Doch mit den USA und der UDSSR trafen zwei Weltmächte aufeinander, deren politische Systeme nicht unterschiedlicher hätten sein können. Der daraus entstehende Konflikt, der über dreißig Jahre andauerte, wurde in den Folgejahren „Der Kalte Krieg" genannt. In dieser Zeit stand die Welt mehr als einmal an der Schwelle eines Dritten Weltkrieges. Beide Länder hatten, in einem wahnsinnigen Wettrüsten, tausende Atomwaffen gebaut, mit denen sie die gesamte Menschheit vernichten, und die Erde Jahrhunderte lang radioaktiv verseuchen konnten. Wie ein Damoklesschwert hing diese Bedrohung über den Menschen des zwanzigsten Jahrhunderts.

Aus diesem Grund trafen sich an einem verschneiten Novembertag in Washington DC des Jahres 1956 unter allergrößter Geheimhaltung eine Gruppe von äußerst einflussreichen Persönlichkeiten, darunter Politiker, Wissenschaftler und schwerreiche Industrielle aus den USA, Deutschland, Frankreich und England.

Jede der teilnehmenden Fraktionen wollte den Weltfrieden sichern, allerdings aus unterschiedlichen Gründen. Die Politiker wollten Frieden für ihre Staaten. Die Industriellen wollten Frieden, damit die Weltwirtschaft wachsen und gedeihen konnte. Die Wissenschaftler wollten Frieden, damit sie ihr Wissen und ihre Genialität für friedliche Zwecke einsetzen konnten, anstatt für Rüstung und Waffentechnologien. Alle Teilnehmer der Konferenz standen schon seit vielen Monaten ständig in Kontakt. Man hatte stundenlange Telefonkonferenzen abgehalten, sich getroffen, diskutiert und darüber gestritten, wie man es schaffen könne, den Weltfrieden zu wahren und einen möglichen dritten Weltkrieg zu verhindern. Und jetzt endlich hatte man einen Konsens gefunden. Man einigte sich auf die Gründung eines internationalen, unabhängigen Geheimdienstes. Einer Art Weltpolizei. Jeder Staat der Erde sollte diese Organisation in Notfällen und Krisen um Hilfe bitten können, doch kein Staat dieser Erde, egal wie groß oder mächtig, sollte ihr Befehle erteilen können. Deswegen erachtete man vor allem die finanzielle Unabhängigkeit dieses Geheimdienstes als überaus wichtig. Aus diesem Grund wurden, als finanzieller Grundstock, hunderte Millionen Dollar überall auf der Welt in Fonds angelegt, auf die zukünftig nur dieser Geheimdienst Zugriff haben sollte.

Getauft wurde diese neue Geheimdienstorganisation auf den Namen ISOS - *Independent Special Operation Service*.

Des Weiteren sollte ISOS neben dem operativen Zweig, auch in der Forschung aktiv sein. Zum einen, um neue Technologien zu erforschen, zum anderen, um die ISOS Agenten mit allerlei technischen Spielereien auszustatten. Aus diesem Grund wurde eine Firma namens „*Technology and Research Company*", kurz TARC ins Leben gerufen; ein Unternehmen mit Niederlassungen in den Ländern, die an der Konferenz teilnahmen. TARC entwickelte sich in den Folgejahren nach der Gründung zu einer wahren Hightech-Firma, deren Erfindungen und Patente Milliarden einbrachten. Unter anderem lieferte TARC Technologien an die NASA, welche zum Gelingen der Mondmissionen beitrugen. In der Herstellung von Hightech-Werkstoffen und Elektrotechnik war die Firma führend.

Der Aufbau von ISOS beruhte auf drei Grundsäulen:
- Dem Analysezentrum. Dort arbeiteten Wissenschaftler und Analysten, deren Aufgabe darin bestand, Geheimdienstmeldungen und Nachrichten aus der ganzen Welt zu entschlüsseln, zu bewerten und etwaige Bedrohungen frühzeitig zu erkennen.
- Dem Operationszentrum. Von dort aus wurden die Einsätze der Geheimagenten weltweit koordiniert.
- Den Laboren von TARC, welche die Geheimagenten mit der neuesten Hightech-Ausstattung versorgten.

All das wurde an diesem kalten Novemberabend des Jahres 1956 beschlossen.

Schon 3 Jahre später nahm ISOS den Betrieb auf. Und tatsächlich agierte dieser Geheimdienst vollkommen unabhängig. Es gab zwar immer wieder Anfragen von Staaten, die um Hilfe in besonders heiklen Angelegenheiten baten, aber größtenteils führte ISOS eigenständige Operationen aus, angefangen vom einfachen Beschaffen von Daten, bis hin zur Prävention, oder der Eindämmung von ausgewachsenen Krisen. In den Jahren des Kalten Krieges kämpfte ISOS erfolgreich darum, den Ausbruch des Dritten Weltkriegs mit allen zur Verfügung stehenden Mittel zu verhindern. In dieser Zeit wurden hunderte Geheimdienstoperationen erfolgreich durchgeführt. So gelang es den Agenten beispielsweise, die Kubakrise von 1962 entscheidend zu beeinflussen, ohne dass CIA, KGB, das Weiße Haus oder der Kreml etwas davon mitbekamen. Nachdem der Kalte Krieg beendet war, kämpfte man hauptsächlich gegen die Bedrohung durch Attentate von Terroristen, doch selbst ISOS war tragischerweise nicht in der Lage, die Anschläge vom 11.09.2001 zu verhindern.

Die Auswahlkriterien für zukünftige ISOS und TARC Mitarbeiter waren simpel: Nur die Besten der Besten wurden rekrutiert. Sie kamen von weltweit anerkannten Universitäten, der CIA, dem FBI, der NSA, den Navy Seals oder der Delta Force, vom britischen MI-6, dem deutschen BND oder der französischen

DGSE. Während eines strengen Auswahlverfahrens wurden die möglichen Neulinge über einen langen Zeitraum getestet und anhand ihrer Leistungen und psychologischen Gutachten beurteilt.

Zukünftige ISOS Agenten wurden dann nochmals über mehrere Monate in geheimen Ausbildungscamps ausgiebig auf ihre körperliche Verfassung, ihr Urteilsvermögen und ihre Teamfähigkeit getestet, bevor sie an Außendienstmissionen teilnehmen durften. Um Industriespionage vorzubeugen, arbeiteten neu angeworbene TARC Wissenschaftler zunächst ein Jahr auf Probe an eher unwichtigen Projekten, während sie vierundzwanzig Stunden, sieben Tage die Woche, oberserviert, und alle ihre Telefonate abgehört wurden. Erst danach ließ man sie an den geheimeren Entwicklungs- und Forschungsarbeiten teilhaben.

Anfang der Neunziger Jahre beobachteten die Rekrutierungs-Scouts von ISOS einen jungen Operator der Delta Force namens Peter Crane, den sie als neuen Agenten anwerben wollten. Er war der jüngste Rekrut, der jemals die Aufnahme bei der Delta Force geschafft hatte, und stand auf der Wunschliste der Verantwortlichen bei ISOS an erster Stelle. Die Scouts schafften es, ihn davon zu überzeugen, dass dieser Job genau das Richtige für einen Mann mit seinen Qualitäten sei und kurze Zeit später begann seine Karriere bei der mächtigsten Geheimdienstorganisation der Welt.

Er schaffte die Ausbildung mit Auszeichnung und war fortan für die Firma an weltweiten Operationen in Afghanistan, im Irak, oder in Israel beteiligt. Die Bandbreite seiner Aufträge reichte von simplen Spionageaufgaben, über das Ausheben von Terrorzellen, bis hin zu gezielten Attentaten auf die Drahtzieher von Terroranschlägen und deren Geldgeber. Crane war ein genialer Taktiker, dem es stets gelang seine Missionsziele zu erreichen, ohne dass dabei größere Kollateralschäden zu beklagen waren.
Schnell begann sein Aufstieg innerhalb der Organisation bis schließlich ISOS Direktor John McDermott ihn zu seiner rechten

Hand machte. McDermott erledigte die Arbeit hinter dem Schreibtisch und Crane war sein verlängerter Arm bei besonders heiklen Geheimdienstmissionen. Er genoss das blinde Vertrauen des Direktors und absolute Handlungsfreiheit bei all seinen Missionen.

Crane war in den ganzen Jahren der mit Abstand erfolgreichste Agent von ISOS. Seine Erfolgsquote lag bei über 90% und seine Missionen hatten nie Verluste in den eigenen Reihen zu beklagen. Doch all das änderte sich während eines folgenschweren Auftrags in Washington DC im August 2014.

3
Washington DC, 2014

Einen Tag vor den Vorfällen in New York stand Peter Crane in einem winzigen, schmutzigen Appartement, im ersten Stock eines heruntergekommenen Hauses. An den Wänden hing eine grüne, uralte und verdreckte Tapete, die sich an vielen Stellen schon gelöst hatte. Der Boden war belegt mit braunem, durchgelaufenem Linoleum. Die Wohnung befand sich in einem Vorort von Washington DC und machte insgesamt den Eindruck, als hätte seit 20 Jahren niemand mehr darin gewohnt. Auf der Rückseite stand ein alter zerbeulter Buick, der benutzt wurde, um sich mit Lebensmitteln oder Ähnlichem zu versorgen, und der in dieser Gegend garantiert nicht auffiel. In früheren Zeiten war es möglicherweise eine beliebte Wohngegend gewesen, doch heute standen die meisten Häuser leer und die Fensterläden waren mit Holzbrettern vernagelt.

Die Abenddämmerung brach herein und auf den Straßen war keine Menschenseele zu sehen. Die Hitze an diesem Tag war mörderisch. Es war so stickig in dem kleinen Raum, in dem Crane sich befand, dass man kaum atmen konnte. Durch ein Teleskop beobachtete er ein Haus auf der gegenüberliegenden Straßenseite. Die Spezialisten im Analysezentrum hatten den Hinweis

erhalten, in diesem Haus halte sich eine Terrorzelle auf, die möglicherweise einen Anschlag auf eine amerikanische Großstadt plane. Die Bedrohung war als äußerst ernst eingestuft worden. Die Bewohner, vier Männer persischer Abstammung, kamen und gingen und wurden ständig von insgesamt 6 ISOS Agenten, aufgeteilt in zwei Teams, beschattet sobald sie das Haus verließen. Zwei Wochen dauerte die Observierung nun schon an, ohne dass etwas Nennenswertes passiert wäre.
Observierungen waren die zermürbende Seite an Cranes Job. Beobachten und warten, beobachten und warten, tage-, wochen- und manchmal sogar monatelang. Er trank an seiner mittlerweile warmen Flasche Wasser. Was gäbe er jetzt für eine eiskalte Coke. Leider hatte sich gezeigt, dass bei Observierungsjobs wie diesem zu viel Cola und Fast Food eine unansehnliche und störende Fettschürze um seine Hüften wachsen ließen, obwohl er jeden Tag eine Stunde joggte und anschließend noch einige Kraftübungen, wie zum Beispiel Liegestützen, absolvierte.
Hinter ihm saßen an einem kleinen Tisch zwei weitere Agenten namens Ray Tolino und James Woodcock. Beide waren erfahrene Agenten, die schon des Öfteren mit Crane zusammengearbeitet hatten. Tolino war Computerspezialist italienischer Abstammung, was man ihm unschwer ansah: Schwarze Haare, braune Augen und dunkler Teint. Woodcock war Abhörspezialist aus England und sprach acht Sprachen fließend. Er hatte blondes Haar, grüne Augen und war sehr hellhäutig. Crane mochte die beiden, denn sie waren bei solchen Observierungen eine sehr angenehme Gesellschaft, außer wenn sie anfingen über Fußball zu diskutieren. Tolino war Anhänger des AC Mailand, während Woodcock zu Manchester United tendierte. Außerdem waren beide natürlich glühende Verehrer ihrer jeweiligen Nationalteams. Stundenlang konnten sie lebhaft und lautstark darüber diskutieren, welcher Verein ihrer Meinung nach der bessere sei, oder welche Nation über die besseren Fußballer verfügte, bis Crane dann für gewöhnlich irgendwann der Kragen platzte und er sie seinerseits äußerst lautstark zum Verstummen brachte.
Darüber hinaus hatten Tolino und Woodcock eine Vorliebe für amerikanisches Essen. Beide bissen gerade in einen gigantischen

Hamburger, den Tolino in einem Schnellrestaurant, circa zehn Fahrminuten entfernt, geholt hatte. Dazu gab es jeweils eine große Portion Pommes Frites und eine große Coke. Da sie wussten, dass Crane bei solchen Einsätzen strikte Diät hielt, hatte Tolino ihm nur einen großen Thunfischsalat mitgebracht. Neidisch starrte Crane auf die Burger von Tolino und Woodcock. 250g saftiges Rindfleisch mit Cheddar Käse, Tomaten, Salat, Zwiebeln, Ketchup, Senf und all das eingepackt in zwei kross getoastete Brötchen-Hälften. Der Duft der Burger stieg Crane in die Nase und das Wasser lief ihm im Mund zusammen. Missmutig starrte er weiter in das Teleskop.
Plötzlich erblickte er einen unscheinbar gekleideten Mann, der die Gegend beobachtete und in Richtung des observierten Hauses ging. Er schaute in das Fenster, an dem Crane stand, doch er konnte ihn nicht sehen. Die Glasscheiben des Geheimverstecks waren mit einer Spezialfolie beklebt worden, die es unmöglich machte von außen in das Innere zu schauen und die außerdem verhinderte, dass nachts Licht aus dem Fenster nach draußen drang. So war es dem Observierungsteam möglich, sich ungehindert in der Wohnung zu bewegen, ohne von außen gesehen zu werden.
Mit einer Kamera mit riesigem Objektiv machte Crane Nahaufnahmen der Person, die automatisch per WLAN auf einen Computer im Nebenzimmer geladen wurden.
„Es tut sich was. Ein Mann, Nord-Amerikaner oder Westeuropäer, Größe zwischen 1,75 m und 1,80 m. Alter zwischen 40 und 45 Jahren. Haarfarbe braun. Keinerlei äußerliche Auffälligkeiten. Tolino, geh an den Computer und gleiche seine Fotos mit den Datenbanken von ISOS, CIA, FBI und Interpol ab. Möglicherweise existiert irgendwo eine Akte über ihn. Woodcock, geh an das Abhörgerät. Es geht los!".
Noch einmal schaute sich der Mann um, bevor er an der Tür des observierten Hauses klingelte.
Die Türe wurde geöffnet und der Unbekannte wurde eingelassen. „Mr. Smith, schön Sie zu sehen.", tönte es aus den Lautsprechern der Abhöranlage. „Wir haben Sie schon erwartet.", sagte einer der Perser mit deutlichem Akzent.

„Halten Sie den Mund und hören Sie zu!", sprach der Neuankömmling mit dunkler Stimme. „Auf dieser Speicherkarte finden Sie alle Informationen, die Sie für Ihre Aufträge benötigen. Lesen Sie sich alles genauestens durch und folgen Sie den Instruktionen. Ab sofort ist es Ihnen strikt untersagt, direkten Kontakt zu mir aufzunehmen. Sollten Sie es dennoch tun, dann werden Sie alle in Metallsärgen nachhause geschickt, und ich werde mich persönlich mit Ihren Familien befassen. Und glauben Sie mir, es wird mir großes Vergnügen bereiten, mich mit Ihren Frauen und Töchtern zu beschäftigen. Gleiches widerfährt Ihnen, falls Sie mit jemandem über Ihre Aufträge reden, oder falls irgendetwas nicht so läuft, wie ich und meine Auftraggeber es uns vorstellen. Haben Sie und ihre geistig minderbemittelten Laufburschen das verstanden?"

„N-n-natürlich Mr. Smith", stotterte der Anführer. Wortlos verließ Mr. Smith daraufhin das Haus und ging die Straße hinauf in die Richtung, aus der er gekommen war.

„Observierungsteam 1, verfolgt den Mann unauffällig. Ich möchte wissen, wohin er geht, und ob er sich mit jemandem trifft. Verliert ihn nicht. Observierungsteam 2, bleibt auf Standby, falls jemand das Haus verlässt.", befahl Crane über Funk.

„Woodcock, hat die Stimmanalyse des Mannes irgendetwas ergeben?", rief er ins Nebenzimmer.

„Negativ, Chef. Keinerlei Übereinstimmungen in den Datenbanken. Die Sprachanalyse des Computers besagt, dass der Mann Nord-Amerikaner ist. Ostküste. Ansonsten keinerlei Auffälligkeiten was Sprache und Akzent angeht."

„Tolino?"

„Der Fotoabgleich hat ebenfalls nichts ergeben, Chef!"

„Wäre ja auch zu schön gewesen. Okay. Wir müssen an diese Speicherkarte kommen. Ordert im Operationszentrum eine Einheit Agenten, die auf lautloses Eindringen spezialisiert sind. Wird Zeit, dass wir aktiv werden. Ich gehe mit dem Einsatzteam rein."

„Aber Chef, sollten wir die Sache nicht noch ein wenig beobachten, bevor wir eingreifen? Wir haben momentan keinerlei Informationen, was diese Arschlöcher eigentlich genau planen."

„Zu gefährlich, Tolino. Möglicherweise existieren irgendwo noch weitere Helfer, von denen wir nichts wissen und wir sollten verhindern, dass Informationen an diese Helfer weitergeleitet werden. Deswegen müssen wir so schnell wie möglich diese Karte an uns bringen!".

Da das Einsatzkommando auf Abruf bereit stand und für die Dauer der Observierung ganz in der Nähe stationiert war, dauerte es nur 5 Minuten bis das Team mit insgesamt acht Leuten auf der Rückseite des Geheimversteckes eintraf. Um nicht aufzufallen, waren sie in einem alten, zerbeulten Transporter vorgefahren. Crane erwartete sie bereits vor der Türe, da die beengten Platzverhältnisse in ihrem Appartement es nicht zuließen, die Lagebesprechung innen abzuhalten.
Die Agenten trugen lediglich leichte Schutzwesten und Waffen, um möglichst beweglich zu sein und lautlos eindringen zu können.
„*Sie sehen alle noch so jung aus*", dachte Crane bei sich. Er begrüßte jeden einzelnen per Handschlag.
Crane breitete auf der Haube des alten Buick, der ihm, Tolino und Woodcock in den letzten Tagen als Fortbewegungsmittel gedient hatte, den Bauplan des observierten Hauses aus und begann mit dem Briefing:
„In dem Haus gegenüber befinden sich vier, vermutlich mit Handfeuerwaffen ausgestattete, verdächtige Subjekte, die im Besitz einer Speicherkarte sind, auf der sich wichtige Informationen über einen geplanten Terroranschlag befinden könnten."
Crane holte ein Foto aus seiner Tasche und zeigte es herum.
„Dieser Mann ist der mutmaßliche Anführer der Gruppe. Ihn brauchen wir lebend, da er uns eventuell weitere wichtige Hinweise liefern kann, was genau geplant ist, wer diese Leute finanziell unterstützt und wer ihr Auftraggeber ist. Wir müssen unbedingt lautlos und unbemerkt eindringen, weil ansonsten die Gefahr besteht, dass die Karte vernichtet wird. Momentan halten sich die Verdächtigen im rückwärtigen Teil des Gebäudes auf.", Crane zeigte mit dem Zeigefinger auf den entsprechenden Bereich des Bauplans.

„Zwei von Euch bewachen die Rückseite des Hauses und jeweils zwei die beiden Seiten, damit niemand unbemerkt das Haus verlassen kann. Die restlichen zwei Männer dringen mit mir von der Vorderseite ein. Wir haben dafür gesorgt, dass die Straßenlaternen heute ausgeschaltet bleiben, sodass uns in der Dunkelheit niemand bemerken dürfte. Tolino und Woodcock behalten von hier aus die Umgebung im Auge. Hat noch jemand Fragen?" Allgemeines Kopfschütteln. „Nein, Chef", antworteten die Männer fast gleichzeitig.
Obwohl natürlich Direktor McDermott der eigentliche Leiter von ISOS war, so wurde dennoch Crane grundsätzlich „Chef" genannt, was letztlich eine Art Anerkennung für seine langjährigen Dienste an vorderster Front war. Der Direktor war der Direktor und Crane war eben „Der Chef". Allerdings verkniff man sich das natürlich in McDermotts Anwesenheit.
„Dann wäre alles geklärt. Lasst uns beginnen."

Crane ging zurück ins Haus, streifte sich eine schusssichere Weste über und steckte seine Glock mit Schalldämpfer und zwei Ersatzmagazinen in seinen Holster. Anschließend zog er sich ein Funkheadset mit Kehlkopfmikrofon auf. Eine Infrarotbrille ermöglichte es ihm die Verdächtigen selbst durch Wände hindurch zu erkennen. Über einen Knopf am Gestell der Brille war es ihm möglich, den Infrarotmodus zu deaktivieren. Dann war sie nur eine normale Schutzbrille, die seine Augen bei einem Schusswechsel vor herumfliegenden Splittern und oder Ähnlichem schützte.
Außerdem verstaute er in seinen Taschen zwei Blendgranaten, die bei der Explosion einen so hellen Lichtblitz erzeugten, dass man minutenlang nahezu blind war und das Gefühl hatte, als würde einem der Kopf explodieren. Wenn man Glück hatte, konnte man nach dieser Zeit die Umgebung schemenhaft wahrnehmen. Bevor man allerdings wieder normal sehen konnte, vergingen unter Umständen Stunden.
Als letztes nahm er noch einen Universaldietrich, mit dem man nahezu alle handelsüblichen Türschlösser öffnen konnte, und eine kleine Sprühdose zum Ölen von Scharnieren.

„Team 1 hat Position auf der Rückseite des Objekts bezogen….Team 2 ebenfalls in Position…Team 3 bereit und in Stellung", dröhnte es aus seinen Kopfhörern „Zielobjekte befinden sich nach wie vor im rückwärtigen Bereich".
„Okay Männer, auf geht's. Treten wir diesen Möchtegernterroristen in den Allerwertesten!" sagte er zu den zwei verbliebenen Agenten.

Sie verließen das Versteck durch die Hintertür. Mit gezogener Waffe schaute Crane vorsichtig um die Ecke in Richtung Straße. „Niemand zu sehen. Vorwärts, und ab jetzt kein Wort mehr!".

In geduckter Haltung liefen die drei zum Eingang des Zielobjekts. Die zwei Agenten gingen rechts und links neben der Tür in Stellung, während Crane mit einem Dietrich das Schloss knackte. Bevor er die Tür ganz aufstieß, öffnete er sie behutsam nur ein kleines Stück und sprühte Öl auf die innenliegenden Scharniere der Tür, damit sie sich möglichst lautlos öffnen ließ.
Sie betraten mit gezückten Waffen den Flur und schauten sich um. Links von ihnen befand sich laut den Bauplänen eine Tür, die zum WC und Badezimmer führte. Rechts von ihnen befand sich das Schlafzimmer. Beide Türen waren offen, und niemand war zu sehen. Insgesamt machte das Haus einen ähnlich heruntergekommenen Eindruck wie ihr Versteck. Dreckig, alt, trostlos und mit einem modrigen Geruch in der Luft.
Geradeaus erblickte Crane eine geschlossene Tür, durch die man ins Wohnzimmer gelangte, in dem sich die Terroristen aufhielten. Leise Stimmen drangen aus dem Raum.
Links daneben war ein Durchgang zu einem Flur, der in den hinteren Bereich des Hauses führte. Von dort aus gab es einen Zugang zur Küche, von dieser gelangte man ebenfalls ins Wohnzimmer.
Crane ging neben der Tür in Stellung und gab seinen Begleitern Handzeichen, woraufhin diese in den hinteren Flur in Richtung Küche schlichen, um von dort aus das Zimmer zu stürmen.
Schweiß rann Crane aus allen Poren, so heiß und stickig war es in dem Gebäude. Sein T-Shirt war unter der schusssicheren Weste

bereits vollkommen durchgeschwitzt. Er wartete bis seine Kollegen in Position waren und flüsterte dann in sein Mikrophon: „3 – 2 – 1 - LOS". Auf dieses Stichwort von Crane traten sie gleichzeitig die beiden Türen ein, und gingen in die Hocke, um ihre Gegner ins Visier nehmen zu können.
„HÄNDE HOCH UND KEINE BEWEGUNG", brüllte Crane. Die Terroristen waren starr vor Schreck, bis auf einen, der versuchte seine Waffe zu ziehen. Crane setzte ihn mit zwei gezielten Schüssen in die Schulter und ins Bein außer Gefecht. Die drei anderen hoben daraufhin ihre Arme und rührten sich nicht.
„Entwaffnet sie und entladet ihre Waffen!", befahl er.
Als die Verbrecher ihrer Waffen entledigt waren, ging Crane zu einem massiven Eichentisch auf dem ein Notebook stand. Er schaute an der Seite des Geräts nach und fand dort die gesuchte Speicherkarte. Crane entfernte sie aus dem Computer und verstaute die Karte in seiner Tasche. Er drehte sich zu dem mutmaßlichen Anführer um und sagte:
„Wenn Sie kooperieren und mir sagen was ich wissen möchte, dann können wir diese Sache schnell hinter uns bringen. Wir werden Sie anschließend der Polizei übergeben und das war's. Sollten Sie es vorziehen zu schweigen, dann wird das eine extrem lange und äußerst schmerzvolle Nacht für Sie alle werden. Sie haben die Wahl!"
Der Anführer spuckte Crane vor die Füße.
Plötzlich hörte Crane Tolino in seinem Kopfhörer: „Chef, irgendetwas stimmt…"…statisches Rauschen.
„IN DECKUNG", brüllte Crane, doch es war zu spät.
Das große Wohnzimmerfenster, welches in Richtung des Gartens lag, zerbarst, und im selben Moment explodierten die Köpfe der drei stehenden Terroristen in einem Schwall aus Blut, Gehirnmasse und Knochen. Crane wurde von oben bis unten mit Blutspritzern besudelt. Die beiden anderen Agenten, die rechts und links daneben standen, drehten sich mit erhobenen Waffen um, doch bevor sie auch nur einen Schuss abgeben konnten, wurden ihre Körper von dutzenden Gewehrkugeln regelrecht zerfetzt. Ihre leichten Schutzwesten hielten den großkalibrigen Geschossen nicht stand. Blitzschnell stieß Crane den schweren Tisch um

und ging dahinter in Deckung. In derselben Sekunde schlugen in den Tisch, und hinter ihm in die Wand, mehrere Projektile ein, die ihn nur äußerst knapp verfehlten. Er zerschoss die Zimmerbeleuchtung und aktivierte seine Infrarotbrille. Mithilfe der Brille sah er im Garten fünf rot leuchtende, menschliche Silhouetten, die hockend mit ihren Gewehren im Anschlag in Cranes Richtung zielten. Cranes Kollegen lagen dort, wo er sie postiert hatte, auf dem Boden. Von ihnen ging noch ein schwaches, rötliches Schimmern aus, was bedeutete, dass sie tot waren. Crane drehte den Kopf und blickte in Richtung der Straßenseite des Gebäudes. Dort konnte er durch die Infrarotbrille ebenfalls 5 Gestalten ausmachen, die sich mit gezogenen Waffen langsam dem Eingang näherten.

Crane entnahm seiner Tasche die zwei Blendgranaten, entsicherte sie, wartete 3 Sekunden und warf sie in Richtung Garten. Er schloss die Augen und noch im Flug explodierten die Granaten. Die Nacht erleuchtete für eine Sekunde in einem gleißend hellen, weißen Licht. Crane sprang hinter dem Tisch hervor und lief in Richtung des zerborstenen Fensters. Während des Laufens erkannte er mithilfe der Brille, dass die Angreifer sich vor Schmerzen auf dem Boden wanden. Er sprang mit einer Hechtrolle aus dem Fenster, landete in dem wild wuchernden Gras des Gartens, hob seine Waffe, hastete zu den sich windenden Angreifern und jagte jedem von ihnen eine Kugel in den Kopf.

Plötzlich erhellte eine weitere Explosion die Nacht. Crane deaktivierte den Infrarotmodus der Brille, drehte sich um und sah einen riesigen Feuerball aus dem Haus aufsteigen, das sie zwei Wochen lang als Observierungsversteck genutzt hatten. Er vermutete, dass Tolino und Woodcock tot waren. Verfluchte Scheiße. Seine Partner tot, das Einsatzteam tot, aber vielleicht…

"Observierungsteam 1 und 2, können Sie mich hören?",
„Deine Observierungsteams sind tot, genau wie alle anderen! Ergib dich und wir lassen dich leben. Ansonsten droht dir das selbe Schicksal!", hörte er aus seinem Headset.
„Fick dich!", fluchte Crane in sein Mikrofon.
Er riss sich die Kopfhörer herunter, sprintete zum Ende des Gartens, sprang wie ein Hürdenläufer über einen ein Meter hohen

Zaun, und ging hinter einem Baum in Deckung.
Er befand sich in einem angrenzenden Garten. Vor ihm sah er ein baugleiches Haus wie das, aus dem er gerade geflohen war. Die Fenster waren mit Brettern vernagelt. Hier schien ihm keine Gefahr zu drohen. Links erkannte er einen schmalen Weg, der zur Straße führte. Vorsichtig pirschte er sich geduckt dort entlang.
Auf der Straße, in zwanzig Meter Entfernung, standen zwei Fahrzeuge. Ein Transporter und eine Limousine, beide schwarz lackiert. Der Transporter war leer. Mit ihm mussten die Angreifer angerückt sein. Die Limousine hatte schwarz getönte Scheiben, die es mit bloßem Auge unmöglich machten zu erkennen, wie viele Leute darin saßen. Mit der Infrarotbrille allerdings sah er, dass sich auf den Vordersitzen zwei Personen befanden. Die Rückbank war leer. Die Hausecke, hinter der Crane sich versteckte, lag im Dunkeln, sodass die Insassen ihn nicht erkennen konnten. Er nahm das Auto mit tödlicher Ruhe ins Visier und schoss beiden jeweils eine Kugel in den Kopf. Er rannte zu dem Transporter, riss die Tür auf und schloss das Fahrzeug kurz. Mit quietschenden Reifen fuhr er los. Im Rückspiegel sah er, dass die verbliebenen Gegner auf die Straße preschten und auf den Wagen feuerten. Mehrere Kugeln schlugen in das Blech ein, richteten aber keine größeren Schäden an. Er schlitterte um die nächste Kreuzung und gab weiter Vollgas. Es waren nirgendwo weitere Verfolger zu sehen. Er war entkommen. Für den Moment.

4
Deutschland, 1943

Die Stadt Köln lag in Trümmern. Überall loderten Feuer, und wohin man auch blickte stieg dicker, schwarzer Rauch in den Himmel empor. Denjenigen, die überlebt hatten, kam es so vor, als hätte der Leibhaftige die Stadt heimgesucht. Es war der Morgen nach einem schweren Flächenbombardement der Alliierten im zweiten Weltkrieg, bei dem 90% der Kölner Innenstadt zerstört wurde, und bei dem auch das Wahrzeichen der Stadt - der Kölner Dom - schwer beschädigt wurde.

Ein kleiner, dunkelblonder, achtjähriger Junge irrte ziellos durch die Trümmer. Wie durch ein Wunder hatte er überlebt, als eine Bombe das Gebäude traf, in dessen Keller er und seine Mutter sich versteckt hatten. Er selber hatte den Einschlag bis auf ein paar kleine Kratzer unbeschadet überstanden. Aber seine Mutter war tot. Lebendig begraben unter einer Lawine von Schutt. Hilflos hatte er das Unglück mit ansehen müssen. Er hatte zwar anschließend versucht, seiner Mutter zu helfen und den Schutt mit bloßen Händen zur Seite zu räumen, doch die Trümmerteile waren einfach zu schwer für ihn. Die ganze Nacht lang hatte er vor dem Trümmerhaufen gesessen, hatte geweint und gehofft, dass seine Mutter vielleicht doch noch am Leben sei und sich aus eigener Kraft befreien konnte. Doch die Hoffnung war vergebens. Als am Morgen dann die ersten Strahlen Tageslicht in die Ruine fielen, kletterte der Junge aus dem zerstörten Haus hinaus ins Freie. Da sein Vater bereits vor Monaten an der Front gefallen war, hatte diese grauenhafte Nacht den Jungen zum Vollwaisen gemacht.

Auf seinem Weg durch die Trümmer der Stadt hörte er plötzlich hinter sich eine gütige, sanfte Frauenstimme:

„Hallo, kleiner Mann!"

Er drehte sich um und sah eine Frau, die ebenfalls einen kleinen Jungen bei sich hatte.

„Ich bin Katharina Metz und das ist mein Sohn Richard. Können wir dir helfen?"

„M-m-meine M-M-Mama…k-k-konnte ihr nicht h-h-helfen….s-s-s-ie ist t-t-ot…", brachte er schluchzend hervor.

„Oh, das tut mir unendlich leid, Jungchen. Ich kann gut verstehen, wie du dich fühlst, denn auch ich habe viele meiner Liebsten und meinen Ehemann verloren. Dieser Krieg hat so vielen Menschen Leid und Elend gebracht. Wie heißt du denn?"

„Josef Conrad", flüsterte der Junge.

Trotz ihrer zerlumpten Klamotten, dem rußgeschwärzten Gesicht und den schmutzigen, blonden Haaren sah Katharina für ihn aus

wie ein Engel. Ihr Sohn Richard war seiner Mutter wie aus dem Gesicht geschnitten. Neugierig musterte er Josef.
„Du kannst bei uns bleiben, wenn du möchtest? Wir sind auf der Suche nach etwas Essbarem.", sagte Katharina.
Josef zögerte, doch dann lief er in die Arme der Frau und weinte aus Erleichterung und Dankbarkeit darüber, dass er diesen Alptraum nicht mehr alleine durchstehen musste.
Doch die beiden folgenden Jahre waren hart. Weitere Bombenangriffe, Angst und nagender Hunger machten den Dreien schwer zu schaffen. Schmutzig und zerlumpt zogen sie durch die Stadt, suchten Nahrung oder halbwegs sichere Plätze für die Nacht. Sicher vor den Bomben, oder im Winter vor klirrender, todbringender Kälte.
Doch sie überlebten und trotz, oder vielleicht auch gerade wegen der widrigen Umstände, hatte sich zwischen Richard und Josef eine tiefe Freundschaft entwickelt. Anfangs war Josef sehr verschlossen und sprach kaum ein Wort. Doch mit und mit öffnete er sich. Für ihn wurde Richard, obwohl er nur unwesentlich älter war, zu seinem großen Bruder.
Nach dem Ende des Weltkriegs wühlten sich die zwei durch die Trümmer von Köln auf der Suche nach Lebensmitteln oder nützlichen Gegenständen, die man gegen Nahrung tauschen konnte. Obwohl der Schmerz über den Verlust seiner Mutter sehr tief saß, verschwand langsam der Trübsinn aus Josefs blauen Augen. Er hatte eine neue Familie gefunden, die er achtete und ehrte, doch tief in seinem Herzen trug er immer noch die Erinnerungen an seine verstorbene Mutter, die er über alle Maßen vermisste, obwohl Katharina ihn behandelte, als wäre er ebenfalls ihr Sohn und keinen Unterschied machte zwischen ihrem leiblichen Kind und ihm.
Josef und Richard wuchsen heran.
Im Teenager Alter verdienten sie bei Gelegenheitsjobs ihr erstes Geld, unter anderem durch Botengänge oder als Bauhelfer beim Wiederaufbau nach dem Weltkrieg. Jeden Pfennig den sie erhielten, sparten sie, um sich ihren großen Traum zu erfüllen: Eine eigene Firma namens "Conrad & Metz".
Richard und Josef waren unzertrennlich. Wo der eine war, war

auch der andere nicht weit. Die schwierige Zeit nach dem Ende des Krieges, geprägt von Hunger und Leid, und der jeweilige Verlust ihrer Väter hatte sie eng zusammen geschweißt.
Anfang Zwanzig schließlich wagten sie den großen Schritt und gründeten „Conrad & Metz Bau". Es wurden harte, entbehrungsreiche Jahre voller Knochenarbeit, mit vierzehn bis sechzehn Arbeitsstunden pro Tag, 7 Tage die Woche. Aber es gelang ihnen sich einen Namen als hervorragende und zuverlässige Baufirma zu machen. Das Wirtschaftswunder kam ihnen dabei zu Gute. Da sie sich vor Aufträgen kaum retten konnten, wurden aus einer zusätzlichen Hilfskraft zwei, dann zehn und schließlich fast einhundert Arbeiter. Josef und Richard verdienten so viel Geld, wie sie es sich niemals hätten vorstellen können. Katharina mit ihrer gütigen, aber dennoch entschiedenen Art sorgte dafür, dass sie die Bodenständigkeit nicht verloren, und mit beiden Beinen fest im Leben standen.
Doch irgendwann packte die beiden die Abenteuerlust. In Deutschland hatten sie alles erreicht was man sich nur wünschen konnte. Sie waren aber der Bürokratie und den Einschränkungen, die einem in ihrer Heimat auferlegt wurden, überdrüssig geworden. So fassten sie den Plan ihr Geschäft zu verkaufen und ihre Heimat in Richtung Amerika zu verlassen, um dort noch einmal ganz von vorne anzufangen. Geld für einen solchen Neuanfang hatten die beiden mehr als genug. Sie fragten Katharina, ob sie sich ihnen anschließen wolle. Doch sie lehnte ab. Zu sehr hing ihr Herz an Köln, und irgendwo einen Neustart zu wagen, konnte sie sich in ihrem Alter nicht mehr vorstellen. Nach einem tränenreichen Abschied von der Frau, die sie mit ihrer liebe- und aufopferungsvollen Erziehung zu den Menschen gemacht hatte, die sie waren, kehrten sie ihrem Heimatland den Rücken.

MIAMI, siebziger Jahre

Der boomende Immobilienmarkt in Florida stellte für Josef Conrad und Richard Metz eine lohnende Investition dar. Ihre neue Firma "Conrad & Metz Real Estate" wurde schnell in ganz Miami und Umgebung zur bekanntesten und renommiertesten

Immobilien-Maklerfirma. Die Erfahrungen, die sie in Deutschland mit ihrer Baufirma gemacht hatten, kamen ihnen dabei zu Gute. In Downtown Miami mit Blick auf die Bay Area und den Hafen, bauten sie ihre neue Firmenzentrale. Einen imposanten, dreißigstöckigen Bau aus Stahl und Glas.
Sie avancierten zu den begehrtesten Junggesellen in Miami. Beide groß, schlank und von Floridas Sonne braun gebrannt. Josef mit dunkelblonden Haaren, an den Schläfen leicht ergraut, und blauen Augen, die manchmal regelrecht zu leuchten schienen.
Richard mit blonden, lockigen Haaren und grünen Augen. Ihre prall gefüllten Geldbörsen taten ihr übriges. Sie waren die gefeierten Stars im Jet Set Leben von Miami, um deren Gunst Politiker und Prominente buhlten.
Richard erarbeitete sich einen Ruf als Playboy und hatte einen äußerst hohen Frauenverschleiß. Unzähligen, volltrunkenen Hochzeiten während Wochenendtrips in Las Vegas, folgten genau so viele Eheannullierungen am nächsten Morgen; meistens in Verbindung mit einer großzügigen Abfindung. Er zeigte kein Interesse an festen Beziehungen und hatte auch nicht vor, eine Familie zu gründen. Zu sehr genoss er die Vorzüge, die sein Status in der Stadt ihm ermöglichte. Sehr zum Leidwesen seiner Mutter, die traurig darüber war, wie Richard sich in Amerika entwickelt hatte.

Josef war das genaue Gegenteil. Er legte Wert auf feste, konstante Beziehungen. Auch wenn er im Laufe der Jahre die ein oder andere längere Partnerschaft hatte, so war dennoch bis jetzt nicht die Frau seines Lebens dabei gewesen. Insgeheim wünschte er sich eine Familie und Kinder, die ihn abends erwarteten, wenn er nachhause kam, und mit denen er Reichtum und Wohlstand teilen konnte.

Eines Abends schloss Josef sein Büro in Richards und seinem Firmensitz ab, als er bemerkte, dass in einem anderen Büro am Ende des Flurs noch Licht brannte. Eine Frau saß an ihrem Schreibtisch und arbeitete. Sie war ihm hier und da schon mal über den Weg gelaufen, doch bis zu diesem Zeitpunkt war sie

ihm aufgrund des Arbeitsstresses nicht wirklich aufgefallen. Sie stand auf und kam zu ihm herüber.
„Guten Abend, Herr Conrad. Mein Name ist Minnie O'Connor. Vielleicht erinnern Sie sich noch an mich? Mr. Metz hat mich vor zwei Wochen eingestellt."
„J-ja, ähm, natürlich Miss O'Connor, ja natürlich", stammelte er. Sie war die schönste Frau, die er jemals gesehen hatte. 1,75m groß mit wohlproportionierten, weiblichen Rundungen. Braune, lange Haare zu einem Pferdeschwanz gebunden. Ein schön geschnittenes Gesicht mit vollen, sinnlichen Lippen und haselnussbraunen Augen.
Er nahm allen Mut zusammen und fragte:
„Hätten Sie vielleicht…eventuell…möglicherweise Lust auf…auf eine Tasse Kaffee im News Café?"
„Oh Mann", dachte er, *„ich rede wie ein schüchterner Teenager!"*
„Liebend gern", antwortete sie mit einem warmen Lächeln, das sein Herz schneller schlagen ließ.
„A-also morgen Abend?, fragte er leicht errötet.
„Sehr gerne, Herr Conrad.", sagte sie und zwinkerte ihm zu.

Den gesamten folgenden Tag war Josef rastlos und nervös und konnte sich kaum auf seine Arbeit konzentrieren. Ständig blickte er auf seine Uhr und wartete sehnsüchtig auf den Abend. Als er sich schließlich abends in sein Auto setzte, um Minnie abzuholen, hätte er vor lauter Nervosität auch noch beinahe einen Unfall gebaut.
Es wurde für beide ein äußerst schöner und unterhaltsamer Abend. Sie lachten viel, und auf Anhieb entstand zwischen ihnen eine tiefe Vertrautheit und Verbundenheit, obwohl sie sich gerade erst kennenlernten.
Am Ende des Abends, als Richard sie vor ihrer Haustüre absetzte, fragte er, ob sie sich zukünftig öfters treffen könnten. Sie bejahte mit ihrem warmherzigen Lächeln, das ihm Schmetterlinge im Bauch verursachte. Vor lauter Aufregung konnte er in dieser Nacht kaum schlafen, denn ständig kreisten seine Gedanken um Minnie O'Connor.

Fortan gingen die beiden miteinander aus. Der schüchterne und zurückhaltende Josef, der immer eine leichte Traurigkeit ausstrahlte, wurde ein lebenslustiger und fröhlicher Mensch. Minnie schaffte es, das klaffende Loch in seinem Herzen, das der Verlust seiner Mutter in jungen Jahren hinterlassen hatte, zu füllen. Nachdem die beiden ein Jahr zusammen waren, machte er ihr bei Sonnenuntergang am Strand von Miami South Beach einen Heiratsantrag. Mit Tränen in den Augen sagte sie ja und er streifte ihr einen diamantenbesetzten Verlobungsring über den Finger. Bei der Hochzeit, ebenfalls am Strand von Miami, schworen sie sich die ewige Liebe und aus Ms. O'Connor wurde Mrs. Conrad. Die anschließende Hochzeitsfeier war ein rauschendes Fest, an dem viele Stars und Sternchen teilnahmen. In den Tageszeitungen wurde über die Traumhochzeit des Jahres berichtet. An diesem Abend brachen dutzende Frauenherzen, die gehofft hatten, diesen Mann irgendwann einmal für sich zu gewinnen.
Noch während der Flitterwochen auf den Malediven wurde Minnie schwanger, und gebar neun Monate später ihr erstes und einziges gemeinsames Kind. Einen Jungen, der auf den Namen Peter getauft wurde.

5
Washington DC, 2014

Ziellos fuhr Peter Crane mit dem gestohlenen Transporter durch die Stadt. Seine Gedanken waren so aufgewühlt wie der Atlantik bei stürmischem Wetter. Was war da gerade eben passiert? Er konnte es kaum fassen. So viele Tote. Aber wofür? Und wie konnten die Angreifer so schnell an Ort und Stelle sein? Hatte man ihn überwacht, oder noch schlimmer, sogar verraten? Fest stand, dass die Angreifer exzellent ausgebildet, und vor allem ausgestattet waren. Crane hatte bei ihnen teure, moderne Waffen gesehen. Ihr Vorgehen war militärisch präzise gewesen. Taktisch. Sie hatten es geschafft, praktisch zeitgleich mehrere hervorragend

ausgebildete ISOS Agenten auszuschalten. Das war nicht die Arbeit von einem Haufen Terroristen, oder von einer Gruppe zusammengewürfelter Söldner. Die gingen für gewöhnlich unorganisierter und brutaler vor. Das machte ihn äußerst stutzig. Wer mochte den Angriff initiiert haben? Wer hatte die Ressourcen, das zu tun?
Zu viele Fragen und zu wenige Antworten.

Er versuchte, seine Gedanken zu ordnen und seine nächsten Schritte zu planen.
Zunächst musste er den Transporter loswerden. Er fuhr bereits viel zu lange damit herum, denn er musste davon ausgehen, dass seine unbekannten Kontrahenten die Verfolgung aufgenommen hatten und bereits Jagd auf ihn machten. Der Transporter, der nagelneu und top ausgestattet war, verfügte über ein GPS Navigationssystem, womit es sehr einfach war, ihn aufzuspüren. Gleiches galt für sein Smartphone. Er holte es aus der Tasche, entriegelte es per Fingerabdruckscanner, berührte auf dem Touchscreen ein Icon mit der Beschriftung "DELETE" und gab einen längeren Zahlencode ein. Dadurch wurden ausnahmslos alle Daten auf dem Smartphone unwiderruflich gelöscht und ließen sich selbst durch die geschicktesten Computerspezialisten nicht mehr herstellen. Das alles erledigte er einhändig, fast ohne hinzuschauen während der Fahrt. Anschließend öffnete er das Fenster und warf das Smartphone hinaus.

Crane entdeckte vor ihm ein unterirdisches Parkhaus. Das würde ihm helfen, denn GPS würde dort nicht funktionieren und somit wäre es nicht mehr möglich, das Fahrzeug zu orten. Das konnte ihm etwas Zeit verschaffen - hoffte er zumindest. Er lenkte den Transporter zur Einfahrt des Parkhauses und hielt an der Schranke, um sich einen Parkschein zu ziehen. Anschließend fuhr er in die unterste Etage und parkte in einer dunklen, abgelegenen Ecke.
Ein Blick in den Spiegel verriet ihm, dass sein Gesicht noch immer blutverschmiert war. Mit einem Taschentuch und Speichel reinigte er es notdürftig.

Auch seine Klamotten waren mit Blut besprenkelt, doch in dem Transporter fand er nichts, das er stattdessen hätte überziehen können. Da es jedoch dunkel war, sah das getrocknete Blut auf seiner schwarzen Kleidung aus der Entfernung so aus, als wäre er lediglich mit Schlamm bespritzt worden. Wenn er sich von Leuten weiter entfernt hielt, würde es wahrscheinlich nicht auffallen. In dieser etwas abgelegenen Gegend und zu dieser Tageszeit sollte das kein Problem sein.

Im Handschuhfach fand Crane ein Tuch, mit dem er am Fahrzeug alles abwischte, was er angefasst hatte, um keine Fingerabdrücke zu hinterlassen.

Crane schaute sich gründlich um, entdeckte aber weder Sicherheitskameras noch Zeugen in den wenigen, geparkten Autos. Er entschied sich gegen das hell erleuchtete Treppenhaus und verließ das Parkhaus, indem er die einzelnen Parkdecks hinaufging. Unterwegs stopfte er noch die kugelsichere Weste und sein Holster in einen großen Mülleimer. Den Schalldämpfer der Glock ließ er dabei in seiner Hosentasche verschwinden und die Waffe steckte er unter seinem T-Shirt in den Hosenbund.

ISOS besaß in Washington mehrere sichere Häuser und Wohnungen, in denen Agenten im Notfall untertauchen konnten. Cranes Lage war mehr als nur ein Notfall, sie war eine Katastrophe.

Vor Beginn des Einsatzes hatte er für sich, Tolino und Woodcock ein sicheres Haus vorbereitet, wo sie, falls bei dem Einsatz etwas schief ging, ein paar Tage untertauchen konnten. Crane hatte dort einige nützliche Utensilien untergebracht, die ihm jetzt helfen würden. Allen voran ein Computer, mit dessen Hilfe er heraus finden wollte, welche ominösen Daten sich auf der Speicherkarte befanden. Der Unterschlupf befand sich circa fünfzehn Kilometer von ihm entfernt und so machte er sich zügigen Schrittes auf den Weg, ständig darauf bedacht, keinen Passanten zu begegnen.

Das Gebäude, zu dem Crane wollte, lag in einer der besseren Gegenden Washingtons. Es sah von außen aus wie ein normales mehrstöckiges Wohnhaus. Roter Backstein zierte die Fassade. Es machte einen gepflegten und ordentlichen Eindruck. Rechts und links führten schmale Gassen in einen Hinterhof. Gegenüber befand sich ein kleiner Park, der von dichten Büschen umsäumt wurde.

Unter einem dieser Büsche lag Crane und beobachtet das Haus um sicherzugehen, dass ihn keine bösen Überraschungen erwarteten. Da keine unmittelbare Gefahr zu bestehen schien, stand er auf und ging hinüber zum Eingang. Er drückte seinen Daumen auf einen Fingerabdruckscanner und gab, nach der positiven Identifizierung, einen sechzehnstelligen alphanumerischen Code ein, um die Alarmvorrichtungen zu deaktivieren.

Die Haustür bestand rein optisch aus herkömmlichem Kiefernholz. Man konnte nicht erkennen, dass sie eigentlich aus einer dreißig Zentimeter dicken Stahlplatte gefertigt war, die lediglich mit einer Folie in Holzoptik verborgen wurde. Das Schloss bestand wie bei einem Tresor auf der Innenseite aus drei massiven Stahlbolzen, die beim Abschließen in der Wand verankert wurden. Lautlos aufbrechen konnte man diese Türe definitiv nicht, und sprengen war in dieser eher belebten Wohngegend keine gute Idee, da im Falle einer Explosion mit ziemlicher Sicherheit Nachbarn die Polizei und die Feuerwehr alarmieren würden.

Hinter der Backsteinverkleidung der Fassade bestanden die Außenwände aus ein Meter dickem, stahlbewährtem Beton. Selbst eine Panzerfaust könnte diese Wände nicht ohne Weiteres durchschlagen. Alle Fenster waren aus zehn Zentimeter dickem Panzerglas gefertigt, und ließen sich nicht öffnen. Rundherum wurde das Haus von versteckten Kameras unauffällig bewacht, die keinerlei toten Winkel hatten. Der Boden des gesamten Treppenhauses war mit druckempfindlichen Platten belegt, die Alarm auslösten, sobald eine Person auf sie trat, sofern das Sicherheitssystem des Hauses aktiviert war. All diese Sicherheitsmaßnahmen dienten nur einem Zweck: Den Bewohnern sollte bei drohender Gefahr genügend Zeit verschafft werden, zu fliehen. Denn im Keller gab es insgesamt vier unterirdische Fluchtwege, die alle in unterschiedliche Richtungen führten. Einer führte in die Kanalisation. Ein anderer endete an einer Eisengitterabdeckung am Ende des gegenüberliegenden Parks. Der Dritte im Keller eines

Wohnhauses in der Nähe und der Vierte im Vorratskeller eines Restaurants. Die jeweiligen Ausgänge waren gut gesichert und versteckt, und nur von innen zu öffnen. Ein zusätzlicher Notausgang im Obergeschoss gab einem die Möglichkeit, über die Dächer der Nachbarhäuser zu entkommen.
In dem Haus gab es insgesamt sechs Wohneinheiten verteilt auf drei Etagen. Crane betrat das Treppenhaus und wählte eine kleine Wohnung direkt am Kellerzugang. Sie war karg eingerichtet. An der rechten Wand stand ein Bett. Daneben ein kleiner Schreibtisch, auf dem sich ein Computer befand, vor dem ein einfacher Schreibtischstuhl stand. Links gelangte man ins Bad, neben dessen Tür ein Kleiderschrank aufgebaut war, der auch als Waffenschrank diente.
Crane zog sich aus und nahm erst mal eine lange, heiße Dusche.

Nach der Dusche setzte sich Crane vor den Computer und fuhr ihn hoch. Er schob die Speicherkarte in den SD-Slot und klickte mit der Maus auf das Laufwerk. Auf dem Monitor erschien eine schier unendliche Kombination aus Ziffern und Buchstaben. Die Informationen auf der Karte waren kodiert. Vermutlich brauchte man das Notebook der vier Terroristen, um die Daten dekodieren zu können, doch in das Haus der Terroristen konnte er nicht mehr zurück.
Crane kannte sich zwar recht gut mit Computern aus, aber dieser Code überstieg dann doch seine Fähigkeiten. Er kannte allerdings Leute, die ihm mit Sicherheit helfen konnten. Sein alter Freund Arif Arsan, ein begnadeter Hacker und Computerspezialist und Lilly Jaxter, Kryptographie Spezialistin, die als freie Mitarbeiterin für ISOS tätig war.

Crane kannte Lilly schon seitdem sie ein Kind war, denn sie war die uneheliche Tochter von Peters Patenonkel. Die vierzehn Jahre jüngere Lilly war so etwas wie Peter's kleine Schwester.
Lilly war schon von Kindesbeinen an fleißig und wissbegierig und schrieb immer gute Noten. Am College studierte sie Mathematik. Anschließend brachte Peter sie bei ISOS unter, wo sie sich dann

auf Kryptographie spezialisierte, aber auch eine Ausbildung als Außendienst Agentin absolvierte. Lilly Jaxter war eine blauäugige 1,65 m große Blondine, die nicht nur äußerst attraktiv, sondern auch hoch intelligent war. Doch nicht nur das. Als Gegnerin war sie auch verdammt gefährlich.

Arif Arsan war in früheren Zeiten einer der meist gesuchten Cyber-Kriminellen. Unter seinem Synonym "Der Türke" richtete er erhebliche Schäden in den größten und wichtigsten Computernetzwerken der Welt an. In seiner Anfangszeit bei ISOS wurde der junge Peter Crane auf Arsan angesetzt, um diesen zur Strecke zu bringen. Als es dem jungen Agenten schließlich gelang, den Hacker zu fassen, machte Crane ihm ein Angebot: Er würde Arsan nicht an die Behörden ausliefern, wenn er seine kriminelle Karriere beendete, und Cranes ISOS Team als Computerspezialist beitrat. Ohne zu zögern, stimmte der Hacker zu.
Im Laufe der Jahre entwickelte sich zwischen den beiden eine typische Männerfreundschaft. Als sich ihre Wege vor zwei Jahren trennten, zog der Türke nach Berlin. Crane wusste genau, wo er ihn dort finden würde. Und auch von Lilly wusste er, dass sie momentan in Berlin war. Somit war Cranes nächstes Ziel klar.
Mit dem PC, den Crane vor sich hatte, war es mit einer Verschlüsselungssoftware möglich, über eine sichere Leitung zu telefonieren. Crane wählte die Nummer von ISOS Direktor John McDermott.
„McDermott hier."
„Ich bin's, Crane."
„Crane, Gott sei Dank, Sie leben! Was zum Teufel ist passiert? Wir hatten plötzlich jeglichen Kontakt zu Ihnen und Ihrem Team verloren!"
„Sie sind alle tot, Sir. Alle Agenten, die an dem Einsatz beteiligt waren, sind tot. Die Verdächtigen ebenfalls. Es war eine gottverdammte Falle. Ich habe allerdings noch keinen blassen Schimmer, wer dahinter stecken könnte.", erzählte Crane aufgebracht.
„Alle? Alle tot….?", Direktor McDermott war zutiefst schockiert und verstummte.
„Ja, Sir. Es war ein regelrechtes Massaker". Er hörte den Direktor

schwer atmen.

Nach einer Pause fragte Crane: „Wer ist noch bei Ihnen, Direktor?"

„Neben mir sitzen Vize Direktor Moore, Super Advisor Hudson und Senior Special Agent Reynolds. Der Telefonlautsprecher ist eingeschaltet.", antwortete McDermott, immer noch um Fassung ringend.

Moore, Hudson und Reynolds zählten neben Crane zu den engsten Vertrauten des Direktors. Alle drei starrten ungläubig auf das Telefon.

„Was ist schief gelaufen?", presste McDermott durch zusammengebissene Zähne hervor.

„Ich weiß es nicht. Alles lief zunächst nach Plan. Wir sind in das Haus eingedrungen und haben die Verdächtigen überwältigt. Doch bevor wir sie verhören konnten, wurde von außen das Feuer eröffnet und die Hölle brach über uns hinein. Ich selber konnte nur mit knapper Not entkommen.", berichtete Crane. „War die Polizei schon vor Ort? Gab es Zeugen? Sind die Leichen der Angreifer, die ich erledigen konnte, identifiziert?"

„Welche Leichen? Es gab keine. Keine Leichen, kein Blut, keine Hinweise auf eine gewaltsame Auseinandersetzung, keine Zeugen. Nachdem wir den Kontakt zu Ihnen verloren hatten, schickten wir einen Agenten dorthin, um nach dem Rechten zu sehen. Er fand jedoch nichts vor, was auf den von Ihnen geschilderten Hergang schließen ließe. Die Feuerwehr und die Polizei waren zwar vor Ort, jedoch wegen der Explosion in dem Haus, in dem Sie ihr Versteck hatten. Laut dem Brandermittler hatte es eine Gasexplosion gegeben."

„Wie zum Teufel ist das möglich? Es hat mindestens fünfzehn Tote gegeben. Die Leichen können doch nicht, mir nichts dir nichts, innerhalb so kurzer Zeit verschwunden sein. Außerdem muss es hunderte Beweise am Tatort geben!?", Crane war fassungslos.

„Seltsamerweise waren Polizei und Feuerwehr erst circa eine Stunde später vor Ort. Mehr als genug Zeit, um Spuren zu beseitigen. Das, was von dem Haus noch übrig war, welches Sie als Versteck genutzt hatten, war in der Zeit bis die Rettungskräfte eintrafen, bereits bis auf die Grundmauern abgebrannt. In den Trümmern hatte man allerdings ebenfalls keine Leichen gefunden. Tolino und Woodcock sind jedenfalls nicht bei der Explosion ums Leben gekommen", erklärte McDermott weiter.

„Sehr beunruhigend das Ganze. Da hat wohl jemand mit verdammt viel Einfluss seine Finger im Spiel.", folgerte Crane düster.

„Ich fürchte, ja. Konnten Sie wenigstens die Speicherkarte beschaffen?"

„Ja, Sir. Ich habe sie bei mir, aber sie ist verschlüsselt. Vermutlich braucht man den Computer der Terroristen, um die Daten zu dekodieren."

„Wo sind Sie momentan?"

„In einem sicheren Haus in Washington."

„Dann kommen Sie sofort in die Zentrale. Ich lasse Sie abholen. Unsere Computerspezialisten können den Code mit Sicherheit knacken."

„Nein, Sir! Zu gefährlich. Ich bin mir nicht sicher, wem ich im Moment trauen kann. Ich mache alleine weiter, bevor noch mehr Leute sterben müssen. Sie hören von mir, sobald ich Näheres weiß."

„Crane, diese Angelegenheit nimmt ungeahnte Ausmaße an. Sie können das nicht alleine regeln. Sie brauchen Hilfe.", entgegnete McDermott scharf.

„Vertrauen Sie mir, Sir. Ich weiß, wo ich Hilfe finde. Halten Sie unsere Leute in Alarmbereitschaft. Möglicherweise müssen wir schnell reagieren, wenn ich herausgefunden habe, was hinter dieser Tragödie steckt."

„Ok. Einverstanden, Peter. Tun Sie alles, was nötig ist. Ich halte ihnen den Rücken frei. Und viel Glück."

„Danke, Direktor!"

Crane beendete das Gespräch.

Fünfzig Kilometer von Crane entfernt, in der ISOS Zentrale, verließ eine der vier Personen, die bei dem Telefonat anwesend waren, den Konferenzraum und ging auf die Toilette. Er zückte sein Handy und wählte eine Nummer. Jemand nahm das Gespräch an.

„Ich weiß, wo er steckt. In einem sicheren Haus in Washington…"

Crane fuhr den Computer herunter und ging zum Kleiderschrank. Neben diversen Schnell- und Handfeuerwaffen befand sich dort ebenfalls eine Waffe, welche von den TARC-Ingenieuren entwickelt worden war. Sie war größer und schwerer als eine normale Handfeuerwaffen, hatte jedoch eine ähnliche Form. Geladen wurde sie mit extrem durchschlagskräftigen Explosivgeschossen. Das Besondere war, dass diese Geschosse nicht direkt beim Aufprall explodierten, sondern erst nach dem Eindringen in die Oberfläche. So wurde es dem Schützen ermöglicht, selbst massives Mauerwerk zu zerstören, oder einen PKW mit nur einem einzigen Schuss außer Gefecht zu setzen. Die Entwickler nannten diese Waffe „High Powered Gun", kurz HPG.

Crane entnahm dem Schrank einen Rucksack, den er dort deponiert hatte. In dem Rucksack hatte er diverse Sachen verstaut, mit deren Hilfe er sein Aussehen verändern konnte. Außerdem Reisepässe verschiedener Nationalitäten, die auf diverse Namen ausgestellt waren. Dazu noch mehrere Bündel Bargeld unterschiedlicher Währungen. Aus dem Schrank nahm er die HPG, eine Glock 31 mit drei Ersatzmagazinen und eine kompakte Sig Sauer, und steckte sie ebenfalls in die Tasche.

Crane schloss den Schrank, aktivierte über ein Zahlenfeld neben der Eingangstür die Alarmanlage und verriegelte die Tür. Er benötigte dringend zwei Stunden Schlaf. Er legte sich auf das Bett und war fast sofort eingeschlafen.

Was war das? Ein Knarzen draußen im Treppenhaus. Crane war sofort hellwach und schaute auf seine Uhr. Er hatte gerade mal eine halbe Stunde geschlafen. Mit pochenden Kopfschmerzen stand er auf, schlich leise zur Eingangstür und lauschte.

Da war es wieder. Jemand befand sich im Flur und kam auf seine Unterkunft zu. Unmöglich. Ohne den passenden Fingerabdruck und dem Sicherheitscode konnte niemand die Alarmanlage deaktivieren. Adrenalin schoss durch seinen Körper und plötzlich war Crane hellwach. Er nahm die HPG und schnallte sich den Ruck-

sack auf den Rücken. Der Eindringling versuchte möglichst lautlos, die Zimmertür zu öffnen. Crane ging hinter dem Schrank in Deckung. Er lud die HPG durch und nahm die Wand neben der Tür ins Visier. Wie er wusste, bestanden die Innenwände lediglich aus normalem Mauerwerk. Crane drückte ab. Mit einem "Plopp" bohrte sich das Geschoss in die Wand und nur Millisekunden später, wurde mit einer gewaltigen, ohrenbetäubenden Explosion die Mauer regelrecht pulverisiert. Der Mann, der dahinter gestanden hatte, lag zusammengesunken an der gegenüberliegenden Wand. Die Wucht der Explosion hatte ihm den Arm abgerissen und dort, wo das Gesicht gewesen war, befand sich nur noch eine blutige Masse. Die Luft war durch die Explosion staubig und trocken, sodass Crane husten musste, woraufhin jemand das Feuer eröffnete und auf das klaffende Loch in der Mauer schoss. Crane lud nach, hockte sich neben das Loch und schoss auf gut Glück ein weiteres Explosivgeschoss den Flur hinunter. Eine erneute, heftige Detonation.
Als sich das Klingeln in seinen Ohren so langsam legte, horchte Crane angestrengt nach Geräuschen, die von weiteren Angreifern zeugten, doch es war totenstill.
Vorsichtig lugte Crane um die Ecke. Das Geschoss der HPG hatte sich in den Putz der Wand neben dem Hauseingang gebohrt und diesen ebenfalls pulverisiert, aber weder dem Beton darunter noch der Panzertüre hatte die Explosion etwas anhaben können.
Dann erblickte Crane den zweiten Eindringling, beziehungsweise das, was von ihm übrig war. An den Flurwänden rundherum klebte ein Schwall von Blut und menschlichem Gewebe. Davor auf dem Boden lag eine klumpige, zerfetzte rote Masse, aus der vereinzelte Knochen hervorragten. Die Detonation musste den Angreifer aus kürzester Distanz mit voller Wucht erwischt haben. Angewidert wandte Crane sich ab. Er war sicher, dass irgendwo noch ein dritter Mann sein musste. Jemand, der draußen die Straße im Auge behielt.
Crane schlich links die Kellertreppe hinunter. In einem kleinen Raum vor ihm befanden sich die Notausgänge. Er entschied sich für den, der im Park endete, denn dort würde er sich im Rücken

des vermutlichen dritten Mannes befinden.
Neben der Tür des Notausgangs gab er über ein Tastenfeld einen Code ein, öffnete dann die Tür und verriegelte sie hinter sich wieder. Anschließend sprintete er einen langen Gang hinunter, musste dabei aber aufpassen, dass er auf dem glitschigen Boden nicht ausrutschte. Schließlich erreichte er einen Schacht, welcher über eine Metallleiter in den Park führte. Crane erklomm die Sprossen und öffnete das Abdeckgitter am Ende des Schachtes. Da es Nacht war, befand sich keine Menschenseele im Park. Crane robbte unter einen Busch und schaute hinüber zum sicheren Haus. Ein Mann mit schwarzem Anzug und Krawatte stand an der Ecke des Eingangs und blickte vorsichtig den Flur hinunter, offenbar unschlüssig, ob er es riskieren konnte, das Treppenhaus zu betreten, nachdem seine beiden Kollegen einen grauenhaften Tod gestorben waren. Der Anzug des Mannes war schmutzig vom Staub der beiden Explosionen, aber ansonsten schien er unverletzt.
Jetzt musste es schnell gehen. Die Polizei war bestimmt schon unterwegs.
Crane kroch unter dem Busch hervor, überquerte leise die Straße, nahm die Glock, schlich sich von hinten an den Mann heran und drückte ihm die Mündung seiner Pistole an den Kopf.

„Waffe fallen lassen."
Der Mann warf seine Pistole in den Flur.
„Wer hat Sie geschickt?", fragte Crane.
„Der große Peter Crane. Sie haben keine Ahnung, mit wem Sie es zu tun haben. Sie sollten lieber aufgeben!"
Crane hieb dem Mann die Pistole auf den Kopf.
„WER HAT SIE GESCHICKT?"
„Sie sind den falschen Leuten auf die Füße getreten, Mr. Crane. Man wird Sie zerquetschen wie eine Schmeißfliege!"
Ein erneuter Schlag auf den Kopf.
„Zum letzten Mal: Wer hat sie geschickt?"
„Leck mich!"
Crane schob den Mann durch den Eingang in den Flur und drückte ab. Leblos fiel der Angreifer wie ein nasser Sack zu Bo-

den. Anschließend schloss er die Eingangstür, denn so würde es die Polizei einige Zeit kosten, diese wieder zu öffnen. Zeit, die er brauchte, um zu verschwinden.

In der Ferne konnte er Sirenen näher kommen hören. Er lief die Gasse neben dem Haus hinunter. In einem kleinen Hinterhof befand sich der Zugang zu einer Garage in der, wie er wusste, ein Auto stand. Die Garagentür war unverschlossen und er trat ein. Vor ihm stand ein dunkelblauer Chevrolet Impala. Er öffnete das Garagentor, stieg in den Wagen, nahm den Schlüssel hinter der Sonnenblende und brauste los. Bewusst ließ er das Licht des Fahrzeugs noch ausgeschaltet. Als er mit einem Satz auf die Hauptstraße hinausstieß, konnte er in einiger Entfernung bereits das Blaulicht der Polizeiwagen sehen. Mit gezogener Handbremse schlitterte Crane um die Kurve und gab dann Vollgas. Der Wagen preschte vorwärts.

Nachdem er einige hundert Meter zurückgelegt hatte, schaute Crane in den Rückspiegel. Die Polizeiwagen hatten das vermeintlich sichere Haus erreicht und hielten dort abrupt an. Offenbar hatten sie ihn nicht gesehen, denn niemand verfolgte ihn. Er mäßigte sein Tempo auf die erlaubte Höchstgeschwindigkeit und schaltete das Abblendlicht ein.

Während der Fahrt ließ Crane die letzten Stunden Revue passieren. Nur eine Hand voll Leute wussten von dem Observierungsauftrag. Die Sicherheitscodes für die sicheren Häuser kannten nur einige, wenige Mitarbeiter, die in der Hierarchie von ISOS relativ weit oben saßen. Das ließ nur einen Schluss zu: Ein Maulwurf in der Führungsetage von ISOS. Crane hatte einen Verdacht und er würde alles daran setzen, den Schuldigen zu überführen und ihm den Arsch aufzureißen!

Aber zunächst musste er nach Berlin, um die SD-Karte zu entschlüsseln. Einen Linienflug nach Deutschland zu nehmen war zu gefährlich, da die Flughäfen mit Sicherheit von den Leuten überwacht wurden, die ihm nach dem Leben trachteten.

In New York gab es jedoch jemanden, der ihm in dieser Angelegenheit weiterhelfen konnte.

6
Peter Crane

Peter Conrad sah seiner Mutter Minnie verblüffend ähnlich, erbte aber die leuchtend blauen Augen und die dunkelblonden Haare seines Vaters Josef. Er verlebte eine unbeschwerte Kindheit in der großen Villa seiner Eltern in Miami. Minnie und Josef kümmerten sich liebevoll um ihn. Da er Einzelkind war, lasen sie ihm jeden Wunsch von den Lippen ab. So veranstalteten sie an seinen Geburtstagen riesige Feste mit Clowns, Zuckerwatte und Eiscreme, zu denen Peters gesamte Klasse und alle Freunde und Verwandte eingeladen wurden. Peter besuchte eine Privatschule und brachte immer gute Noten mit nach Hause. Ihm stand eine große Zukunft bevor, da waren sich seine Lehrer einig.
Er war ein lebhaftes Kind und hatte in seiner Schulklasse viele Freunde.
Trotz des ganzen Luxus, der ihm ermöglicht wurde, blieb Peter allerdings ein ganz normales und bodenständiges Kind. Die versnobte Arroganz, die Kinder reicher Eltern oftmals an den Tag legten, suchte man bei ihm vergebens, was sicherlich ein Grund dafür war, warum er überall so beliebt war.

Sein Vater arbeitete nach wie vor sehr, sehr viel, versuchte aber jede freie Minute mit seiner Frau und seinem Sohn zu verbringen. Wenn Josef Conrad eine seiner häufigen Geschäftsreisen antreten musste, nahm er seine Familie mit sooft er konnte, sofern Peter Ferien hatte. Ansonsten passte während der Abwesenheit seiner Eltern Peters Patenonkel Richard Metz auf den Jungen auf. In den Sommerferien flog die Familie so regelmäßig wie möglich gemeinsam nach Deutschland, um Peters Oma Katharina Metz zu besuchen. Die Frau, die Peters Vater Josef nach dem zweiten Weltkrieg aufgenommen und adoptiert hatte.

Als er zwölf Jahre alt war, reisten Peters Eltern auf Geschäftsreise nach Ägypten, um sich mit Investoren für ein neues Projekt zu treffen. Peter blieb bei Richard, da er in dieser Woche in der

Schule zwei Klassenarbeiten schreiben musste. Es sollte Josefs letzte Geschäftsreise sein, denn er plante, seine Firmenanteile an Richard zu verkaufen und sich zur Ruhe zu setzen, um mehr Zeit für seine Familie zu haben. Nach all den stress- und arbeitsreichen Jahren war es für ihn an der Zeit, einen Gang zurück zu schalten, und ein ruhigeres Leben außerhalb der Öffentlichkeit und des Berufs zu verbringen.

Bericht aus der Tageszeitung "Miami Herald":

Bombenattentat in Ägypten
Am gestrigen Abend starben bei einem Bombenattentat in der Altstadt von Kairo elf Menschen. Weitere sechs wurden zum Teil schwer verletzt. Ein Selbstmordattentäter hatte in einer Gruppe von Touristen einen Sprengsatz gezündet. Unter den Opfern befanden sich auch zwei amerikanische Staatsbürger und Einwohner von Miami. Josef Conrad und seine Frau Minnie standen laut Augenzeugenberichten in unmittelbarer Nähe des Attentäters, als dieser die Bombe zündete. Beide waren sofort tot. Josef und Minnie Conrad hinterlassen einen zwölfjährigen Sohn.

Richard Metz legte die Zeitung beiseite und fing hemmungslos an zu weinen. Josef und Minnie, beide tot. Er konnte es nicht fassen. Peter, der arme, arme Junge. Ein Vollwaise genau wie sein Vater Josef.

Als Richard Minnie vor vielen Jahren einstellte, hatte er sich heimlich in sie verliebt. Doch sie hatte sich für seinen Freund und Partner Josef entschieden. Aus Respekt vor ihm hatte Richard ihr allerdings niemals irgendwelche Avancen gemacht und auch nie über seine heimliche Liebe zu ihr gesprochen. Der Gedanke daran, Josef und Minnie niemals wieder zu sehen, brach ihm das Herz und Richard fühlte sich plötzlich unendlich einsam. Seit dem Alter von acht Jahren waren Richard und Josef unzertrennlich. Josef war Richards Freund und Bruder gewesen. Doch nicht nur das. Josef, der Bodenständige und Solide, war auch immer so etwas wie Richards Gewissen gewesen. Er, Richard, war der Draufgänger. Der Lebemann. Der Mann, der fernab von Moral und Skrupeln agierte. Josef hatte ihn mehr als einmal wieder auf den rechten Pfad gebracht und hatte ihn von simplen Dummheiten - oder Schlimmerem - abgehalten. Und nun war sein Bruder tot.

Natürlich würde er Peter zu sich nehmen und versuchen, ihm ein guter Vater zu sein. Das war er dem Jungen, und natürlich Minnie und Josef schuldig, auch wenn er diese beiden wohl niemals würde ersetzen können.

Schweren Herzens nahm Richard zunächst den Telefonhörer in die Hand und wählte die Nummer seiner Mutter Katharina in Deutschland, um ihr die Hiobsbotschaft zu überbringen. Auch sie war natürlich am Boden zerstört, dass Josef, den sie geliebt hatte wie einen eigenen Sohn, und Minnie, auf so tragische Weise ums Leben gekommen waren. Sofort packte sie ihre Koffer und machte sich auf den Weg in die USA, um sich mit Richard gemeinsam um Peter zu kümmern.

Als Richard Peter behutsam mitteilte, dass seine Eltern gestorben waren, zerbrach etwas in dem Jungen. Auch er fing an zu weinen und trommelte mit den Fäusten auf die Brust des Mannes ein. „Du lügst, Mom und Dad sind nicht tot. Sie haben mir versprochen, dass sie bald wieder zurück sind!"

Richard versuchte, den Jungen zu umarmen, doch Peter riss sich los, rannte in sein Zimmer und verkroch sich dort für mehrere Tage. Peter fühlte sich einsam und alleine gelassen. *„Warum ausgerechnet meine Eltern?"*, fragte er sich immer und immer wieder. Trotz aller Bemühungen von Richard und Katharina wurde Peter sehr verschlossen und lachte nur noch selten. Es gelang ihnen nicht, zu dem Jungen durchzudringen. Peters schulische Leistungen wurden deutlich schlechter. Von seinen Freunden kapselte er sich ab und wurde zum Einzelgänger. Mit seinen Mitschülern geriet Peter ständig aneinander und brach Prügeleien vom Zaun. Mehr als einmal wurde Richard zum Direktor gerufen, weil Peter anderen Mitschülern wieder eine blutige Nase oder ein blaues Auge geschlagen hatte. Daraufhin kam Richard auf die Idee,

Peter in einer Kampfsportschule anzumelden, um seine Aggressionen kanalisieren und abbauen zu können. Und tatsächlich half das dem Jungen. Er ging in dem Training auf, verbrachte jede freie Minute in der Kampfsportschule und wurde dort sehr schnell einer der Besten seines Alters.
Im Alter von vierzehn Jahren geschah schließlich etwas, das Peter half, seine Trauer über den Tod seiner Eltern zu überwinden. Damals trat Lilly Jaxter in Peters Leben. Die neugeborene Tochter von Richard Metz und dessen damaliger Lebensgefährtin Joan Jaxter. Schon als er den kleinen Säugling das erste Mal in den Armen hielt, hatte er sie in sein Herz geschlossen. Fortan kümmerte sich Peter hingebungsvoll um seine kleine "Schwester". Er spielte mit ihr, fütterte sie, wenn ihre Mutter es erlaubte und fuhr sie im Kinderwagen über Richards Anwesen. Die kleine Lilly sorgte dafür, dass Peter wieder aufblühte.
Doch trotzdem schlichen sich auch immer wieder düstere Gedanken in Peters Kopf und immer wieder musste er an den Tag zurückdenken, an dem seine Eltern von feigen Terroristen getötet wurden.
Und so reifte in dem Jungen eine Idee. Einen Tag vor seinem siebzehnten Geburtstag eröffnete er Richard, dass er zur Army gehen würde. Richard versuchte, ihn davon abzuhalten und stattdessen seinen Platz in der Firma seines Vaters einzunehmen, doch es war vergebens. Peter wollte Soldat werden, um aktiv gegen solche Leute zu kämpfen, wie diejenigen, die seine Eltern umgebracht hatten.
Am Morgen seines Geburtstages meldete sich Peter beim Miami Recruiting Battalion um Soldat zu werden. Er wurde ein hervorragender Rekrut und schloss die Ausbildung mit Bestnoten ab. Peter ging in seinem Leben als Berufssoldat auf, denn ihm gefielen der streng reglementierte Tagesablauf und die klaren Strukturen. Er wurde ein amerikanischer Vorzeigesoldat und genoss hohes Ansehen bei seinen Kameraden und Vorgesetzten.

Eines Tages landete auf Peters Schreibtisch ein Brief des "1st Special Forces Operational Detachment-Delta", meist "Delta Force" genannt. Sie wollten ihn als neuen Rekruten anwerben.

Natürlich nahm Peter diese Herausforderung an, und ging fortan durch die harte Schule der Deltas. Nach seiner Ausbildung dort nahm er an diversen, streng geheimen Einsätzen teil, und arbeitete sich stetig in der Hierarchie nach oben.
Privat, außerhalb der Army, hatte er allerdings keinerlei Freunde oder Freundinnen. Auch zu Richard, seinem Ziehvater, und zu seiner Oma hatte er nur noch selten Kontakt. Das war nicht böse gegenüber Richard und Katharina gemeint, denn sie hatten sich in all den Jahren sehr gut um ihn gekümmert. Aber seine Einheit bei der Delta Force war nun seine Familie. Einzig mit Lilly Jaxter telefonierte oder schrieb er regelmäßig.
Als Peter nach einem langen, schwierigen Einsatz auf Heimaturlaub war, standen eines Morgens zwei Männer in schwarzen Anzügen vor seiner Haustür. Sie stellten sich als Mitarbeiter einer Geheimdienstorganisation namens ISOS vor. Sie hätten Peters Werdegang verfolgt seit er der Army beigetreten war, und seien davon überzeugt, dass er der perfekte Agent für ihre Organisation wäre. Peter hatte bis zu diesem Tag noch nie etwas von ISOS gehört und war schon drauf und dran, die beiden Herren hinauszuwerfen. Als er allerdings hörte, dass sein Aufgabenbereich vornehmlich die Terrorbekämpfung sein würde, war klar, dass ISOS genau das richtige Betätigungsfeld für ihn wäre. Hier hatte er die Möglichkeit, direkt gegen die Leute zu kämpfen, die den Tod seiner Eltern verursacht hatten.
Peter sah das für sich als Möglichkeit zu einem Neuanfang und brach endgültig alle Zelte in Miami ab. Er verkaufte alle Häuser und die Firmenanteile von „Conrad & Metz Real Estate", die er von seinen Eltern geerbt hatte, und legte den Erlös auf diversen Banken an. Geld bedeutete ihm eigentlich nichts, aber es war dennoch beruhigend finanziell absolut unabhängig zu sein. Peter zog nach Washington DC und kaufte sich in der Nähe der ISOS Zentrale eine kleine Eigentumswohnung, die für einen alleinlebenden Junggesellen vollkommen ausreichend war.
Um mit seinem alten Leben komplett abzuschließen und vollkommen neu anzufangen, änderte er schließlich noch seinen Namen:

Aus Peter Conrad wurde Peter Crane.
Der Name Crane war eine Anspielung auf eine Comicfigur, die in Heften vorkam, die Peter als Kind gelesen hatte. Denn ähnlich wie diese Comicfigur hatte Peter vor, etwaigen Gegnern das Fürchten zu lehren.

7
New York, August 2014

Vormittags, nach 5 Stunden Fahrzeit erreichte Crane New York City. Er war müde und mental ausgelaugt. Die Angriffe auf ihn, der Schlafmangel und die lange Autofahrt forderten so langsam ihren Tribut. Zwar hatte Crane mittlerweile mehrere große Becher Kaffee intus, die er sich auf der Fahrt an diversen Raststätten gekauft hatte, aber irgendwann half auch der beste und stärkste Kaffee nicht mehr gegen die Müdigkeit. Zudem war der Verkehr in New York - wie immer - mörderisch, was Crane zusätzlich an den Nerven zerrte. Und als ob das alles nicht schon genug wäre, bekam er so langsam auch noch pochende Kopfschmerzen.
Crane wollte sich ein Zimmer im Hotel Pennsylvania nehmen, einem der größten Hotels in New York, gelegen an der 7th Avenue und 33rd Street in der Nähe des Time Square und direkt gegenüber des Madison Square Garden. Das Pennsylvania war bei weitem nicht das schönste und modernste Hotel in New York, bot aber einige Vorteile. Es lag direkt gegenüber der Penn Station, einem der größten und belebtesten U-Bahnhöfe der Stadt. Falls er gezwungen sein sollte zu fliehen, konnte sich das durchaus als nützlich erweisen. Darüber hinaus bot das Hotel durch seine schiere Größe, und die Vielzahl verschiedener Gäste ein gewisses Maß an Anonymität.

Als es bis zum Hotel nur noch wenige Minuten Fahrzeit waren, suchte Crane sich eine Tiefgarage, etwa zwei Blocks vom Pennsylvania entfernt und parkte dort das Fahrzeug. Er wollte das

letzte Stück zu Fuß gehen, um nach der langen Autofahrt noch etwas Luft zu schnappen und sich die Beine zu vertreten.
Nach einem kurzen Fußmarsch erreichte Crane das Pennsylvania. Er betrat die Lobby und sah vor sich eine Schlange von circa sechzig Leuten, die ebenfalls einchecken wollten. Das war typisch für diese Stadt. Ständig musste man irgendwo anstehen.
Die Lobby war großzügig geschnitten, ungefähr dreißig Meter lang und fünfzehn Meter breit. Auf der rechten Seite befand sich die Rezeption, an der jedoch nur einer der fünf Schalter mit einem Angestellten besetzt war. Auf der linken Seite befand sich die Touristeninformation, wo man neben Landkarten auch Tickets für Broadway Shows oder Ähnlichem erstehen konnte. Neben der Touristeninformation gab es einen gemütlichen Aufenthaltsbereich mit mehreren, lederbezogenen Sitzecken und einige ausladende, weich gepolsterte Sessel. Am Ende der Lobby sah Crane einen typisch amerikanischen Coffee Shop und einen kleinen Souvenirshop.
Nachdem er fünfundvierzig Minuten in der Schlange angestanden hatte, war er endlich an der Reihe. Er legte einen gefälschten Ausweis mit dem Namen Nikolai Petrovic vor, und bezahlte das Zimmer im Voraus in bar.
„Einen angenehmen Aufenthalt, Mr. Petrovic und einen schönen Tag noch!"
„Danke", knurrte Crane übellaunig.
Crane nahm seine Zimmerkarte und fuhr mit dem Aufzug hinauf in den sechsten Stock.
Sein Zimmer war nicht gerade übermäßig groß, aber das war ihm genauso egal wie die dringend notwendige Renovierung des selbigen. Ansonsten entsprach der Raum jedem anderen Standard-Mittelklasse Hotelzimmer. Ein Doppelbett, ein kleines Fernsehgerät, ein Nachttisch und ein Schreibtisch. Der Boden war belegt mit einem mittlerweile leicht zerschlissenen Teppichboden. Im angrenzenden Raum befand sich ein kleines Badezimmer mit WC, Badewanne und Dusche.
Auf dem Schreibtisch neben dem King Size Bett stand ein Telefon. Crane widerstand der Versuchung, sich auf das Bett zu legen und zu schlafen. Stattdessen ging er hinüber zum Telefon und

wählte eine New Yorker Nummer. Nach zweimaligem Klingeln wurde der Hörer abgenommen.

„Victor Chan."

„Peter Crane, Hallo Victor!"

„Peter! Wie geht es dir? Lutschst du noch immer McDermotts Schwanz, um nicht gefeuert zu werden?"

„Ja, genauso wie du wahrscheinlich immer noch die Beine für den Bürgermeister breit machst!"

Schallendes Gelächter.

„Gut gekontert Junge, gut gekontert."

Solche verbalen Auseinandersetzungen gehörten bei Victor Chan zum "guten" Ton.

„Hast du Sehnsucht nach einem alten Freund oder steckt dein Arsch wiedermal in irgendwelchen Schwierigkeiten?"

„Letzteres. Können wir uns treffen?"

„Natürlich. In einer Stunde an gewohnter Stelle."

Wenn Crane in New York war, traf er sich des Öfteren mit seinem Freund Chan an einem See im Central Park, um Neuigkeiten auszutauschen.

„Einverstanden, bis dann."

Crane legte auf und nahm erst mal eine lange Dusche, abwechselnd mit heißem und eiskaltem Wasser. Das vitalisierte, und danach fühlte er sich schon deutlich besser. Anschließend kleidete er sich an und verließ das Zimmer, um sich auf den Weg zu seinem Treffen mit Victor Chan zu machen.

Vor dem Hotel schaute Crane sich um. Gegenüber auf der Reklametafel des Madison Square Garden wurde ein Konzert seiner Lieblingsband Depeche Mode am heutigen Abend beworben. Die düstere, leicht melancholische Musik dieser Band, und ihre Mischung aus elektronischem Sound und "echten" Instrumenten, wie zum Beispiel Gitarren, hatte Crane schon immer irgendwie fasziniert.

„Leider keine Zeit für Konzerte", dachte er.

Neben ihm stand ein Pärchen bekleidet mit Fan T-Shirts der Band. Anhand ihrer Ringe an der Hand erkannte er, dass die beiden verheiratet waren. Das Pärchen kam ihm eigenartig vertraut vor. Vielleicht lag es daran, dass der Mann ihm irgendwie ähnlich sah. Etwas jünger zwar, aber die gleichen blauen Augen, die gleiche Haarfarbe und das gleiche, leicht schelmische Lächeln. Dann schaute er auf die Frau und bekam einen Stich ins Herz. Sie sah fast genauso aus wie seine Ex-Freundin und Ex-ISOS-Kollegin Nia Coor. Schätzungsweise 1,65 m groß, blonde Haare, blaue Augen und ein schmales, attraktives Gesicht. Sie war schlank, aber nicht zu dünn, mit ansprechenden Rundungen an den richtigen Stellen.

„Nia", seufzte Crane.

Er und Nia waren ein glückliches Paar. Natürlich war ihre Beziehung grundsätzlich nicht so ganz einfach, denn sie beide waren schließlich Geheimagenten und riskierten häufig ihr Leben. Doch sie kamen gut damit zurecht, und ihre Beziehung hatte nie einen negativen Einfluss auf ihren Beruf gehabt. Bei einem gemeinsamen Auftrag wäre Nia jedoch beinahe getötet worden. Crane hatte sich anschließend von ihr getrennt, aus Angst, sie irgendwann sterben sehen zu müssen und es nicht verhindern zu können oder - noch schlimmer - ihren Tod vielleicht sogar schuld zu sein. Bis heute hatte er die Trennung nicht überwunden. Seufzend wandte sich Crane von dem unbekannten Pärchen ab, und ging los zu seiner Verabredung mit Victor Chan. Was er jedoch nicht bemerkte war ein Mann, der einige Meter entfernt von ihm im Schatten gewartet hatte, und sich nun ebenfalls in Bewegung setzte.

Bevor Crane seinen Weg zum Central Park fortsetzte, betrat er ein Bekleidungsgeschäft. Es war ratsam seine Kleidung den typischen Touristen anzupassen, und so mit der Masse der Menschen zu verschmelzen. Er griff sich ein „I Love New York" T-Shirt, eine Kappe und eine Shorts, und zog diese in einer Umkleidekabine über. Seine alten Klamotten ließ er einfach liegen. Nebenan kaufte er in einem Elektronikladen eine preiswerte Digitalkamera, um einen sicheren Aufbewahrungsort für die Speicherkarte zu haben. Als letztes erwarb er in einem Geschäft für Sonnenbrillen eine große Ray Ban Fliegerbrille. Mit diesem Outfit war er praktisch nicht mehr von den tausenden Touristen zu unterscheiden, die durch die Straßenschluchten von New York schlenderten.

Auch der Unbekannte, der den Agenten verfolgte, hätte sich beinahe täuschen lassen. In letzter Sekunde erkannte er Crane, bevor dieser in einer Gruppe Menschen verschwand. Schnell lief der Mann hinterher und erblickte Crane in etwa zehn Metern Entfernung. Er zückte sein Handy und rief seinen Vorgesetzten an.
„Ich bin immer noch an ihm dran. Soll ich ihn direkt hier mit einer Blausäure-Spritze eliminieren? Bei den ganzen Leuten käme ich vollkommen unbemerkt an ihn heran."
„Nein, bleiben Sie nur an ihm dran. Wir wollen wissen, mit wem er sich trifft. Anschließend erledigen Sie ihn und nehmen die Chipkarte an sich. Um die Leiche kümmern wir uns."
Crane erinnerte sich daran, wie er Victor Chan kennen gelernt hatte.
Vor vielen Jahren hatte Crane einen Auftrag in New York. Die Russenmafia versuchte, die Macht in der Stadt an sich zu reißen. Ein offener Krieg zwischen ihnen, der italienischen und der chinesischen Mafia brach aus. Die Folge waren offen ausgetragene und brutale Straßenkämpfe, unzählige Tote und Angst und Schrecken in der gesamten Stadt. Selbst vor Polizisten und Politikern machte Ivan Polushki, das Oberhaupt der Russen, nicht halt. In der Presse wurde Polushki schnell als „Ivan der Schreckliche" betitelt. Der New Yorker Bürgermeister wandte sich bei diesem Bandenkrieg ungeahnten Ausmaßes an ISOS, da die Polizei mit der ganzen Situation überfordert war. Cranes inoffizielle Mission bestand darin, Polushki und dessen Führungsriege zu eliminieren, damit die Stadt endlich wieder zur Ruhe kommen konnte und das Töten ein Ende hatte.
Victor Chan, ein chinesischer Einwanderer, der Mitte der siebziger Jahre in die Stadt kam, war einer der ganz großen in der New Yorker Unterwelt. Sein Alter war nur schwer abzuschätzen. Er besaß den Körper eines Jugendlichen, und die Haut in seinem Gesicht war, bis auf wenige Lachfältchen, vollkommen glatt. Lediglich das schlohweiße Haar zeugte davon, dass er die fünfzig Jahre wohl schon längst überschritten hatte. Chans durchdringender Blick wirkte auf viele Leute regelrecht furchteinflößend, doch wenn er lächelte, und das tat er unter Freunden oft, schien

die Sonne aufzugehen. Für einen Chinesen hatte er ein imposantes Erscheinungsbild: Er war über 1,90m groß, hatte breite Schultern und einen Stiernacken. Stets war er elegant gekleidet und ließ bei den bekanntesten Designern der Stadt seine Anzüge anfertigen. Es gab kein lukratives Geschäft, das Chan nicht getätigt hätte, egal ob Erpressung, Betrug, illegales Glücksspiel oder Hehlerei. Lediglich mit dem Drogenhandel wollte er nichts zu tun haben. Niemand konnte Chan jemals etwas Illegales nachweisen und seine Bücher waren absolut sauber.

Durch seine diversen geschäftlichen Betätigungsfelder, verfügte Victor über nahezu unbegrenzte finanzielle Mittel. Doch trotz der dunklen Geschäfte, die er betrieb, unterstützte er auf der anderen Seite die ärmsten der Armen, und spendete viel Geld für wohltätige Zwecke. Denn Chan war selber von ganz unten gekommen und wusste, was es bedeutete, kein Dach über dem Kopf und nichts zu essen zu haben.

In der New Yorker High Society war Chan ein gern gesehener Gast. Darüber hinaus unterstützte er unzählige Politiker bei ihren Wahlkämpfen. Selbst der Bürgermeister wurde regelmäßig mit "Spenden" bedacht. Das führte dazu, dass es in ganz New York und Umgebung niemanden gab, der über bessere Beziehungen verfügte als Victor Chan. Es gab keine Türe, die er einem nicht öffnen konnte.

Natürlich war auch Chan ins Visier der Russenmafia geraten. Aus diesem Grund beschattete Crane den Chinesen in der Hoffnung, einen möglichen Attentäter zu fassen, der ihn zu Ivan Polushki führen konnte.

Auf dem Roosevelt Drive in der Nähe der Brooklyn Bridge geschah es. Crane fuhr in seinem Wagen ein Stück hinter der schwarzen Stretch-Limousine von Chan, als plötzlich ein Wagen an ihnen vorbei raste und mit einer Vollbremsung die Straße blockierte. Chans Chauffeur war gezwungen, eine Vollbremsung zu machen, um nicht mit dem querstehenden Fahrzeug zu kollidieren. Drei maskierte Männer sprangen aus dem Fahrzeug und feuerten mit ihren Schnellfeuergewehren auf Chans Limousine. Crane stellte sein Auto beim Bremsen ebenfalls quer, stieß die Fahrertür auf, sprang eilig hinaus und ging hinter seinem Fahrzeug in Deckung. Er zog seine Waffe, nahm die drei Russen nacheinander ins Visier und erledigte einen nach dem anderen mit tödlicher Präzision. Chans Wagen hatte indes durch den Kugelhagel Feuer gefangen. Crane lief hinüber und zog Chan, der von drei Kugeln schwer verletzt worden war, aus dem Fahrzeug. Anschließend schaute er auch nach dem Fahrer, doch der war von etlichen Kugeln getroffen worden und hing schlaff und leblos in seinem Sicherheitsgurt. Crane fühlte den Puls des Chauffeurs, doch es war zu spät. Er ging wieder hinüber zu Chan, packte den schwer verletzten Chinesen unter den Achseln und schleifte ihn ächzend zu seinem Auto. Dort hievte Crane ihn auf den Rücksitz und raste mit Vollgas zum nächsten Krankenhaus. Die Ärzte operierten den Chinesen mehrere Stunden lang und schafften es schließlich, ihm das Leben zu retten.

Fünf Tage später erhielt Chan, der sich auf dem Weg der Besserung befand, Besuch von Crane.
„Sie haben mir das Leben gerettet. Ich werde Ihnen auf ewig dankbar sein. Falls Sie irgendwann einmal Hilfe brauchen, dann kommen Sie zu mir. Ich werde immer ein offenes Ohr für Sie haben.", sagte Chan mit leicht schmerzverzogenem Gesicht, noch sichtlich geschwächt von der langen Operation.
„Es gibt da tatsächlich etwas, das Sie für mich tun könnten."
„Natürlich. Sprechen Sie, mein junger Freund."
„Ich möchte Sie bitten herauszufinden, wo sich Ivan Polushki aufhält. Sie sind möglicherweise der Einzige, der sein Versteck ausfindig machen kann."
„Keine einfache Aufgabe und zudem gefährlich. Aber ich helfe meinem Lebensretter selbstverständlich gerne. Geben Sie mir einen Tag Zeit. Ich muss ein paar Telefonate tätigen. Schießen Sie seinen widerlichen, russischen Arsch zum Mond."
„Deswegen bin ich hier. Noch eine Sache, Mr. Chan."
„Meine Freunde nennen mich Victor."
„Also, Victor. Mein Vorgesetzter möchte von mir alle Beweise haben, die ich über Ihre illegalen Geschäfte gesammelt habe. Ich soll Sie der Justiz ans Messer liefern. Ich bin allerdings davon überzeugt, dass Sie tief in Ihrem Inneren ein guter Mensch sind.

Deswegen möchte ich Ihnen noch eine Chance geben. Setzen Sie sich zur Ruhe. Beenden Sie ihre kriminellen Aktivitäten. Sonst bleibt mir keine Wahl und ich muss Sie ausliefern."
„Ich werde darüber nachdenken. Guten Tag, Mr. Crane."
Einen Tag später erfuhr Crane von Chan den Aufenthaltsort von Poluschki. Er befand sich in einem freistehenden Einfamilienhaus in Queens. Als er sicher war, dass alle wichtigen Leute der Russenmafia sich in dem Unterschlupf befanden, schlich er nachts, wie ein unsichtbarer Geist, auf das Grundstück und traf gewisse Vorkehrungen. Als er den Rückzug antrat und zwei Blocks von dem Haus entfernt war, drückte Crane einen roten Knopf auf einer Funkfernbedienung. In einer gigantischen Explosion wurde das Haus in Schutt und Asche gelegt. Niemand im Inneren überlebte und Ivan Poluschki gehörte der Vergangenheit an.

Etwas später klingelte Cranes Telefon:
„Hier spricht Victor Chan. Ich hörte soeben, dass es in Queens zu einer Gasexplosion gekommen ist."
„Das stimmt. Ein bedauerlicher Unfall. Man hört, dass sich in dem Haus vornehmlich russische Kakerlaken befunden haben sollen."
„Das ist mir auch zu Ohren gekommen!". Kurzes Schweigen.
„…Nun, Peter, ich habe über Ihren Vorschlag nachgedacht. Ich glaube, für meine Gesundheit ist es in der Tat besser, mich zur Ruhe zu setzen."
„Eine weise Entscheidung, Victor!"
„Falls Sie in Zukunft mal nach New York kommen, würde es mich freuen, von Ihnen zu hören. Möglicherweise könnte ich Ihnen hier und da behilflich sein. Als Frührentner hat man ja schließlich ausreichend Zeit für solche Aktivitäten.", kicherte Chan. „Auf Wiedersehen, Peter Crane."
Tatsächlich beendete Chan seine kriminelle Karriere. Als Milliardär brauchte er sich um Geld keine Sorgen mehr zu machen. Allerdings pflegte er weiterhin alle möglichen Kontakte und unterstützte nach wie vor diverse Politiker. Für Crane wurde er zu einem der wichtigsten Informanten und Helfer an der US Ost-

küste. Chan war loyal, schwieg wie ein Grab und war immer zu einhundert Prozent verlässlich.

8
Nia Coor

Nia Coor wurde in Aachen geboren, einer Stadt mit einer Viertelmillion Einwohner in der Nähe der belgisch / niederländischen Grenze, tief im Westen von Deutschland.
Das blonde Mädchen mit den blauen Augen war grundsätzlich ein unproblematisches Kleinkind, und machte ihren Eltern wenig Probleme. Nia schlief viel und schrie wenig. Lediglich die ständigen Streitereien mit einem ihrer zwei älteren Brüder nagten gelegentlich an dem Nervenkostüm der Eltern.
Mit fortschreitendem Alter legte Nia jedoch eine deutlich erhöhte Risiko-Bereitschaft an den Tag, und versuchte teils halsbrecherische Aktionen, was nicht nur ihre Eltern mehr als einmal an den Rand eines Herzinfarktes brachte, sondern meistens auch damit endete, dass kleinere Schürfwunden mit Pflastern beklebt, Verstauchungen bandagiert oder gar irgendwelche gebrochenen Körperteile eingegipst werden mussten.
Einen ihrer größten Stunts versuchte sie bereits im Alter von acht Jahren: Einen Sprung mit ihrem Fahrrad über eine selbstgebaute Sprungschanze. Der Sprung war gut, die Flugphase auch, die Landung allerdings weniger. Nia riss es bei der Landung den Lenker aus der Hand, sie flog über die Lenkstange, bremste mit ihrem Gesicht auf dem Asphalt und verlor alle ihre Vorderzähne. Es waren jedoch zum Glück nur ihre Milchzähne. Wenn man heute ihre ehemaligen Klassenkameraden fragen würde, ob sie sich noch an Nia Coor erinnern können, bekäme man vermutlich folgende Antwort zu hören: „Ach ja, das war doch das Mädchen, welches ständig irgendetwas gebrochen hatte."
Mit achtzehn bekam Nia ihren Führerschein und machte fortan mit ihrer besten Freundin Marie Martins, einer attraktiven, 1,70

m großen Brünetten, die Straßen von Aachen unsicher. Obwohl ihr blauer Fiat Cinquecento nur fünfundfünfzig PS hatte, zeigte sie damals schon großes Talent darin, Fahrzeuge möglichst schnell von A nach B zu bewegen. Selbst bei schwierigsten Straßenverhältnissen schaffte sie es, ein Auto mit maximaler Geschwindigkeit Millimeter genau um Kurven zu zirkeln. Die Leute, die bei einem solchen Höllenritt neben ihr im Auto saßen, verloren bei Nias Manövern regelmäßig ihre Gesichtsfarbe und waren heilfroh, wenn sie unbeschadet wieder aussteigen durften. Lediglich Marie überstand diese Fahrten mit stoischer Ruhe. Ebenfalls zu dieser Zeit zeigte sich ein anderes Talent von Nia: Innerhalb kürzester Zeit größte Mengen an alkoholischen Getränken in sich hinein zu schütten. Nahezu jedes Wochenende saß sie mit Marie in ihrem Stammlokal und feierte bis in die Morgenstunden. Nia hatte ein sehr aufbrausendes, temperamentvolles Wesen, was ab und zu in Streitereien mit anderen Gästen endete. Bevor es jedoch zu Handgreiflichkeiten kam, schaffte Marie es meistens, die Wogen wieder zu glätten.
Nia ging auf ein Gymnasium und absolvierte ihr Abitur mit einem Einser Schnitt. Anschließend ging sie zur Bundeswehr, um dort Maschinenbau zu studieren. Im weiteren Verlauf ihrer dortigen Karriere trat sie einem Sprengkommando bei. Dort fühlte sie sich bestens aufgehoben, da es ihr riesigen Spaß bereitete, irgendwelche Sachen in die Luft zu sprengen. Jedes Mal, wenn sie einen Sprengsatz gebastelt hatte, und auf den Auslöser drückte, zeigte sich ein breites Grinsen auf ihrem Gesicht.
In ihrer Freizeit nahm sie an verschiedenen Amateurautorennen teil, unter anderem am jährlichen 24 Stunden Rennen auf dem Nürburgring.
Nach Abschluss ihres Studiums und dem Ende ihrer Bundeswehrzeit erhielt Nia ein Angebot für eine Außendienststelle beim Bundes Nachrichten Dienst "BND", dem deutschen Auslandsnachrichtendienst. Sie hatte die verantwortlichen Leute dort mit ihren hervorragenden Leistungen bei der Armee, und ihrem Ruf als Sprengstoffexpertin auf sich aufmerksam gemacht. Nach kurzer Bedenkzeit sagte sie zu und wurde Agentin des BND.

Ein Jahr später erhielt sie einen Auftrag in Berlin. Sie sollte sich an die Fersen eines amerikanischen Immobilienmaklers namens Peter Cravic heften, dem Kontakte zu einem albanischen Waffenschieber und Schwerverbrecher nachgesagt wurden.
Nia beschattete den Mann mehrere Tage lang, stieß jedoch auf keinerlei verdächtige Hinweise. Also beschloss sie, ihm etwas genauer auf den Zahn zu fühlen. Cravic hatte ein Lokal namens "Angel's Pub" in der Nähe des Gendarmenmarktes in Berlin betreten.
Bei ihm war ein circa 1,65 m großer Mann Ende dreißig, möglicherweise türkischer Abstammung, der sehr durchtrainiert und stämmig war, dessen Kopf jedoch bei dieser Körpergröße etwas zu groß wirkte. Sein lichter werdendes Haar zeigte die ersten grauen Strähnen.
Sie folgte den beiden in die Kneipe und setzte sich ihnen gegenüber an die Theke. Sie bestellte ein Mineralwasser und beobachtete Cravic verstohlen. Er war ein durchaus attraktiver Mann und machte nicht den Eindruck, als wäre er einer dieser langweiligen Immobilienmakler. Er trug legere Kleidung, Polo Shirt und Jeans, und hatte seine kurz geschnittenen Haare nach oben gegelt. Plötzlich schaute er ihr in die Augen und es war, als hätte sie der Blitz getroffen. Verlegen drehte sie sich um und schaute in die andere Richtung, ärgerte sich dabei aber über die eigene Reaktion, die eher von einem verknallten schüchternen Mädchen zu erwarten war, als von einer taffen Agentin.
Plötzlich hörte sie neben sich eine Männerstimme, die in perfektem Deutsch sagte:
„Schönen guten Abend. Mein Name ist Peter Cravic. Darf ich Ihnen etwas ausgeben?"
Sie schaute ihn an, errötete leicht und hoffte, dass er die Röte unter ihrer Schminke nicht sehen konnte.
„Nun, Peter Cravic. Warum sollte ich wohl mit Ihnen etwas trinken wollen?"
Er schaute sie mit einem bewusst übertriebenen Hundewelpenblick an und antwortete:
„Ganz einfach: Weil ich lieb und nett gefragt habe!"
Sie schmunzelte.

„Überredet. Mein Name ist Nia Coor."
„Freut mich, Sie kennenzulernen. Das dahinten ist mein Freund und Kollege Arif Arsan.", sagte Cravic und winkte Arsan heran.

Es wurde ein lustiger und beschwingter Abend, bei dem viel gelacht wurde. Als sich die drei recht angetrunken um vier Uhr Nachts trennten, um in ihren Hotels den Rausch auszuschlafen, tauschten Cravic und Nia vorher noch die Telefonnummern, indem sie diese jeweils in das Handy des anderen eingaben.

Am nächsten Morgen klingelte Nias Mobiltelefon. Die Anruferkennung zeigte einen Anruf von Peter Cravic. Sie hatte zuvor mit Cravics Arbeitgeber, der „Conrad & Metz Real Estate" in Miami, telefoniert. Der Chef, Richard Metz, bestätigte, dass dieser Mann ein Mitarbeiter seiner Firma sei, und Arif Arsan ebenfalls dort als Finanzexperte tätig wäre.
Auch wenn diese Aussagen Nias Bedenken bezüglich Cravics Person noch nicht vollkommen zerstreut hatten, so nahm sie dennoch Peters Anruf entgegen.
Sie verabredete sich mit ihm für den Abend zum Essen. Es wurde eine sehr schöne erste Verabredung und Nia fühlte sich überaus wohl in Peter Cravics Gesellschaft. Für die folgenden Abende verabredeten sie sich ebenfalls, gingen ins Kino oder Cocktails trinken, und verbrachten schließlich ihre erste gemeinsame Nacht in Cravics Hotelzimmer. Sie liebten sich bis in die frühen Morgenstunden und fielen dann erschöpft in einen tiefen, traumlosen Schlaf.

Als die beiden am nächsten Morgen erwachten, liebten sie sich erneut leidenschaftlich. Bevor Nia sich ihren Gefühlen für ihn jedoch endgültig hingab, wollte sie endlich Gewissheit haben, mit wem sie es zu tun hatte. Als Peter unter der Dusche stand, durchsuchte sie seine Klamotten, sämtliche Schränke und schaute sich auch seinen Ausweis an, der echt zu sein schien. Als letztes schaute sie unter dem Bett nach. Dort fand sie einen Koffer aus gebürstetem Aluminium. Sie öffnete ihn und erschrak zutiefst: Ein Armalite Scharfschützengewehr befand sich darin. Tränen stiegen

ihr in die Augen, als in diesem Moment Peter aus dem Bad kam.
„Hast du Lust mit mir…oh Gott!", sagte er beim Anblick des Gewehrs.
„DU VERFLUCHTES ARSCHLOCH!", schrie sie. „WAS HAT DAS ZU BEDEUTEN?"
„Nia, ich…ich wollte es dir ja sagen, aber…"
„Was wolltest du mir sagen? Dass du ein Auftragskiller bist? Wer zum Teufel bist du wirklich?"
„Mein Name ist Peter Crane. Ich arbeite für eine Organisation namens ISOS…"
„DU BIST DAS? DU BIST PETER CRANE? Der BND versucht seit Jahren, etwas über das Phantom Peter Crane herauszufinden. Manche waren der Meinung, dass du nicht einmal existierst!"
„Ja, der bin ich. Ich bin im Auftrag von ISOS nach Berlin gekommen, um einen Waffenhändler zu eliminieren. Er verkauft Waffen und Sprengstoff an die Taliban. Diese Waffen haben bereits dutzenden unschuldigen Menschen das Leben gekostet. Ich wusste, dass der BND dich auf mich angesetzt hatte…"
„Du wusstest davon, du hinterhältiger Lügner??? Du hast also nur mit mir gespielt! Hast mich schamlos ausgenutzt. Wann hattest du denn vor, mir das alles zu sagen? Bevor oder nachdem du mit mir geschlafen hast?"
„Ich habe nicht mit dir gespielt. In mir regen sich Gefühle für dich. Gefühle, die ich seit Jahren nicht mehr gespürt habe. Ich wollte meinen Auftrag erledigen und dann in Ruhe mit dir darüber sprechen."
„Leck mich!", spie sie ihm ins Gesicht und versetzte ihm eine schallende Ohrfeige. Sie warf sich ihre Klamotten über und floh aus dem Hotelzimmer.
Ein halbes Jahr lang antwortete Nia weder auf Peters Anrufe noch auf dessen SMS.
Crane brauchte nach der Sache mit Nia dringend Urlaub und Zeit zum Nachdenken. Es tat ihm unendlich leid, dass er Nia so verletzt hatte, und er wünschte sich, diesen Fehler wieder gut machen zu können. Er beschloss in seiner ehemaligen Heimatstadt Miami eine Woche auszuspannen. Sein Ziehvater Richard

Metz würde sich mit Sicherheit darüber freuen, und ein wenig Strandurlaub würde ihm sicherlich gut tun.
Als er eines morgens im News Café an der Collins Avenue - dem Lokal, in dem seine Eltern ihr erstes Date hatten - sein Frühstück zu sich nahm, setzte sich eine Frau an den Nebentisch und bestellte eine Diät Cola. Die Stimme kam Crane bekannt vor. Er schaute auf und es gab ihm einen Stich ins Herz.
„Nia…"
„DU? Hat man denn nirgendwo Ruhe vor Typen wie dir? OBER, zahlen bitte!"
„Nein, bitte…lass uns noch einmal über alles reden. Es tut mir unendlich leid und ich…ich vermisse dich."
Ihr stiegen unter ihrer Sonnenbrille Tränen in die Augen. Auch sie hatte ihn tatsächlich vermisst, auch wenn sie sich das bis jetzt nicht hatte eingestehen wollen. Sie zögerte zunächst, da immer noch Wut über Peter in ihr brodelte, doch dann überwand sie sich und sagte:
„Ok, Peter. Lass uns darüber reden."
Sie redeten, diskutierten und stritten über zwei Stunden lang, aber schließlich gelang es ihnen, das, was zwischen ihnen stand, aus der Welt zu schaffen. Sie verbrachten die restlichen Tage in Miami gemeinsam. Die beiden lachten viel, neckten sich, liebten sich und waren einfach nur glücklich.
Nach dem Urlaub kündigte Nia ihre Stelle beim BND und wurde neben Arif Arsan Cranes zweites ISOS-Teammitglied. Sowohl beruflich, als auch privat verstanden Peter und Nia sich blind. Peters eher ruhige und besonnene Art wirkte sich positiv auf Nias Launen und ihr aufbrausendes Temperament aus, während sie umgekehrt dafür sorgte, dass Peter etwas mehr aus sich heraus ging, und offener im Umgang mit anderen Menschen wurde.
Eine gemeinsame Mission in Prag sollte jedoch alles verändern.

9
New York, August 2014

Crane erreichte den Central Park. Seine innere Unruhe wuchs. Ihn beschlich ein ungutes Gefühl. Ständig drehte er sich um und hielt Ausschau. Er hatte zwar bis jetzt keine Verfolger entdecken können, dennoch hatte er irgendwie das Gefühl, beobachtet zu werden. So kam er sich leicht paranoid vor. Allerdings hatten seine Verfolger ihn bis jetzt schon zweimal aufgespürt und deswegen konnte und durfte er sich keinesfalls in Sicherheit wiegen.

Als Crane an dem vereinbarten Treffpunkt im Central Park ankam, sah er Victor Chan mit seinen zwei Bodyguards. Er kannte das amerikanische Bruderpaar, welches Victor seit vielen Jahren als Leibwächter engagiert hatte, und doch war Crane jedes Mal von ihrem angsteinflößenden Äußeren beeindruckt. Die grobschlächtigen vernarbten Gesichter sahen aus, als wären sie einem Horrorfilm entsprungen. Beide trugen eine Glatze und bei einem zog sich eine riesige Narbe quer über den gesamten Schädel. Ihre schwarzen Anzüge spannten sich über ganze Berge von Muskeln. Sie waren schätzungsweise fünfundzwanzig Zentimeter größer als Crane, und wenn sie vor ihm standen, verdunkelten sie regelrecht die Sonne. Er war davon überzeugt, dass sie mit ihren riesigen Pranken den Kopf eines Mannes problemlos zerquetschen konnten. Ihre Namen, Abraham und Benjamin Saint, passten allerdings weder zu ihrem Äußeren noch zu ihrer Art und Weise ihren Job zu erledigen.
Einmal hatte ein offensichtlich lebensmüder Mann versucht, Mr. Chan tätlich anzugreifen. Abraham hatte ihm mit nur einem einzigen Schlag sowohl Nase, Jochbein, Ober- als auch Unterkiefer gebrochen, und die Zähne des Mannes hatten sich auf dem Bordstein verteilt. Soweit Crane wusste, wurde nach wie vor versucht, das Gesicht des Opfers mit Hilfe plastischer Chirurgie wieder herzustellen. Victor Chan schaffte es, die Polizei davon zu überzeugen, dass der Mann lediglich unglücklich eine Steintreppe hinuntergefallen war, zahlte dem Opfer allerdings eine mehr als

großzügige "Spende" für die Behandlungskosten.

„Abe, Ben, ihr zwei Riesenbabys. Hat euch eure Mama wieder zu viele Anabolika gespritzt? Ich glaube, ihr habt schon wieder mehr Muskelmasse aufgebaut. Falls ihr mal nach Afrika fahrt, passt auf, dass ihr nicht von einem Nashorn bestiegen werdet."
Crane liebte es, die beiden aufzuziehen. Sie schauten ihn an wie zwei wildgewordene Stiere, denen man ein rotes Tuch vorhält. Leider besaßen sie keinerlei Humor und sprachen nur ‚wenn es unbedingt sein musste.
„Mr. Chan erwartet Sie bereits.", presste Ben knurrend zwischen geschlossenen Zähnen hervor.
„Peter! Setz dich, oder tut dir wieder der Arsch weh, weil dein Liebhaber dich letzte Nacht zu hart ran genommen hat?", kicherte Chan, der wie immer einen weißen Designeranzug trug.
„Nein, letzte Nacht war ich mit deiner Frau zusammen. Sie sagte sie bräuchte mal einen richtigen Mann, weil dein Schwanz zu klein wäre, um sie zu befriedigen. Ich soll dir von ihr viele Grüße bestellen!"
Beide fingen an zu lachen und Crane setzte sich.
„Was kann ich für dich tun, mein Junge?"
„Ich stecke in ernsthaften Schwierigkeiten. Jemand hat es auf mich abgesehen. Zweimal schon hätten sie mich beinahe erwischt und es sind schon viele Leute ums Leben gekommen. Zu viele! Ich habe keine Ahnung, wer oder was dahinter steckt, aber da läuft irgendetwas Großes.", erklärte Crane.
„Hm. Gott sei Dank bist du wohlauf. Mir sind da auch einige eigenartige Gerüchte zu Ohren gekommen. Ausländer, irgendwo aus dem Nahen Osten sind in die Stadt gekommen. Sie werfen mit Geld nur so um sich, und kaufen Drogen, Nutten und Waffen. Meine Quellen sind sicher, dass diese Leute amerikanische Geldgeber haben. Parallel dazu wurden auf einen Schlag große Mengen an C4 aufgekauft. Die Verkäufer wurden am nächsten Tag tot aufgefunden. Offensichtlich die Arbeit von Profikillern. Alle, mit denen ich gesprochen habe, sind der Meinung, dass zwischen den Ausländern und dem Sprengstoff ein Zusammenhang besteht, und dass irgendeine große Sache geplant ist. Es gibt

aber noch keine wirklich konkreten Beweise dafür.", erzählte Chan.
Crane atmete tief durch.
„Das hört sich nicht gut an. Auch die Leute, mit denen ich Probleme hatte, waren Profis. Top ausgebildet und äußerst skrupellos. Victor, ich muss dringend außer Landes. Genauer gesagt nach Berlin, und zwar ohne, dass es jemand mitbekommt. Kannst du das arrangieren? Ich brauche die Hilfe von Nia, Lilly, Arif und Frank."
„Nia!? Das dürfte amüsant werden. Du musst mir unbedingt erzählen, wie es ausgegangen ist!", grinste Chan. „Natürlich kannst du auf mich zählen. Fahr zum Flughafen JFK. Ein Assistent von mir wird dich am Airport erwarten, und dich ohne Passkontrollen zu meinem Privatjet durchschleusen. Ich kenne eine hohe Tier bei der Flughafensicherheit, das mir noch einen Gefallen schuldet. Du kannst den Jet so lange nutzen, wie du möchtest, da ich in der nächsten Zeit nicht vor habe zu verreisen. Teile dem Piloten einfach mit, wohin du möchtest, den Rest erledigt er."
„Danke, Victor! Wie kann ich das wieder gut machen?"
„Du brauchst bei mir gar nichts gut zu machen. Ohne dich würde ich schon längst von Maden zerfressen unter der Erde liegen. Schau lieber, dass du die Sache mit Nia klärst!"
Ben, der Bodyguard, kam herüber und flüsterte Chan etwas ins Ohr.
„Du bist entdeckt worden, Peter. Ein Mann steht auf der anderen Seite des Sees und beobachtet uns. Mach dich sofort und ohne Umwege auf den Weg zum Flughafen."
„Danke, und pass auf dich auf Victor. Mit diesen Typen ist nicht zu spaßen."
„Ich passe schon auf mich auf, und jetzt geh!"

Nachdem Crane zwei seiner Verfolger in dem Bekleidungsladen auf der 5th Avenue ausgeschaltet hatte, und er den anderen vor dem Geschäft, hoffentlich endgültig, entkommen war, befand er sich auf dem Weg zum Flughafen. Noch immer rätselte er dar-

über, wie seine Gegner ihn in New York ausfindig gemacht hatten.
Natürlich, das Auto, fiel ihm zerknirscht ein. Das Fahrzeug hatte ein GPS Navigationssystem. Der Verräter bei ISOS hatte gewusst in welchem sicheren Haus Crane war und natürlich auch, dass sich dort ein Fahrzeug befand. Darüber hatten sie ihn aufgespürt. Er hatte das Fahrzeug zwar zwei Blocks entfernt vom Hotel geparkt, doch wenn man über die nötigen Ressourcen verfügte, war es ohne weiteres möglich, die Hotels im direkten Umkreis zu überwachen. So hatten sie ihn entdeckt, und deswegen hatte er die ganze Zeit das Gefühl gehabt, beobachtet zu werden. Daran hätte er denken müssen! Er hatte so intensiv über diesen Fall und die Ereignisse der letzten Tage nachgedacht, dass er völlig vergessen hatte, dass es ratsam gewesen wäre, unterwegs das Fahrzeug zu wechseln.
Seine unbekannten Gegner verfügten offensichtlich über beachtliche Möglichkeiten, um Leute aufzuspüren und zu beschatten. Außerdem hatten sie in ihren Reihen einen scheinbar nicht enden wollenden Vorrat an Auftragskillern. Bis jetzt hatte Crane diese Leute offensichtlich unterschätzt. Er musste bei seinem weiteren Vorgehen noch vorsichtiger sein.

Das Taxi erreichte den JFK International Airport und der Fahrer hielt an dem Terminal für Privatflüge. Crane zahlte die vereinbarten 100 Dollar, stieg aus und betrat das Flughafengebäude. Vor sich entdeckte er Sonny Leung, einen von Chans Assistenten. Der Mann bestand nur aus Haut und Knochen und wirkte in seinem beigefarbenen Anzug wie eine Vogelscheuche. Seine mit Pomade nach hinten gekämmten Haare und sein kindliches Gesicht ließen ihn erscheinen wie die Karikatur eines chinesischen Gangsters. Crane kannte den jungen Mann und wusste, dass er Victor Chan verehrte wie einen Vater.

„Hallo Sonny!"
Leung runzelte die Stirn. Er erkannte Crane nicht auf Anhieb, da dieser noch immer die Verkleidung anhatte, die er sich in der Umkleidekabine des Modegeschäfts übergestreift hatte.

„Mr. Crane. Beinahe hätte ich Sie nicht erkannt."
Sie schüttelten sich die Hände
„Kommen Sie, ich bringe sie zum Flugzeug. Mr. Chan hat mir aufgetragen, Sie zu begleiten und mich während des Fluges um Ihr leibliches Wohl zu kümmern."
Crane wusste, dass Leung ein begnadeter chinesischer Koch war. Prompt meldete sich sein Magen mit einem tiefen Knurren zu Wort und ihm fiel ein, dass er schon seit unzähligen Stunden weder gegessen noch getrunken hatte.
„Danke, Sonny!"
„Bitte hier entlang."
Der Chinese führte Crane zu einem abgelegenen Gang in einer Ecke des Terminals. Niemand war dort zu sehen. Nach unzähligen Gabelungen, Türen und dunklen, abgelegenen Räumen erreichten sie das Rollfeld, ohne auch nur einer Menschenseele begegnet zu sein.
Vor sich sah Crane eine Cessna Citation X, das schnellste private Passagierflugzeug der Welt. Sie war in der Lage, nahezu Schallgeschwindigkeit zu erreichen. Anmutig schimmerte ihr weißer Rumpf in der Sonne.
Der Innenraum war äußerst luxuriös ausgestattet. Rechts und links befanden sich insgesamt zehn große, gemütliche Ledersessel mit Liege- und Massagefunktion. Ein großer 75 Zoll Fernseher mit Surroundanlage diente der Unterhaltung der Gäste. Im rückwärtigen Bereich sah Crane eine Bar, Türen zu den Sanitärräumen mit Duschen und einen Durchgang zur Küche. So ließ es sich reisen.
Der Pilot kam auf Crane zu und schüttelte ihm die Hand
„Schönen guten Tag. Ich bin Captain Williams. Wir können in wenigen Minuten in Richtung Berlin starten. Ich hoffe, Sie genießen den Flug!"
„Danke Captain, das werde ich."

Crane ging kurz ins Bad und entledigte sich der Perücke und der Kontaktlinsen, die ihm als Verkleidung gedient hatten. Anschließend setzte er sich in einen der Sessel und brachte ihn in Liegeposition. Sonny Leung kam herüber.

„Sir, soll ich Ihnen nach dem Start eine Ente nach Szechuan Art mit gebratenem Gemüse und Reis servieren?"

„Das wäre fantastisch, Sonny! Vielen Dank"

Nachdem das Flugzeug die Reiseflughöhe erreicht hatte, servierte Sonny das Essen. Es war köstlich und Crane aß insgesamt vier Portionen, die er herunter schlang, als hätte er seit Wochen nichts gegessen.

„Sonny, wenn Sie irgendwann einmal einen neuen Job suchen, werde ich sie als Koch einstellen. Das Essen war einfach großartig."

Lächelnd nickte Leung ihm zu. „Danke, Mr. Crane!"

Nach diesem üppigen Mahl wurde Crane von bleierner Müdigkeit übermannt. Er stellte den Sitz auf Liegeposition und fiel fast augenblicklich in einen tiefen, erholsamen Schlaf.

10
Prag, März 2012

Der dunkelblaue Audi A4 fuhr spätnachts langsam durch die schmalen Straßen der Prager Altstadt. Obwohl es schon Ende März war, lag die Temperatur noch deutlich unter dem Nullpunkt. Am Steuer des Fahrzeugs saß Nia Coor und hatte die Heizung auf maximale Leistung gestellt. Neben ihr saß ihr Partner und Freund Peter Crane, und meckerte die ganze Zeit darüber, dass es in dem Auto viel zu heiß sei. Jedes Mal wenn er die Heizung nörgelnd herunter regelte, stellte Nia sie prompt meckernd wieder hoch. Das ging nun schon seit zwanzig Minuten so.

Plötzlich ertönte aus dem Fond die Stimme von Arif Arsan:

„Könnt ihr zwei nicht endlich mal die Klappe halten? Das ist ja nicht zum aushalten!"

„Ja aber...", wollten Nia und Crane gleichzeitig antworten.

„Nichts aber. Ihr wisst, dass ihr meine Freunde seid, aber den-

noch solltet ihr niemals einen Türken ärgern!"
Arif musste des Öfteren als Schiedsrichter zwischen Nia und Peter fungieren. Die beiden liebten es, ausgiebig zu diskutieren und sich dabei gegenseitig ein wenig zu ärgern. Irgendwann platzte dann dem Türken, so wie jetzt, der Kragen und er ging dazwischen.
Eine weitere Stimme meldete sich vom Rücksitz:
„Leute! Falls es euch noch nicht aufgefallen ist, versuche ich hier hinten ein Nickerchen zu halten. Also Ruhe bitte!"
Die Stimme gehörte Frank Thiel, einem langjährigen Mitglied von Cranes Team. Normalerweise konnte Frank immer und überall schlafen. Er war sogar schon in einer Diskothek stehend an eine Wand gelehnt, eingeschlafen. Doch bei derlei Streitgesprächen gelang ihm das nicht, vermutlich aus Angst, er könnte etwas von dem Gespräch verpassen.
Frank war Mitte vierzig, und somit ein paar Jahre älter als Crane, hatte eine Halbglatze und war von regelmäßigen Solarium-Besuchen stets tief braun gebrannt. Er war Kettenraucher und hatte eine tiefe und sehr laute Stimme. Sein rheinischer Akzent und sein fröhliches Auftreten sorgten bei den anderen immer wieder für das eine oder andere Schmunzeln. Thiel legte Wert auf elegante Kleidung und trug meistens Anzug und Krawatte, im Gegensatz zu Crane und Arsan, die eher legere Outfits bevorzugten.
Crane hatte Thiel in einem Lokal in Köln, der Heimatstadt von Cranes Vater, kennengelernt. Thiel war in dem Lokal Stammgast und wer an der Theke in seiner Nähe stand, wurde unweigerlich von ihm angequatscht. So auch Crane. Er und Thiel liefen sich fortan öfters zufällig in dem Lokal über den Weg, wenn Crane in Köln zu tun hatte und dort abends, bevor er ins Hotel ging, noch ein paar Bier trank. Mit und mit freundeten sich Crane und Thiel an. Wie sich schon bald herausstellte, verfügte der Rheinländer über besondere Talente. So sprach er mehrere Sprachen fließend und war ein echter Beschaffungskünstler. Egal ob man Waffen, Sprengstoff, Computer oder schnelle Autos brauchte: Thiel konnte alles besorgen. Zu Gute kam ihm dabei, dass er in nahezu jeder Großstadt dieser Welt irgendeinen entfernten Ver-

wandten hatte, der wiederum jemanden kannte, der einem die gewünschten Gegenstände besorgen konnte. Aufgrund seiner Hehlerei-Geschäfte hatte der Rheinländer entsprechend eine Abneigung gegen jegliche Art von Strafverfolgungsbehörden. Und als Crane Thiel fragte, ob er Interesse daran hätte, bei ISOS zu arbeiten, lehnte dieser zunächst dankend ab. Aber auf Drängen von Crane und seiner Überredungskunst mithilfe von ausreichend Freibier, trat Thiel schließlich ISOS bei und wurde ein wichtiger Bestandteil von Cranes Team. Wann immer das Team in einer Stadt Waffen, Ausrüstungsgegenstände oder Informationen brauchte, war es Thiels Aufgabe, diese Sachen zu organisieren.

Die vier Agenten folgten einer schwarzen Mercedes S-Klasse durch die Nacht von Prag. Die Straße, durch die sie fuhren, wurde rechts und links von parkenden PKWs gesäumt. Laut Informationen des ISOS Operationszentrums saß in diesem Fahrzeug ein Mann, der möglicherweise Kontakte zu Al-Kaida pflegte. Man erhoffte sich von ihm, Informationen zu geplanten Terroranschlägen in Europa.
Plötzlich beschleunigte der Mercedes vor ihnen. Nia wollte auch gerade Gas geben, als aus einer Seitenstraße unvermittelt ein LKW in die Straße einbog, der abrupt stoppte und ihnen den Weg abschnitt. Nia machte eine Vollbremsung und wollte zurücksetzen, als sie sah, dass auch hinter ihnen plötzlich die Straße von einem LKW versperrt wurde.
„RAUS HIER!", brüllte sie.
Gerade als die vier Agenten aus dem Auto gesprungen waren, raste ein Geschoss aus einer Panzerfaust auf den Audi zu und zerfetzte ihn in einem grellen Feuerball.
Die Vier wurden von der Druckwelle der Explosion zur Seite geschleudert, konnten sich aber unverletzt wieder aufrappeln und warfen sich mit gezückten Waffen hinter geparkten Autos in Deckung. Aus beiden Richtungen kamen insgesamt zwölf schwer bewaffnete Männer auf sie zu. Crane hatte geistesgegenwärtig seine Tasche, die zwischen seinen Füßen gestanden hatte mit aus dem Fahrzeug genommen. Ihr entnahm er vier Handgranaten

und ein Schnellfeuergewehr. Er warf jeweils eine Handgranate unter die LKWs vor und hinter ihnen. Durch die gewaltigen Detonationen wurden die Fahrzeuge einige Meter in die Luft gehoben und landeten dann wieder mit voller Wucht, und einem infernalischen Krachen, auf dem Asphalt. Drei der angreifenden Männer wurden dabei durch herumfliegende Trümmerteile schwer verletzt.

Nia zielte auf einen Mann links von ihr, der sich hinter einem Blumenkübel verschanzt hatte. Gerade als dieser den Kopf heraussteckte, um zu schauen, wo seine Gegner waren, drückte sie ab und schoss ihm genau zwischen die Augen.

Arsan feuerte auf zwei Gegner vor ihm. Einen traf er in die Brust, den anderen in den Unterleib. Er übersah jedoch einen Angreifer rechts von ihm. Gerade als dieser abdrücken wollte, wurde er von Nia in die Schulter getroffen. Der Treffer zertrümmerte ihm das Schlüsselbein und der Türke erledigte den Rest.

Frank Thiel versteckte sich hinter dem Kofferraum einer Limousine, an deren Motorhaube ein Gegner in Deckung gegangen war. Thiel feuerte unter das Fahrzeug und erwischte seinen Gegenüber am Fußknöchel, stürmte nach vorne und erledigte den Mann mit mehreren Schüssen.

Zwei Schergen nahmen währenddessen das Auto unter Beschuss, hinter dem Nia sich versteckte. Das Blech wurde von etlichen Projektilen durchsiebt. Crane mähte die beiden mit seinem Maschinengewehr nieder. Blieben noch zwei.

Crane schaute in Richtung des Türken. Dieser deutete mit der Hand auf einen VW Golf etwa zehn Meter entfernt, hinter dem sich die letzten beiden Angreifer befanden. Crane zog den Sicherungsbolzen aus einer Handgranate und warf sie unter das Fahrzeug. Der Golf explodierte in einem Feuerball. Einer der beiden Angreifer war sofort tot. Der andere stand lichterloh in Flammen und lief schreiend auf Arsan zu, der ihn mit einem gezielten Schuss von seinen Qualen erlöste.

Crane, Nia, Thiel und Arsan kamen aus ihrer Deckung.

„Das war heftig. Hat jemand was abbekommen?", keuchte Nia.

„Alles ok so weit!", sagte Arsan

Crane stand ihr schräg gegenüber, als plötzlich einer der tot ge-

glaubten Männer hinter Nia den Arm hob und mit einer Pistole auf sie zielte.
„NIIIAAAAAAA…", schrie Crane.

Ping—-Ping—-Ping- Cranes Kopf fühlte sich an, als würde er vor lauter Kopfschmerzen zerplatzen —Ping—-Ping—-Ping— er öffnete die Augen. Da lag sie. Blass, und so dünn und zierlich. Zerbrechlich. Ihm kam es fast so vor, als wäre sie geschrumpft. Ihr Herzschlag, der auf einem Monitor angezeigt wurde, ging regelmäßig. Jede Bewegung ihres Herzens wurde von einem "Ping" begleitet. Sie lag im künstlichen Koma und wurde von einer Herz-Lungen Maschine beatmet. Die Ärzte hatten ihr das Leben gerettet.

Immer und immer wieder spielte sich das Geschehen vor Cranes geistigem Auge ab. Wie in Zeitlupe hatte er gesehen, wie der schwer verletzte Killer eine Waffe auf Nia richtete und abdrückte, hatte gesehen wie die Kugel sie traf und ihr Körper erbebte. Crane hatte zu langsam reagiert. Nias Augen weiteten sich vor Schreck und Überraschung und sie ging in die Knie, schaute an sich hinunter und sah, wie aus einer Austrittswunde in ihrer Brust Blut quoll. Ganz langsam und mit flatternden Augenliedern drohte Nia vornüber zu kippen und Crane rannte zu ihr hinüber, um sie aufzufangen. Arif und Frank standen starr vor Schreck und leichenblass da und brachten keinen Ton heraus.
„Nia, mein Engel. Bitte bleib bei mir. Wir schaffen das, hörst Du?", flüsterte er verzweifelt in ihr Ohr. „Es tut mir so unendlich leid. Das alles war meine Schuld!"

Die Kugel hatte Nias Herz verfehlt, doch während der Operation war ihre Lunge kollabiert.
Crane, Thiel und Arsan saßen draußen vor dem Operationssaal und warteten, bangten, hofften, dass alles gut ging, als ein Krankenpfleger den Flur betrat.
„Wie geht es ihr?", fragte Crane.
„Tut mir leid, aber dazu darf ich Ihnen nichts sagen. Sie müssen auf den Arzt warten."

Crane sprang auf und packte den Mann an der Gurgel.
„Ich möchte wissen, wie es ihr geht, du Arschloch!"
Arif trat hinter Crane und legte ihm die Hand auf seine Schulter.
„Lass ihn, Peter. Er kann nichts dafür.", sagte er beruhigend.
Crane wusste, dass Arif recht hatte. Er ließ den Mann los, entschuldigte sich murmelnd und setzte sich wieder.
„*Nia*", dachte er niedergeschlagen und seufzte! Beinahe hätte er sie verloren. Er hätte besser aufpassen müssen, hätte schneller reagieren müssen, als der Mann die Waffe hob. Es war seine Schuld! Er würde sich das wohl nie verzeihen können. Das durfte keinesfalls noch einmal passieren, und so traf er die schwierigste Entscheidung seines Lebens. Eine Trennung von ihr konnte er möglicherweise irgendwann einmal verkraften, auch wenn es sehr schwer für ihn werden würde. Aber sie sterben zu sehen, wie es heute beinahe geschehen wäre, würde auch ihn umbringen. Er war zu gefährlich für sie. Ihr gemeinsamer Beruf war zu gefährlich für sie. Er musste Nia verlassen und alleine weiter machen, so schwer es ihm auch fiel. Er ging hinüber zu ihrem Krankenbett und gab ihr einen Kuss auf die Wange.
„Ich liebe dich, mein Schatz! Verzeih mir."
Crane verließ das Zimmer und ging zu seinen Freunden.
„Es tut mir leid, aber ich kann nicht…", wollte Crane ansetzten.
„Ich weiß, mein alter Freund, ich weiß", unterbrach ihn Arsan.
„Du könntest es nicht ertragen, sie sterben zu sehen. Ich habe es in deinen Augen gesehen. Ich verstehe das. Ich glaube, es ist wohl an der Zeit, dass sich unsere Wege trennen. Lass uns eine Pause machen, um das Geschehene zu verarbeiten. Frank und ich sind stolz darauf, mit dir gearbeitet zu haben! Bis dann, Peter!"
Crane umarmte Arif und Frank.
„Sagt ihr, dass ich sie liebe…und kümmert euch bitte um sie"

Crane drehte sich um und verließ das Krankenhaus. Der Schmerz drohte ihm das Herz zu zerreißen. Er vermisste Nia schon jetzt, denn sie war in den letzten Jahren stets an seiner Seite gewesen. Tief in seinem Inneren wusste er, dass er vermutlich nie mehr eine Beziehung zu einer anderen Frau aufbauen konnte.
Er vermutete, dass Nia ihm niemals verzeihen würde, hoffte aber,

dass sie seine Entscheidung wenigstens irgendwann verstand. Ständig spielte sich in seinem Kopf die Szene ab, als sie von der Kugel getroffen wurde. Dieser eine Augenblick suchte Peter Crane von da an jede Nacht heim, und ließ ihn schweißgebadet und schreiend hochschrecken. Wie ein Dämon hatten sich diese schrecklichen Bilder in seinen Gedanken festgesetzt.

11
Berlin, August 2014

Sie erreichten Berlin mitten in der Nacht.
„Mr. Crane! Wir befinden uns schon im Landeanflug auf Berlin.", sagte Sonny Leung.
Crane schlug die Augen auf und reckte sich. Der Schlaf hatte gut getan. Er fühlte sich fit und ausgeruht. Crane ging in einen der Waschräume und machte sich noch kurz frisch.
Berlin lag unter einer dicken Wolkendecke und es regnete in Strömen. Das Flugzeug setzte sanft auf und rollte anschließend langsam zu der zugewiesenen Parkposition.
„Wir konnten leider nicht dafür sorgen, dass Sie auch hier in Deutschland die Passkontrolle umgehen können. Der Pilot und ich bleiben im Flughafenhotel. Wir sind jederzeit erreichbar, falls Sie uns benötigen."
„Ok. Nochmals vielen Dank, Sonny!", sagte Crane und schüttelte dem Chinesen die Hand.
Crane wählte einen deutschen Reisepass, der auf den Namen Herbert Schmitz ausgestellt war. Normalerweise müsste man ihn damit zügig durch die Kontrollen lassen. Seine Waffe ließ er im Flugzeug.
Wie erwartet passierte er problemlos den Zoll. Der Zollbeamte schaute flüchtig auf den Ausweis, schaute kurz Crane an und nickte. Crane verließ das Flughafengebäude und nahm ein Taxi.
„Zum Gendarmenmarkt, bitte!"
„Eine bestimmte Adresse?"

„Angel's Pub"
„Alles klar."

Crane schaute hinaus in die Nacht. Er mochte Berlin. Es gab wohl kaum eine andere Stadt in der Welt, die in den letzten einhundert Jahren so viele Höhen und Tiefen erlebt hatte. Der Aufschwung im Dritten Reich, der in der totalen Zerstörung durch amerikanische, russische und britische Bomben endete. Nach dem Zweiten Weltkrieg die Teilung in Ost- und Westsektor, symbolisiert durch eine Mauer quer durch die gesamte Stadt. Dann schließlich der Fall der Mauer und die Wiedervereinigung Deutschlands. Eine einzigartige Kombination aus Geschichte und Moderne war es, die Crane so faszinierte. Gegenden wie die traditionsreiche Flaniermeile "Unter den Linden" mit ihren prachtvollen historischen Gebäuden wechselten sich ab mit hochmodernen Komplexen wie dem Potsdamer Platz. Berlin war möglicherweise die internationalste Stadt in Deutschland mit vielen internationalen Gästen im Dienste von Politik und Diplomatie, und vielen Touristen aus aller Herren Länder. Das Leben in Berlin pulsierte sowohl am Tag als auch in der Nacht.
Vielleicht würde er sich irgendwann hier niederlassen, überlegte er.
Das Taxi stoppte am Fahrziel und Crane stieg aus. Er schaute auf das Gebäude vor ihm. Die blaue Fassade mit dem roten Schriftzug "Angel's Pub" wurde von großen, unter dem Dach montierten Leuchten, angestrahlt. Er hatte dort viele Stunden mit Arif, Frank, Nia, Lilly und Marie (Nias bester Freundin) verbracht. Aus der verglasten Eingangstür drang Licht nach außen. Es war also noch geöffnet. Er atmete tief ein, und ging mit einem flauen Gefühl im Magen hinein.
Hinter der Theke stand die Wirtin, Annie. Sie hatte den Laden vor einigen Jahren mit ihrem Mann Rudolf eröffnet. Niemand wusste genau, wie alt Annie war, denn sie sprach niemals über ihr Alter. Die Schätzungen lagen zwischen fünfzig und sechzig Jahren. Die Frau war 1,65 m groß, hatte schwarze gefärbte Haare, pink geschminkte Lippen, grünen Lidschatten auf den Augenlidern, und war wie immer Sonnenbank gebräunt. Sie hatte sich

seit Cranes letztem Besuch kaum verändert.
Deutsche Schlagermusik erklang aus den Lautsprechern. Die Wände waren anthrazitfarben gestrichen. Rundherum standen rote, mit Leder bezogene Sitzbänke und die dazu passenden Cocktailsessel. Auf dem Boden waren weiße und dunkelblaue Fliesen im Schachbrettmuster verlegt. An der großzügig dimensionierten Edelstahl-Theke saßen zu dieser späten Stunde kaum noch Gäste.
Direkt am Eingang vor der Theke saß Annies Mann Rudolf. Ein kräftiger, sechzig Jahre alter Mann mit längeren, nach hinten gekämmten, weißen Haaren und Schnurrbart. Von den Gästen wurde er gerne "Der Don" genannt, was daran lag, dass er im Winter grundsätzlich Mantel und Hut trug, und ihn das erschienen ließ wie einen Mafiaboss.
Er und Annie schauten Crane an, als hätten sie einen Geist gesehen. Die Wirtin nickte leicht mit dem Kopf nach rechts. Dort saßen sie: Nia, Marie, Lilly und Arif. Crane rutschte das Herz in die Hose, und alte Gefühle brachen über ihn herein. Plötzlich blickten alle vier auf und schauten ihn mit offenen Mündern an. Sie schienen allesamt ein wenig angetrunken zu sein.
Nia stand unbeholfen von ihrem Hocker auf und torkelte mit wutverzerrtem Gesicht auf ihn zu. Sie ballte die Hände zu Fäusten, holte aus, verlor das Gleichgewicht und fiel wie ein nasser Sack zu Boden. Offensichtlich war sie nicht nur ein wenig, sondern sogar sehr betrunken.
Crane wollte ihr gerade hoch helfen, als aus Nias Mund ein laut vernehmliches Schnarchen drang. Vorsichtig hob er sie hoch und legte sie behutsam auf eine der Sitzbänke. Es war offensichtlich ein anstrengender Abend für sie gewesen, was Crane gerade recht kam. Zorn kombiniert mit Alkohol war im Allgemeinen schon eine schlechte Mischung. Bei Nia kam diese Kombination aber einer Naturkatastrophe gleich. Ihr aufbrausendes Wesen plus dem Senken der Hemmschwelle durch den Alkohol hätte für Crane vermutlich eine schallende Backpfeife bedeutet. Und damit wäre er sogar noch gut bedient gewesen, denn Nia beherrschte noch deutlich schmerzhaftere Alternativen. Von daher war es durchaus vorteilhaft für ihn, wenn sie erst einmal ihren Rausch

ausschlief.

Marie kam herüber, um nach Nia zu schauen und Peter zu begrüßen.

Marie Martins war schon mit Nia befreundet, seitdem sie denken konnte. Die beiden waren unzertrennlich. Sie war 1,75 m groß, hatte braune, mittellange Haare mit seitlichem Pony, braune Augen und war Anfang dreißig. Marie verabscheute Gewalt und war nie ein offizielles Mitglied von Cranes ISOS Team gewesen, half den Fünfen allerdings, wenn sie in Berlin waren, wo sie nur konnte. Bei langen Observierungen versorgte sie die Crew mit selbstgekochten Leckereien, buchte Flüge oder Hotelzimmer, organisierte Mietwagen und leistete ihnen gerne und oft Gesellschaft. Marie Schreiber war sozusagen der gute Engel hinter Cranes Team.

„Hallo Peter, schön dich zu sehen.", sagte sie und gab Crane einen Kuss auf die Wange.

„Hallo, Marie. Es ist ein gutes Gefühl, euch alle wieder zu sehen. Wie geht's ihr?"

„Sie ist immer noch nicht über dich hinweg. Sie hat eine sehr schwere Zeit hinter sich. Die Reha, nachdem sie angeschossen wurde, und die Trennung von dir, haben ihr schwer zu schaffen gemacht. Ich bin mir nicht sicher, ob es schon der richtige Zeitpunkt für ein Wiedersehen ist.", sagte sie mit leichter Strenge.

„Und wie geht's dir?", fragte sie.

„Auch mir ist die Trennung sehr schwer gefallen. Ich muss jeden Tag an sie denken. Aber es war besser so. Ich hätte es mir nie verzeihen können, wenn sie bei einer unserer Missionen gestorben wäre. Ich hatte keine Wahl", seufzte Crane.

„Oh doch, Peter Crane, die hattest du. Du hättest aufhören können, ständig die Welt retten zu wollen. Du hättest deinen Boss um einen Bürojob bitten können. Oder du hättest dich einfach zur Ruhe setzen können. Finanziell hast du doch sowieso für alle Zeiten ausgesorgt!", schimpfte Marie.

„Das ist nicht so einfach.", antwortete Crane hilflos.

„Ja, ja, ich weiß", sagte sie. „Ihr seid da alle gleich. Arif, Frank, Nia, Lilly und du. Immer um das Allgemeinwohl besorgt, wel-

ches euch mehr am Herzen liegt als euer eigenes Wohl. Immer auf einer wichtigen und gefährlichen Mission.....!" Marie atmete tief durch. „Aber genug davon! Nia wird noch genug mit dir schimpfen!", sagte sie etwas versöhnlicher.
„Wo ist Frank?", frage Crane. „Ist er wieder früher gegangen?"
„Du kennst ihn ja. Er hat sich mit dem üblichen Spruch „Kommt ihr erst mal in mein Alter" verabschiedet."
Nun kamen auch Arif und Lilly herüber.
„Hallo, Lilly.", sagte Peter und gab ihr einen Kuss auf die Wange. Anschließend wandte er sich an Arif und umarmte den Türken zur Begrüßung.
„Hallo, Crane. Endlich wieder alle vereint, was? Wurde auch Zeit. Was verschlägt dich nach Berlin?".
Arif war da etwas pragmatischer und weniger emotional als Marie. Er verstand die Beweggründe seines Freundes für das Verlassen des Teams.
Crane erzählte ihnen alles.
„Oh Mann, schöne Scheiße. Aber das ist ja wiedermal typisch. Wenn wir nicht auf dich aufpassen, gerätst du von einem Schlamassel in den nächsten! Aber du weißt ja, dass du immer auf uns zählen kannst. Ich fahre jetzt erst mal nach Hause, schlafe meinen Rausch aus und melde mich dann morgen früh bei dir!", sagte Arif.
Auch Marie verabschiedete sich mit dem Hinweis, dass Crane sich melden solle, falls er etwas benötigte, und dass er sich gut um Nia kümmern solle.
Crane plauderte noch etwas mit Lilly, Annie und Rudolf, bevor der schwierige Teil für ihn beginnen würde, denn am nächsten Morgen musste er sich Nia stellen. Genau wie sie an ihm, hing er auch immer noch an ihr, und das würde die Sache nicht einfacher machen.
Er bezahlte Nias Rechnung, transportierte sie in ein Taxi, und fuhr mit ihr zu ihrer Wohnung.

Crane trug die immer noch schlafende Nia die Treppen zu ihrer Wohnung hinauf, welche im Dachgeschoss eines dreistöckigen Mehrfamilienhauses lag. Oben angekommen, setzte er Nia vor-

sichtig auf einer Treppenstufe ab und lehnte sie gegen die Wand, um in ihrer Handtasche nach dem Wohnungsschlüssel zu suchen. Wie immer bei Nia war die Tasche randvoll mit irgendwelchem Kram, von dem Frauen für gewöhnlich behaupteten, dass sie ihn unbedingt brauchten. Nach einigem Suchen und mehreren Flüchen fand Crane schließlich den Schlüssel, öffnete die Tür und brachte Nia ins Schlafzimmer. Mit viel Mühe schaffte er es, sie ihrer Klamotten zu entledigen und ihr ein T-Shirt und eine Shorts überzuziehen. Er legte sie ins Bett und deckte sie zu.
Crane ging ins Wohnzimmer. Es war lange her seitdem er das letzte Mal hier gewesen war. Ein flaues Gefühl breitete sich schon wieder in seinem Magen aus. Er vermisste das alles. Er vermisste Nia und seine Freunde. Vielleicht wäre es ja wirklich an der Zeit, sich zur Ruhe zu setzen und ein ruhigeres Leben zu führen. Wenn er diese Misere hinter sich hätte, dann würde er intensiv über sein zukünftiges Leben nachdenken müssen, beschloss Crane.
Er schaute sich um. Nia hatte mittlerweile ihre gemeinsamen Fotos von den Wänden abgenommen und stattdessen mehrere Stillleben aufgehängt. Er schaute auf die Signatur der Bilder. Hartmut Ritzerfeld stand dort geschrieben. Dunkel erinnerte er sich daran, dass dieser Künstler aus Nias Heimatstadt kam.
Die Wohnung war gemütlich und behaglich, jedoch immer leicht unordentlich. Wohnzimmer, Küche und Esszimmer bestanden aus einem großen Raum. Durch eine Tür gelangte man ins Schlafzimmer, an welches das Badezimmer angrenzte. Eingerichtet war die Wohnung vornehmlich mit weißen Möbeln, für die Nia eine Schwäche hatte.
Crane legte sich auf die Couch. An Schlaf war jetzt nicht zu denken. Zu aufgewühlt waren seine Gedanken nach dem Wiedersehen mit seinen Freunden. Möglichst leise schaltete er den Fernseher ein und zappte durch die Kanäle.
In den frühen Morgenstunden vernahm er ein Stöhnen aus dem Schlafzimmer. Nia regte sich. Er schüttete ihr ein Glas kalte Diät Cola ein und ging hinüber zu ihrem Bett. Sie hatte die Augen zwar noch geschlossen, doch man sah ihr deutlich die Strapazen des Vorabends an. Er reichte ihr das Glas und sie trank begierig.

„Danke, Marie.", krächzte Nia und trank gierig das Glas aus. Ihre Freundin brachte Nia öfters nach solchen Abenden nachhause und blieb über Nacht, um nach ihr zu schauen.
„Marie ist nicht da.", sagte er sanft.
Sie öffnete die Augen und starrte ihn ungläubig an.
„DU…"
Mit voller Wucht warf sie das leergetrunkene Glas nach Crane, der gerade noch ausweichen konnte. Sie nahm ihren Schminkspiegel vom Nachttisch und feuerte ihn ebenfalls wie eine Frisbeescheibe in seine Richtung. Sie traf ihn an der Schulter.
„VERFLUCHT, nun beruhige dich!", schimpfte er.
In diesem Augenblick explodierte die Fensterscheibe des Schlafzimmers regelrecht, und ein Mann in Kampfmontur, der sich vom Dach abgeseilt haben musste, schwang hinein, landete auf dem Boden und richtete sofort eine Waffe auf Nia. Crane reagierte wie der Blitz, schlug mit der linken Faust den Arm des Killers herunter, und in der selben fließenden Bewegung, die rechte Handkante auf dessen Adamsapfel. Die Waffe des Mannes rutschte unter das Bett und er brach röchelnd zusammen.
„Schnell, zieh dich an. Hast du irgendeine Waffe?", fragte Crane.
Nia öffnete die Schublade ihres Nachttischs und warf Crane eine Pistole zu. Es war eine HK P8 aus Nias Bundeswehrzeit.
„Hast du nicht noch eine beschissenere Waffe? Die Treffergenauigkeit dieser Spielzeugpistole läge höher, wenn ich damit auf unsere Gegner werfen würde, anstatt auf sie zu schießen!"
„Oh, Verzeihung, dass ich für den "großen" Peter Crane nicht eine Sammlung an Hightech Waffen gebunkert habe!", entgegnete Nia scharf, sprang aus dem Bett und zog sich eilig ein paar Klamotten über, jedoch nicht ohne dabei ständig über ihn zu meckern:
„Ich bin total verkatert, und Peter "Arschloch" Crane hat nichts besseres zu tun, als aus heiterem Himmel irgendwelche Killer anzuschleppen…..Wenn ich das überlebe, wird dieser Mistkerl die Hölle auf Erden erleben….."
„Könntest du vielleicht mal leise sein, falls noch mehr dieser Typen hier herum laufen?", presste Crane gereizt, zwischen zusammengebissenen Zähnen heraus.

Vorsichtig lugte Crane ins Wohnzimmer. Niemand war zu sehen, als unvermittelt die Wohnungstür explodierte und zwei Tränengasgranaten in die Mitte des Raumes flogen.
„Schnell, ins Bad!", rief er.
Im Bad angekommen riss Crane das Fenster auf und nacheinander sprangen sie drei Meter in die Tiefe auf ein darunter liegendes Vordach. Von dort aus führte eine Feuerleiter in den Innenhof. Nia kletterte hinunter, und gerade als Crane die Leiter bestieg, schlugen neben ihm mehrere Schüsse ein. Crane rutschte das obere Stück der Leiter hinunter, verlor den Halt und schlug rücklings so hart auf dem Asphalt auf, dass ihm die Luft aus den Lungen gepresst wurde. Glücklicherweise überstand er den Sturz ohne ernsthafte Verletzungen.
„Ups!", grinste Nia schadenfroh. „Ich hoffe, es tat weh", frotzelte sie immer noch grinsend, half ihm aber dann doch hoch.
„Wo steht dein Auto?", fragte er.
Sie deutete mit dem Kopf in Richtung eines weißen Audi RS4 mit über vierhundert PS. Sie spurteten zu dem Fahrzeug. Da Nia in der Hektik die Schlüssel vergessen hatte, schlugen sie die Seitenscheiben ein. Nia setzte sich auf den Fahrersitz, schloss das Fahrzeug kurz und gab Vollgas, ohne Rücksicht auf Crane, der es noch gerade so schaffte einzusteigen.
Hinter ihnen setzte sich ein blauer BMW in Bewegung und nahm die Verfolgung auf. Sie rasten durch den Innenhof auf die viel befahrene Hauptstraße zu. Nia riss die Handbremse hoch und sie schlitterten mit kreischenden Reifen um die Kurve, nur Millimeter an einem herannahenden Bus vorbei. Ihr Verfolger hatte weniger Glück und wurde seitlich von einem anderen PKW erwischt. Wie ein Kreisel drehte sich das Auto und schlug mit voller Wucht in eine Laterne auf der anderen Straßenseite ein.
Plötzlich erbebte der Audi, als er von hinten von einem zweiten BMW gerammt wurde. Nia trat das Gaspedal ganz herunter und die Limousine machte einen Satz nach vorne. Crane wurde regelrecht in den Sitz gepresst. Mit halsbrecherischer Geschwindigkeit rasten sie auf eine rote Ampel zu. An einer Bodenwelle kurz vor der Ampel hob der Audi ab, und schlug Funken sprühend wieder auf dem Asphalt auf. Der Wagen geriet ins Schlingern, und bei-

nahe wären sie in einen andern PKW gerast, wenn Nia nicht wieder die Kontrolle erlangt hätte und den Audi zurück auf Kurs brachte. Der BMW hinter ihnen touchierte ein anderes Fahrzeug und geriet ebenfalls ins Trudeln. Dem Fahrer gelang es jedoch ebenfalls, sein Auto zu stabilisieren. Nia raste um die nächste Kurve und musste hart bremsen, um nicht dutzende Fußgänger, die über die Straße gingen, zu überfahren. Sie wollte zurücksetzen, als im gleichen Moment der BMW den hinteren Kotflügel des Audis rammte. Durch den Aufprall vollführte Nias Wagen fast eine hundertachtzig Grad Drehung. Glücklicherweise schleifte der eingedrückte Kotflügel nicht am Hinterreifen des Audis. Wieder gab sie Vollgas. Der Verfolger setzte ein Stück zurück, und preschte hinter den beiden her.
„Na warte, Crane, das wird teuer für dich. Ich lasse die Reparaturrechnung an deine Adresse schicken.", schimpfte sie.
„Lass ihn näher rankommen!", sagte er.
„Was? Bist du irre?"
„Mach schon!"
Crane öffnete das Schiebedach. Der BMW kam näher. Crane reckte seinen Oberkörper aus der Dachöffnung und zielte mit der P8 auf das Fahrzeug. Er würde bei voller Fahrt den Fahrer nicht erschießen können, daher hatte er einen anderen Plan. Er schoss dreimal auf die Windschutzscheibe. Die Scheibe gab nicht nach, aber dutzende Risse zogen sich durch das Glas, sodass der Fahrer praktisch nichts mehr sehen konnte.
„Gib Gas!"
Sie rasten auf die nächste rote Ampel zu. Von links fuhr ein LKW langsam in die Kreuzung ein. Nia wich aus, aber der Verfolger, der nichts mehr durch die Windschutzscheibe erkennen konnte, raste ungebremst in die Seite des LKWs. Die beiden Insassen waren sofort tot.
Crane drehte sich zu Nia um, und sagte grinsend:
„Hallo, mein Schatz! Schön, dich wieder zu sehen!"

Crane und Nia fuhren zu einer Villa, die er vor einigen Jahren über eine Scheinfirma gekauft hatte. Niemand wusste, dass er der rechtmäßige Besitzer war, und der Türke hatte im Internet dafür gesorgt, dass es den Anschein hatte, als würde die angebliche Firma tatsächlich existieren. Das Gebäude befand sich in Lichterfelde, einem alten Villenviertel im Bezirk Steglitz-Zehlendorf. Erbaut wurde die herrschaftliche Jugendstilvilla 1902. Crane hatte sie nach dem Kauf von Grund auf sanieren und modernisieren lassen. Sie hatten das Haus in der Vergangenheit des Öfteren als sicheren Unterschlupf genutzt.

„Ich bin ungeduscht, total verkatert und habe Kopfschmerzen. Mein Auto ist demoliert und meine Wohnung eingeräuchert. Der tolle Mr. Crane hat es sich nicht nehmen lassen, mein Leben wieder mal ins totale Chaos zu stürzen."
Dieser Monolog dauerte nun schon die gesamte Fahrzeit an, und Crane bekam mittlerweile von dem Redeschwall ebenfalls Kopfschmerzen. Jedes Mal, wenn er etwas erwidern wollte, unterbrach sie ihn mit einer unwirschen Handbewegung.
Endlich erreichten sie die Villa, doch Nia schickte sich an, auch weiterhin zu schimpfen wie ein Rohrspatz. Nachdem die beiden hineingegangen waren, zog sie ihre Schuhe aus, feuerte diese auf Crane und verschwand im Bad, um eine Dusche zu nehmen.
Crane atmete tief durch. Er massierte sich die Schläfen. Endlich hatte er seine Ruhe. Das Wiedersehen hatte er sich insgesamt etwas anders, etwas versöhnlicher vorgestellt.

Er nahm sein Handy und rief den Türken an:
„Ich bin's. Ich hoffe du bist fit, denn es gibt reichlich Arbeit. Nia und ich sind in ihrer Wohnung angegriffen worden. Wir sind beide unverletzt entkommen. Irgendjemand muss geahnt haben, dass ich euch aufsuchen würde. Wahrscheinlich haben sie den Flughafen überwacht. Wir sind in unserem Spezial-Versteck. Du weißt, welches ich meine. Hol Frank und Lilly ab und kommt hierher. Passt auf, dass ihr nicht verfolgt werdet."
„Wir wäre es mit: Bitte lieber Arif, könntest du freundlicherweise mit Frank und Lilly in unser Spezial-Versteck kommen?", witzelte der Türke.
„Arif, du…"
„Schon gut, schon gut, bin ja schon unterwegs!"

So langsam fragte sich Crane, ob heute der "Alle-gegen-Peter-Crane-Tag" war, als sein Handy klingelte.
„Crane." meldete er sich.
„Hier ist Marie. Wo seid ihr? Ich war gerade bei Nias Wohnung. Die Polizei stand vor der Tür und wollte mich weder hinein lassen noch mir erklären was passiert war."
„Wir sind im Versteck. Heute Morgen sind wir beide in Nias Wohnung angegriffen worden…", versuchte er zu erklären.
„WAS?", unterbrach ihn Marie. „PETER CRANE, da überlasse ich Nia deiner Obhut, weil ich dachte, sie sei bei dir in guten Händen, und dann so etwas!"
„Marie ich…"
„Ich bin noch nicht fertig! Ich mache mich jetzt auf den Weg zu euch, und gnade dir Gott wenn Nia auch nur einen Kratzer abbekommen hat!", schimpfte Marie und legte auf, bevor Crane etwas erwidern konnte.
Ja, heute ist definitiv der "Alle-gegen-Peter-Crane-Tag", dachte er.

Als Nia aus dem Bad kam, trafen Arif Arsan, Frank Thiel und Lilly Jaxter ein. Crane und seine Freunde umarmten sich freundschaftlich.
„Crane, du alter Hundesohn. Es tut gut, dich wieder zu sehen. Steckst wohl wieder mal in der Scheiße, was?", polterte Thiel mit seiner gewohnt lauten Stimme und einer Zigarette im Mundwinkel.
„Du triffst wie immer den Nagel auf den Kopf!", antwortete Crane, beim Anblick seiner Freunde wieder etwas besser gelaunt.
„Hey Bruder, wie ich höre, hattest du einen aufregenden Morgen?", fragte Lilly aufrichtig besorgt.
„So kann man es auch nennen…."
„Dürfte ich vielleicht mal erfahren, was hier los ist und warum am frühen Morgen schwer bewaffnete Einbrecher meine Wohnung zerlegen?", fragte Nia immer noch leicht gereizt.
„Bei einer Mission in Washington bin ich in den Besitz einer Speicherkarte gelangt, auf der vermutlich sehr wichtige Daten gespeichert sind. Doch ich bezahlte einen sehr hohen Preis für die

Beschaffung. Tolino, Woodcock und alle anderen Agenten, die an dem Einsatz beteiligt waren, sind tot. Danach bin ich noch zweimal von Killern angegriffen worden. Es sieht so aus, als wäre jemand von ISOS darin verwickelt. Der Inhalt der Speicherkarte ist verschlüsselt. Deswegen bin ich zu euch gekommen. Ihr seid die einzigen, die mir helfen können."
„Tolino und Woodcock? Das ist traurig. Ich habe die beiden immer sehr gerne gehabt. Mit ihnen waren Observierungen immer sehr unterhaltsam.", sagte Nia mit feuchten Augen. Arif, Lilly und Frank stimmten ihr zu. Der Tod der beiden beliebten Agenten, aber auch der Tod des gesamten Einsatzteams, hatte sie alle tief getroffen, und ließ die fünf eine Zeitlang schweigend dasitzen.
„Wie soll es jetzt weitergehen?", fragte Nia nach einiger Zeit, immer noch sichtlich bedrückt.
„Arif und Lilly sollten in der Lage sein, die Informationen zu entschlüsseln, und es wäre schön, wenn auch Frank und du mir behilflich sein könntet! Wir müssen herausfinden, wer dahinter steckt und dem Ganzen ein Ende machen!"
„Ok, ich bin dabei! Allerdings wegen Tolino und Woodcock. Du kannst mir gestohlen bleiben!" sagte sie eiskalt zu Crane.
„Zu freundlich!", lächelte Crane schief.
„Ich bin natürlich auch dabei! Das Frührentnerleben wird langsam langweilig. Ein bisschen Action ist genau das, was ich jetzt brauche.", entgegnete Thiel und zündete sich eine seiner unzähligen Zigaretten an.

Crane hatte in dem Haus, wie in allen anderen Häusern auch, die er weltweit erstanden hatte, mehrere Hochleistungsrechner, die mit seiner privaten Datenbank gekoppelt waren. Vor Jahren hatten der Türke und er damit begonnen, diese Datenbank aufzubauen. Crane war, was Informationen anging, ein regelrechter Messi. Er sammelte Akten über alles und jeden. Über manch hoch geachteten Politiker fanden sich äußerst brisante Informationen in dieser Datenbank. Dazu wurden Fotos, Stimmproben und auch biometrische Daten dort gespeichert. Es hatte sich schon öfters als nützlich erwiesen, gegenüber einflussreichen Per-

sönlichkeiten über gewisse Druckmittel zu verfügen. Und bei Ermittlungen hatten sich die Daten immer wieder als sehr wichtige Informationsquelle herausgestellt.
Zudem konnte man von Cranes Rechner aus, teils legal, teils hochgradig illegal, auf alle großen Datenbanken dieser Welt zugreifen. Egal ob CIA, FBI, NSA, MI6, BND und wie sie alle hießen. Irgendwie hatte es der Türke mit Lillys Hilfe geschafft, auf alle diese Systeme Zugriff zu erhalten. Crane wollte lieber gar nicht wissen, wie die beiden das hinbekommen hatten.

Plötzlich klingelte Thiels Handy. Er nahm ab und hörte schweigend zu. Nach dem Ende des Telefonats sagte er zu Crane: „Das war ein Bekannter von mir. Der Mann ist Reporter. Er sagt, er wäre im Besitz eines Anrufmitschnitts, in dem über ein Bombenattentat gesprochen wird. Er möchte sich mit uns in einem Café am Potsdamer Platz treffen. Er klang ziemlich verängstigt."
„Na dann los. Wir rufen uns ein Taxi, und schauen, was der Mann uns zu sagen hat. Vorher sollten wir uns allerdings bei einem deiner Waffenhändler eindecken. Wir wissen ja nicht, was uns letztlich dort erwartet. Arif kümmerst du dich mit Lilly *bitte* um die Karte!"
„Ein "Bitte" von Peter Crane. Heute muss unser Glückstag sein.", sagte Arif grinsend zu Lilly. „Ich denke, dass wir euch sagen können, was sich auf der Karte befindet, wenn Frank und du zurück seid!", sagte Arsan und verschwand mit Lilly im Computerzimmer.
„Und was ist mit mir?", fragte Nia. „Soll ich hier sitzen bleiben und Däumchen drehen?"
„Nein, natürlich nicht. Aber Marie ist auf dem Weg hierher, und wenn ich dich jetzt zu irgendeinem Treffen mitnehme, und es schießt wieder jemand auf uns, dann könnte es sein, dass Marie mir irgendetwas antut, obwohl sie Pazifistin ist!", antwortete Crane, als Marie in genau diesem Moment die Villa betrat.
Crane bereitete sich mental schon auf das nächste Donnerwetter vor, doch Marie stürmte auf Nia zu und schloss zuerst sie und dann Crane in die Arme und drückte beide so fest, dass ihnen die Luft wegblieb.

„Marie, es tut mir leid!", sagte Crane.
„Schon gut, Peter. Hauptsache, es geht euch gut. Tut mir leid, dass ich eben so aus der Haut gefahren bin, aber ich war krank vor Sorge um euch. Kann ich etwas für euch tun?", fragte Marie.
„Frank und ich müssen jetzt in die Stadt. Es wäre prima, wenn du uns einen unauffälligen Leihwagen besorgen könntest. Wir würden ihn dann auf dem Rückweg abholen"
„Schon erledigt. Auf den Schrecken mache ich jetzt erst mal Frühstück. Wir verwahren euch etwas für später.", sagte Marie zu Crane.
„Danke!", sagte Crane und machte sich mit Thiel auf den Weg in die Stadt.

12
TARC

Anfang der siebziger Jahre des zwanzigsten Jahrhunderts befand sich, einige Kilometer außerhalb von Washington, eine riesige Baustelle. Die Leute, die dort vorbeifuhren, waren etwas verwundert, dass sie wie ein Hochsicherheitstrakt vor Blicken abgeschirmt war. Rundherum waren riesige Bauzäune aufgebaut worden, und das gesamte Areal bewachten dutzende Sicherheitsleute bei Tag und bei Nacht. Von Montag bis Sonntag wurde vierundzwanzig Stunden in drei Schichten gearbeitet. Die Bauarbeiter mussten eine Verschwiegenheitsklausel unterzeichnen und wurden täglich gründlich durchsucht, damit niemand heimlich Baupläne oder Ähnliches stehlen konnte.
Nach über fünf Jahren Bauzeit war der Komplex dann schließlich fertiggestellt worden. Ein eindrucksvolles, kreisrundes Gebäude mit achthundert Metern Durchmesser, zwanzig Stockwerke hoch, und mit einer komplett spiegelverglasten Fassade war entstanden, welches von einer massiven sechs Meter hohen Mauer umschlossen wurde. Hinter dem riesigen Komplex befand sich eine Landebahn für Privatflugzeuge. Rechts neben dem Zufahrtstor zum

Gelände prangten auf der Mauer vier große rote Buchstaben in futuristischer Schrift:

TARC

TECHNOLOGY AND RESEARCH COMPANY – NORTH AMERICA DIVISION

Der Name dieser Firma war von den Verantwortlichen bewusst nichts sagend gewählt worden. Und so konnte sich in der Tat niemand, der das Schild las, vorstellen, was diese Firma genau machte, und das war auch gut so.
Die alte, und wesentlich kleinere Firmenzentrale von TARC aus den neunzehnhundertfünfziger Jahren, in der Nähe des Stadtzentrums von Washington, drohte aus allen Nähten zu platzen, und so hatte man sich dazu entschlossen, diesen neuen Sitz zu bauen. Die Lage außerhalb von Washington sorgte für eine gewisse Abgeschiedenheit. In Berlin, Paris und London wurden kurze Zeit später ähnliche Bauwerke errichtet, jedoch in etwas kleineren Versionen. Zudem wurden in vielen anderen Hauptstädten in dieser Zeit kleinere TARC/ISOS Niederlassungen gegründet.

In die unteren fünf Stockwerke der riesigen Firmenzentrale bei Washington zog die Verwaltung von TARC ein, und die restlichen fünfzehn Etagen wurden an eine Firma namens "Borrough Enterprises" vermietet. Raymond Borrough, der mittlerweile verstorbene Chef dieser Firma, ein Multimilliardär, war Mitgründer, beziehungsweise in den Anfangsjahren Mit-Finanzier, einer streng geheimen Organisation namens ISOS, was natürlich in der Öffentlichkeit niemand wusste. "Borrough Enterprises" residierte aber nur zum Schein in diesen 15 Etagen. Eigentlich war es die Zentrale des weltweit einzigen, unabhängigen Geheimdienstes: Des "INDEPENDENT SPECIAL OPERATION SERVICE" ISOS. In den fünfzehn Stockwerken von ISOS befanden sich jedoch nicht nur Büros und Konferenzräume, son-

dern auch das Analyse- und das Operationszentrum.
Im Analysezentrum hingen unzählige riesige Flatscreens, auf denen Nachrichten aus aller Welt liefen. Dutzende Analysten hockten vor Computern mit mehreren Bildschirmen und werteten eingehende Daten aus. Die Analysten arbeiteten den sogenannten Referees zu, den Leuten, die entschieden, wo ein Eingreifen von ISOS notwendig war und welche die entsprechenden Aufträge dann an das Operationszentrum weiterleiteten. 24 Stunden 7 Tage die Woche herrschte im Analysezentrum hektisches Treiben.
Im Operationszentrum saßen an langen Tischreihen die ISOS Operator mit Kopfhörern und Mikrophonen vor ihren Rechnern. Die Operator standen in Kontakt mit ISOS Teams, die bei Einsätzen rund um den Globus unterwegs waren. Die Operator waren dabei eine Art "Mädchen für alles". Ihre Aufgaben erstreckten sich vom Buchen von Hotels und Flügen über das Besorgen und Hinterlegen lassen von Ausrüstung für die Agenten, bis hin zum Hacken von Sicherheitssystemen oder Ähnlichem, um den Agenten vor Ort die Arbeit zu erleichtern. Der momentane Leiter des Operationszentrums war Super Advisor Steve Hudson, ein enger Vertrauter von Direktor McDermott und ein Freund von Peter Crane.
Darüber hinaus befanden sich in dem riesigen Gebäude Sporthallen, Schlaf-, Freizeit- und Fitnessräume für die Agenten und Angestellten, eine moderne, voll ausgestattete Krankenstation, wo sogar Operationen durchgeführt werden konnten, und vor allem weitläufige Trainingsareale für die Agenten. Dort konnte man zum Beispiel lautloses Eindringen in Gebäude erlernen und üben, und man war dort in der Lage, für die Agenten Teams ganze Einsätze zu simulieren.
Der große, grün bewachsene Innenhof des Gebäudes wurde von den Mitarbeitern zum Joggen genutzt oder um ihre Pausen dort zu verbringen.

Das gesamte Firmengelände war hermetisch von der Außenwelt abgeriegelt. Am Eingangstor patrouillierten schwer bewaffnete Wachen. Das Tor war so massiv, dass es nicht möglich war, dieses

mit einem PKW zu durchbrechen. Auf der Schutzmauer war rundherum Stacheldraht gespannt und das gesamte Gelände wurde von unzähligen Kameras überwacht. Als Zugang zum Gelände gab es nur das große Haupttor auf der Vorderseite und ein Nebentor auf der Rückseite als Zufahrt zum Flugplatz.
Der Kunstrasen, der rundherum zwischen Schutzmauer und Gebäude angelegt war, lagerte auf druckempfindlichen Platten. Jeder Mensch, der den Rasen betrat, löste Alarm aus. Doch damit nicht genug. Das gesamte Gebäude wurde von einem Geflecht aus unsichtbaren Laserschranken umgeben. Lediglich das schwer bewachte Eingangsportal des Gebäudes wurde ausgespart. Jeder Mensch, der eine dieser Laserschranken durchbrach, löste ebenfalls Alarm aus. Das heißt, selbst falls jemand ein Seil zwischen Mauer und Gebäude spannte, um sich herüber zu hangeln und den Rasen nicht zu berühren, hätte er wegen den Lasern keine Chance an das Gebäude heranzukommen ohne Alarm auszulösen.
Da beim Bau dieses gigantischen Komplexes spezielle Materialien verwendet wurden, war das gesamte Bauwerk bomben- sowie raketensicher. Somit konnte es auch Angriffen aus der Luft standhalten, zumindest lange genug bis man die Belegschaft evakuieren konnte.

Was man von außen nicht sah, war dass unter dem oberirdischen Komplex nochmals zwanzig Stockwerke in die Tiefe gebaut worden waren. Die riesigen Strommengen, die für das gesamte Gebäude benötigt wurden, produzierte man dort in einem eigenen, ultra-modernen Kraftwerk, welches trotz der eher kompakten Bauweise große Mengen an Strom erzeugen konnte. Das Kraftwerk war ein internationales Forschungsprojekt, für das TARC große Mengen an Forschungsgeldern bekam. Man hoffte, mit dieser sauberen Lösung irgendwann die Energieprobleme der Welt zu lösen. Von der Serienreife war man allerdings noch weit entfernt, auch wenn dieser Prototyp schon in der Lage war, einen so großen Komplex wie das TARC/ISOS Gebäude mit Strom zu versorgen. Die TARC Wissenschaftler gingen davon aus, dass man in 10 bis 20 Jahren so weit war, die Technologie zu lizenzieren.

In einer Etage war die Serverfarm untergebracht, das technologische Herz von TARC und vor allem von ISOS. Dort wurden alle Computer des Gebäudes miteinander vernetzt.

Außerdem befanden sich in diesem unterirdischen Bereich die geheimen Hightech Labore und Fertigungsstätten von TARC. Hier arbeiteten Wissenschaftler und Ingenieure aus aller Welt an Zukunftstechnologien in den Bereichen Computertechnik, Chemie, Physik, Mikrobiologie und Medizin. Viele der heutigen Alltagstechnologien waren in diesen Laboren erforscht und entwickelt worden, Jahre bevor sie den Massenmarkt erreichten. So steckten beispielsweise in modernen Smartphones Technologien, die in den TARC Laboren erdacht worden waren.

Die Lizenzierung von Patenten und der Verkauf von Technologien brachten dem Unternehmen, welches sich nach wie vor in privater Hand befand, Milliardengewinne ein, die wiederum teilweise der Finanzierung von ISOS dienten. Die restlichen Gelder flossen zurück in die Forschung, oder wurden gewinnbringend angelegt.

Die schier unerschöpflichen finanziellen Mittel, der technologische Vorsprung und die penible Auswahl und Ausbildung der eigenen Agenten und Wissenschaftler machte ISOS zur effizientesten und besten Geheimdienstorganisation der Welt, und TARC zur einflussreichsten Hightech Firma auf den internationalen Märkten.

13
Washington DC

Direktor John McDermott saß an seinem großen Mahagoni Eckschreibtisch in seinem Büro in der ISOS Zentrale. Das Büro war äußerst großzügig geschnitten. Eine Wand des Büros wurde von einem riesigen Regal dominiert, in dem neben unzähligen Akten auch einige Bücher verstaut waren. An der anderen Wand, vor McDermott, hingen in zwei Reihen insgesamt zehn große Flatscreens, auf denen Daten aus dem Analysezentrum oder Fernsehnachrichten liefen. Außerdem konnte man damit Videokonferenzen abhalten. Davor stand ein großer Konferenztisch mit insgesamt 12 Ledersesseln. Rechts von ihm befand sich die doppelflügelige Eingangstür. Der Boden war mit weichem, dunkelgrauem Teppichboden belegt, den in der Mitte das ISOS Logo zierte. In der Raumecke hinter ihm stand eine große, ausladende Yucca Palme. Vor ihm auf dem Schreibtisch stand ein gerahmtes Bild seiner Frau Dorothy. Es war der einzige private Gegenstand in seinem Büro. Er und Dorothy waren mittlerweile 40 glückliche Jahre verheiratet. Sie war immer an seiner Seite gewesen und hatte ihn immer unterstützt. Doch so langsam fing sie an, ihn dazu zu drängen, sich zur Ruhe zu setzen. *"Und vielleicht hat sie damit recht"*, dachte er. Er war nicht mehr der Jüngste. Und die Strapazen, die dieser Beruf mit sich brachte, steckte er bei weitem nicht mehr so gut weg wie es noch vor zwanzig Jahren der Fall war.

McDermott hatte soeben ein Telefonat mit dem Präsidenten der Vereinigten Staaten beendet. Der Vorgänger des Präsidenten hielt große Stücke auf ISOS und McDermott, und so hatte er deren Dienste häufiger in Anspruch genommen. Doch sein frisch gewählter Nachfolger zeigte bisher kaum Sympathien für eine der CIA konkurrierende Geheimdienstorganisation. Normalerweise fragte das Staatsoberhaupt höflich, ob McDermott Zeit hätte, um ins Weiße Haus zu kommen, doch diesmal hatte er ihn regelrecht dorthin zitiert. Das verhieß nichts Gutes.

Vor ihm saß Vize Direktor Alan Moore. Der Mann war Mitte vierzig und sein Gesicht erinnerte ein wenig an das eines Haifischs. In seinem teuren Designeranzug und den goldenen Manschettenknöpfen wirkte er mehr wie ein Wall Street Broker als ein Geheimdienstler. Er war der wohl mit Abstand unbeliebteste Mitarbeiter von ISOS, doch McDermott vertraute ihm. Crane beispielsweise hing regelmäßig mit Moore aneinander. Für viele

war Moore nur ein Speichellecker des Direktors, der es lediglich mit ausgefahrenen Ellenbogen und Hinterlist so weit nach oben geschafft hatte. Den meisten graute es bei dem Gedanken, dass er möglicherweise irgendwann die Nachfolge McDermotts antrat.
„Das war der Präsident. Er wünscht, mich zu sehen. Gibt es etwas Neues über Crane?"
„Es gibt Meldungen aus Berlin, die besagen, dass bei einer wilden Verfolgungsjagd mehrere Menschen getötet wurden. Ein Mann und eine Frau in einem weißen Audi seien von zwei BMWs verfolgt worden, hätten es jedoch geschafft zu entkommen. Die Verfolger wurden bei schweren Unfällen getötet. Die Leichen konnten bis jetzt noch nicht identifiziert werden. Der Audi ist auf Nia Coor zugelassen."
„Das war Crane. Überall, wo er im Moment auftaucht, pflastern Leichen seinen Weg. Offensichtlich hat er in Berlin sein altes Team aufgesucht. Gibt es irgendwelche Erkenntnisse darüber, worauf Crane da gestoßen ist und warum offensichtlich Jagd auf ihn gemacht wird?"
„Nein, Sir. Leider nicht. Wir tappen da immer noch ziemlich im Dunkeln."
„Wir müssen wissen, was da läuft, um Crane zu helfen und ihn zu schützen. Setzen Sie zusätzliche Leute auf diese Sache an!"
„Wie Sie wünschen. Sir, dürfte ich einen Vorschlag machen?"
„Nur zu."
„Sir, solange wir nicht wissen, was hinter der ganzen Angelegenheit steckt, sollten wir Agent Crane so schnell wie möglich nach Washington zurück beordern. Die Sache scheint ihm über den Kopf zu wachsen und es sind schon zu viele Menschen gestorben!"
„Möglicherweise haben sie recht. Ich fahre jetzt zum Präsidenten. Falls Crane sich in der Zwischenzeit meldet, sagen sie ihm, er soll unverzüglich zurück nach hier kommen."
„Verstanden, Sir"

McDermott stieg in seine Limousine und ließ sich von seinem Chauffeur zum Weißen Haus fahren. Er war zu der Zeit des Kalten Krieges Direktor von ISOS geworden. Der damalige Direktor war unerwartet im Alter von dreiundfünfzig Jahren verstorben, und McDermott wurde mit gerade mal einunddreißig Jahren dessen Nachfolger. Damals funktionierte die Welt einfacher als heute. Die USA und Russland. Schwarz und weiß. "Gut" gegen "böse". Mit dem KGB ein klar definierter Gegner.

Der Kampf gegen den modernen Terror war um ein vielfaches schwieriger und aufreibender. Die Drahtzieher schreckten vor nichts mehr zurück, wie 9/11 gezeigt hatte. Terroristische Schläfer lebten Jahre lang mit ihren Vorzeigefamilien als gute und unbescholtene Staatsbürger, bis sie irgendwann ihre todbringenden Aufträge ausführten. Die Gefahren lauerten überall und es wurde zunehmend schwieriger, die Millionenstädte in Nordamerika und Europa zu schützen. Die Anschläge auf das World Trade Center lagen nun 13 Jahre zurück und McDermott schwante, dass schon bald ein nächster großer Terrorakt bevor stand.

Der Direktor war müde geworden. Er sah sein Spiegelbild in dem Seitenfenster der Limousine. Seine sonst so lebhaften braunen Augen waren matt geworden. Die Falten in seinem Gesicht schienen noch tiefer geworden zu sein, und seine Haut wies eine ungesunde gräuliche Färbung auf. Seine ehemals pechschwarzen Haare waren mittlerweile weiß geworden. Sein Körper wirkte ausgemergelt und viel zu dünn. McDermott war erst zweiundsechzig Jahre alt, im Moment sah er jedoch zwanzig Jahre älter aus. ISOS war sein Leben, doch wenn er noch lange so weiter machte, würde es auch sein Tot sein. Die ganzen Jahre an der Spitze der Organisation hatten deutliche Spuren hinterlassen. Zu viel Stress, zu wenig Freizeit und zu viele schlaflose Nächte in seinem Büro. Die Vorfälle der letzten Tage, und die Ungewissheit über den Verbleib seines Schützlings Crane taten ihr übriges. Crane war der beste Agent, mit dem der Direktor in seiner dreißigjährigen Dienstzeit zusammen gearbeitet hatte. So verwunderte es kaum, dass er irgendwann einmal seinen Posten an der Spitze von ISOS übernehmen sollte. Vize Direktor Moore war zwar ein guter Berater und absolut integer, er besaß allerdings keinerlei Führungsqualitäten, und McDermott wusste wie unbeliebt er bei den anderen Mitarbeitern war, ganz im Gegensatz zu Crane, der mittlerweile den Ruf einer lebenden Legende inne hatte.

Die Limousine erreichte die Pennsylvania Avenue Nummer 1600: Das Weiße Haus. Jedes Mal aufs Neue erfüllte ihn der Anblick dieses Gebäudes mit Ehrfurcht, denn hier wurde über das Schicksal von Millionen Menschen entschieden.
Der Grundstein für das Bauwerk wurde am 13. Oktober 1792 gelegt, und war zugleich auch der Gründungstag der neuen Hauptstadt Washington. Seine 132 Räume hatten viele amüsante, aber auch skandalträchtige Geschichten erlebt. Heutzutage stellte das Weiße Haus das wohl sicherste Gebäude der Welt dar. Über dem gesamten Areal herrschte absolutes Überflugverbot. Flugabwehrraketen und Abfangjäger standen bereit, um Eindringlinge aufzuhalten. Unter dem Gebäude befanden sich große Luftschutzbunker, um den Präsidenten und seinen Stab in Gefahrensituationen zu schützen. Scharfschützen auf dem Dach hielten die Umgebung im Auge. Das gesamte Gelände wurde von Secret Service Agenten, Kameras und Sensoren überwacht, und die Konstruktion der Präsidentenresidenz war absolut bombensicher.
Das Fahrzeug passierte die Sicherheitskontrollen. Am Eingang wartete ein Berater des Präsidenten und geleitete McDermott zum Oval Office. Präsident Stapleton erwartete ihn bereits. Im Gegensatz zu ihm sah der mächtigste Mann des Landes jung und energiegeladen aus. Er hatte den Ruf eines großen Patrioten und zeigte sein hochglanzpoliertes Lächeln, wo er nur konnte. Besonders bei den weiblichen Wählern war der Mann sehr beliebt, da er eine gewisse Ähnlichkeit mit dem jungen Robert Redford hatte.
Das Oval Office befand sich im Westflügel des weißen Hauses und hatte seinen Namen aufgrund seiner ovalen Form. Der markanteste Einrichtungsgegenstand war der Präsidentenschreibtisch. Der sogenannte "Resolute Desk", ein Geschenk der britischen Königin Victoria Ende des neunzehnten Jahrhunderts. Das Oval Office wurde nicht nur für die Tagesgeschäfte des Präsidenten genutzt, sondern auch für Besprechungen, weswegen in der Mitte des Raumes gemütliche Zwei- und Dreisitzer und mehrere Sessel standen.

Stapleton saß nicht hinter seinem Schreibtisch, sondern auf einem der Sessel. Mit der Hand deutete er auf den Sessel neben ihm

„Direktor McDermott! Bitte nehmen Sie Platz!"
„Danke, Mr. President. Was kann ich für Sie tun?"
„Ich erhielt heute Morgen Berichte über einen Ihrer Agenten namens Peter Crane, der wie ein wildgewordener Bluthund Ordnungskräfte über den Haufen schießt. Auf sein Konto gehen mittlerweile über zwanzig Tote, mehrere Verletzte und ein zerstörtes Haus. Dazu eine Massenpanik auf der 5th Avenue in New York. Was sagen Sie dazu?"
„Peter Crane ist unser bester und verlässlichster Agent. Er ist mehrfach von Ihren sogenannten Ordnungskräften angegriffen worden, und hat sich lediglich zur Wehr gesetzt. Mehrere ISOS Agenten sind diesen Angriffen zum Opfer gefallen. Irgendjemand hat es auf meinen Agenten abgesehen."
McDermott galt auf dem politischen Parkett in Washington DC als äußerst harter Hund, der niemals ein Blatt vor den Mund nahm, auch nicht dem Präsidenten gegenüber.
„Sie zweifeln also den Wahrheitsgehalt dieser Berichte an?", fragte der Präsident.
„Ja, genau das tue ich!"
„Dann dürfte es Sie interessieren, dass CIA Direktor Arthur Maxwell diese Berichte persönlich unterschrieben hat!"
„Mr. President, wir beide wissen, dass die Berichte der CIA hier und da nicht hundertprozentig präzise sind!"
„Bezichtigen Sie die CIA etwa mir bewusst falsche Beweise vorzulegen?"
„Nein, natürlich nicht. Ich sage lediglich, dass diese Berichte möglicherweise nicht richtig verifiziert worden sind, bevor Sie Ihnen vorgelegt wurden."
„Wie erklären Sie sich dann, dass mir Beweise vorliegen, die besagen, dass Peter Crane Kontakt zu einer Terrorzelle hat, und diese Leute mit Waffen und Sprengstoff versorgt?"
„Unmöglich! Was sollen das für Beweise sein?"
„Beispielsweise ist auf Mr. Cranes Bankkonto ein Geldbetrag von

500.000 Dollar überwiesen worden. Das Geld stammt von einem gesuchten Terroristen namens Abdullah Al Arat."
McDermott fing an zu lachen.
„Verzeihung, Mr. President, aber diese Anschuldigungen sind lächerlich. Cranes Eltern sind vor vielen Jahren von islamistischen Terroristen getötet worden, und haben ihm beträchtliche Vermögenswerte hinterlassen. 500.000 Dollar sind für ihn ein Taschengeld! Der Mann hat mehr Geld, als wir beide jemals in zehn Leben verdienen würden! Darüber hinaus gibt es kein Konto auf den Namen Peter Crane. Er hat sein Vermögen unter diversen anderen Namen und Scheinfirmen angelegt! Ich persönlich verbürge mich für Peter Crane!"
Der Präsident dachte kurz über das Gesagte nach.
„Diese Informationen wiederum liegen mir nicht vor. Möglicherweise haben Sie recht damit, dass irgendjemand versucht, Ihren Agenten zu diskreditieren. Wenn Sie für Ihren Agenten bürgen, genügt mir das."
Der Präsident machte eine kurze Pause.
„Hören Sie, Direktor, ich weiß, dass ich Ihnen gegenüber den Eindruck vermittelt habe, dass ich nicht besonders viel von ISOS halte. Ich habe mit zweien meiner Vorgänger über Sie und Ihre Organisation geredet. Mir ist bewusst, dass ISOS hervorragende Arbeit leistet, und die wohl effizienteste und erfolgreichste Geheimdienstorganisation der Welt darstellt. Aber ich kann Ihnen in dieser Sache nicht helfen. Wenn an die Öffentlichkeit gelangt, dass ich einen mutmaßlichen Mörder schütze, dann wäre das mein politisches Todesurteil, selbst wenn sich im Nachhinein herausstellt, dass Ihr Agent unschuldig ist. Ich kann Ihnen allerdings ein wenig Zeit verschaffen, um diese Angelegenheit aufzuklären. Sie haben achtundvierzig Stunden Zeit, um die Verantwortlichen zu finden."
McDermott seufzte.
„Danke, Mr. President. Ich werde Ihnen die Schuldigen auf einem Silbertablett servieren!"
McDermott verließ das Weiße Haus und fuhr nachdenklich zurück in Richtung ISOS Zentrale. Das Gespräch mit dem Präsidenten hatte ihn noch mehr beunruhigt. Die gefälschten Beweise

gegen Crane waren ihm ein Rätsel. Wer konnte ein Interesse daran haben, seinen Agenten in Misskredit zu bringen, oder gar ihn zu töten? Die CIA? Direktor Maxwell war zwar ein äußerst skrupelloser Mensch, aber so etwas traute McDermott ihm dann doch nicht zu.
Die Angelegenheit hatte von jetzt an höchste Priorität. Er würde seine besten Agenten darauf ansetzen. Sie sollten herausfinden, wer das Bankkonto auf Cranes Namen eröffnet hatte und woher die 500.000 Dollar kamen. Darüber hinaus musste er unbedingt mit Crane sprechen.
Mit sorgenvoller Miene schaute der Direktor hinaus ins verregnete Washington.

14
Berlin

„Vor dem Zweiten Weltkrieg war der Potsdamer Platz der Lebens- und Verkehrsknotenpunkt in Deutschland. Hier wurde 1924 die erste Ampelanlage des Landes aufgestellt. Neben den vielen Bürokomplexen machte sich das Areal mit seinen prunkvollen Gebäuden auch einen Namen als Amüsierviertel. Ab den neunzehnhundertsechziger Jahren wurde er durch die Mauer geteilt und die meisten historischen Bauten, die den Weltkrieg überstanden hatten, wurden abgerissen. Nach dem Fall der Mauer war der Potsdamer Platz in den neunziger Jahren die größte Baustelle Europas, und moderne, architektonische Meisterwerke wie das Sony Center wurden aus dem Boden gestampft, wobei der Charme und Prunk früherer Jahre allerdings komplett verloren ging. Dennoch ist die neue, moderne Kulisse des Potsdamer Platzes äußerst beeindruckend wie ich finde."
Der Taxifahrer, ein freundlicher und redseliger Türke namens Adem, hielt Crane und Thiel einen geschichtlichen Vortrag über Berlin und den Potsdamer Platz. Zwar war das durchaus interessant, doch Crane war mit seinen Gedanken ganz woanders. Er

dachte an die Vorfälle der letzten Tage, an sein Wiedersehen mit Nia, und an das, was wohl vor ihnen allen liegen mochte. Doch es gelang ihm nicht, seine Gedanken zu ordnen, und so lehnte er sich zurück und lauschte den Ausführungen des Taxifahrers. Schließlich erreichten sie die von Bäumen gesäumte Alte Potsdamer Straße. Neben dem Café, zu dem Crane und Thiel wollten, gab es hier diverse Restaurants und Bars mit Außengastronomie und ein großes Multiplex Kino. Da es mittlerweile aufgehört hatte zu regnen und die Sonne wieder schien, waren viele Tische im Außenbereich besetzt.

Crane und Thiel betraten das Café. Ein Duft nach frisch geröstetem Kaffee lag in der Luft. Es herrschte eine gemütliche Atmosphäre. Der Boden war mit Nussbaum Holzdielen belegt. Die Wände waren ebenfalls mit Nussbaum vertäfelt. Über der großzügigen Theke hingen Leuchttafeln auf denen die unzähligen angebotenen Kaffeesorten und Kaffeegetränke, wie zum Beispiel diverse Latte, aufgeführt waren. Große Deckenleuchten spendeten ein gedämpftes, warmes Licht. Überall im Raum verteilt standen runde Holztische mit gemütlichen, gepolsterten Holzstühlen.

Es war nicht sonderlich viel los im Innenbereich an diesem Morgen. Lediglich einige wenige Tische waren besetzt, da die Kunden ihren Kaffee lieber "to go" mitnahmen, oder ihn draußen auf der Terrasse in der Sonne tranken. Die noch sehr jungen Bedienungen - vermutlich Studentinnen - standen eher gelangweilt hinter dem Tresen.

Ein Mann saß alleine an einem Tisch in der hinteren etwas abgelegenen Ecke des Cafés. Nervös wippte er mit den Beinen und Schweißperlen zeigten sich auf seiner Stirn. Die Haare standen wirr von seinem Kopf ab. Hinter einer Brille blickten seine braunen Augen unstet durch das Café, als er schließlich Crane und Thiel erblickte und sie zu sich herüber winkte.

„Hallo, Herr Thiel. Gott sei Dank sind Sie endlich da!"
„Peter Crane, das ist Herr Dieter Schüller, Reporter bei der Berliner Zeitung."
Crane grüßte mit einem Kopfnicken und setzte sich auf einen

Stuhl dem Mann gegenüber. Thiel nahm neben Crane Platz. Eine Bedienung kam herüber, um ihre Bestellung aufzunehmen. Crane und Thiel bestellten beide jeweils einen großen Becher frisch gemahlenen Kaffee ohne Milch und Zucker. Schüller bestellte einen Espresso und schob zwei leere Espresso Tassen zur Kellnerin hinüber. Da Schüller sowieso schon eine nervöses Nervenbündel war fragte sich Crane, ob ihm ein dritter Espresso tatsächlich gut tun würde, verkniff sich aber einen bissigen Kommentar.

Nachdem die Bedienung ihre Bestellung gebracht hatte, fragte Thiel:

„Nun, Herr Schüller, was können wir für Sie tun?"

„Ich werde verfolgt! Killer sind hinter mir her. Zweimal hätten sie mich beinahe schon erwischt. Ich bin nur knapp mit dem Leben davon gekommen."

Wie Maschinengewehrfeuer kamen die Sätze aus dem Mund des Reporters geschossen.

Neben Englisch sprach Crane auch noch fließend Französisch, Italienisch, Spanisch und eben Deutsch, weswegen er den Reporter trotz der schnellen Redeweise problemlos verstand.

„Ganz ruhig, Herr Schüller. Was genau ist passiert, und warum denken sie, dass sie verfolgt werden?", fragte Crane mit beruhigender Stimme.

„Vor zwei Tagen wurde mir von einem Informanten der Mitschnitt eines kurzen Telefonats als MP3 Datei per E-Mail zugesandt. In dem Gespräch geht es um geplante Bombenattentate. Hätte ich die Datei nur direkt gelöscht! Kurze Zeit später wurde mein Informant tot aufgefunden. Laut Polizeibericht eine Überdosis Drogen. Pff, der Mann war Abstinenzler und lebte äußerst gesund. Drogen hätte er nie angepackt.", schilderte Schüller aufgebracht und mit gehetztem Blick. „Wie ich dann abends zuhause feststellte, hatte sich dazu auch noch jemand in meinen PC gehackt und alle Daten gelöscht. Doch ich hatte, wie ich das immer mache, bereits eine Sicherheitskopie auf einem USB-Stick angefertigt. Ich steckte den Stick ein, und hatte gerade meine Wohnung verlassen, als ich sah, dass drei bewaffnete Männer auf das Haus zukamen, in dem ich wohne. Als sie mich sahen, eröff-

neten sie direkt das Feuer mit ihren schallgedämpften Waffen, und verfehlten mich nur knapp. Ich rannte weg, sprang in einen Bus, der zufällig in der Nähe an einer Haltestelle stand, und bin ihnen gerade noch entkommen. Ich nahm mir ein Hotelzimmer, wo ich die Nacht verbringen konnte. Doch am nächsten Morgen lungerten genau diese Typen in der Hotel Lobby herum, und hielten nach mir Ausschau. Keine Ahnung, wie sie mich gefunden hatten. Da wusste ich, dass ich dringend Hilfe bräuchte, wenn ich nicht das gleiche Schicksal wie mein Informant erleiden wollte. Also wendete ich mich an Herrn Thiel.", beendete er seine Schilderung und fragte anschließend: „Herr Thiel, hätten sie vielleicht eine Zigarette für mich?"
„Hier ist Rauchen verboten!", entgegnete Thiel.
„Scheiß auf's Rauchverbot!", schimpfte der Reporter.
Thiel reichte ihm seine Packung Zigaretten und mit zitternden Händen zündete Schüller sich eine an, sehr zum Unwillen der Bedienung. Sie wollte den Reporter schon zurechtweisen, doch Crane brachte sie mit einer bestimmenden Handbewegung zum Schweigen.
„Haben Sie den Mitschnitt bei sich?", fragte Crane.
„Ja, ich habe ihn hier auf meinem MP3 Player."
Der Mann reichte Crane den Player. Er stöpselte sich die Kopfhörer ins Ohr und drückte auf Play. Aus dem Kopfhörer drang eine dunkle Stimme, die er schon einmal gehört hatte:
„Hier ist Mr. Smith. Es läuft alles nach Plan. Die Bomben befinden sich an Ort und Stelle!"
Eine elektronisch verzerrte Stimme antwortete:
„Sehr gut. Was ist mit unseren vier Strohmännern?"
„Die ahnen nichts davon, dass sie bei diesem Auftrag sterben werden. Sie denken nur an das Geld und ihre Familien."
„Gut. Wir fahren wie geplant fort. Sollte uns irgendjemand Probleme bereiten, dann schalten Sie Ihn aus. Ich lasse Ihnen da freie Hand!"
„Verstanden!"
Schon wieder dieser Mr. Smith, dachte Crane. Dieses Telefonat musste aufgezeichnet worden sein kurz nachdem Mr. Smith das überwachte Haus in Washington verlassen hatte. Die verzerrte

Stimme war nicht zu erkennen, aber die Leute im ISOS Analysezentrum konnten die richtige Stimme mit Sicherheit herausfiltern. Er gab Thiel das Gerät, damit dieser sich die Aufzeichnung ebenfalls anhören konnte, und wandte sich an den Reporter:
„Können Sie uns das Gerät überlassen?"
„Natürlich. Bitte helfen Sie mir. Ich habe noch keine Lust zu sterben!", stammelte der Reporter verängstigt.
„Ok, hören Sie mir gut zu. Besorgen Sie sich einen Wagen und verlassen Sie die Stadt! Benutzen Sie keinesfalls ihr eigenes Auto, sondern einen Leihwagen. Verlassen Sie Berlin nicht über die Autobahn, sondern über wenig befahrene Seitenstraßen. Nehmen Sie sich unter fremdem Namen ein Hotel in einer anderen Stadt. Zahlen Sie immer und überall in bar, und unter keinen Umständen mit Kredit- oder EC-Karte. Sagen Sie absolut niemandem, wo Sie sich aufhalten. Schalten Sie ihr Mobiltelefon aus, entfernen Sie die SIM Karte und werfen Sie das Telefon in den Müll. Egal wo Sie sich aufhalten, Sie dürfen keinesfalls ihre E-Mails abrufen. Ich gebe Ihnen eine Telefonnummer. Rufen Sie diese an und nennen Sie meinen Namen. Sagen Sie, dass Sie Personenschutz benötigen. Man wird Ihnen dann helfen. Hier haben Sie fünfhundert Euro. Das dürfte für ein paar Tage reichen. Melden Sie Sich dann bei Thiel, um zu erfahren, ob die Luft rein ist. Halten Sie sich strikt an meine Anweisungen, sonst sind Sie ein toter Mann. Verstanden?"
„Verstanden, Herr Crane. Und vielen, vielen Dank. Das werde ich Ihnen nie vergessen!"
„Danken Sie mir dann, wenn Sie diese Sache überlebt haben....", sagte Crane ernst.
Crane und Thiel bezahlten die Rechnung und verließen den Mann. Adem, der Taxifahrer, hatte auf Cranes Bitte hin vor dem Café gewartet. Sie ließen sich zu der Mietwagenfirma bringen, bei der Marie ihnen ein Auto organisiert hatte. Beim Aussteigen gab Crane dem Fahrer ein äußerst großzügiges Trinkgeld, und dieser verabschiedete sich daraufhin überschwänglich. Außerdem gab er ihnen seine Visitenkarte für den Fall, dass sie doch noch mal ein Taxi benötigen sollten. Sie nahmen den Mietwagen entgegen, einen silbernen VW Passat, und fuhren zurück zur Villa.

„Hoffentlich haben Arif und Lilly mittlerweile die SD-Speicherkarte entschlüsselt. Uns läuft die Zeit davon. Wir müssen handeln!", sagte Crane während der Fahrt
„Um es mal mit meinen Worten zu sagen: Die Kacke ist am dampfen! Hoffentlich haben wir noch genügend Zeit, um die Bomben zu finden und diesem Wahnsinn ein Ende zu setzen…", antwortete Thiel.

Crane und Thiel betraten die Villa und fanden Arif, Lilly und Nia auf der gemütlichen Couch im Wohnzimmer vor. Marie war mittlerweile gegangen. Die Drei blickten die Ankömmlinge mit blassen, ernsten Gesichtern an.
„Welche Laus ist euch denn über die Leber gelaufen?", fragte Crane.
Arsan räusperte sich und antwortete:
„Es ist uns gelungen, den Code zu knacken. Furchtbar!"
„Was ist furchtbar?"
„Die Terroristen, die du in Washington observiert hast, sollten vier Bombenattentate in New York City begehen. Eine Bombe sollte mitten auf dem Time Square gezündet werden. Eine andere in der Nähe der Vereinten Nationen. Die Dritte auf Liberty Island und die Vierte auf dem Rockefeller Plaza. Allerdings sind das keine normalen Bomben, sondern Sprengsätze, die mit radioaktivem Material versetzt sind. Es geht bei den Attentaten nicht darum, möglichst viele Menschen in die Luft zu sprengen, sondern ein möglichst großes Gebiet radioaktiv zu kontaminieren. Es würde Monate dauern, die Plätze wieder zu dekontaminieren. Darüber hinaus würden hunderte Menschen verstrahlt werden und, zusätzlich zu den direkten Opfern der Sprengung, als Spätfolgen schwer erkranken oder sterben!"
Thiel hatte seine Gesichtsfarbe verloren. Auch Crane war entsetzt.
„Das ist ja grauenhaft! Nicht zu fassen! Diese kranken Schweine! So viele unschuldige Opfer." Bei dem Gedanken an tausende radioaktiv verseuchte Frauen und Kinder erschauerte Crane.
„Wann sollte das alles stattfinden?"
„Übermorgen. Die Bomben sollen sich bereits in einem Lager-

platz im Stadtgebiet befinden. Auf der Speicherkarte waren explizite Anweisungen, wo genau die Sprengsätze deponiert werden sollen, wie man sie aktiviert und dann per Zeitzünder in die Luft sprengt. Allerdings gab es keinen Hinweis darauf, wo die Bomben momentan versteckt sind!", erklärte Arsan.

„Verflucht. Aber wenigstens kennen wir die Ziele. So können wir Vorbereitungen treffen, um das Schlimmste zu verhindern. Habt ihr eine Ahnung, wer die Drahtzieher dahinter sein könnten?", wollte Crane wissen.

„Der Code, der verwendet wurde, um die Daten zu verschlüsseln, ist ein militärischer Code, den die US Army, aber auch CIA und FBI verwenden. Das hilft uns nicht wirklich weiter. Allerdings bin ich bei den Metadaten der Dateien auf etwas gestoßen!", führte Lilly aus.

Metadaten sind Informationen innerhalb von Dateien, die beispielsweise Auskunft darüber geben können, wer die Datei zu welchem Zeitpunkt, und auf welchem Gerät erstellt hat.

„Sie weisen eine Art digitale Signatur auf. Ich arbeite noch daran herauszufinden, woher diese Signatur stammt. Falls mir das gelingen sollte, kann ich dir genau sagen, wer hinter diesem Horror steckt."

Crane erzählte Nia, Lilly und Arif von dem Tonband.

„Hm. Interessant." sagte Nia. „Zieht man die Informationen auf der Speicherkarte, das Gespräch auf dem MP3 Player und das, was dir geschehen ist, zusammen, dann ist diese ganze Sache viel, viel größer, als ich vermutet hätte. Das könnte uns helfen, denn Attentate in der Größenordnung kann man nicht planen ohne Spuren zu hinterlassen."

Crane nickte. „Ja, da gebe ich dir recht. Und irgendjemand bei ISOS ist in die Sache verwickelt.", sagte er grimmig, und fuhr fort: „Wir sollten nach New York fliegen. Eventuell gibt es noch andere Terrorzellen, welche als möglichen Ersatz für die toten Terroristen die Anschläge ausführen sollen. Wir müssen diese Leute aufhalten! Packt euch ein paar Sachen zusammen. Ich gehe in der Zeit einige Anrufe tätigen. In einer Stunde geht's los!"

Crane ging in sein Büro und rief zunächst Sonny im Flughafenhotel an.

„Hier ist Peter Crane. Ich muss unbedingt mit vier Kollegen nach New York. Wie lange dauern die Startvorbereitungen?"
Er hörte Sonny im Hintergrund mit dem Piloten sprechen.
„Mr. Crane, leider gibt es aufgrund eines Streiks des Flughafenpersonals erhebliche Verzögerungen was Starts und Landungen angeht. Wir können frühestens in vier Stunden starten."
„Verdammt noch mal. So etwas passiert immer dann, wenn man es am wenigsten gebrauchen kann!", fluchte er innerlich.
„Also dann in vier Stunden, Sonny!"
„In Ordnung, Mr. Crane."
Als nächstes wählte er die Nummer der ISOS Zentrale in Washington.
„Vize Direktor Moore."
„Crane hier. Ist der Direktor da?"
„Tut mir leid, er ist außer Haus. Kann ich Ihnen weiterhelfen?"
„Nein, darüber möchte ich zunächst nur mit dem Direktor reden!"
„Crane, ich hatte soeben ein Telefonat mit einem meiner Spitzel. Er möchte sich mit Ihnen treffen, da er über Informationen verfügt, die Ihnen möglicherweise helfen können. Als Treffpunkt nannte er ein altes Fabrikgelände, etwas außerhalb von Berlin. Soll ich ihm mitteilen, dass Sie dort sein werden?"
„Ok, möglicherweise bringt das etwas Licht ins Dunkel. Ich werde in einer Stunde dort sein!"
„Gut. Ich sende Ihnen die GPS Daten.", sagte Moore und beendete das Gespräch.
In Washington hatte Moore gerade aufgelegt, als Super Advisor Steve Hudson das Büro betrat. Hudson war in jungen Jahren ein aufstrebender Außendienstagent bei ISOS gewesen. Bei einer Mission wurde er jedoch so schwer verletzt, dass die Ärzte gezwungen waren, sein rechtes Bein zu amputieren. Die TARC Ingenieure hatten für ihn eine Beinprothese angefertigt, die es ihm ermöglichte, sich ohne jegliches Humpeln fortzubewegen. Jemand, der Hudson an sich vorbeigehen sah, wäre nie auf die Idee gekommen, dass dieser Mann nur ein Bein hatte. Sogar laufen konnte man mit der Prothese. Dennoch hatte dieser Vorfall seine Karriere als Außendienstler natürlich beendet.

Seitdem war er der Leiter des ISOS Operationszentrums und fungierte gewissermaßen als Bindeglied zwischen den Außendienstagenten und Direktor McDermott. Er war einer der wenigen Leute bei ISOS, die verheiratet waren und Kinder hatten. Die Arbeitszeiten bei ISOS ließen im Allgemeinen wenig Raum für Familie und Kinder, denn oft genug waren die Mitarbeiter gezwungen, Tage und Nächte in der Zentrale zu verbringen. Doch bei Hudson funktionierte es. Seine Frau akzeptierte die Arbeitszeiten ihres Mannes, auch wenn sie nicht wusste, was genau ihr Mann in seinem Job eigentlich tat. Natürlich war es nicht immer leicht, aber dennoch schafften sie es, die wenige gemeinsame Freizeit, die ihnen blieb, ohne Streitereien zu genießen. Zudem hatte seine Frau ihn durch die schwierigste Zeit seines Lebens begleitet. Sie hatte sich aufopferungsvoll um ihn gekümmert, als er sein Bein verlor, hatte seine Launen in dieser Zeit hingenommen und dafür würde er ihr sein Leben lang dankbar sein.

So respektvoll der mittlerweile fünfzigjährige Hudson gegenüber seiner Familie auch war, so knallhart leitete er das ISOS Operationszentrum. Sein stechender Blick, das kantige Gesicht mit dem breiten Unterkiefer und die Narbe, die sich über seine gesamte linke Gesichtshälfte zog, wirkten auf seine Mitarbeiter äußerst respekteinflößend. Durch seine afroamerikanische Herkunft und seine dunkle Hautfarbe, schien die Narbe manchmal regelrecht zu leuchten. Dennoch herrschte im Operationszentrum ein gutes Arbeitsklima, sofern jeder seine Arbeit schnell und zügig erledigte. Wenn nicht, konnte Hudson allerdings ganz schön ungemütlich werden.

„Haben Sie etwas von Crane gehört? Die Leute im Operationszentrum werden langsam nervös, weil er sich so lange nicht gemeldet hat.", sagte Hudson an Moore gewandt.
„Ich habe gerade mit ihm telefoniert. Er trifft sich mit einem Informanten bei einer alten Fabrik außerhalb von Berlin, und wird dann zurück nach Washington kommen."
„Welche Fabrik?", fragte Hudson neugierig.
Moore zeigte ihm den Standort der Fabrik auf einem großen

Flachbildschirm, der an der Wand hing.
„Na hoffentlich hilft uns das in dieser Sache weiter.", sagte Hudson und verließ anschließend das Zimmer.

Eine Minute später kam Direktor McDermott zurück von seiner Unterredung mit dem Präsidenten.
„Hat Crane sich gemeldet?", fragte er Moore.
„Nein Sir, bis jetzt nicht!", antwortete dieser kurz angebunden.
„Wie war das Gespräch mit dem Präsidenten?"
McDermott berichtete dem Vizedirektor von dem Gespräch, und den schwerwiegenden Vorwürfen gegen Crane.
„Mysteriös. Ausgerechnet Crane soll Waffen an Terroristen verkauft haben? Sehr unglaubwürdig. Ich kümmere mich darum, dass unsere besten Agenten der Angelegenheit auf den Grund gehen!"
Moore verließ das Büro, schloss die Tür und zückte auf dem Weg ins Operationszentrum sein Handy. Irgendwo in Berlin nahm jemand das Telefonat entgegen.
„Der Fisch hat angebissen.", sagte Moore und legte auf.

15
Berlin

Die alte Fabrik war verlassen. Zu den Zeiten der Planwirtschaft in der DDR fungierte sie als Chemiefabrik mit hunderten Mitarbeitern. Nach der Wende versuchten Investoren vergeblich, die Produktion aufrecht zu erhalten. Mitte der Neunziger Jahre kam das endgültige Aus und alle Arbeiter mussten entlassen werden. Seitdem lag das Gelände brach, und die Gebäude zerfielen langsam aber sicher. Vandalen hatten die Fensterscheiben der Gebäude mit Steinen eingeschmissen, und Jugendliche hatten das Gelände offensichtlich des Öfteren als Party-Location genutzt, denn überall lagen leere Alkoholflaschen und Unrat herum.

Die Umgebung wirkte unnatürlich ruhig. Weder Vögel noch andere Tiere waren zu hören, und es lag eine Spannung in der Luft, die fast schon greifbar war. Der Regen hatte mittlerweile aufgehört und die Sonne schien. Bleierne Schwüle trieb einem den Schweiß aus den Poren und machte das Atmen schwer.

Ein einzelner Mann überquerte den Vorplatz des Hauptgebäudes. In der Hand trug er einen Aluminium Koffer. Der Mann wies keinerlei äußerliche Auffälligkeiten auf. Sein nichts sagendes Gesicht wäre in einer Menge von Menschen in keinster Weise aufgefallen. Er war weder gutaussehend noch hässlich. Weder groß noch klein. Ein Jedermann. Seine Fähigkeit unter Menschen praktisch unsichtbar zu sein, war ihm in der Vergangenheit häufig sehr nützlich gewesen.

Er betrat das Gebäude und befand sich in einer großen Empfangshalle. Früher war die Halle möglicherweise zu repräsentativen Zwecken modern und einladend eingerichtet gewesen, doch davon war jetzt nichts mehr zu sehen. Alles war schmutzig und zerfallen. Dicke Spinnweben spannten sich in den Raumecken und Müll lag überall auf dem Boden zerstreut. Die Luft roch modrig und alt.

Auf der linken Seite befand sich eine Tür, die ins Treppenhaus führte. Von dort aus gelangte man in die oberen Etagen und schließlich auf das Dach. Der Mann stieg die Treppen hinauf bis ganz nach oben, und trat dann auf ein großes, mit Kies bedecktes Flachdach. Unkraut hatte sich dort breit gemacht und reichte ihm fast bis zu den Knien.

Er ging zu einer fünfzig Zentimeter hohen Brüstung und schaute hinunter auf den Vorplatz. Perfekt. Von hier aus konnte er alles überblicken. Die einzige Zufahrtsstraße zu der Fabrik mündete in diesen Platz. Jeder Neuankömmling wäre schon von Weitem zu sehen.

Der Mann stellte den Koffer hin und öffnete ihn ehrfürchtig. Er blickte auf sein Heckler & Koch MSG90 A1 Scharfschützengewehr. Während seiner Zeit als Scharfschütze bei der US Army hatte er dieses Präzisionswerkzeug kennen und lieben gelernt. Jedes Mal durchfuhr ein Kribbeln seinen Körper, wenn er, so wie

jetzt, die Waffe aus dem Koffer nahm und sie zusammenbaute. Seitdem er Freiberufler war, hatte er mit diesem Gewehr sechsundzwanzig Menschen getötet. Zuhause in seinem Trophäenschrank hatte er ein Foto jedes Opfers mit der dazu gehörigen Patronenhülse aufgehängt. Der Platz für seine nächste Trophäe war schon reserviert.
Es bereitete ihm allerdings auch größtes Vergnügen, Menschen auf andere Art und Weise umzubringen. Die Hauptsache dabei war, dass es langsam ging. Er liebte es, wenn seine Opfer jammerten, winselten und um Gnade flehten, liebte den Geruch nach Angstschweiß und Blut, den sie verströmten.
Vor einigen Jahren hatte er nur zum Spaß eine junge Frau entführt und über mehrere Tage hinweg gequält. Sie war eine Art Testobjekt gewesen, an dem er neue Foltermethoden ausprobieren konnte. Leider war sie dann viel zu schnell an Schwäche gestorben. Von ihr besaß er noch ein konserviertes Stück Haut, welches er mit einem Teppichmesser aus ihrem Gesicht geschnitten hatte. Von dieser Art der Trophäe besaß er noch wesentlich mehr als sechsundzwanzig Stück, denn immer wieder hatte er Menschen entführt und an ihnen unvorstellbare Folterexperiment durchgeführt.
Mal sehen. Vielleicht würde er sein jetziges Opfer auch nur bewegungsunfähig schießen und sich anschließend noch etwas mit ihm amüsieren. Seine Werkzeuge hätte er schnell geholt. Der Gedanke daran, den Mann stundenlang zu foltern, erregte ihn. Dieser Mann würde eine ganz besondere Herausforderung sein, da war er sicher.
Er ermahnte sich selber zur Konzentration. Erst die Arbeit, dann das Vergnügen.

Der Attentäter hatte das Gewehr fertig montiert und brachte sich in Position. Eine eiskalte Ruhe erfasste ihn, als er mit dem Objektiv den Vorplatz ins Visier nahm. So nervös ihn die Gesellschaft anderer Leute machte, so ruhig wurde er, wenn er seine Waffe angelegt hatte. Menschen bedeuteten ihm nichts, und deshalb hatte er keine Skrupel zu töten.
Er dachte an seine Zeit als Soldat und Scharfschütze im Irak zu-

rück. Stunden- und manchmal sogar tagelang hatte er getarnt im Sand gelegen und auf sein Zielobjekt gewartet. Es war eine schöne Zeit gewesen. Menschen zu erschießen, ohne dafür belangt zu werden, war fantastisch. Als jedoch herauskam, dass er nebenher, nur so zum Spaß, seine Ziele nicht mit einem gezielten Schuss tötete, sondern nur so schwer verletzte, dass sie qualvoll verenden würden, und er darüber hinaus auch immer wieder harmlose Zivilisten erschoss, hatte man ihn unehrenhaft aus der Armee entlassen. Er hatte seine Identität geändert und sich selbstständig gemacht. Schon längst hatte er finanziell ausgesorgt. Er konnte sich zur Ruhe setzen und das Leben genießen, aber dafür liebte er das Töten zu sehr.
Sein heutiges Ziel war ein guter Mann. Ein Scharfschütze genau wie er. Es war eigentlich eine Schande ihn töten zu müssen, aber er arbeitete leider für die falsche Seite. Und außerdem hatten seine Auftraggeber dieses Mal das doppelte gezahlt.
Konzentriert hielt er durch das Objektiv die Straße im Auge. So langsam müsste der Mann eigentlich auftauchen. Plötzlich hörte er ein Klicken, als jemand den Lauf einer Pistole in seinen Nacken drückte, den Hahn spannte und sagte:
„Hallo, Mr. Smith. Schön, dass wir uns endlich mal kennenlernen!", sagte Crane und schlug dem Killer den Kolben seiner Pistole auf den Hinterkopf, sodass dieser bewusstlos zusammenbrach.

Nach dem Telefonat mit Vizedirektor Moore war Crane etwas eingefallen. Er hatte den Namen Mr. Smith schon mal gehört, wusste aber nicht mehr in welchem Zusammenhang. Er ließ Arsan im Internet und diversen Datenbanken recherchieren, und der stieß auf Berichte über einen sadistischen und brutalen Auftragsmörder, der sich Mr. Smith nannte. Zwar war das sicherlich nur ein bewusst nichts sagender Deckname, und es gab auch keine Fotos des Mannes, aber Crane war sich hundertprozentig sicher, dass dieser Killer ihn auf dem Fabrikgelände erwarten würde. Als Crane das Gelände erreichte und begutachtete, war ihm schnell klar, dass der Killer sich vermutlich auf dem Flachdach postieren würde, um Cranes Ankunft zu beobachten und ihn möglicherweise direkt von dort mit einem Gewehr zu erledigen. Also stieg Crane auf das Dach, versteckte sich seinerseits und erwartete den Killer.

Crane und Smith befanden sich nun innerhalb des alten Fabrikgebäudes. Zunächst hatte Crane den Mann gründlich durchsucht, und dabei neben einer Handfeuerwaffe auch dessen Mobiltelefon gefunden, welches ihm möglicherweise weitere aufschlussreiche Informationen liefern konnte.

Anschließend hatte er den bewusstlosen Killer ins Innere des Gebäudes geschleift und hatte ihn an einen alten Stuhl gefesselt, den er in dem Gebäude gefunden hatte. Oberkörper und Oberarme hatte er mit reißfestem Isolierband, welches er mehrmals um den Mann herum wickelte, an die Rückenlehne eines Stuhls geklebt. Quer über die Stuhllehnen hatte er ein dickes, stabiles Holzbrett befestigt, auf dem er Smiths Unterarme, Hände und gespreizte Finger mit Sekundenkleber fixiert hatte. Den Boden unter Smith hatte er großzügig mit Folie ausgelegt, um keine Spuren zu hinterlassen.

Crane war sicher, dass er bei diesem Mann besondere Methoden anwenden musste, um an Informationen zu gelangen, und so hatte er sich gewisse Werkzeuge und Hilfsmittel organisiert. Den Rest seines Teams wollte er bei dieser unschönen Sache nicht dabei haben. Arsan, Nia, Lilly und Thiel hatten jedoch auf das Schärfste protestiert, als er ihnen eröffnete, dass er alleine zu dem Treffen gehen würde.

Smith erwachte langsam wieder und schaute Crane an. Gelassen, fast schon überheblich. In seinen Augen konnte Crane den Wahnsinn aufblitzen sehen. Dieser Mann war ein psychopathischer Killer, das war eindeutig.

„Mr. Crane. Es freut mich ebenfalls, Sie endlich kennen zu lernen. Es muss sehr schmerzlich für Sie gewesen sein, dass in Washington so viele Ihrer Untergebenen von uns getötet wurden.", sagte der Killer mit stoischer Ruhe und einem diabolischen Grinsen auf dem Gesicht.

„Halts Maul, du krankes Schwein und hör mir gut zu: Es liegt ganz bei dir, wie lange diese Sache hier dauert und wie schmerzhaft es für dich wird. Wenn du mir jetzt sofort sagst, was ich wissen möchte, kannst du gehen. Ansonsten wirst du die Hölle auf Erden erleben!", zischte Crane mit eiskalter, ruhiger Stimme.
„Mr. Crane, ich habe keine Ahnung, wovon Sie sprechen! Und selbst wenn ich etwas wüsste, sind wir beide uns doch im Klaren darüber, dass ich diesen Ort niemals lebend verlassen werde.", sagte der Mann mit einem irren, furchteinflößenden Gesichtsausdruck.
„Wie du willst!"
Crane hatte auf dem Weg zu der Fabrik in einem Baumarkt angehalten und diverse Werkzeuge gekauft. Er war überzeugt gewesen, dass der angebliche Informant eine Falle war, um ihn zu beseitigen. Er nahm einen schweren Zimmermannshammer in die Hand. Die eine Seite des Hammerkopfs war viereckig und flach, die andere Seite verjüngte sich zum Ende hin, und war sehr scharfkantig.
„Deine letzte Chance!"
„Tut mir leid, aber ich bin lediglich nach hier gekommen, um einige Schießübungen zu machen.", sagte Smith und kicherte unheimlich.
„Du bist Scharfschütze und ein kranker Killer! Nun ja, um ein Gewehr zu bedienen braucht man gesunde Finger! Wie ich gemerkt habe, bist du Rechtshänder, also fangen wir zunächst mal mit der linken Hand an."
Crane hielt Smith den Hammer vor das Gesicht und hieb dann unvermittelt die flache Seite des Hammers mit voller Wucht auf Smiths Zeigefinger der linken Hand. Blut spritze als die Haut aufplatzte und der Knochen zermalmt wurde. Der Killer stieß ein irres Kreischen aus. Wild rollten seine Augen in den Augenhöhlen.
„Wer hat dich auf mich angesetzt. Ich will einen Namen."
„Ich werde dich töten, du Arschloch. Schön langsam und über mehrere Stunden hinweg werde ich dich töten!", zischte Smith und spuckte Crane verächtlich vor die Füße.

Diesmal sauste der Hammer auf den Mittelfinger der linken Hand nieder. Abermals schrie der Mann und erbrach sich anschließend. Beide Finger waren nur noch ein blutiger Brei durchsetzt von Knochensplittern. Wie von Sinnen versuchte der Mann, seine Arme loszureißen, doch der Sekundenkleber hielt. Speichel und Erbrochenes rann aus seinen Mundwinkeln, und Schweißperlen tropften vom Kinn auf seinen Pullover. Er drohte, ohnmächtig zu werden, woraufhin Crane ihm eine kräftige Ohrfeige gab.
„Nenn mir einen Namen!"
„…W-w-werde dich töten…werde d-d-dich töten…"
Crane drehte den Hammer in seiner Hand. Mit der scharfen Seite des Hammers schlug er auf den Zeigefinger der rechten Hand. Das Metall durchtrennte Haut und Knochen mühelos. Der Mann schrie, und schrie sekundenlang. Getrieben von unvorstellbaren Schmerzen gelang es ihm, den rechten Arm von dem Brett zu reißen. Mit einem Ratsch löste sich die Haut vom Fleisch und blutige Fetzen blieben auf dem Holz kleben. Er drückte sich in Panik mit den Beinen ab und fiel rücklings mit dem Stuhl um. Crane ging hinüber, packte dessen schweißnasses Haar, riss den Kopf hoch und schrie:
„NENN MIR EINEN NAMEN!"
Und endlich nannte der Killer einen Namen.
Er winselte und bat Crane darum, ihn los zu binden. Der wiederum nahm eine Waffe mit Schalldämpfer in die Hand, welche Thiel ihm besorgt hatte, und presste dem Attentäter den Lauf an die Stirn.
„B-B-Bitte n-n-nicht!"
Crane krümmte seinen Zeigefinger und drückte ab. Graue Gehirnmasse und Blut ergossen sich ringsherum auf die Plastikfolie. Zu viele unschuldige Menschen hatte dieser Killer bereits auf dem Gewissen.
Crane machte sich daran, die Leiche von Mr. Smith in die Folie auf dem Boden einzurollen. Bei der Erkundung des Areals hatte Crane einen tiefen, senkrechten Schacht entdeckt, in dem er die Überreste von Mr. Smith entsorgen wollte. Crane warf sich die eingepackte Leiche über die Schulter und trug sie zu der Stelle.

Als er das Paket den Schacht hinunter warf, dauerte es eine Zeit, bis er den Aufprall hörte. Gut, da unten würde man Mr. Smith so schnell nicht finden.

Nachdem Crane das erledigt hatte, verließ er die Fabrik und ging zu seinem Wagen, den er in einem anderen Gebäude versteckt hatte. Er setzte sich auf den Fahrersitz und atmete tief durch. Ihm war übel und er hasste sich für das, was er soeben getan hatte. Der Mann verdiente grundsätzlich zwar, was Crane mit ihm gemacht hatte, dennoch hatte es ihn sowohl emotional als auch körperlich vollkommen ausgelaugt.
Er wollte bei dieser Aktion niemanden bei sich haben, weil er den Gedanken nicht ertragen konnte, dass seine Freunde, und insbesondere Nia, ihm dabei zuschauten. Sein schlechtes Gewissen plagte ihn und er kam sich schmutzig vor. Die einzige Rechtfertigung für sein Tun war, dass es um das Leben unschuldiger Menschen ging. Aber war das wirklich eine Rechtfertigung? Diese Frage hatte er sich schon oft gestellt. Und auch dieses Mal hatte er keine Antwort auf diese Frage.
Crane seufzte, startete das Fahrzeug und fuhr zurück zur Villa. Während der Fahrt dachte er über den Namen nach, den der Killer ihm genannt hatte.

Als Crane das Haus betrat, erwartete Nia ihn bereits.
„Peter, Gott sei Dank, du bist wohlauf! Du bist so fürchterlich blass. Was ist passiert?"
„Höre ich da etwa leises Interesse an meiner Person?"
„Ha, ha! Ich habe mir halt Sorgen gemacht. Wir alle haben uns Sorgen gemacht. Ist alles in Ordnung?", fragte sie mit ehrlicher Fürsorge.
„Ja, alles in Ordnung. Wie ich erwartet hatte, war die Fabrik eine Falle. Der Auftragskiller Mr. Smith sollte mich dort ein für alle Mal erledigen. Ich konnte ihn allerdings überwältigen. Es war jedoch nicht so einfach, diesem Mr. Smith die Informationen zu entlocken, aber letzten Endes hat er mir alles erzählt."
Arsan ,Lilly und Thiel kamen aus einem Nebenzimmer.
„Alles in Ordnung, Pete?", fragte Lilly, ebenfalls besorgt.

„Mir geht's gut!"
Crane erzählte den Vieren, was der Killer gesagt hatte, ließ jedoch die Details aus, wie er ihn zum Reden gebracht hatte. Mit Bestürzung lauschten die drei Cranes Worten. Als er endete, sagte Nia: „Mein Gott, damit hätte ich nie gerechnet. Wie sieht dein Plan aus?"
„Ihr Vier werdet ohne mich nach New York fliegen. Wir müssen unbedingt die Bomben finden. Möglicherweise kann Victor Chan Euch weiterhelfen. Ich werde McDermott bitten, mehrere Teams und Bombenspezialisten zu den Anschlagszielen zu schicken, um diese zu überwachen. Ich fliege nach Washington, da ich dort noch etwas zu erledigen habe. Arif, ich habe das Mobiltelefon des Killers. Meinst du, es ist möglich, darauf einen Stimmen-Emulator zu installieren?"
„Welches Modell?"
„Ein Android Smartphone"
„Klar, darauf kann ich dir alles programmieren, was du möchtest. Warum?"
„Der Mann hat mir zwar einen Namen genannt, aber ich habe das Gefühl, dass da noch mehr dahinter steckt. Wenn jemand auf dieses Handy anruft, muss ich mich so anhören wie Mr. Smith. Das könnte uns helfen, die Verantwortlichen zu finden."
„Kein Problem. Wir haben Mr. Smiths Stimme auf dem MP3 Player. Damit kann ich einen Emulator programmieren. Ich setze mich direkt daran!"
„Noch etwas, Arif. Könntest du bitte im Internet die Meldung lancieren, dass ich bei einem Attentat ums Leben gekommen bin? Das würde unsere Gegner in Sicherheit wiegen."
„So gut wie erledigt!"
„Ich werde jetzt McDermott anrufen.", sagte Crane.
Crane ging ins Nebenzimmer und wählte die Nummer des Direktors.
„McDermott."
„Crane."
„Crane! Endlich melden Sie sich. Ich habe mir größte Sorgen gemacht. Berichten Sie."
„Die Puzzleteile setzen sich langsam zusammen. Es sind mehrere

Attentate auf New York City mit schmutzigen Bomben geplant. Wir brauchen ISOS Einsatzteams und Bombenspezialisten am Time Square, dem Rockefeller Center, auf Liberty Island und an den Vereinten Nationen. Die Attentate sind für übermorgen angesetzt. Wir werden versuchen, den Lagerplatz der Sprengsätze ausfindig zu machen."

„Verdammt. Ein wirklich erschreckendes Szenario.", sagte McDermott geschockt. „Ich werde direkt alles in die Wege leiten. Wir müssen mit allen Mitteln ein zweites 9/11 verhindern, auch wenn die Zeit dafür äußerst knapp ist!"

„Noch etwas, Direktor. Sie werden bald die Meldung erhalten, dass ich tot bin. Bitte bestätigen Sie dies. Peter Crane ist tot. Lassen Sie das alle ISOS Mitarbeiter wissen. Ich werde Ihnen dann später alles erklären. Außerdem bin ich in den Besitz eines Anrufmitschnitts gelangt, in dem über das Attentat gesprochen wird. Einen Gesprächsteilnehmer konnten wir identifizieren, der andere spricht jedoch mit elektronisch verzerrter Stimme. Ich lasse Ihnen die MP3 Datei zukommen, damit unsere Spezialisten im Analysezentrum die Originalstimme herausfiltern."

„In Ordnung. Noch etwas anderes, Crane. Ich komme gerade zurück von einer Unterredung mit dem Präsidenten. Irgendjemand hat ihm gefälschte Beweise zukommen lassen, die belegen sollen, dass Sie Terroristen mit Waffen versorgen. Möglicherweise hat CIA Direktor Maxwell da seine Finger mit im Spiel. Der Präsident hat uns achtundvierzig Stunden Zeit gelassen, um diese Sache aufzuklären."

„Maxwell? Dieses skrupellose Arschloch. Aber darum kümmern wir uns später. Die Attentate haben jetzt höchste Priorität. Ich melde mich wieder, wenn ich zurück in den Staaten bin!"

„Seien Sie vorsichtig, Crane!"

Crane legte auf und ging zurück ins Wohnzimmer.

„Arif, wie weit bist du mit dem Handy?"

„Ich brauche noch etwas Zeit. Bis wir in Amerika ankommen, sollte es fertig sein. Zum Glück habe ich mein Notebook mitgebracht. Das, was du hier stehen hast, stammt glaube ich noch aus der Steinzeit."

„Wenn du irgendwann mit meckern fertig bist, könnten wir ja vielleicht mal zum Flughafen aufbrechen!", sagte Crane grinsend.

16
New York

Der Central Park erstreckt sich in der Länge über 4,07 km von der 59th bis zu 110th Street, und in der Breite über 800 m von der 5th bis zur 8th Avenue. Die Gesamtfläche beträgt 341 Hektar. Die Bauarbeiten an dem Park begannen 1858 nach einem Entwurf von Frederick Law Olmsted und Calvert Vaux, dem sogenannten Greensward Plan. Dieser Plan sah nicht nur vor, in dem Park unterschiedliche landschaftliche Gegenden der USA nachzubilden, sondern auch, ihn als Naherholungsgebiet, beispielsweise mit Restaurants und Spielplätzen, für die New Yorker Bevölkerung auszubauen. Die Einweihung fand nach 15 Jahren Bauzeit im Jahre 1873 statt. Seitdem nutzen Tag für Tag tausende New Yorker den Park zur Erholung oder für sportliche Ertüchtigung. Mehrere Seen, der Central Park Zoo, ein Vergnügungspark oder das Metropolitan Museum of Art sind beliebte Ausflugsziele innerhalb des Parks, und im Winter lädt der Wollman Rink zu einigen Runden Eislaufen ein.
Rundherum wird der Park von historischen Wohnhäusern und Luxushotels, aber auch teilweise von moderneren Komplexen umsäumt. Central Park West gilt dabei als eine der teuersten und luxuriösesten Wohngegenden der Stadt mit teilweise weltbekannten Appartementgebäuden und deren nicht minder berühmten Bewohnern. Das im Art Déco Stil erbaute 55 Central Park West wurde beispielsweise berühmt durch den Film Ghostbusters aus dem Jahre 1984. Das älteste und bekannteste Appartementgebäude war das Dakota, welches durch den Tod von John Lennon, der dort vor der Haustüre 1980 erschossen wurde, traurige Berühmtheit erlangte. Das zehnstöckige Dakota aus dem Jahre 1884 ist ein Gebäude mit einer Fassade im neugotischen Stil, gebaut

aus gelben Ziegeln, optisch abgesetzt mit grau- braunem Sandstein, die architektonisch ein wahres Schmuckstück darstellt, mit ihren diversen Bögen, Erkern und Balkonen mit verzierten, schmiedeeisernen Geländern.

Victor Chan war einer der Bewohner des Dakotas. Als Chan in jungen Jahren nach Amerika eingewandert war, hatte er oft staunend vor diesen Gebäuden gestanden und davon geträumt, irgendwann einmal selber dort wohnen zu können. Anfangs lebte er zusammen mit acht anderen Einwanderern in einem winzigen Apartment in China Town. Schon früh erkannte Victor, dass er es als Chinese mit ehrlicher Arbeit niemals bis ganz nach oben schaffen würde, denn sein damaliger Job als Küchenhilfe in einem chinesischen Restaurant brachte ihm trotz vieler Arbeitsstunden gerade mal ein paar Dollar im Monat ein. Kaum genug, um essen zu kaufen und die Miete zu zahlen. Anstatt weiterhin in der Küche zu schuften, fing er an, auf der Straße zu arbeiten und erledigte Botengänge für kleine Gangster, oder trieb Schutzgeld ein, wobei seine Größe und sein muskulöser Körper ihm dabei sehr hilfreich waren.

Eines Tages lernte er einen der größten Gangsterbosse in China Town kennen. Der Mann fand Gefallen an Chans Verlässlichkeit und dessen Fleiß, und so nahm er ihn unter seine Fittiche. Der Gangster wurde Victors Mentor, führte ihn auf der einen Seite in die Unterwelt, und auf der anderen Seite in die New Yorker Society ein. Außerdem sorgte er dafür, dass Victor schon damals viel Geld verdiente. Einzig mit Drogen wollte Chan nichts zu tun haben, da er miterlebt hatte, wie einer seiner besten Freunde elendig an Heroin zu Grunde gegangen war. Nach dem Tod seines Mentors übernahm Victor dessen Geschäfte und verdiente bald so viel Geld, dass er sich mühelos eine Wohnung am Central Park West und ein riesiges Haus in den Hamptons leisten konnte.

Vor dem Dakota am Central Park West, in dem Victor Chan lebte, hielt ein Taxi. Nia Coor, Arif Arsan, Frank Thiel und Lilly Jaxter gaben dem Fahrer ein großzügiges Trinkgeld, als sie ausstiegen, und sich gemeinsam darauf freuten, Chan nach zwei langen Jahren noch einmal wieder zusehen.

Als das Team das Foyer des Dakota betrat, sahen sie am Empfangsbereich den sechzigjährigen Concierge Randolph, ein Gentleman der alten Schule, der sie freudig anlächelte.
„Ms. Coor, Ms. Jaxter, Mr. Arsan und Mr. Thiel. Es ist lange her, dass ich Sie hier begrüßen durfte. Es ist mir eine ganz besondere Ehre, Sie alle hier willkommen zu heißen. Ms. Coor, Sie scheinen von Tag zu Tag schöner zu werden, sofern das überhaupt möglich ist!", sagte er mit einem verschmitzten Lächeln.
„Randolph, Sie Charmeur. Niemals um ein Kompliment verlegen!", entgegnete sie schmunzelnd.
„Und die bezaubernde Ms. Jaxter. Bei Ihrer Schönheit müssen die Männer bei Ihnen Schlange stehen." In der Tat kam die attraktive Blondine sehr gut bei den Männern an. Bis jetzt hatte sie sich aber noch nicht binden wollen und hatte auch kaum Zeit für eine feste Beziehung.
„Danke, Randolph. Es ist schön, von einem wahren Gentleman solche Komplimente zu hören."
„Wo haben Sie denn Mr. Crane gelassen?", fragte Randolph.
„Er ist momentan verhindert, wird aber so schnell wie möglich nachkommen.", antwortete Nia.
„Immer sehr geschäftig dieser Mann. Mr. Chan erwartet Sie bereits. Hier entlang bitte.",
sagte Randolph und geleitete die Vier zum Fahrstuhl, der sie auf direktem Wege zu Victor Chans Penthouse brachte.
Als der Aufzug sich öffnete, wurden sie freudestrahlend von Chan empfangen.
„Hallo, meine lieben Freunde. Es ist mir eine Ehre, euch nach so langer Zeit wieder hier bei mir zu haben! Meine liebste Nia! Man sollte diesen Vollidioten Crane standrechtlich erschießen dafür, dass er eine Frau wie dich verlassen hat. Falls du mal auf der Suche sein solltest nach einem Mann, der deine Qualitäten zu würdigen weiß, dann sage mir bitte Bescheid.", sagte Chan augenzwinkernd.
„Hallo, Victor. Danke für das Angebot! Den Job mit dem Erschießen von Peter Crane würde ich glatt selber übernehmen. Männer im Allgemeinen können mir aber nach wie vor gestohlen bleiben!"

„Zu schade. Ihr seid bestimmt hungrig und deswegen habe ich meinem Koch aufgetragen, uns einige chinesische Spezialitäten zu kredenzen."

Nia, Lilly und Arif freuten sich auf das Essen, aber Thiel schaute wenig begeistert drein. Was das Essverhalten anging, bestätigte Thiel voll und ganz die Klischees, die man im Ausland über die kartoffelessenden Deutschen hatte. Denn außer Wiener Schnitzel, Bratwurst mit Pommes Frites, oder Sauerbraten mit Kartoffeln, gab es wenige Menüs, mit denen man den Rheinländer begeistern konnte. Lieber verzichtete er auf eine Mahlzeit, als italienische, chinesische oder mexikanische Speisen zu sich zu nehmen.

Victors 300 Quadratmeter großes Appartement war äußerst eindrucksvoll und vollgestopft mit sündhaft teuren Einrichtungsgegenständen.
Gemeinsam mit Victor setzten sie sich an einen riesigen, hochglanzpolierten Mahagoni-Tisch mit gemütlichen, weich gepolsterten Ledersesseln, und Ausblick auf den Central Park. Schon bald wurde das Essen serviert.
Als Vorspeise wurde eine Suppe mit Gemüse und Glasnudeln aufgetragen. Anschließend gab es Hühnerfleisch Chop Suey mit Reis, und als Nachspeise gebackene Banane mit Honig.
Nia, Lilly, Arif und Chan aßen voller Heißhunger riesige Portionen, während Thiel eher lustlos in seinem Essen herumstocherte, sich aber anstandshalber den ein oder anderen Bissen mit sichtlicher Überwindung in den Mund steckte, sehr zur Belustigung der anderen, die sich aber nichts anmerken ließen.
Für Nia waren es die köstlichsten chinesischen Gerichte, die sie jemals in ihrem Leben gegessen hatte. Angeregt unterhielten sich die Anwesenden darüber, wie es ihnen in den letzten beiden Jahren ergangen war. Allen voran Victor, der die ein oder andere witzige Anekdote zu erzählen hatte.
Nach dem reichhaltigen Mahl gingen sie hinüber ins Wohnzimmer, das schätzungsweise dreimal so groß war wie Nias gesamte Wohnung, und setzten sich auf eine riesige lederbezogene Wohnlandschaft. Einer von Victors Bediensteten servierte Kaffee oder

Tee und Gebäck, und Nia berichtete Chan, der konzentriert zuhörte, ausführlich von den Ereignissen der letzten beiden Tage.

„Unglaublich. Ein solcher Anschlag wäre eine Katastrophe ungeahnten Ausmaßes für die Stadt. Schlimmer noch als die Anschläge vom elften September.", sagte Chan betroffen, und fuhr nach einer kurzen Pause fort: „Wie Peter euch sicherlich erzählt hat, geschehen hier in New York momentan tatsächlich einige merkwürdige Dinge. Seitdem er vor einigen Tagen hier war, werde auch ich ständig beschattet. Vermutlich sind diese Leute der Meinung, dass Crane mir möglicherweise wichtige Informationen hat zukommen lassen. Einer dieser Halunken lungerte den ganzen Tag getarnt als Zeitungsverkäufer vor dem Haus herum. Lächerlich! Mein Leibwächter Abraham hat sich seiner angenommen. Danach haben sie mich weitestgehend in Ruhe gelassen. Habt ihr eine Vermutung, wo die Bomben sich befinden könnten?"

„Wir glauben, dass sie möglicherweise in einem Lagerhaus bei den Hafenanlagen von Brooklyn versteckt werden. Dort gibt es viele leerstehende Lagerhäuser, in denen man die Bomben unbemerkt eine Zeit lang verstecken könnte. Von dort aus ist es auch verhältnismäßig einfach, sie entweder über die Brooklyn Bridge, die Manhattan Bridge oder mit einem Boot über den East River in die Innenstadt zu befördern.", antwortete Nia.

„Das klingt plausibel. Ich kenne ein paar Leute, die dort arbeiten. Eventuell ist irgendjemandem etwas Ungewöhnliches aufgefallen. Gebt mir ein paar Stunden Zeit, dann kann ich euch vielleicht Näheres sagen. Habt ihr schon ein Hotel, wo ich euch erreichen kann?"

„Nein, im Moment noch nicht.", antwortete Lilly.

„Ich rufe im Waldorf-Astoria an und reserviere vier Suiten für euch, die natürlich auf meine Kosten gehen. Mein Fahrer wird euch dorthin bringen!"

„Aber Victor, das können wir unmöglich annehmen!", entgegnete Nia.

„Keine Widerrede. Für meine Freunde scheue ich keine Kosten. Ich melde mich bei euch, sobald ich etwas höre."

„Vielen, vielen Dank Victor!", sagte Nia und zum Abschied gaben Lilly und Nia dem Chinesen gleichzeitig einen Kuss auf die Wange, Nia rechts, Lilly links, was Victor mit einem freudigen Grinsen quittierte. Auch Thiel und Arsan bedankten sich überschwänglich und verabschiedeten sich mit einer freundschaftlichen Umarmung.

Als die vier das Gebäude verließen, wartete bereits Victors Luxus-Limousine auf sie, und brachte sie zum in der Nähe gelegenen Waldorf-Astoria.

17
Washington DC

Direktor McDermott legte genervt den Telefonhörer auf. Bereits den ganzen Tag klingelte sein Telefon, und Mitarbeiter von ISOS erkundigten sich, ob Peter Crane tatsächlich tot sei. „Ja, er war tot und nein, es war noch nichts über die näheren Umstände bekannt!", lauteten seine Standardantworten, worauf jedes Mal mit Bestürzung reagiert wurde.

„Was heckte Crane da bloß wieder aus?", fragte der Direktor sich immer wieder.

Er wusste, dass er sich auf Crane blind verlassen konnte, und er wusste, dass Peter ein genialer Planer war. Deswegen ließ der Direktor ihm in solchen Dingen grundsätzlich freie Hand. Crane würde mit Sicherheit seine Gründe haben, warum er ihn in dieser Sache momentan nicht in seine Pläne einweihte und dazu auch noch seinen eigenen Tod vortäuschte. Und dennoch nagte die Ungewissheit an McDermott. Es stand so unglaublich viel auf dem Spiel. Die Gesundheit und das Leben tausender Unschuldiger. Sie befanden sich mitten in einer Krise, welche die Ausmaße von 9/11 sogar noch übersteigen konnte. Und wie so oft in der Vergangenheit waren Crane und sein Team die letzte Hoffnung, um diese Krise noch abzuwenden. Es war gut, dass Crane sich nach zwei langen Jahren wieder an Arsan, Thiel, Coor und Jaxter gewandt hatte. Für sich alleine zählten diese Personen schon zum Besten, was ISOS zu bieten hatte. Aber als Team unter der Leitung von Crane waren sie sogar noch besser. McDermott hatte zugegebenermaßen am Anfang an Cranes Team gezweifelt. Zwei Ex-Kriminelle, eine Kryoptographin und eine Sprengstoffexpertin waren laut McDermotts damaliger Meinung nicht die ideale Mischung für ein schlagkräftiges ISOS Team. Aber da hatte er vollkommen falsch gelegen. Die einzelnen Mitglieder entpuppten sich als extrem fähige ISOS Mitarbeiter, die sich darüber hinaus als Team untereinander perfekt ergänzten. Und der Direktor war sich ziemlich sicher, dass dieses Team auch jetzt die Kohlen aus dem Feuer holen würde. Aber trotzdem hätte er gerne genauer gewusst, was Crane eigentlich vorhatte.

Super Advisor Hudson und Senior Special Agent Reynolds befanden sich ebenfalls im Büro und saßen in Besuchersesseln vor dem Schreibtisch des Direktors. Beide hatte die Nachricht über Cranes tot sichtlich geschockt, wobei Hudson deutlich konsternierter wirkte.
Jay Reynolds war fünf Jahre älter als Peter Crane und rangmäßig eigentlich höher eingestuft, dennoch genoss der jüngere Agent ein weitaus größeres Ansehen bei ISOS. Reynolds nahm das weitestgehend so hin, und pochte Crane gegenüber niemals auf seinen höheren Rang, denn ihm war klar, dass Crane wohl der nächste Direktor von ISOS sein würde. Er trug seit jeher einen Bürstenhaarschnitt, der mittlerweile von Geheimratsecken umrahmt wurde. Manche ISOS Mitarbeiter glaubten, dass er mit dieser Frisur bereits auf die Welt gekommen war. Seine stahlgrauen, kalten Augen hatten im Irak Krieg und bei seinen Geheimdienstaufträgen schon viel Leid gesehen, aber jemanden wie Reynolds warf so etwas nicht aus der Bahn. Seine kühle und gewissenlose Effizienz machten ihn neben Crane zum erfolgreichsten Agenten bei ISOS. Es gab zwischen den beiden allerdings keinen Konkurrenzkampf. Beide gingen mit dem allergrößten Respekt für die Erfolge des anderen miteinander um. Ein grundlegender Unterschied zwischen den beiden war, dass Reynolds ein Einzelkämpfer war, während Crane es bevorzugte, mit einem Team von Spezia-

listen seine Aufträge zu erledigen. Reynolds war der absolute Undercover Spezialist. Er hatte dutzende verschiedene Identitäten und konnte monatelang untertauchen und in diverse Rollen schlüpfen, um seine Ziele zu erreichen. Drogendealer? Gewiefter Geschäftsmann? Reicher Playboy? Obdachloser? Reynolds beherrschte all diese Rollen perfekt. Deswegen nannte man ihn bei ISOS ehrfürchtig "Das Chamäleon".

„Reynolds, haben Sie schon irgendetwas über die Überweisung auf Cranes angebliches Konto herausgefunden?", fragte der Direktor.
„Das Geld kam von einem Konto bei einer Schweizer Bank. Die 500.000 Dollar waren bar eingezahlt worden. Die Überweisung des Geldes auf Cranes vermeintliches Konto ist anschließend online getätigt worden. Doch es gibt keinerlei stichfeste Beweise dafür, dass der Mann, der das Konto in der Schweiz eröffnet hat und die Überweisung tätigte, auch tatsächlich Abdullah Al Arat war, und einen Tag nach der Überweisung wurde das Konto bereits wieder telefonisch gekündigt. Ich fürchte, das ist eine Sackgasse! Von der Bank hier in Washington, wo das Konto im Namen von Crane eröffnet wurde, liegen uns zwar die Überwachungsbänder vor, aber derjenige, der das Konto eröffnet hat, wusste offenbar, wo sich die Kameras befinden. Bei keiner einzigen Einstellung ist das Gesicht des Mannes zu erkennen. Von der Statur her hätte es durchaus Crane sein können, allerdings sind die Unterschriften auf den Belegen der Kontoeröffnung nicht dessen Handschrift. Zwar ist die Unterschrift sehr gut gefälscht, aber es ist definitiv nicht seine, das haben die Jungs im Analysezentrum mit einhundertprozentiger Sicherheit bestätigt. So können wir wenigstens beweisen, dass Crane nichts mit dieser Sache zu tun hatte."
„Immerhin etwas. Hudson, sind die Teams bereits in New York eingetroffen?"
„Entschuldigung, was sagten Sie?", fragte Hudson geistesabwesend.
„Ich fragte, ob die Teams in New York eingetroffen sind!", sagte McDermott mit erhobener Stimme.

„Ja Sir, alle vier Anschlags-Ziele werden von unseren Agenten vor Ort rund um die Uhr bewacht. Jedes einzelne Team hat Bombenspezialisten mit dabei. Der Polizeichef und der Bürgermeister von New York haben uns zugesichert, dass wir absolute Handlungsfreiheit haben, und bei Bedarf noch zusätzliche Spezialeinheiten der Polizei anfordern können. Notfallpläne für die Evakuierung sind vorbereitet. Feuerwehr, Ambulanzen und die Krankenhäuser sind ebenfalls vorgewarnt, allerdings zum Stillschweigen aufgefordert, um eine Massenpanik zu verhindern."
„Gut! Ich habe gerade eben mit Nia Coor telefoniert. Sie, Jaxter, Arsan und Thiel erhalten möglicherweise innerhalb der nächsten Stunden Informationen darüber, wo genau sich die Lagerstätte der Bomben befindet. Wenn wir diese Information haben, dann können wir die Attentäter stoppen noch bevor die Bomben zu den Zielen transportiert werden. Können wir den Vieren, trotz der angespannten Lage, dann kurzfristig Verstärkung schicken? Und vor allem auch Ausrüstung? Sie werden Waffen und ein Auto brauchen."
„Natürlich Sir, wir haben mehr als genug Leute in New York, um sie zu unterstützen und ich werde veranlassen, dass sie Ausrüstung und ein Fahrzeug erhalten, sobald wir wissen, in welchen Hotel sie wohnen werden.", antwortete Hudson und fragte anschließend:
„Sir, wegen Peter Crane…"
„Mit dem Tod von Agent Crane beschäftigen wir uns, wenn wir diese Krise bewältigt haben. Uns alle hat sein unerwartetes Ableben geschockt, aber dennoch müssen wir uns jetzt voll und ganz auf diese Anschläge konzentrieren!", antwortete McDermott.
„Da haben Sie natürlich recht…..Verzeihen Sie die Frage, Sir, aber mir geht es überhaupt nicht gut. Vermutlich habe ich heute in der Kantine etwas Falsches gegessen. Würde es Ihnen etwas ausmachen, wenn ich zwei Stunden nachhause fahre und mich etwas ausruhe?", fragte Hudson mit leidender Miene.
McDermott schaute auf seine Uhr.
„Wir haben jetzt 22:15 Uhr, Hudson. Ich erwarte Sie morgen früh pünktlich um vier Uhr im Operationszentrum. Die Terroristen dürften die Anschläge morgen auf einen Zeitpunkt gelegt

haben, an dem sie möglichst viele Leute erwischen. Das heißt ab sieben Uhr morgen früh herrscht bei uns den ganzen Tag lang höchste Alarmbereitschaft! Wir brauchen Sie dann frisch und ausgeruht im Operationszentrum"

„Natürlich, Sir. Ich werde dort sein. Vielen Dank!"

Hudson stand auf und verließ das Zimmer.

„Was zum Teufel ist bloß mit Hudson los? So kenne ich ihn gar nicht!", fragte McDermott an Reynolds gewandt.

„Ich weiß es nicht, Sir. Die Nachricht von Cranes Tod schien ihn sehr mitgenommen zu haben. Er verhielt sich allerdings schon während der letzten Tage irgendwie eigenartig, wirkte abwesend und unkonzentriert. Ständig schaute er nervös auf sein Mobiltelefon, gab seinen Mitarbeitern unsinnige Anweisungen oder schrie sie unvermittelt an. Irgendetwas schien ihm zu schaffen zu machen!"

„Eigenartig, sehr eigenartig…"

Draußen auf dem Flur stand Super Advisor Steve Hudson an eine Wand gelehnt und atmete schwer. Noch niemals in seinem Leben hatte er sich so schlecht gefühlt. Doch das lag definitiv nicht am Essen.

Er musste nachhause. Seine Frau, sein sechsjähriger Sohn und seine siebenjährige Tochter waren ein paar Tage bei ihrer Schwester zu Besuch. So hatte er ein bisschen Ruhe und das ganze Haus für sich alleine. Langsam und wie ein alter Mann nach vorne gebeugt machte er sich auf den Weg zu seinem Auto.

18
New York

Nia, Arif, Lilly und Frank erreichten das Waldorf Astoria in der Park Avenue, ehemals 4th Avenue. Es war ein imposantes, 190 m hohes Art Déco Gebäude, an dessen Fassade neben den vergoldeten Namenslettern des Hotels zwei riesige amerikanische Flaggen träge im Wind wehten. Präsidenten und Prominente hatten hier schon genächtigt, und in unzähligen Filmen wurde das Hotel, wahrscheinlich das bekannteste New Yorks, bereits verewigt. Ein Einzelzimmer war schon sündhaft teuer, aber die Suiten, die Victor Chan für Nia, Lilly, Arsan und Thiel reserviert hatte, kosteten ein kleines Vermögen.

Nia hatte gerade ein Telefonat mit Direktor McDermott beendet und stieg aus Victor Chans Limousine. Ein Page nahm das Gepäck entgegen und sie betraten die prunkvolle Lobby. Die Decken, von denen riesige Kristallkronleuchter herunter hingen, waren rundherum mit vergoldetem Stuck verkleidet. Der Boden war mit feinstem Marmor belegt, und überall standen gemütliche Sessel an aufwendig verzierten Tischen. Schon immer hatte Nia davon geträumt, einmal in diesem Hotel zu residieren, es war jedoch leider nie dazu gekommen.

Sie erhielten an der Rezeption ihre Schlüssel und fuhren mit einem Aufzug hinauf zu ihren Suiten. Arif und Lilly verabschiedeten sich, um den Ursprung der digitalen Signatur auf der SD-Karte weiter zu untersuchen, und Frank wollte direkt in die Stadt gehen, um "etwas Vernünftiges" zu essen…", grummelte er in sich hinein.

Nia öffnete ihr Zimmer und staunte. Sie hatte noch nie ein derart übertrieben luxuriöses Hotelzimmer gesehen. Die Suite bestand aus einem mit Antiquitäten vollgestopften Wohnraum mit Kamin und gigantischem Fernseher. Es verfügte über ein großzügig geschnittenes Schlafzimmer, in dessen Bett man ohne weiteres mit vier Personen schlafen konnte, und einem Bad mit riesigem Whirlpool. Im Wohnraum stand eine prunkvolle Sitzgarnitur mit aufwendigen vergoldeten Holzschnitzereien an den Lehnen und mit Stickereien verzierter Polsterung. Daneben standen zwei dazu passende Ohrensessel. Der gesamte Boden war mit flauschig weichem Teppichboden ausgelegt. An den Fenstern hingen schwere, geraffte Gardinen und an den Wänden hingen vergoldete Leuchter, die den Raum in ein warmes Licht tauchten. Sie war beeindruckt, auch wenn sie bei der Einrichtung eigentlich modernere und schlichtere Möbel bevorzugte.

Nia ließ sich auf das weiche Bett fallen und dachte an Peter Crane. Sie hatte sich gefreut, ihn wieder zu sehen, auch wenn ihr Schmerz darüber, dass er sie so plötzlich verlassen hatte, noch nicht verflogen war. Als sie damals in Prag aus dem künstlichen Koma erwachte und er sich nicht an ihrer Seite befand, fühlte sie sich zutiefst verletzt und einsam. Nicht nur, dass sie sich durch ihre Verletzung körperlich schwach und verletzlich vorkam. Sie fühlte sich dazu auch noch emotional so, als hätte man ihr das Herz heraus gerissen. Ein dumpfes Gefühl des Verlusts umgab fortan ihre Gedanken und ging nicht mehr fort. Die Farben des Frühlings wurden grau, die leckersten Mahlzeiten schmeckten fad und Konversationen mit ihren Freunden erfüllten sie mit gähnender Langeweile.

An Arbeiten war nicht zu denken. Sie lebte von ihren Ersparnissen, die sie im Laufe der Jahre angehäuft hatte. Tage, Wochen und Monate vergingen, und ihr Leben kam ihr vor wie ein undeutlicher, verschwommener Traum.

Marie, Arif, Lilly und Frank versuchten alles, um sie aus dieser Lethargie zu befreien, doch es war vergebens. An den Wochenenden ertränkte sie den Kummer in ihrer Stammkneipe "Angel's Pub" in Alkohol, der sie ihre Einsamkeit zumindest bis zum nächsten Morgen vergessen ließ. Männer, die an diesen Abenden versuchten Nia anzumachen, konnten von Glück reden, wenn sie "nur" einen Schwall übelster Beschimpfungen über sich ergehen lassen mussten. Als der Kummer so langsam vorüber ging, ergriff eine Art innere Taubheit und Gleichgültigkeit Besitz von ihr. So, als wäre jede Gefühlsregung und jegliche Art von Emotion aus ihr verschwunden. Erst als Peter so vollkommen unerwartet in ihrem Schlafzimmer gestanden hatte, wurde diese Taubheit von einem Gefühl durchbrochen: Zorn. Rasender Zorn, der sich irgendwie gut anfühlte. Plötzlich war sie wieder lebendig.

Die Taubheit war verschwunden. Momentan bereitete es ihr große Freude, wieder eine Aufgabe zu haben, und mit ihren alten Weggefährten zusammen zu arbeiten.

Mit *ihm* zusammen zu arbeiten.

Ein Zimmer weiter bestaunte Lilly Jaxter ebenfalls ihr Zimmer. Victor war tatsächlich unglaublich großzügig. Es war nicht so, dass Lilly sich ein solches Zimmer nicht selber hätte leisten können. Im Gegenteil. Lilly war sehr vermögend. Das hatte sie Peter Crane zu verdanken. Als Lilly noch ein Teenager war, hatte Peter für sie größere Geldbeträge angelegt, über die sie selber verfügen konnte, sobald sie ein abgeschlossenes Studium oder eine abgeschlossene Berufsausbildung vorweisen konnte. Und das tat sie. Lilly war von ihrer Mutter allerdings zur Genügsamkeit erzogen worden. Und so legte Lilly keinen großen Wert auf übertriebenen Luxus. Zwar gönnte sie sich hier und da schon mal etwas. Eine schöne Uhr oder eine schöne Handtasche. Aber von sich aus hätte sie nie eine solche prunkvolle Suite in einem Nobelhotel bezogen. Sie hätte eher etwas Einfacheres bevorzugt. Ein gutes Mittelklasse-Hotel hätte ihr vollkommen gereicht. Geld war ihr sowieso nicht so wichtig. *„Aber sagen das Menschen, die Geld haben, nicht immer?"*, überlegte sie.

Sie dachte an ihre Studienzeit zurück. Als Peter seinerzeit den Job bei ISOS in Washington antrat, zog Lilly ebenfalls nach Washington, um in seiner Nähe zu sein, wenn er mal nicht im Ausland unterwegs war. Sie begann ihr Mathematik Studium an der 1789 gegründeten Georgetown University. Lilly mochte ihre Studienzeit. Ja, sie musste viel lernen, aber sie feierte auch ausgiebig auf den berühmt, berüchtigten Verbindungspartys. Lilly genoss diese Zeit in vollen Zügen. Als sie schließlich ihr Studium abgeschlossen hatte, bot man ihr einen Lehrstuhl an der Georgetown an. Lilly war nicht sicher, ob sie annehmen sollte. Kurze Zeit später fragte Peter sie jedoch, ob sie nicht lieber mit ihm gemeinsam bei ISOS als Teil seines Teams arbeiten wollte. Ohne zu zögern, sagte Lilly ja.

Lilly mochte ihre Arbeit bei ISOS. Und sie liebte es, knifflige Codes zu knacken. Warum sie darin so gut war, konnte sie nicht erklären. Sie hatte wohl einfach ein Talent darin, mathematische Strukturen zu erkennen und zu entschlüsseln. Lilly fungierte für das Team entweder als Operator im ISOS Operationszentrum, wo sie immer wieder ihre Codeknacker-Fähigkeiten unter Beweis stellen konnte, oder sie war mit dem Team vor Ort bei Außendiensteinsätzen. Beide Tätigkeiten machten ihr sehr viel Spaß. Lilly hatte nur kurz ihr Gepäck im Zimmer abstellen wollen und machte sich jetzt auf den Weg, um mit Arif die digitale Signatur auf der SD Karte zu untersuchen. *„Es wird endgültig Zeit herauszufinden, wer hinter diesem ganze Schlamassel steckt"*, dachte sie grimmig.

Arif Arsan war etwas pragmatischer als Lilly und Nia. Er schaute sich kurz in seinem Zimmer um, pfiff als Zeichen der Bewunderung und machte sich anschließend sofort daran, seinen Rechner aufzubauen. Er stellte seine Arbeitstasche auf einen noblen und vermutlich sehr teuren Schreibtisch und begann, sein Notebook auszupacken. Dieses Notebook war etwas ganz Besonderes und Arifs ganzer Stolz. Durch die guten Beziehungen von TARC zur Industrie werkelte in dem Rechner ein Prozessor Prototyp eines großen und bekannten Chip Herstellers, welcher erst in 2 Jahren auf den Markt kommen sollte. Dieser Prozessor war schneller, als alles was es momentan auf dem Markt gab und war dazu auch noch extrem stromsparend. Die TARC Ingenieure hatten an der Entwicklung des Chips einen großen Anteil. Darüber hinaus hatten sie für dieses Notebook eine neue Art von Hochleistungsakku entwickelt. Dieser Akkumulator in Verbindung mit dem Hauptprozessor machte es möglich, dass Notebook viele Tage ohne Strom aus der Steckdose betreiben zu können, wohingegen heutige Standard-Notebooks schon nach wenigen Stunden wieder ans Netz mussten. Ein besonderes Meisterwerk war das Gehäuse des Notebooks. Es bestand aus einer neuartigen Metalllegierung, welche allerdings noch in der Erprobungsphase und vor allem sündhaft teuer war. Dieses Metall war leichter als Aluminium und härter als Stahl. So gesehen war Arifs Notebook wegen diesem Material sogar kugelsicher, wog dabei aber bei einer Größe von 15 Zoll gerade mal 500g. Fast schon ehrfürchtig stellte Arif das Notebook vor sich, öffnete es und drückte auf den Powerknopf. Sofort war das Betriebssystem einsatzbereit, da der Kaltstart lediglich 1 Sekunde dauerte. Betrieben wurde das Notebook mit dem "TARC Operating System", kurz TARC OS. Das OS, welches auf ausnahmslos allen TARC und ISOS Rechnern lief. Das besondere an diesem OS war, neben der hohen Effizienz, die volle Kompatibilität zu allen existierenden Betriebssystemen. Man konnte damit also sowohl Windows als auch Linux als auch MacOS Programme installieren und ausführen, und das ohne virtuelle Emulation. Für Arif war dieses OS ein wahrer Meilenstein.

Als Arif seinerzeit unter dem Synonym "Der Türke" als Hacker arbeitete, hatte er im Prinzip sein Hobby zum Beruf gemacht. Die größten und am besten gesicherten Computernetzwerke der Welt zu hacken und dafür auch noch gut bezahlt zu werden, war einfach traumhaft. Dass diese Aktivitäten höchst illegal waren und große wirtschaftliche Schäden anrichteten, war ihm zu dieser Zeit egal. Dann wurde er von Crane geschnappt und es hieß: Entweder ISOS oder Gefängnis. Also fing er die Agentenausbildung bei ISOS an. Jedoch war seine Motivation gleich null. Er fragte sich, was diese blödsinnige Agentenausbildung eigentlich sollte? Also setzte er es sich in den Kopf, abzuhauen, unterzutauchen und wieder als Hacker zu arbeiten. Arif war in einem kleinen Zimmer in der ISOS Zentrale untergebracht. Und so trat er eines Nachts die Flucht an. Als er gerade versuchte, eine Ausgangstür mit einem Dietrich zu knacken, tippte ihm jemand auf die Schulter. Crane. Erwischt. Arif erklärte Crane, dass er überhaupt keinen Sinn in der Ausbildung und in dem Job als Agent sehe. Crane packte den Türken am Kragen, schleifte ihn in sein Büro, startete seinen Computer und spielte eine Videodatei ab, die auf einem großen Flatscreen angezeigt wurde.

„Sieh dir das hier verdammt gut an!" Man sah ein Flugzeug in ein Hochhaus fliegen. „Tausende Menschen sind an diesem Tag gestorben. TAUSENDE. Und wir sind dazu da, so was nach Möglichkeit zu verhindern. Das ist unser Job. Wenn du dich also das nächste Mal fragst, worin der Sinn deiner Ausbildung liegt und warum wir das tun, was wir tun, dann denke jedes Mal an die tausenden Opfer, die 9/11 gefordert hat. Und jetzt verschwinde. Ich erwarte dich morgen um 06:00 Uhr beim Training."

Der Türke schluckte und hatte ein schlechtes Gewissen. Er ging auf sein Zimmer, konnte jedoch nicht schlafen. Crane hatte ihm tatsächlich die Augen geöffnet. Und so war Arif Arsan am nächsten Tag der erste beim Training, und der letzte der abends ging. Fortan gab er jeden Tag alles und schaffte die Ausbildung zum ISOS Agenten mit Auszeichnung. Entgegen seiner früheren An-

sichten erfüllte ihn die Aufgabe als ISOS Agent noch deutlich mehr, als seine Arbeit als Hacker. Als Peter Crane vor zwei Jahren das Team verlassen hatte, blieb Arsan dennoch von Berlin aus für ISOS tätig und stand ebenfalls weiterhin in Kontakt mit Frank, Nia und Lilly. Denn im Laufe der Jahre war das Team so etwas wie Arifs Familie geworden.
Es klopfte an der Tür zu Arifs Suite. Er stand auf und öffnete Lilly die Tür. Gemeinsam würden sie die digitale Signatur schon entschlüsseln.

Frank Thiels erster Halt, nachdem er eine Zigarette vor dem Waldorf Astoria geraucht hatte, war ein Hot Dog Stand. Zwar wäre ihm eine echte Bratwurst lieber gewesen, aber zur Not würde ihm auch ein Hot Dog reichen. Er hatte schon ein etwas schlechtes Gewissen, dass er das Essen mehr oder weniger verschmäht hatte, welches Victor extra für sie hatte kochen lassen. Aber er mochte nun mal kein chinesisches Essen. Und auch kein italienisches. Oder griechisches. Frank Thiel war halt Kölner. Für ihn gab es nichts Besseres, als in einem gemütlichen Kölner Brauhaus eine Portion "Himmel und Ähd mit Blotwoosch" zu essen und dazu ein kühles, frisch gezapftes Kölsch zu trinken. "Himmel und Ähd mit Blotwoosch" waren Kartoffeln mit Apfelmus und Blutwurst, Kölsch war ein helles, obergäriges Vollbier, welches vornehmlich in Köln gebraut und getrunken wurde.
„Das liegt an meinen Kölner Genen", erzählte er den anderen gerne und oft.
Als Thiel den Hot Dog verspeist hatte, machte er sich auf den Weg in eine kleine Spelunke ganz in der Nähe. Er betrat eine kleine, dreckige, unscheinbare Seitengasse und sah vor sich an einer Fassade ein altes, verrostetes Werbeschild mit der verblichenen Aufschrift "Mikey's Pub". Mickey O'Riordan war der Besitzer des Ladens. Ein mittlerweile uralter Ire mit Vollbart, der den Laden schon über vierzig Jahre lang führte. Nur von dem Pub hätte Mikey nicht leben können, weswegen er schon frühzeitig begonnen hatte, diverse "Nebengeschäfte" wie Hehlerei zu betreiben. Vor allem war Mickey aber eine wahre Fundgrube für Informationen aller Art. Gegen Bezahlung versteht sich. Frank

hoffte, von Mickey möglicherweise einige Hinweise zu bekommen, die ihnen bei der Suche nach den Bomben helfen konnten. Doch leider vergebens. Mickey erzählte ihm nur das, was er auch schon von Victor Chan gehört hatte.
Und so machte Thiel sich auf den Rückweg ins Hotel.
Frank Thiel hatte sich damals in seiner neuen Rolle als ISOS Agent nicht so recht wohl gefühlt. Frank war auf der Straße aufgewachsen und seit jeher sein eigener Herr. Gearbeitet hatte er nie, denn er lebte - und das gar nicht mal schlecht - von seinen diversen kleinen Gaunereien. Er fing in jungen Jahren mit Taschendiebstahl an. In der Kölner Fußgängerzone ein durchaus lohnendes Geschäft. Erstaunlich, wie arglos die Leute ihre Geldbörsen bei sich trugen. Später begann er dann damit, alle möglichen und unmöglichen Sachen zu klauen und zu verkaufen. Sein Glanzstück war, als er einem reichen Militärfan tatsächlich einen echten deutschen Bundeswehrpanzer verkaufte. Es war bis heute nicht klar, wie Thiel es geschafft hatte, einen echten Panzer zu klauen, und immer, wenn man ihn danach fragte, schwieg er nur grinsend. Aber mit dieser Aktion hatte er sich zu einer Legende in der Kölner Unterwelt gemacht. Frank Thiel war der Mann, der alles besorgen konnte.
Als er dann Crane kennenlernte, und dieser ihm vorschlug, bei ISOS anzufangen, fing Thiel zunächst lauthals an zu lachen. Doch je mehr er darüber nachdachte (und je mehr Kölsch er an diesem Abend trank), desto besser gefiel ihm die Idee. Er, Frank Thiel, ein echter Geheimagent….
Zunächst tat sich Thiel äußerst schwer, denn er war es einfach nicht gewohnt, Befehle entgegen zu nehmen und diese auch auszuführen. Doch Crane war immer an seiner Seite und half ihm, motivierte ihn und brachte ihn so durch die Ausbildung zum ISOS Agenten. Seitdem war er ein wichtiges Mitglied des Teams und Peter Crane ein enger Freund. Genau wie Arsan sah Thiel das Team mittlerweile als seine Familie an, die einzige Familie, die er jemals hatte.
Als Thiel schließlich zurück auf seinem Zimmer war, legte er sich auf das weiche Bett und schlief fast sofort ein.

Nias Mobiltelefon klingelte und sie nahm den Anruf entgegen.
„Hallo, Nia, ich bin's, Peter!"
„Hallo, Peter.", flüsterte sie.
„Ich musste gerade an dich denken. Ich vermisse dich!"
Sie wollte herausschreien, dass sie ihn liebte, vermisste und brauchte wie ein Mensch die Luft zum Atmen braucht. Aber sie spürte auch den Zorn wieder in sich aufsteigen und sagte unterkühlt:
„Wir sollten uns im Moment auf die vor uns liegende Aufgabe konzentrieren. Wenn wir das alles heil überstanden haben, dann überlege ich mal, ob es wirklich Sinn macht, dass wir beide uns noch mal über alles unterhalten..."
„O-Ok.", stammelte er.
„Was machst du gerade?", fragte sie.
„Ich sitze herum und warte auf jemanden. Und du?"
„Wir sind gerade im Hotel angekommen und jetzt warte ich auf einen Anruf von Victor. Ich werde aber jetzt mal auflegen, weil ich mich noch etwas ausruhen wollte.", entgegnete sie bewusst kurz angebunden.
„Oh, na gut!", sagte er resigniert. „Ich...ich liebe dich!", doch Nia hatte das Gespräch bereits beendet.
Mit Tränen in den Augen warf sie ihr Handy quer durch das Zimmer. Ihre Gedanken rasten wie eine Achterbahn. Wieso übte dieser Mann nur eine so große Anziehungskraft auf sie aus? Es war, als wäre sie abhängig von ihm, genauso wie er scheinbar abhängig von ihr war. Nia und Peter. Peter und Nia. Beide gefangen in ihrem gemeinsamen, kleinen Universum.
Sie drehte sich herum und versuchte, ein wenig Schlaf zu finden. In diesem Moment wünschte sie sich nichts sehnlicher, als dass Peter sich an sie heran schmiegte und sie in die Arme schloss.
Nia war gerade eingenickt, als erneut ihr Handy klingelte. Sie stand auf, um ihr Telefon zu suchen. Als sie es schließlich fand und auf den grünen Knopf drückte, meldete sich Victor Chan:
„Hallo, Nia, ich habe da etwas für euch. Ich glaube, Ihr hattet recht mit den Lagerhallen am Hafen. Der Cousin eines Bekannten von mir arbeitet bei der Hafensicherheit. Dort soll es zu seltsamen Vorkommnissen gekommen sein."

„Lass hören, Victor!" Nias Neugierde war geweckt und ihre Müdigkeit wie verflogen.

„Eines Abends fuhren mehrere schwarze Limousinen und Transporter auf das Gelände und hielten vor einem leer stehenden Lagerhaus. Der Cousin ging hinüber, um zu fragen, was diese Leute wollten. Die Männer sagten, sie arbeiten im Auftrag der Regierung und er solle verschwinden, sonst würde er seinen Job verlieren. Da er das natürlich nicht wollte, trat er den Rückzug an, beobachtete das Geschehen jedoch weiterhin aus sicherer Entfernung. Man brachte mehrere große, unbeschriftete Metallboxen in das Gebäude. Die Fahrzeuge fuhren nach dem Entladen weg, aber es wurden Wachen an den Eingängen der Halle postiert. Am nächsten Morgen rief der Cousin meinen Bekannten an und erzählte ihm ängstlich von dem Vorfall. Einen Tag später wurde der Cousin tot aus dem East River gefischt."

„Das tut mir sehr leid. Es scheint so, als wären wir auf der richtigen Spur! Ob diese Männer wirklich bei der Regierung arbeiteten?"

„Das weiß ich nicht, aber mein Bekannter lebt im Moment in Todesangst. Es wird Zeit, dass Ihr diesem Spuk ein Ende bereitet. Ich schicke dir nach dem Telefonat die genaue Adresse per SMS. Macht ihnen die Hölle heiß!"

„Machen wir, Victor, und vielen Dank!"

„Für euch doch immer!"

Nia legte auf und rief nacheinander McDermott, Arsan, Lilly und Thiel an. Als letztes wählte sie die Nummer von Peter Crane.

„Ich bin's noch mal. Wir wissen, wo die Bomben sind!", platzte sie heraus.

„Gott sei Dank!", sagte er erleichtert. „Wie wollt ihr vorgehen?"

„Wir haben mehrere ISOS Teams zur Verstärkung angefordert. Wir werden das Gebäude stürmen, und wenn die Luft rein ist, werde ich mich um die Bomben kümmern!"

„Wäre es nicht besser, wenn sich andere darum …"

„Nein, wäre es nicht. Du weißt, dass ich mich bestens mit Bomben auskenne!", schimpfte sie.

„Schon gut, schon gut! Aber sei bitte vorsichtig!"

„Natürlich. Mach dir keine Sorgen. Ich melde mich, wenn alles

vorbei ist."
Nia legte auf.
Es klopfte an der Zimmertür.
„Ja, bitte?" fragte sie an der Tür, bevor sie öffnete.
„ISOS Agent Rupert Jarvis. Das Operationszentrum schickt mich. Ich habe hier mehrere Taschen voller Ausrüstung und den Schlüssel für ein Fahrzeug für Sie."
Nia nahm ihr Smartphone und gab den Namen Rupert Jarvis in eine Suchmaske ein. Sofort öffnete sich dessen ISOS Personalakte mitsamt Foto. Nia schaute durch den Türspion und dort stand tatsächlich Rupert Jarvis. Das alles war eine Sicherheitsmaßnahme, die Peter sich vor Jahren hatte einfallen lassen, damit man bei Einsätzen schnell und zuverlässig überprüfen konnte, ob die Person, mit der man es zutun hatte, tatsächlich der- oder diejenige war, für die sie sich ausgab.
Nia öffnete die Tür und nahm die Lieferung dankend entgegen. Sie brauchte den Inhalt der Taschen nicht zu überprüfen. Die Leute im Operationszentrum wussten genau welche Waffen die Teammitglieder bei welchen Einsätzen bevorzugten.
Nia ging ins Schlafzimmer und begann, sich für den Einsatz fertig zu machen.

19
Washington DC

Super Advisor Steve Hudson befand sich mit seinem roten Ford Explorer Geländewagen auf dem Weg nachhause. Er und seine Familie besaßen ein schickes freistehendes Einfamilienhaus in einem dieser typisch amerikanischen Vororte. Vor dem Haus ein gut gepflegter, kurz gestutzter Rasen, daneben die gepflasterte Auffahrt zur Garage, und eine Veranda, an deren Vordach eine amerikanische Flagge wehte. Das Haus, die Garage und die Veranda waren jeweils weiß getüncht. Die Häuser der Nachbarn waren ähnlich gebaut und deren Gärten genau so gepflegt.

Normalerweise liebte Hudson den Weg nachhause, wenn er Feierabend hatte, doch heute war niemand da, der ihn freudestrahlend erwarten würde. Hudson hatte ein gutes Verhältnis zu seiner Familie. Er und seine Frau gingen nach den ganzen Ehejahren immer sehr liebevoll miteinander um und seine Kinder vergötterten ihn regelrecht. In den letzten zwei Wochen hatte Hudson jedoch kaum geschlafen und war demzufolge müde, ausgebrannt und gereizt. Seine Launen in letzter Zeit bekamen leider auch seine Familie öfters verbal zu spüren, wenn er wieder grundlos aus der Haut fuhr. Dadurch war seine Frau seinem Vorschlag nicht ganz abgeneigt gewesen, mit den Kindern ein paar Tage zu ihrer Mutter zu fahren.

Sein rechtes, amputiertes Bein schmerzte. Der Phantomschmerz hatte niemals vollständig aufgehört und wurde sogar schlimmer, wenn er unter nervlicher Anspannung stand. Der Tod von Agent Crane hatte ihn schwer getroffen, denn insgeheim hatte er immer geglaubt, dass niemand diesem Mann etwas anhaben könnte. Und nun war er tot. Und das Schlimme daran war, dass Hudson die Schuld daran trug.

Plötzlich vernahm er hinter sich ein zorniges Hupen. Er hatte nicht auf die Ampel geachtet, die, während er seinen schuldbewussten Gedanken nachging, auf grün gesprungen war.

Hudson setzte seinen Weg fort und erreichte kurze Zeit später sein Ziel. Das Haus lag vollkommen im Dunkeln. Er parkte vor der Garage und stieg aus.

„Eigenartig", dachte er, *„normalerweise müsste der Bewegungsmelder das Außenlicht einschalten. Vielleicht war ja eine Sicherung durchgebrannt."*

Aufgrund der Dunkelheit schaffte er es erst beim dritten Anlauf, den Schlüssel ins Loch zu stecken. Er schaltete das Innenlicht ein und stellte seine Arbeitstasche ab. Seltsamerweise war die Außenbeleuchtung komplett ausgeschaltet. Das sah im eigentlich gar nicht ähnlich. Normalerweise war die Beleuchtung immer eingeschaltet und ein Timer sorgte dafür, dass das Licht tagsüber aus und abends an war. „Hm. Komisch.", grummelte er. Vielleicht hatte er es versehentlich in Gedanken versunken ausgeschaltet. Hudson zuckte mit den Schultern und ging in die Küche, um

sich einen dreifachen "Whiskey on the rocks" einzuschütten. Normalerweise gehörte es zu seinem abendlichen Ritual, sich nach der Arbeit zweifingerbreit Whiskey mit Eis zu gönnen. Aber heute nach der Hiobsbotschaft über Cranes Tod brauchte er einen dreifachen. Er gab einige Eiswürfel in einen Whiskey-Tumbler und schüttete das Glas fast randvoll.
Anschließend betrat Hudson das Wohnzimmer und drückte auf den Lichtschalter. Vor lauter Schreck ließ er das Glas fallen und starrte mit weit aufgerissenen Augen und offenem Mund auf den Geist, der dort in seinem Sessel saß.

„CRANE!", rief er „Ich dachte, Sie seien tot!"
„Wohl eher lebendig wie ein Fisch im Wasser! Hallo, Steve!"
„Wie ist das möglich?", fragte Hudson leichenblass. „Ich habe doch ein Foto Ihres Leichnams gesehen."
„Nun ja, sagen wir mal, Arif ist ein wahrer Künstler, was gefälschte Geheimdienst-Meldungen angeht."
Hudson ließ sich in einen zweiten Sessel plumpsen und starrte Crane weiterhin ungläubig an.
„Was wollen Sie hier?"
„Sagen Sie es mir, Steve!"
„Ich weiß nicht, worauf Sie hinaus wollen."
„Ich bin, um es mal vorsichtig auszudrücken, ein wenig gereizt! SIE SOLLTEN SICH ALSO GUT ÜBERLEGEN, OB SIE MICH WEITERHIN ANLÜGEN WOLLEN!", brüllte Crane ihn unvermittelt an.
Hudson zuckte zusammen. „Aber woher wissen Sie…"
„Das erkläre ich Ihnen später. Zunächst beantworten sie mir eine Frage: WARUM?"
Hudson schluckte. „Also gut…vor etwa zwei Wochen bin ich spätabends noch zum Supermarkt gefahren, weil wir Milch und Kaffee für das Frühstück beim Einkaufen vergessen hatten. Als ich das Geschäft wieder verließ, sah ich ein Auto, aus dessen geöffnetem Fenster mich ein Mann zu sich winkte. Ich ging hinüber, und plötzlich richtete der Mann eine Waffe auf mich. Er sagte mir, ich solle einsteigen. Als ich neben ihm saß, hielt er weiterhin die Pistole auf meinen Bauch gerichtet."

„Hatten Sie diesen Mann vorher schon einmal gesehen, oder hatten Sie das Gefühl, verfolgt zu werden?", fragte Crane gespannt.

„Nein, weder noch. Er sagte mir, dass seine Auftraggeber irgendeine Aktion planten, und ich dafür sorgen sollte, dass ISOS sich daraus halte. Ich sollte eine Geheimdienstmeldung über mögliche Attentate gegen die USA aus dem ISOS Computersystem löschen, damit keine Verifizierung der Meldung stattfinden, und somit keine Gegenmaßnahmen ergriffen werden konnten. Ich war natürlich empört und sagte, er könne mich mal. Daraufhin zeigte er mir mehrere Fotos. Sie zeigten meine Kinder, als sie aus der Schule kamen, und meine Frau wie sie mit den Kleinen im Park spazieren ging. Er sagte, wenn ich ihm nicht helfen würde, dann wäre meine Familie tot. Ich hatte keine Wahl, Peter. Ehrlich!" Verzweiflung klang aus seiner Stimme.

„Warum haben Sie sich nicht an mich gewendet? Ich hätte Ihnen helfen können."

„Ich hatte schreckliche Angst. Wenn nur ein winziger Fehler passiert wäre, dann wären meine Liebsten von diesen Schweinen getötet worden."

„Ok, und weiter?"

„Er sagte mir, auf welche Geheimdienstmeldung ich achten sollte, und wies mich noch einmal ausdrücklich darauf hin, dass ich keinesfalls einen unserer Agenten, den Direktor oder die Polizei einweihen durfte. Als ich diese Meldung schließlich im Operationszentrum auf dem Monitor vor mir sah, ließ ich sie kurzerhand verschwinden. Ich bedachte jedoch nicht, dass solche Sachen auch automatisch an *Ihre* private Datenbank weitergeleitet werden. Und als mir klar wurde, dass *Sie* damit begonnen hatten, der Meldung nachzugehen und die möglichen Verdächtigen zu observieren, da wusste ich, dass die Chancen meiner Familie zu überleben rapide gesunken waren. Also rief ich den Kontaktmann an und bat um ein erneutes Treffen. Ich erzählte ihm, was vorgefallen war, und er sagte, ich bräuchte mir keine Sorgen zu machen. Er hätte jemanden, der sich um Sie kümmern könnte. Er gab mir die Nummer von diesem Smith, also rief ich ihn an. Ich hatte nicht erwartet, dass Smith direkt das ganze ISOS Team abschlachten würde. Ehrlich, das müssen Sie mir glauben", sagte Hudson mit feuchten Augen und gebrochener Stimme. „Glücklicherweise waren Sie jedoch seinem Hinterhalt entkommen. Smith rief mich daraufhin wutentbrannt an, und verlangte von mir, dass ich Ihren Aufenthaltsort ausfindig machen solle. Ich wusste zunächst nicht genau, in welchem Haus Sie sich befanden. Also fragte ich den Operator Ihrer Observierung und der teilte mir mit, welches Haus Sie gewählt hatten. Also leitete ich die Adresse und die Zugangscodes an Smith weiter. Doch auch diesem Anschlag konnten Sie glücklicherweise - so wie ich gehofft hatte - entkommen, genauso wie den ganzen nachfolgenden Anschlägen. Sie können mir glauben, Crane, Sie haben diese Leute echt zur Weißglut gebracht. Als ich dann die Nachricht bekam, dass man Sie getötet hatte, hoffte ich zwar, dass meine Familie nun in Sicherheit sei, aber mein schlechtes Gewissen machte mir dennoch unheimlich schwer zu schaffen. Bitte verzeihen Sie mir, Peter?!"

„Ich habe Sie immer sehr gern gemocht, Steve, und ich kann ihre Zwangslage durchaus nachvollziehen. Es geht hier aber nicht um verzeihen oder nicht verzeihen, denn Fakt ist, dass Sie mich und ISOS verraten haben."

„Ich weiß.", antwortete Hudson zerknirscht und sichtlich leidend. Woher wussten Sie davon?", fragte Hudson kleinlaut.

„Sie arbeiten bei ISOS, schon vergessen? Vize Direktor Moore trat an mich heran und erzählte mir von Unregelmäßigkeiten in Ihrem Verhalten. Übermäßige Nervosität, Abgespanntheit, nächtliche Spazierfahrten zum Einkaufszentrum, die länger dauerten als es eigentlich nötig wäre, eine Frau, die aus heiterem Himmel überstürzt die Stadt verlässt. Dachten Sie, das alles würde uns nicht auffallen? Also beschlossen wir, der Sache auf den Grund zu gehen, und Sie eingehender zu überwachen. Nach dem Überfall auf das sichere Haus in Washington war ich mir relativ sicher, dass Sie mich verraten hatten. Zwar waren bei meinem Anruf vier Leute anwesend, neben Ihnen auch Reynolds, Moore und McDermott, aber sie waren neben dem Direktor der einzige, der die Codes für die sicheren Häuser kannte. Um auf Nummer sicher zu gehen, stellten Moore und ich Ihnen eine Falle. Wir gaben Ihnen, und zwar nur Ihnen, die Information, dass ich auf dem Fabrikgelände in Berlin einen Informanten treffen würde. Nicht einmal der Direktor wusste über das Treffen Bescheid. Als dort dann der Killer auf mich wartete, war alles klar. Die Meldung über mein Ableben diente lediglich dazu, Sie ein wenig in Sicherheit zu wiegen."

„Ehrlich, Peter, ich wollte nicht, dass es so weit kommt. Ich bin verzweifelt wegen den ganzen Toten, die diese Angelegenheit bis jetzt gekostet hat, und auf der anderen Seite aber so unheimlich froh, dass Sie überlebt haben. Wie soll es jetzt mit mir weitergehen?", fragte Hudson resigniert.

„Ganz ehrlich? Ich weiß es nicht. Ich muss darüber nachdenken, und mit dem Direktor über die Angelegenheit reden. Verlassen Sie zunächst die Stadt und tauchen Sie mit ihrer Familie unter. Vorher müssen Sie mir allerdings noch einen Gefallen tun!"

„Natürlich! Und welchen?"

„Rufen sie Ihren Erpresser an und vereinbaren sie ein Treffen. Ich sollte mal ein nettes Gespräch mit diesem Herrn führen!"

20
New York

Das Team raste in einem Dodge Durango SUV zu dem vermeintlichen Lagerplatz der Bomben. Wie immer saß Nia Coor am Steuer. Die Nacht war hereingebrochen und zu dieser Zeit war auf den Straßen nicht mehr allzu viel los. Sie brausten über die Brooklyn Bridge und dann über den Brooklyn Queens Expressway in Richtung Hafen. Sie alle hatten ein mulmiges Gefühl im Magen. Eine Lagerhalle zu stürmen, in der schmutzige Bomben beziehungsweise radioaktives Material gelagert wurden, war definitiv keine einfache Aufgabe. Ein falscher Schuss oder ein Querschläger und schon bestand die Gefahr, dass man eine der Bomben traf und entweder Radioaktivität austrat, oder schlimmstenfalls sogar die Bombe explodierte. Niemand im Fahrzeug hatte

Lust zu reden. Sogar der sonst so redselige Frank Thiel, der immer gerne die Anspannung mit Scherzen auflockerte, schwieg Gedanken verloren vor sich in.

Etwa einen Kilometer Luftlinie entfernt von der Halle, in der die Bomben vermutet wurden, befand sich eine weitere große, leerstehende Lagerhalle, die sehr abseits lag und von der Hauptstraße aus, nicht zu sehen war. Dort befand sich der vereinbarte Treffpunkt mit den ISOS Einsatzteams.
Als Nia, Lilly, Arif und Frank dort eintrafen, sahen sie vor der Halle einen großen mattschwarz lackierten amerikanischen Truck ohne Aufschrift, an den ein riesiger Sattelauflieger gekoppelt war. Das war eine mobile ISOS Einsatzzentrale. Der Auflieger war vollgestopft mit Computern, an denen die Operator arbeiteten und verfügte über eine bestens ausgestattete Waffen- und Ausrüstungskammer. Neben dem Truck standen fünf ebenfalls mattschwarz lackierte Mannschaftswagen, mit denen die Einsatzteams angerückt waren.
Vor dem Truck erwartete sie bereits Senior Special Agent Vin Sparks, der befehlshabende Agent bei diesem Einsatz. Er begrüßte die vier Agenten per Handschlag. Seine Gesichtszüge wirkten wie aus Stein gemeißelt und er war ein knallharter, respekteinflößender Mann mit breiten Schultern und muskulösen Oberarmen, den so leicht nichts aus der Ruhe bringen konnte. Eines der Highlights der Agentenausbildung bei ISOS war ein Kampf ohne Regeln im Boxring gegen den mittlerweile neunundvierzigjährigen Sparks. Der beste Rekrut eines jeden Jahrgangs musste gegen ihn antreten. In 19 Jahren hatte es bisher niemand außer Crane geschafft, ihn zu besiegen. In einem langen, harten Kampf hatte Crane durch eine bessere Taktik und seine Schnelligkeit das Aufeinandertreffen für sich entscheiden können. Sparks versuchte mit seiner starken Rechten, Crane frühzeitig auszuknocken und vermutlich hätte nur ein einziger Volltreffer ausgereicht, um Crane umgehend ins Land der Träume zu schicken. Allerdings konnte Crane diesen Schlägen immer wieder erfolgreich ausweichen und seinerseits schnelle, präzise Konterschläge setzen. Das wiederum kostete Sparks viel, viel Kraft über die Distanz, sodass

er schließlich in der zehnten Runde seiner totalen Erschöpfung erlag. Sparks war es schlicht nicht gewohnt, so viele Runden kämpfen zu müssen, da er seine Gegner normalerweise innerhalb von zwei bis drei Runden auf die Bretter schickte. Crane witterte seine Chance und deckte den körperlich und größenmäßig überlegenen Sparks mit einem Dauerfeuer an schnellen, harten Schlägen ein, bis Sparks schließlich, nach einem gewaltigen Haken an den Kopf, zu Boden ging und nicht mehr aufstand.
Es gab nur eine Sache, die Sparks aus der Fassung bringen konnte: Wenn irgendein Agent ihn versehentlich auf diese vernichtende Niederlage ansprach. Jemand, der diesen Fehler beging, machte sich am besten schleunigst aus dem Staub, denn sonst setzte es ein verbales Donnerwetter, das sich gewaschen hatte.
Crane und Sparks waren trotz der Niederlage allerdings beste Freunde und hatten schon viele erfolgreiche Missionen gemeinsam bestritten.

„Agents Coor, Jaxter, Arsan und Thiel. Ich grüße Sie. Wie haben Sie bereits erwartet. Uns wurde aufgetragen, auf Sie zu warten, bevor wir irgendetwas unternehmen, um den Einsatz gemeinsam mit Ihnen zu koordinieren. Wir haben insgesamt dreißig Einsatzkräfte hier. Davon sechs Scharfschützen. Dazu acht Operator. Für alle Einsatzkräfte, Sie eingeschlossen, haben wir spezielle Kampfmonturen mit Sauerstoffmasken dabei, die Sie gegen eventuell austretende Radioaktivität schützen werden. Wie ich hörte, haben Sie Ihre eigenen Waffen dabei. Falls Sie noch zusätzliche Waffen oder Ausrüstungsgegenstände brauchen, steht Ihnen die Waffenkammer im Truck zur freien Verfügung. Darüber hinaus haben wir zur Aufklärung insgesamt fünf Hummingbird Drohnen dabei. Gehe ich recht in der Annahme, dass Ms. Jaxter Ihr Operator sein wird, und die Aufklärung übernehmen wird?"
„Guten Abend, Agent Sparks. Danke, dass Sie auf uns gewartet haben. Ja, das ist richtig. Ms. Jaxter wird sich um die Aufklärung kümmern und während des Einsatzes unser Operator sein.", antwortete Nia.
„Dann mache ich mich direkt an die Arbeit!", sagte Lilly und verschwand in dem Truck.

„Ist die New Yorker Polizei ebenfalls alarmiert?", fragte Nia.
„Ja, die Polizei ist informiert und es bewachen mehrere dutzend Polizisten in Zivil das Areal, um Passanten von dem Gebäude fern zu halten. Die Wahrscheinlichkeit, dass irgendjemand, sei es zu Fuß oder mit dem Auto, zu dieser Uhrzeit und in dieser Gegend unterwegs ist, dürfte allerdings relativ gering sein."
„Sehr gut. Dann warten wir, bis Ms. Jaxter ihre Arbeit erledigt hat und beginnen dann mit dem Briefing.
Nachdem Lilly im Truck die anderen Operator begrüßt hatte, begann sie mit zwei Leuten, die Hummingbird Drohnen einsatzbereit zu machen. Die Humms, wie sie gennant wurden, waren runde Drohnen mit einem Durchmesser von gerade einmal 30 cm. Angetrieben wurden sie mit speziellen Rotoren, sodass die Humms nicht nur schnell, sondern vor allem absolut lautlos fliegen konnten, und auch in der Lage waren bewegungslos auf der Stelle zu schweben. Ihren Namen "Kolibri" hatten sie aufgrund eben dieser Fähigkeiten. Die Humms waren mit einer spezielle Tarnfarbe beschichtet, die sie auf die Entfernung nahezu unsichtbar machte. Am Tag konnte man sie mit ein bisschen Glück und genauem Hinschauen vielleicht am Himmel ausmachen, aber in der Nacht waren sie weder zu sehen noch zu hören. Die Humms hatten mehrere Funktionen. Zum einen konnte man damit die Umgebung filmen und per Live-Videostream an den oder die Operator senden. Zum anderen konnte man die Umgebung scannen, um fotorealistische 3-D Karten der Umgebung zu erstellen. Und man konnte sogar mit sogenannten "Deep Scans" von außen das Innere von Gebäuden scannen, nicht nur, um 3-D Modelle zu erstellen, sondern auch, um Personen oder Gegenstände auszumachen. Der Deep Scan war jedoch stark abhängig von der Bauweise des jeweiligen Gebäudes. Bei Ein- oder Mehrfamilien Häusern, die aus Holz oder Stein gebaut waren, funktionierte der Deep Scan perfekt. Bei stahlbewährtem Beton jedoch weniger gut, bis gar nicht.
Lilly hatte die fünf Drohnen an ihrem Arbeitsplatz mit Kabeln an den Computer angeschlossen und verifizierte mit einem Fingerabdruck-Scan, Iris-Scan und der Eingabe diverser Codes, dass sie berechtigt war, die Drohnen zu nutzen und zu steuern.

Nachdem das erledigt war, bat sie fünf Leute, die Drohnen nach draußen zu bringen, um die Startsequenz initiieren zu können. Sobald die Humms in der Luft waren, begannen sie auch schon damit, Daten an Lillys Rechner zu senden und langsam bauten sich die 3-D Modelle der Umgebung auf dem Bildschirm auf. Lilly wollte die Umgebung in einem Umkreis von einem Kilometer um das zu stürmende Lagerhaus scannen, damit die Einsatzteams ohne böse Überraschungen zielgerichtet zu dem Gebäude gelotst werden konnten. Anschließend würde sie die Humms rund um das Gebäude verteilen und sie dort an Ort und Stelle schweben lassen, damit sie in Echtzeit die Umgebung scannen konnten. So konnte man die Gegner und deren Bewegungen im Auge halten und die Teams so leiten, dass sie sich den Gegnern möglichst unbemerkt nähern konnten.
Lilly hatte irgendwie ein ungutes Gefühl bei dem Einsatz. Sie hoffte jedoch, dass sie ihr Gefühl täuschte und alles glatt lief.

In der Lagerhalle, vor der die ISOS Fahrzeuge standen, hatte man provisorisch mehrere Tische und Stühle und einen riesigen Flachbildschirm aufgebaut, an dem ein Notebook angeschlossen war. An den Tischen saßen Nia, Arif, Frank, die ISOS Einsatzteams und die Operator. Vor dem Flachbildschirm standen Vin Sparks, Lilly Jaxter und der soeben eingetroffene Jay Reynolds, einer der Vertrauten von Direktor McDermott.
Sparks begann das Briefing:
„Meine Damen und Herren. Begrüßen wir zunächst Senior Special Agent Jay Reynolds, der auf Geheiß von Direktor McDermott den Angriff beaufsichtigen soll."
Reynolds nickte den Anwesenden knapp zu und Sparks fuhr fort:
„In einem Lagerhaus in der Nähe werden laut geheimdienstlichen Informationen mehrere radiologische Waffen gelagert, besser bekannt als schmutzige Bomben, mit denen vermutlich Terroranschläge auf New York City geplant sind. Unsere Aufgabe wird es sein, das Lagerhaus einzunehmen und die Bomben zu sichern. Agent Jaxter war mit der Aufklärung betraut und wird Ihnen nun genauere Details zu der vor Ihnen liegenden Aufgabe geben. Ms.

Jaxter."

Sparks trat beiseite und überließ Lilly das weitere Briefing.

„Danke, Senior Special Agent Sparks."

Lilly ging an das Notebook, tippte etwas ein, und auf dem großen Flachbildschirm erschien eine detaillierte Karte der Umgebung, die sich mithilfe einer kleinen Fernbedienung dreidimensional drehen und zoomen ließ.

„Ziel des Angriffs ist dieses Lagerhaus."

Lilly zeigte mit einem Zeigestock auf der Karte das Gebäude an.

„Das ist der Haupteingang des Gebäudes, hier und hier befinden sich zwei Hintereingänge. Fenster gibt es keine. Die Aufklärung mit den Hummingbirds hat ergeben, dass die Eingänge außen von jeweils zwei schwer bewaffneten Männern bewacht werden. Macht sechs Gegner. Im Innenraum befinden sich circa neun weitere Personen. Leider konnten die Humms nicht alles in der besten Qualität erfassen, da das Gebäude aus Stahlbeton besteht, was den Deep Scan nur bedingt zulässt. Verlassen Sie sich also nicht zu sehr auf die Anzahl von neun Personen. Gut möglich, dass sich noch mehr Personen im Innenraum befinden. Wir müssen also davon ausgehen, dass wir es hier mit *mindestens* fünfzehn Gegnern zu tun haben.Darüber hinaus müssen wir damit rechnen, dass alle Personen, die sich dort befinden, so bewaffnet sind, wie die Wachen draußen, heißt, M16A2E4 Gewehre, Handfeuerwaffen und Granaten. Senior Special Agent Sparks wird Ihnen nun das geplante Vorgehen erläutern."

Lilly übergab Sparks den Zeigestock und die Fernbedienung und setzte sich an den Tisch.

„Danke, Agent Jaxter. Wir haben die Freigabe, nötigenfalls auch mit tödlicher Gewalt gegen die Gegner vorzugehen. Allerdings sollten wir auch versuchen, einige dieser Leute für ein späteres Verhör festzunehmen, falls möglich. Wir werden hier, hier und hier jeweils zwei Scharfschützen auf den Dächern postieren."

Sparks zeigte mit dem Stock auf die Stellen der Karte.

„Diese Scharfschützen werden schnell und leise die Wachen vor den Eingängen eliminieren. Die Bodenteams rücken hier, hier und hier vor, um in das Gebäude einzudringen. Wir werden in Teams zu jeweils fünf Mann über die drei Eingänge das Gebäude betreten, die restlichen Einsatzkräfte warten vor dem Gebäude als Verstärkung."

„Verzeihung, Sir.", Nia Coor schaltete sich ein. „Tut mir leid, Senior Special Agent Sparks, aber ich und mein Team werden als erste zu drei Mann reingehen. Schnell und leise."

Sparks kannte Nia bereits viele Jahre und wusste, wie stur sie sein konnte.

„Ich dachte mir bereits, dass Sie darauf bestehen würden. Zwei meiner Männer gehen vor Ihnen durch den Haupteingang, Sie folgen den beiden und halten sich möglichst aus der Schusslinie. Die anderen Teams betreten das Gebäude durch die beiden Hintereingänge. Und keine Widerrede, Agent Coor!", sagte Sparks mit einem Blick, der eigentlich keinen Widerspruch duldete, doch davon ließ sich Nia nicht beeindrucken.

„Lassen Sie mich raten: Peter Crane hat Sie angerufen und Ihnen genau das aufgetragen!"

Jeder der Anwesenden wusste über Nia Coor und Peter Crane Bescheid.

„Agent Coor, die Entscheidungen darüber, wie solche Einsätze ablaufen, treffe ich ganz alleine, und sonst niemand. Ich hatte allerdings in der Tat ein nettes Telefonat mit meinem guten Freund Agent Crane.", sagte Sparks, der sich nur mühsam das Grinsen verkneifen konnte. Bei seinem Anruf hatte Crane ihn vorgewarnt, dass Nias Reaktion auf diesen Befehl vermutlich einem Vulkanausbruch gleichkommen würde. Auch Thiel und Arsan bissen sich auf die Zunge, um nicht zu lachen.

Mit hochrotem Kopf entgegnete Nia:

„Special Agent Sparks, sehen Sie die Pistole, die ich bei mir trage? Richten Sie bei Ihrem nächsten netten Telefonat Peter Crane doch bitte aus, dass er mir besser nicht mehr unter die Augen tritt, weil ich ansonsten die Kugeln aus dieser Waffe mit dem allergrößten Vergnügen in seinen Genitalien verteilen werde!"

Daraufhin brachen die Dämme und alle Anwesenden begannen über dieses Redeuell lauthals zu lachen, jedoch nicht, um sich über Nia lustig zu machen, sondern weil Nia es immer schaffte, mit solchen Sprüchen die Atmosphäre vor solch schwierigen Einsätzen aufzulockern. Nia Coor genoss bei ISOS einen legen-

dären Ruf, weil sie nie ein Blatt vor den Mund nahm und immer sagte, was sie dachte. Die ISOS Agenten hatten sie gerne bei solchen Einsätzen dabei. Natürlich hauptsächlich, weil Nia ihr Handwerk verstand, aber eben auch wegen ihrer scharfen Zunge und weil sie einfach ein echter Kumpeltyp war.
„Sind Sie jetzt fertig, Agent Coor? Darf ich jetzt fortfahren? Also, wie schon gesagt dringen drei Fünferteams in das Gebäude ein. Versuchen Sie nach Möglichkeit, die Gegner leise auszuschalten. Vermeiden Sie eine offene Konfrontation. Bitte bedenken Sie, dass dort Bomben gelagert werden, die bei Treffern durch Schüsse explodieren könnten. Hat noch jemand Fragen?"
Die Anwesenden schüttelten den Kopf.
„Möchten Sie noch etwas sagen, Senior Special Agent Reynolds?"
„Viel Glück und alles Gute, auch von Direktor McDermott"
„Gut.", sagte Sparks. „Dann machen Sie sich bitte fertig für den Einsatz. In 30 Minuten geht es los. Viel Glück Ihnen allen!"

Nia, Arif und Frank trugen eine spezielle schwarze Kampfmontur, die ihnen Schutz vor radioaktiver Strahlung bot. Darüber zogen sie eine kugelsichere Weste. Jeder von ihnen nahm sich zwei Glock 31 Handfeuerwaffen mit Schalldämpfer, verstaute sie im Beinholster und steckte sich einige Blendgranaten in eine Reißverschlusstasche. Kleine Ohrstecker und ein Kehlkopfmikrophon dienten der Kommunikation untereinander.
Anschließend bewaffneten sie sich mit Heckler & Koch XM8 Sturmgewehren. Das XM8 war eigentlich ein Prototyp, hatte den ISOS Agenten allerdings bei diversen Missionen bereits hervorragende Dienste geleistet. Das Gewehr war sehr leicht, da es bis auf den Verschluss und den Lauf komplett aus Verbundstoffen gefertigt war. Die TARC Ingenieure hatten das XM8 allerdings noch verbessert, sodass es eine höhere Durchschlagskraft besaß und gleichzeitig beim Schuss ruhiger in den Händen lag.
Als letztes griffen sie sich ihre Schutzhelme mit Atemmasken.
„Über fünfzehn schwer bewaffnete Gegner. Das wird haarig. Falls es den Scharfschützen nicht gelingen sollte, die Wachen vor dem Gebäude lautlos zu erledigen, dann werden sie Alarm schlagen, und die Zielobjekte im Innenraum werden sich verschanzen.

Dann könnte es für uns echt problematisch werden.", sagte Nia mahnend.

„Hast du eine Ahnung, wie die Sprengsätze aufgebaut sein könnten?", fragte Thiel.

„Ich gehe davon aus, dass sie relativ simpel konstruiert sind. Nichts Besonderes. Ich vermute, dass sich die Bomben, wegen des radioaktiven Materials, zur Sicherheit beim Transport im Moment in einem Bleimantel befinden. Falls die Ummantelung von einer Kugel durchschlagen wird, könnte allerdings unter Umständen Strahlung austreten."

„Na dann hoffen wir mal, dass es nicht soweit kommt", sagte Thiel mit ernstem Gesicht.

„Du solltest lieber hier bleiben, Nia. Falls dir etwas passiert, reißt Crane mir den Kopf ab!", merkte Arsan vorsichtig an.

„Man, Arif, glaubst du ernsthaft, dass ich hier sitzenbleibe und dabei zuschaue, wie ihr euch amüsiert? Niemals!", entgegnete sie brüsk.

„Ist ja schon gut, Kleines! Keine Aufregung!"

„Und nenn mich nicht "Kleines". Wenn ich Absatzschuhe trage, bin ich größer als du!"

„Ja, ja, immer auf die kleinen Türken mit dem großen Kopf…", erwiderte Arif, den Beleidigten spielend.

„Ok, Leute. Keine dummen Aktionen und keine heldenhaften Alleingänge. Lasst uns ruhig und wohl überlegt vorgehen.", ermahnte sie Arsan, als sie alle bereit für den Einsatz waren, und streckte seine rechte Hand aus. Thiel und Coor legten jeweils ihre Rechte auf seine.

„Diese Schweine hätten besser nicht versuchen sollen, Crane und Nia zu töten. Wir werden schnell, hart und präzise zuschlagen! Auf geht's!", sagte Arsan beschwörend und drückte die Hände der beiden anderen. Vor jeder schwierigen Mission hielten sie dieses Ritual ab.

Die alte, unauffällige Lagerhalle im Hafen von Brooklyn wurde lediglich von einer kleinen Lampe am Eingang beleuchtet. Es war ein längliches Gebäude mit grauen Betonmauern und einem

weißen, rostigen Wellblechdach. Um das Gebäude herum standen mehrere Lastkräne. Auf der Rückseite spiegelte sich die hell erleuchtete Skyline von Manhattan im schwarzen Wasser des East River. Auf der Vorderseite lag ein großer Parkplatz, und an den Seiten mehrere Piers für Containerschiffe. Außer den bewaffneten Männern, die vor den Eingängen der Halle patrouillierten, war zu dieser Nachtzeit niemand in der Nähe zu sehen. Die gesamte Gegend wirkte schmutzig, heruntergekommen und verlassen. Circa 150 Meter Luftlinie von der Lagerhalle entfernt in einem Bürogebäude, legte Nia Coor ihr Fernglas beiseite und sprach über ihr Kehlkopfmikrophon:
„Operator, sind die Eagles in Position?"
Auf insgesamt vier der Lastkräne hatten sich unauffällig Scharfschützen in Stellung gebracht. Zwei weitere Schützen befanden sich über Nia auf dem Dach des alten, dreistöckigen Bürogebäudes.
„Bestätigt. Eagles sind in Position und bereit.", erklang Lillys Stimme aus Nias Kopfhörer.
„Verstanden. Team 1 bereit zum Vorstoß."

Nia, Arif und Frank kauerten hinter einer Mauer, die den Parkplatz des Bürogebäudes von der Straße abtrennte. Die alte Lagerhalle war von dort aus schätzungsweise einhundert Meter entfernt. Näher konnten sie noch nicht vorrücken, da ansonsten die Gefahr bestand, dass sie von den Wachen entdeckt wurden. Neben ihnen hockten zwei Agenten namens Kruger und Sway, die Sparks Nia, Arif und Frank zugeteilt hatte.
„Alle Teams bereit halten!", hörte Nia in ihrem Kopfhörer.
„Eagles, habt Ihr die Zielobjekte im Visier?", fragte Sparks in der mobilen Einsatzzentrale in sein Mikrophon. Auch er als Leiter der Operation konnte mit den Teams direkt kommunizieren, was bei Feuerbefehlen prinzipiell der Fall war. Nacheinander bestätigten die Scharfschützen.
„5 – 4 – 3 – 2 – 1 – FEUER!"
Die Stille der Nacht wurde lediglich von mehreren, leisen Geräuschen durchbrochen, die sich anhörten, als hätte jemand mit der Zunge geschnalzt. Die Wachen vor und hinter dem Gebäude

wurden allesamt von den Projektilen der Schützen ins Jenseits befördert, ohne dass einer von ihnen auch nur einen Laut hätte von sich geben können. Die ISOS Scharfschützen hatten Spezialmunition verwendet, die zwar bei einem Treffer in den Kopf das Opfer sofort tötete, welche andererseits aber nicht so viel Durchschlagskraft hatten, dass die Gefahr eines glatten Durchschusses bestand, damit die Wachen innerhalb des Gebäudes nicht von einschlagenden Projektilen aufmerksam gemacht wurden.

„Teams 1 bis 3, Eingänge frei! Vorrücken!", sagte Sparks.

Angeführt von Nia liefen Arif, Frank, Kruger und Sway mit gezückten Waffen in geduckter Haltung möglichst lautlos in Richtung des Gebäudes.

Nia hörte Lillys Stimme.

„Teams 1 bis 3, keine verlässliche Drohnenaufklärung und Positionsangaben von Gegnern möglich."

„Verstanden!"

Als Nia und ihr Team nur noch fünf Meter vom Eingang der Halle entfernt waren, öffnete sich die Tür und ein Mann mit Zigarette im Mundwinkel trat nach draußen. Erschrocken starrte er auf die fünf heranstürmenden Agenten, und die Zigarette fiel ihm aus dem Mund. Er versuchte, sie mit seinem Gewehr ins Visier zu nehmen. Nia reagierte blitzschnell und jagte ihm mit ihrer schallgedämpften Waffe zwei Kugeln in den Leib. Der Körper des Mannes wurde von der Wucht der Geschosse nach hinten geschleudert. Er war zwar sofort tot, allerdings hatte sich mit einem lauten Krachen ein Schuss aus seiner Waffe gelöst, welcher die Wachen im Inneren in Alarmbereitschaft versetzte.

Nia ging neben der Eingangstür in Deckung, genau wie Arsan und Thiel. Kruger und Sway deuteten mit Handbewegungen an, dass sie das Gebäude betreten würden. In geduckter Haltung liefen die beiden durch die Türe und gingen in Schussposition. Sofort wurde massiv das Feuer auf die beiden eröffnet. Kruger und Sway wurden von mehreren Kugeln getroffen, und trotz ihrer Schutzwesten durchschlugen die Projektile ihre Körper mühelos. Entsetzt musste Nia mit ansehen, wie ihre beiden Kollegen blutüberströmt zu Boden fielen. Ihre Gegner nutzten Mu-

nition, gegen die ihre Schutzwesten offenbar nutzlos waren.
Nia lugte vorsichtig um die Ecke und entdeckte in ca. zehn Metern Entfernung einige Frachtkisten, die sie alle als Deckung nutzen konnten. Nia deutete in die Richtung, und Arsan und Thiel nickten ihr zu. Nia sprang auf und sprintete so schnell sie konnte in Richtung der Kisten, dicht gefolgt von Arsan und Thiel. Sobald sie einen Fuß durch die Tür gesetzt hatten, gerieten sie unter heftiges Gewehrfeuer. Während des Laufens schlugen um sie herum dutzende Projektile in den Boden ein, doch zum Glück verfehlten sie ihre Ziele, sodass Nia, Arsan und Thiel unverletzt hinter den Frachtkisten in Deckung gehen konnten. Nia fragte sich, wie lange ihre Deckung bei der Feuerkraft ihrer Gegner, die aus allen Rohren feuerten, wohl Bestand haben möge.
„Scheiße, diese Arschlöcher verwenden panzerbrechende Munition! Unsere Schutzwesten sind dagegen nutzlos!", keuchte sie.
„Team 2 und 3, wir brauchen dringend Ihre Unterstützung!"
„Verstanden.", antworteten die Teamleader gleichzeitig.
Team 2 und 3 hatten sich bereits an den beiden Hintereingängen in Position gebracht. Jeweils ein Agent der Teams näherte sich der jeweiligen Tür und trat sie ein. Zwei gewaltige Detonationen erschütterten die Lagerhalle in ihren Grundfesten. Die Hintereingänge waren mit Sprengladungen gesichert gewesen. Die zerfetzten Leiber der Agenten wurden durch die Druckwellen der Explosionen bis in den East River geschleudert.
Im Innenraum schrie Nia:
„Team 2 und 3, was zum Teufel ist los bei Ihnen?" Keine Antwort.
„Können Sie mich hören?" Statisches Rauschen.
„Operator, was ist mit Team 2 und 3?"
„Zwei Detonationen an den Hintereingängen. Keine Überlebenden von Team 2 und 3. Tut mir leid!"
Sie schaute hinüber zu Arif, der den Kopf schüttelte.
Sie saßen in der Falle. Neun gegen drei. Panzerbrechende Munition gegen Standardmunition. Ihre Chancen waren gleich Null.
Durch das Dauerfeuer der Wachen wurden die Kisten hinter denen sie sich versteckten, mit und mit zerstört. Die Kisten wa-

ren mit irgendeinem kristallinen Pulver gefüllt, welches durch die diversen Einschusslöcher hinaus rieselte.

„Sparks, wir brauchen Verstärkung!", kreischte sie über das Gewehrfeuer hinweg in ihr Mikrophon.

„In einer Minute sind zusätzliche Teams da.", antwortete Sparks.

„IN EINER MINUTE SIND WIR TOT!", brüllte sie.

Vorsichtig lugte sie um die Ecke der Holzkiste herum. In der Mitte der Halle entdeckte sie mehrere, circa fünfzig Zentimeter hohe, aus Blei gefertigte Zylinder. Darin mussten sich die Bomben befinden. Rechts und links daneben hatten sich acht Wachen ebenfalls hinter Kisten in Deckung gebracht und feuerten abwechselnd auf die Agenten. Am gegenüberliegenden Ende des Gebäudes konnte sie zwei große, klaffende Löcher mit schwarz verkohlten Rändern im Mauerwerk erkennen, wo sich vorher die Hintereingänge befunden hatten. Auf der rechten Seite der Lagerhalle führte eine breite, stählerne Treppe hinauf in einen Büroraum. Am Ende des Treppenlaufs hockte eine weitere Wache relativ ungeschützt, und feuerte ohne Unterlass.

Nia schaute zu Arif und Frank, und deutete hinauf zu dem Mann an der Treppe. Die zwei Agenten hoben die Daumen, um zu signalisieren, dass sie verstanden hatten.

Als die Wache auf der Treppe nachladen musste, sprang Arif hinter seiner Kiste hervor, und schoss mit seinem Heckler & Koch Gewehr mehrere Salven die Treppe hinauf, während Nia und Frank die anderen Killer als Feuerschutz für Arsan unter Beschuss nahmen, stets darauf bedacht, nicht versehentlich die Bomben zu treffen. Von mehreren Kugeln durchlöchert polterte der Schütze die Stahltreppe hinunter.

Einer weniger, dachte Nia.

„Gut gemacht, Jungs! Hört zu! Wir müssen weiter vorrücken, sonst nehmen die uns auseinander. Frank, du nimmst die rechte Seite, und ich die linke. Wenn wir schnell genug sind, können wir sie seitlich unter Beschuss nehmen. Arif, du gibst uns Deckung."

„Nia, das ist Wahnsinn. Lass uns auf Verstärkung warten!", schrie Arif.

„Arif hat recht", hörte Nia Lilly in ihrem Kopfhörer sagen. Da sie

alle ihre Schutzhelme und Atemmasken aufhatten, fand die gesamte Kommunikation über Funk statt, sodass die Operator alles mithören konnten.
„Wir haben keine Zeit mehr. Unsere schöne Deckung haben die in einer Minute über den Haufen geschossen. Dann haben wir erst recht keine Chance mehr.", entgegnete sie.
„Überredet. Dann los!", sagte Arif.
Genau wie Frank nahm Nia ihre beiden Glock Handfeuerwaffen aus dem Halfter, da sie damit präziser schießen konnte und hing sich das Sturmgewehr auf den Rücken. Zeitgleich sprangen sie und Frank hinter den Kisten hervor, und spurteten seitlich auf die Deckung der Wachen zu. Sie mussten etwa zwanzig Meter zurücklegen, um die Männer von der Seite unter Beschuss nehmen zu können. Nia kamen es eher wie zweihundert Meter vor. Sie sprintete so schnell sie konnte, doch für sie fühlte es sich an, als wäre sie unendlich langsam. Wie ein Vorschlaghammer pochte ihr Herz in ihrer Brust, und ihre Nerven waren gespannt wie Drahtseile.
Der Türke deckte ihre Widersacher mit Gewehrsalven ein so gut er konnte, dennoch gelang es ihnen, Schüsse auf Nia und Frank abzugeben.
Hinter Nia schlugen die Kugeln der Wachen in die Wand ein, doch wie durch ein Wunder blieb sie unverletzt. Fast meinte sie, die Kugeln an ihr vorbei schwirren zu sehen, so unwirklich wirkte die ganze Szenerie auf sie. Ein einziger Körpertreffer dieser Kugeln hätte wahrscheinlich ihren Tod bedeutet.
Thiel hatte weniger Glück und wurde von einer Kugel am Arm getroffen. Da es jedoch nur ein Streifschuss war, lief er ungerührt weiter.
Er erreichte sein Ziel früher als Nia, ließ sich aus vollem Lauf zu Boden fallen und rutschte hinter einer weiteren Holzkiste in Deckung. Sofort sprang er wieder auf und schoss beidhändig auf die drei Männer, die nun wie auf dem Präsentierteller fünf Meter vor ihm ungeschützt hockten. Zwei von ihnen tötete er sofort durch Schüsse in die Brust. Den dritten traf er in die Schulter, doch der vierte schaffte es, sich zu erheben und das Feuer auf Thiel zu eröffnen. Eine Kugel ging so knapp an seinem Kopf vorbei, dass

er meinte, das Zischen hören zu können. Sofort ging Thiel in Deckung. Er schaute vorsichtig um die Ecke und sah seinen Gegner auf sich zu kommen, als plötzlich dessen Kopf regelrecht explodierte. Arif musste ihn wohl erledigt haben.

Nia brauchte lediglich noch drei Meter, um die gegnerische Deckung zu passieren, als einer der Männer sich erhob und sie ins Visier nahm. Aufgeputscht durch Ströme von Adrenalin sprang sie nach vorne ab, drehte sich in der Luft seitlich in Richtung des Gegners, und feuerte. Die ersten beiden Kugeln gingen fehl, doch die dritte traf den Mann an der Schlagader in den Hals. Ein Schwall aus Blut spritzte aus der Wunde, und ihr Widersacher brach zusammen. Nia schlug auf, schlitterte über den glitschigen Boden und nahm, noch während sie rutschte, die drei verbliebenen Gegner, hinter deren Rücken sie sich jetzt befand, unter Beschuss. Zwei der Männer brachen von Kugeln getroffen zusammen, doch etliche Kugeln gingen daneben.

Klick, klick.

Sie hatte keine Munition mehr.

Mit einem hämischen Grinsen auf dem Gesicht kam die letzte verbliebene Wache mit erhobenem Gewehr auf sie zu. Sie konnte sehen, wie sich sein Finger langsam wie in Zeitlupe um den Abzug krümmten. Nia schloss die Augen und dachte ein letztes Mal an Crane. Wie in einem Film sah sie ihre gemeinsamen Erlebnisse an ihrem geistigen Auge vorüberziehen. *„Leb wohl, Peter. In einem anderen Leben sehen wir uns wieder!"*

Sie hörte die Schüsse, doch kein einziger traf sie. Verwundert öffnete sie die Augen und erblickte Arif und Frank.

„Na, da haben wir ja wiedermal in letzter Sekunde deinen kleinen Arsch gerettet!", hörte sie Arif sagen, als im selben Moment um sie alle herum erneut Kugeln einschlugen. Sie kamen aus zwei innenliegenden Fensteröffnungen des Büros oberhalb Treppe. Nia warf sich erneut hinter einer Kiste in Deckung. Frank und Arif taten es ihr gleich.

„Verdammt, hier sind zusätzlich zu den neun vermuteten Gegnern noch mindestens zwei andere......", fluchte Nia in ihr Mikrophon.

„Team 1, bleiben Sie in Deckung. Hier ist Team 4, ihre Verstär-

kung. Wir erledigen das."
Das Feuer auf Nia, Frank und Arif hörte kurz auf. Vermutlich mussten ihre Gegner nachladen. Nia konnte sehen, wie Team 4 durch einen der zerstörten Hintereingänge in das Gebäude eindrang. Drei Mann gingen in Position, um nötigenfalls Feuerschutz zu geben. Zwei Mann hockten sich hin, stellten die Gewehre auf Einzelschuss und warteten darauf, dass die Köpfe der Gegner sich zeigten, um Nia, Arif und Frank erneut unter Beschuss zu nehmen. Als die Köpfe der Gegner nach nur wenigen Sekunden wieder auftauchten, drückten die beiden Einsatzkräfte ab, und jagten den Heckenschützen jeweils eine Kugel in den Kopf.
„Operator, das Gebäude ist gesichert!", sagte Nia erleichtert.

21
Washington DC

Crane und Hudson saßen in Hudsons Auto. Sie befanden sich auf einem verlassenen Parkplatz auf der Rückseite eines Supermarktes. Zwar hatten viele Supermärkte in Amerika rund um die Uhr geöffnet, dieser jedoch nicht, da er außerhalb von Washington lag, und sich niemand um diese Uhrzeit dorthin verirrte. Hudson hatte sein Fahrzeug direkt neben einem Container geparkt, mit dem Heck in Richtung der Fassade des Supermarktes. Hudson hatte vor einer halben Stunde den Erpresser angerufen und um ein dringendes Treffen gebeten. Der Erpresser hatte zugestimmt, und den Supermarkt als Treffpunkt vorgeschlagen.

„Hören Sie, Peter." sagte Hudson „Das alles tut mir unendlich leid. Ich hatte niemals vor, Sie in Gefahr zu bringen. Aber meine Familie...!"
„Schon okay, Steve. Sie haben getan, was sie tun mussten. Jeder kann mal in eine solche Zwickmühle geraten. Glauben Sie mir. Ich weiß, wovon ich rede."

„Ich denke, ich sollte meine Kündigung einreichen. Der Direktor wird sehr enttäuscht von mir sein. Ich habe sein und auch Ihr Vertrauen missbraucht!"
„Nun Steve, natürlich wird er zunächst enttäuscht sein. Aber er wird verstehen, dass Sie sich in einer Ausnahmesituation befanden. Ihre Kündigung wäre ein herber Verlust für ISOS. Wir sollten gemeinsam mit dem Direktor darüber nachdenken, ob Sie nicht doch bei uns bleiben. Natürlich nur, wenn Sie in Zukunft mit offenen Karten spielen. Ich hätte Ihnen helfen können, ohne dass der Erpresser etwas davon merkt. Das sollten Sie eigentlich wissen!"
„Sie haben recht. Das war ein Fehler. Ich würde gerne weitermachen, denn ich mag meinen Job bei ISOS, auch wenn er oft sehr stressig ist."
„Wir werden in Zukunft Ihre Frau und Ihre Kinder beschützen. Vertrauen Sie mir! Nehmen Sie sich zwei Wochen Urlaub, und kümmern Sie sich um ihre Familie. Danach schauen wir weiter. Ich werde den Direktor schon besänftigen."
„Danke, Peter. Vielen Dank."
„Nichts zu danken. Ich werde mich jetzt hinter dem Container verstecken. Wenn der Erpresser kommt, benehmen Sie sich ganz normal. Gehen Sie zu ihm, und setzen Sie sich in sein Auto, als wäre alles wie immer. Ich schleiche mich heran, und überrasche ihn mit gezogener Waffe. Sie machen sich dann aus dem Staub und fahren zu Ihrer Familie. Mal sehen, was ich aus dem Kerl herauskriegen kann!"
„Ok, Peter."
Crane stieg aus und versteckte sich.
Nach einer Viertelstunde fuhr ein silberner Honda Accord Sedan auf den Parkplatz. Crane konnte den Fahrer nicht erkennen, da die Scheiben des Hondas dunkel getönt waren. Langsam fuhr der Wagen heran und hielt fünf Meter von Hudsons Fahrzeug entfernt an. Der Fahrer schaltete den Motor nicht aus. Hudson stieg aus und ging langsam, mit erhobenen Händen auf den Honda zu. Damit wollte er zeigen, dass er keine Waffe bei sich trug. Als Hudson eingestiegen war, sah Crane, dass der Mann sich zu Hudson wandte und so mit dem Rücken in Cranes Richtung saß.

Crane kam aus seinem Versteck hervor, und schlich sich dann wie eine Katze von hinten an das andere Fahrzeug heran. Crane duckte sich hinter das Heck. Bis jetzt war er nicht entdeckt worden. Mit zwei schnellen Schritten preschte Crane zur Fahrertür, riss sie auf und hielt dem Fahrer seine Waffe ins Gesicht.
„Keine Bewegung, Arschloch. Gib deine Waffe gaaanz langsam, mit dem Griff voraus an Mr. Hudson.", sagte Crane bedrohlich. Langsam und vorsichtig reichte der Erpresser seine Waffe an Hudson.
„Hudson, steigen Sie aus und verschwinden Sie!"
Hudson stieg aus und schlug die Tür zu.
„Wir zwei werden uns…" setzte Crane an, als der Kopf des Erpressers zerplatzte wie eine Melone. Blut spritzte auf die Scheiben, und auch Crane wurde mit Blut besudelt. Sofort ging er hinter der geöffneten Fahrertür in Deckung. Mehrere Kugeln schlugen in das Blech ein. Offensichtlich war der Erpresser nicht alleine gekommen.
„HUDSON, HAUEN SIE AB!", brüllte Crane.
Hudson versuchte, so schnell er konnte, zu seinem Auto zu laufen, als eine Kugel seine Beinprothese zertrümmerte. Hilflos fiel er zu Boden und schlug mit seinem Kopf auf den Asphalt auf.
„HUDSON, ALLES IN ORDNUNG?", doch Hudson antwortete nicht. Er hatte das Bewusstsein verloren.
Crane saß in der Falle. Zwar konnte er anhand des Mündungsfeuers erkennen, dass der Schütze sich geradeaus vor ihm im Gebüsch befand, allerdings brachte es nichts, blind in diese Richtung zu schießen. Der Scharfschütze würde ihn sofort erschießen, falls sein Kopf sich auch nur ansatzweise aus der Deckung bewegte. Da kam ihm eine rettende Idee. Der Motor des Hondas lief noch. Mit der linken Hand drückte Crane das Bremspedal durch, legte eine Fahrstufe ein, und stellte das leblose Bein des toten Erpressers auf das Gaspedal. Der Motor heulte auf, denn durch das Gewicht des Beins wurde das Gaspedal ganz heruntergedrückt. Sofort ließ Crane die Bremse los, und brachte seinen Arm in Sicherheit. Das Fahrzeug machte einen Satz nach vorne, und raste auf die Stelle zu, an der sich der Scharfschütze verschanzt hatte.

Crane sprintete geduckt zu Hudson, der sich bei dem Sturz eine Platzwunde am Kopf zugezogen hatte, packte ihn unter den Armen, und zerrte ihn zu seinem Auto. Mit Mühe und Not schaffte Crane es, den leblosen Körper, der mindestens neunzig Kilo wiegen musste, auf den Beifahrersitz zu hieven. Crane setzte sich auf die Fahrerseite und startete den Wagen. Das Ablenkungsmanöver war nur von kurzer Dauer gewesen, denn schon nahm der Heckenschütze sie wieder unter Beschuss, und mehrere Kugeln durchschlugen das Blech. Crane gab Vollgas und fuhr nach links. An beiden Seiten des Supermarktes führte ein asphaltierter Weg zurück zur Hauptstraße. Als er um die Ecke fuhr, konnte er aus den Augenwinkeln noch erkennen, wie der Schütze aufsprang, und auf der anderen Seite des Gebäudes zur Hauptstraße lief. Offensichtlich wollte er ihnen den Weg abschneiden.
Sie erreichten den vorderen Parkplatz des Supermarkts, und mit halsbrecherischer Geschwindigkeit hielt Crane auf die Straße zu. Schon wieder wurde das Auto von Kugeln getroffen, jedoch ohne größeren Schaden anzurichten.
Auf der Hauptstraße angekommen beschleunigte Crane den Wagen auf über 180km/h und brauste zurück in Richtung Washington. Ständig schaute er in den Rückspiegel, ohne jedoch einen Verfolger in einem anderen Wagen ausmachen zu können.
Das war knapp. Er musste mit Hudson unbedingt zur ISOS Zentrale, um den immer noch bewusstlosen Mann dort ärztlich behandeln zu lassen. Vermutlich hatte er bei dem Sturz eine Gehirnerschütterung davon getragen.
Schon wieder hatten seine Gegner Crane beinahe umgebracht. Und seine einzige Spur zu den Drahtziehern war zunichte gemacht worden. Möglicherweise hätte der Erpresser ihm wichtige Hinweise liefern können. Jetzt stand er mit leeren Händen da. Crane dachte an seine Freunde in New York. Vielleicht hatten sie etwas herausgefunden. Hoffentlich war der Einsatz erfolgreich verlaufen, und die Bomben unschädlich gemacht worden.

22
New York

Frank Thiel saß in ihrem provisorischen Mannschaftsquartier in dem zweiten alten Lagerhaus und ließ sich von einer attraktiven Kollegin, die auch an dem Einsatz teilgenommen hatte, seine Wunde verarzten und flirtete dabei heftig mit ihr. Eigentlich war es nicht mal eine große Wunde, sondern eher ein Kratzer, den man noch nicht mal hätte verarzten müssen. Aber als die Kollegin ihn fragte, ob er Hilfe beim Verbinden bräuchte, sagte Frank natürlich nicht nein und genoss die Fürsorge in vollen Zügen.
Arif Arsan saß zwei Stühle weiter und schaute sich das Schauspiel an. Die Kollegin tupfte gerade mit einem feuchten Tuch etwas getrocknetes Blut von der "Wunde" ab.
„Ich hoffe, ich tue Ihnen nicht weh, Frank?"
„Wie könnten Sie mir wehtun, Shawna? Sie scheinen magische Hände zu haben…."
Arif schlug sich mit der flachen Hand auf die Stirn.
Als Shawna schließlich fertig war und den Truck verließ - nicht ohne Frank ihre Telefonnummer zu geben - sagte Arif grinsend zu Frank:
„Da hast du ja wieder mal alle Register gezogen."
„Tja, man muss halt jede Gelegenheit beim Schopfe packen.", entgegnete Frank und zwinkerte Arsan verschwörerisch zu.
„Das war ganz schön knapp heute. Es hätte nicht viel gefehlt und wir wären alle draufgegangen. Du bist ja sogar…ähm…"verwundet" worden."
„Ja, lach du nur. Aber mal im Ernst. Da stimmte was nicht!"
„Was meinst du?"
„Überlege mal. Wir sind hier am Arsch der Welt in einem Bereich des Hafens, der nicht mehr genutzt wird. Um die Bomben zu bewachen, hätten zwei bis drei leicht bewaffnete Männer absolut gereicht, denn die Gefahr, hier entdeckt zu werden, ist sehr gering. Also wozu siebzehn schwer bewaffnete Wachen?"
„Was denkst du, warum?", fragte Arif neugierig.
„Ich denke, es war eine Falle. Man hat dafür gesorgt, dass wir den

Lagerplatz finden. Man wollte uns heute genau hier haben. Und ich denke, es war geplant, dass keiner von uns das hier überlebt. Allerdings glaube ich auch, dass unsere Gegner sich verkalkuliert hatten. Ich denke, sie hatten nicht damit gerechnet, dass wir direkt mit mehreren Einsatzteams anrücken, sondern sie waren davon ausgegangen, dass wir, also Nia, Lilly, du und ich hier alleine aufkreuzen würden. Ich bin davon überzeugt, dass man es auf uns vier abgesehen hatte!"

„Hm.", überlegte der Türke. „Da könnte tatsächlich was dran sein. Hast du mal mit Reynolds darüber gesprochen?"

„Wollte ich, aber er war schon wieder auf dem Weg zurück nach Washington."

"Eigenartig, dass er noch während des Einsatzes abhaut, denn schließlich muss Nia noch die Bomben untersuchen und je nachdem entschärfen."

Thiel zuckte die Schultern. „Vielleicht musste er dringend zurück in die Zentrale…"

„Meinst du, wir sollten mit Nia und Lilly darüber reden?"

„Noch nicht. Es ist ja erstmal nur eine Vermutung von mir. Lass Nia sich erst mal in Ruhe für ihren Einsatz vorbereiten. Wir können ihr dann später von der Vermutung berichten."

„Ja, ok. Dann lass uns mal zu ihr rüber gehen und schauen, ob sie bereit ist."

Arif und Frank schauten sich kurz in die Augen. Und diese Blicke sagten alles. Die beiden waren zutiefst betrübt, dass heute so viele hatten sterben müssen und trauerten um ihre verstorbenen Kollegen. Aber das hätten sie nach außen hin niemals gezeigt. Nur in ihren Augen konnte man die Trauer ablesen.

Nia und Lilly befanden sich in der mobilen ISOS Einsatzzentrale im Auflieger des Trucks. Nia überprüfte den Inhalt ihrer Werkzeugtasche, den sie unter Umständen benötigte, um die schmutzigen Bomben zu entschärfen. Nia wollte das Entschärfen alleine erledigen, damit sich niemand anderes in diese Gefahr begeben musste. Zwar hatte Sparks zunächst protestiert, doch dieses Mal setzte sich Nia durch.

Vehement, hektisch, wie unter Zwang, kramte sie in der Tasche

herum, als sich plötzlich eine Hand auf ihre Schulter legte.
„Hey, ganz ruhig, Nia. Das, was heute passiert ist, war nicht deine Schuld.", sagte Lilly beruhigend. Sie wusste, dass Nia, wenn es darum ging Bomben zu entschärfen, normalerweise von einer eisigen Ruhe erfasst wurde, und vermutete nach ihrem jetzigen Verhalten zu urteilen, dass ihre Freundin sich Vorwürfe machte.
„Wir hätten es besser machen müssen. Frank, Arif und ich hätten zuerst reingehen müssen. Nur wir drei, ohne Kruger und Sway und ohne andere Teams.", entgegnete Nia mit erhobener Stimme.
„Und was hätte euch das gebracht? Dann wäret ihr jetzt genau so tot. Dieser Einsatz hat ein tragisches Ende genommen und wir alle trauern um die gefallenen Agenten. Niemand hätte ahnen können, was heute passiert und niemand hätte es verhindern können."
„Aber so viele von uns sind schon gestorben. Tolino und Woodcock. Kruger und Sway und die ganzen anderen ISOS Agenten. Wo soll das nur enden?", fragte Nia resigniert.
„Ja, es sind viele gestorben, und wir alle sind darüber unheimlich traurig. Und deswegen wird es endgültig Zeit, dass wir dieser Sache ein Ende setzen. Geh da rein, Nia, und entschärfe diese beschissenen Bomben. Und wenn du das getan hast, dann suchen wir die skrupellosen Verbrecher, die so viele von uns auf dem Gewissen haben und dann werden wir sie zur Rechenschaft ziehen!"
„Ja, du hast recht. Machen wir unsere Arbeit und finden die Schuldigen!", sagte Nia mit tödlicher Entschlossenheit.

Nia Coor bewegte sich langsam, fast wie in Zeitlupe auf das Lagerhaus zu. Sie trug einen Bombenschutzanzug, der zusätzlich noch so modifiziert war, dass er gegen radioaktive Strahlung schützte. Dazu trug sie einen Helm mit Sauerstoffmaske. Ihr Anzug war so schwer, dass sie nur äußerst mühsam mit kleinen Schritten voran kam. Unter dem Anzug war es so heiß, dass Nia vollkommen nass geschwitzt war, zumal die Nacht über New York dazu auch noch extrem schwül war.

Die Polizei hatte im Umkreis von einem Kilometer eine Sperrzone errichtet, und die wenigen anwesenden Leute aus der Gegend evakuiert. Arif und Frank hatten Nia mit einem Transporter in der Nähe der Halle abgesetzt und warteten jetzt außerhalb der Sperrzone, bis sie fertig mit dem Entschärfen war.
Keine Menschenseele weit und breit. Das ganze kam ihr so surreal vor. So, als wäre sie der letzte Mensch auf Erden nach einem Atomkrieg. Nia hatte zwar darauf bestanden, die Bomben alleine zu untersuchen, doch jetzt kam ihr das nicht mehr wie eine gute Idee vor. Wer konnte schon garantieren, dass nicht doch noch irgendwo einer ihrer Widersacher, der sich versteckt hatte, auf der Lauer lag, um sie auszuschalten. Sollte sie ihn dann mit ihrem Geigerzähler oder ihrer Werkzeugtasche außer Gefecht setzen? Eine Waffe trug sie nicht bei sich, da es mit den Handschuhen ihres Anzugs unmöglich war, den Finger durch den Abzug zu stecken. Warum war sie nur immer so stur. Ständig wollte sie alles alleine erledigen, um ihren männlichen Kollegen zu beweisen, wie taff sie war.
Ängstlich blickte sie sich um, und meinte hinter jedem Schatten einen Heckenschützen auszumachen, der nur darauf wartete, ihr eine Kugel in den Kopf zu jagen. Durch den Helm den sie trug, drangen keinerlei Außengeräusche an ihr Ohr, was sie zusätzlich verunsicherte, und das Gefühl der Einsamkeit und der Unwirklichkeit noch verstärkte. So mussten sich die Leute, die das erste Mal nach der Katastrophe die Todeszone von Tschernobyl betreten hatten, auch gefühlt haben.
„Sei nicht paranoid und konzentrier dich auf deine Aufgabe", ermahnte sie sich.
Sie erreichte den Eingang und betrat das Gebäude. Obwohl man die Leichen mittlerweile fortgeschafft hatte, wirkte die Lagerhalle wie ein Kriegsschauplatz. Die Wände waren übersät mit Einschusslöchern. Vor sich auf dem Boden erblickte sie das mittlerweile getrocknete Blut von Kruger und Sway.
Wieder sah sie die Szene vor sich, als die beiden von ihren Gegnern gnadenlos niedergeschossen wurden. Nia machte sich große Vorwürfe deswegen. Vielleicht hätten sie anders vorgehen sollen und möglicherweise waren sie doch viel zu vorschnell in die Hal-

le eingedrungen.

„Hätte, wäre, wenn, helfen Kruger und Sway jetzt auch nicht mehr", dachte sie bekümmert, und ging weiter in Richtung der Sprengsätze.

„Ich sehe die vier Bleizylinder jetzt vor mir.", sagte sie in ihr Mikrophon.

„Verstanden, Nia.", antwortete Lilly, die wieder als Operator fungierte.

Eigentlich war es unnötig, mit den Leuten in der Zentrale Funkkontakt zu halten, da eine Kamera in ihrem Helm alles, was sie tat, in Echtzeit in die Einsatzzentrale sendete. Aber sie wollte einfach nur eine menschliche Stimme hören, um nicht vollkommen die Nerven zu verlieren.

Nia erreichte die Bleizylinder, in denen sich die Sprengsätze befanden. Mit dem Geigerzähler untersuchte sie die Behältnisse. Kein Ausschlag des Zeigers. Sehr gut. Dann waren die Zylinder also bei dem Schusswechsel nicht beschädigt worden.

Vorsichtig begann Sie, die Behälter zu untersuchen. An der Oberseite jedes einzelnen befand sich ein Deckel, den man aufschrauben konnte. Ansonsten wiesen die Außenseiten keinerlei Auffälligkeiten auf. Nia ging zu dem ersten Zylinder und drehte vorsichtig den Deckel auf. Sie hoffte, dass der Schraubverschluss nicht mit einem Kontakt versehen war, der die Bombe zur Explosion brachte. Normalerweise würde sie den Behälter zuerst mit einem Scanner durchleuchten, um sicher zu gehen, dass es keine bösen Überraschungen gab. Das Blei machte das Durchleuchten allerdings unmöglich.

Nia holte tief Luft und hob den Deckel ein ganz klein wenig an. Mit einer Taschenlampe leuchtet sie zwischen Deckel und Behälter. Nichts zu sehen. Keine Falle. Erleichtert atmete sie durch. Nia legte den Deckel zur Seite.

„Ich habe den ersten Behälter geöffnet, und werde ihn jetzt mit dem Geigerzähler untersuchen. Anschließend werde ich vorsichtig die Bombe herausnehmen.", sagte sie.

„Ok, aber sei bitte vorsichtig!", entgegnete Lilly.

„Keine Sorge. Ich passe schon auf."

Sie hielt den Geigerzähler an die Öffnung des Zylinders. Wieder

kein Ausschlag des Zeigers. Wie war das möglich? Normalerweise sollte der Geigerzähler jetzt ausschlagen.
„Behälter eins enthält keinerlei radioaktives Material. Ich wiederhole: KEIN radioaktives Material in Behälter eins!"
„WAS? Also keine schmutzige Bombe, sondern nur ein normaler Sprengsatz?", hörte sie Special Agent Sparks fragen.
Nia leuchtete mit einer Taschenlampe in die Öffnung, und nahm die Bombe in Augenschein.
„Exakt! Ein einfacher Sprengsatz aus Plastiksprengstoff mit Zeitzünder. Ich öffne jetzt die anderen Behälter."
Einen nach dem anderen schraubte Nia die Deckel von den restlichen drei Zylindern ab, und untersuchte sie mit dem Geigerzähler. Am Ergebnis änderte sich nichts. Keinerlei Radioaktivität.
„Die restlichen Behälter sind ebenfalls sauber."
„Eine Sorge weniger! Trotzdem sehr eigenartig. Wieso bewahrt jemand normale Bomben in Bleibehältern auf?", fragte Lilly.
„Gute Frage. Ich kann mir auch noch keinen Reim darauf machen. Jedenfalls kann ich jetzt endlich diesen beschissenen Anzug ausziehen. Das Ding kann man durchaus als mobile Sauna bezeichnen. Ich habe so geschwitzt, als hätte ich den New York Marathon bei vierzig Grad im Schatten gelaufen. Die Bomben sind so einfach konstruiert und so einfach zu entschärfen, dass ich den Schutzanzug nicht mehr benötige."
„Sollen wir dir Unterstützung schicken?"
„Zum Entschärfen brauche ich keine Hilfe, aber ihr könnt schon mal Leute schicken, die den Sprengstoff abtransportieren."
„Verstanden."
Nia entledigte sich mühselig des Anzugs. Dadurch, dass sie so geschwitzt hatte, fühlte sie sich unwohl und schmutzig. Sie freute sich schon auf eine Dusche in ihrem Hotelzimmer, und auf ein paar Stunden Schlaf in ihrem herrlich kuscheligen Bett.
Wieder leuchtete sie in den ersten Zylinder und untersuchte die Bombe. Sie entdeckte nichts Außergewöhnliches, auch keine versteckten Kontakte, die eine Detonation auslösen konnten. Doch irgendetwas irritierte sie, ohne dass sie sagen konnte, was es war. Sie nahm vorsichtig den Sprengsatz heraus und legte ihn auf den Boden, um ihn eingehender zu untersuchen. Da fiel es ihr

wie Schuppen von den Augen.
„Verfluchte Scheiße, das darf doch nicht wahr sein!"
„Was ist los, Nia?", fragte Lilly besorgt.
„Wollen die uns eigentlich verarschen? Was zum Teufel geht hier vor sich?", fluchte Nia weiter.
„WAS IST DENN?"
„Das sind alles Fakes. Diese angeblichen "schmutzigen" Bomben sind nur Attrappen!"

23
Langley

Die "Central Intelligence Agency", kurz CIA, wurde 1947 mit der Verabschiedung des „National Security Act" gegründet. Der heraufziehende Kalte Krieg mit Russland hatte die Gründung eines Geheimdienstes der USA nötig gemacht. Im Gegensatz zu einem Nachrichtendienst, dessen Aufgabe die reine Beschaffung von geheimen Informationen war, gehörten zu den Aufgaben der CIA zusätzlich noch das Ausführen von Geheimoperationen im Ausland. Genau wie andere Geheimdienste nutzte auch die CIA oftmals das Mittel der Desinformation, um die Politik oder die öffentliche Meinung zu beeinflussen. So entpuppten sich beispielsweise die geheimdienstlichen Meldungen über den Besitz von Massenvernichtungswaffen des Iraks als gezielte Fehlinformation zur Legitimierung des zweiten Irakkrieges.
Immer wieder hatte sich die CIA verdeckt in die politischen Angelegenheiten anderer Länder eingemischt bis hin zu initiierten Staatsstreichen. Auch stand die CIA häufiger in der Kritik wegen nachgewiesener Verstöße gegen die Menschenrechte.
Im Gegensatz zum Geheimdienst ISOS, der schon immer finanziell unabhängig war, hing die CIA am finanziellen Tropf der amerikanischen Regierung. Nach Ende des Kalten Krieges führte genau das zu massiven Budgetkürzungen, denn ein so großer Geheimdienst wurde nun letzten Endes nicht mehr benötigt.

Seit den fünfziger Jahren des zwanzigsten Jahrhunderts befand sich die Zentrale der CIA in Langley, nordwestlich von Washington DC. Das Gebäude als solches war unauffällig, und wirkte eher wie ein traditionelles Bürogebäude aus den sechziger Jahren und nicht wie die Zentrale einer der größten und mächtigsten Geheimdienste der Welt.

CIA Direktor Arthur Maxwell saß in seinem Büro in Langley und lauschte dem Bericht seines Assistenten Leo Vanderbilt. Maxwell war circa 65 Jahre alt, nur 1,72 groß, wog aber mindestens einhundertfünfzig Kilo. Mittlerweile hatte er bis auf einzelne dünne Härchen eine Vollglatze. Er schwitzte ununterbrochen und verströmte ständig einen leicht säuerlichen Geruch. Seine schweren, wulstigen Augenlider sorgten dafür, dass seine kalten, grauen Augen, aus denen Arglist und Skrupellosigkeit sprachen, praktisch immer halb geschlossen waren. Eine dicke, randlose Brille verstärkte diesen Effekt zusätzlich. Durch ein ausladendes Doppelkinn sah es so aus, als hätte er keinen Hals. Arthur Maxwell war weder ein attraktiver noch ein charismatischer Mann. Hinter vorgehaltener Hand bezeichneten ihn seine Untergebenen als "Jabba the Hut", eine krötenähnlichen Figur aus den "Star Wars"-Filmen, und dieser Vergleich war durchaus zutreffend. Seit nunmehr zwanzig Jahren leitete er die Geschicke der CIA mit eiserner Faust und äußerster Rücksichtslosigkeit. Die CIA war so etwas wie sein Lebenswerk und jeder, der ihm im Weg stand, wurde gnadenlos auf Seite geräumt. Und dies galt nicht nur für CIA Mitarbeiter, sondern beispielsweise auch für Senatoren des US Senats, die teilweise schon schmerzliche Erfahrungen mit Maxwell hatten machen müssen. Eine seiner Stärken war es, die Schwächen seiner Gegner zu erkennen und diese Schwächen erbarmungslos auszunutzen. Und so hatten durch ihn in seiner Zeit als CIA Direktor mittlerweile diverse Politiker teils skandalträchtig ihre Posten verloren. Arthur Maxwell war definitiv ein skrupelloser, furchteinflößender und gefährlicher Gegner.

Leo Vanderbilt war die rechte Hand von Direktor Maxwell und ein aalglatter Typ, der für seine Karriere buchstäblich über Lei-

chen ging. Er war der perfekte Assistent an Maxwells Seite. Egal, was der Direktor ihm auftrug: Er erledigte es. Leo Vanderbilt hatte Beziehungen zu vielen, sehr düsteren Gestalten, die für ihn die Drecksarbeit erledigten. Söldner, die sich ganz besonders durch ihre Neigung zur Brutalität auszeichneten und vor nichts zurückschreckten. Zwar hassten die Söldner Vanderbilt regelrecht, allerdings wurden sie einerseits für die Jobs gut bezahlt und durften dazu auch noch ihre Neigungen ausleben, andererseits hatte Vanderbilt aber auch über jeden von ihnen belastende Beweise, die sie bis an ihr Lebensende ins Gefängnis bringen konnten. Und so waren sie ihm letztlich hörig und erledigten, was auch immer er von ihnen verlangte.
Vanderbilts Wangen waren gezeichnet von Akne Narben und er hatte lichter werdendes, rotes Haar. Seine eng zusammenstehenden, verschlagenen, braunen Augen blickten nervös umher, als er fast schon ängstlich seinen Bericht begann:

„Sir, es tut mir leid, Ihnen mitteilen zu müssen, dass "Operation Disgrace" ein Fehlschlag war! Alle unsere Leute sind tot. "Subject One" war noch nicht einmal anwesend, und die vier Sekundärziele haben alle unverletzt überlebt.", sagte Vanderbilt kleinlaut.
„WAS? Wie ist das möglich? Alles war perfekt und bis ins kleinste Detail geplant worden. Unsere besten Männer sollten dafür sorgen, dass alles glatt geht.", sagte Maxwell zornig.
„Nun, Sir, anscheinend hatte der Gegner schneller reagiert, als Sie es vorausgesehen haben, und ist mit mehreren Eingreiftruppen angerückt. Allerdings hatten auch sie Verluste zu verzeichnen.", entgegnete Vanderbilt noch kleinlauter als zuvor.
„Und wen sollte das interessieren? Die Verluste des Gegners sind unwichtig solange "Subject One" und die Sekundärziele noch leben! Bin ich hier eigentlich nur von Dilettanten umgeben?", spie Maxwell ihm entgegen, wobei sein wulstiger Kopf eine ungesunde rote Färbung annahm und Speichelfäden umherflogen.
„Nein, Sir, natürlich nicht. Da...da wäre allerdings noch etwas!" Maxwells Kopf hatte mittlerweile eine fast purpurne Farbe angenommen.
„Und das wäre?"

„Wir haben einen Anruf von einem der beiden Leute bekommen, die sich um "Trojan" in Washington gekümmert haben. "Trojan" ist aufgeflogen. Es hat eine Schießerei gegeben. Einer meiner Leute musste aus dem Spiel genommen werden. "Trojan" wurde verletzt, hat aber überlebt und ist entkommen. Er hatte allerdings Hilfe. Von Subject One..."
Vanderbilt wäre am liebsten irgendwo in Deckung gegangen, doch zunächst zeigte Direktor Maxwell keinerlei verbale Reaktion, sondern schloss lediglich die Augen. Als er sie wieder öffnete, sagte er zischend wie eine Schlange zu Vanderbilt:
„Hören Sie mir jetzt verdammt gut zu, Vanderbilt. Wir machen weiter wie geplant. Der kleine Rückschlag bei "Operation Disgrace" sollte uns nicht weiter stören, und kann den Rest meines Plans auch nicht gefährden. Auch das Entkommen von "Trojan" spielt keine Rolle mehr. Hören Sie auf damit, "Subject One" hinterher zu jagen, denn er ist uns mittlerweile dreimal entkommen. Sorgen Sie stattdessen dafür, dass er zu uns kommt. Setzen Sie ihn unter Druck, damit er Fehler macht. Nur so können wir ihn und seine lächerliche, kleine Organisation wie Schmeißfliegen zerquetschen. Tun Sie alles, was nötig ist, ohne Rücksicht auf Verluste, haben Sie mich verstanden?", fragte Maxwell mit bohrendem Blick und eiserner Strenge.
„Natürlich, Sir, ich werde mich sofort darum kümmern! Ich habe da schon eine Idee...."

24
Washington DC

Für gewöhnlich zählt ein Patientenzimmer in einem Krankenhaus nicht gerade zu den behaglichsten Örtlichkeiten, die man sich vorstellen kann. Die Einrichtung wird meistens karg und zweckmäßig gehalten. Die Wände sind normalerweise in sterilem, kaltem Weiß gestrichen, der Boden mit unansehnlichem Kunststoffbelag ausgelegt und der Geruch von Desinfektionsmitteln ist

allgegenwärtig.
Auf der Krankenstation in der ISOS Zentrale war das jedoch komplett anders. Hier hatte man eher den Eindruck, man befände sich in einem Hotelzimmer. Die Böden waren mit dezent gelb- und rotfarbigem, weichem Kunststoff belegt und die Wände in warmen Cremetönen gestrichen. Das elektrisch verstellbare Krankenbett hatte beinahe Doppelbett-Ausmaße, und sah komfortabel und gemütlich aus. An der Wand gegenüber hing ein 50 Zoll Fernseher, und darunter war eine kleine Stereoanlage mit CD- sowie einem Blu-ray Player aufgebaut. Ein Kühlschrank sorgte für kalte Getränke. Für Besucher standen in der Raumecke ein gemütlicher Leder-Dreisitzer und mehrere Sessel. Der Sanitärbereich war bestens ausgestattet und verfügte neben einer ebenerdigen separaten Dusche auch über einen in den Boden eingelassenen Whirlpool.
In der Luft lag ein leichter Hauch von Lavendel.
Auch der Service war vollkommen anders als in einem "normalen" Krankenhaus. Anstatt des sonst üblichen Kantinenessens gab es auf der ISOS Krankenstation einen eigenen Koch, der die Patienten ganz nach ihren Wünschen und den gesundheitlichen Anforderungen bekochte. Bei den Getränken konnten man aus diversen Fruchtsäften, kalten Erfrischungsgetränken und unzähligen Tee- und Kaffeesorten wählen. So ziemlich jeder Wunsch wurde den Patienten von den Lippen abgelesen.
Das Personal bestand aus hervorragenden Ärzten, Pflegern und Pflegerinnen.

Peter Crane saß in einem dieser Zimmer auf der ISOS Krankenstation in einem gemütlichen Besuchersessel. Neben ihm im Bett lag Steve Hudson und wachte gerade aus einem tiefen Schlaf auf. Wie Crane richtig vermutet hatte, hatte Hudson sich bei seinem Sturz eine leichte Gehirnerschütterung zugezogen. Abgesehen von einer kleinen Schürfwunde am Arm war er ansonsten glücklicherweise unverletzt. Die Techniker von TARC hatten bereits eine neue Beinprothese für Hudson vorbei gebracht, die neben dem Bett lehnte. Noch etwas benommen vom Schlaf blickte Hudson zu Crane.

„Peter! Was ist passiert? Ich kann mich an nichts mehr erinnern, und mein Kopf brummt, als hätte ich gestern zwei Flaschen Whiskey getrunken. Ich weiß nur noch, dass wir beide zu diesem Supermarkt gefahren sind, um uns mit dem Erpresser zu treffen."
„Es ist alles in bester Ordnung, Steve. Sie sind gestürzt und haben sich eine leichte Gehirnerschütterung zugezogen. Nichts Ernstes. Um Ihren Erpresser brauchen Sie sich keine Sorgen mehr zu machen. Der kann Ihnen und Ihrer Familie nicht mehr gefährlich werden. Außerdem habe ich gerade eben mit Ihrer Frau gesprochen und ihr erzählt, dass Sie hier in der Zentrale unglücklich gestolpert sind, und sich dabei den Kopf gestoßen haben. Sie kommt heute noch vorbei."
„Danke, Peter!", sagte Hudson erleichtert, „Aber was ist mit meinem Job?", fragte er sorgenvoll.
„Ich habe mit dem Direktor über diese Angelegenheit gesprochen, und wir waren uns beide einig. Wenn Sie wieder fit sind, dann nehmen Sie sich zwei Wochen Urlaub, und machen sich mit Ihrer Familie ein paar schöne Tage. Anschließend erwarten wir Sie hier in alter Frische zurück. Ein unauffälliger Personenschutz wird sich in Zukunft darum kümmern, dass Sie und Ihre Familie nicht mehr belästigt werden. Und denken Sie daran, dass Sie sich das nächste Mal, wenn so etwas wieder versucht werden sollte, direkt an mich wenden!"
„Das ist ja großartig! Wie kann ich Ihnen jemals dafür danken?"
„Keine Sorge, Steve, da fällt mir bestimmt schon was ein…" sagte Crane grinsend. „Na ja, ich mache mich jetzt mal auf den Weg zum Direktor. Es wird Zeit, dass die Verantwortlichen für diesen Schlamassel zur Rechenschaft gezogen werden."
„Haben Sie denn schon eine Vermutung, wer dahinter steckt?"
„Sagen wir mal so: Die Puzzleteile fügen sich langsam zusammen!"
Crane stand auf, schüttelte Hudson die Hand, und machte sich auf den Weg zum Direktor.
Unterwegs ließ er noch einmal die Geschehnisse der letzten Nacht Revue passieren. Er hatte bereits mit Nia in New York telefoniert, die ihm alles über das Stürmen des Lagerhauses und die gefälschten Sprengsätze erzählt hatte. Das, was Nia zunächst

für C4 gehalten hatte, war lediglich eine ungefährliche Kunststoffmasse gewesen, und auch die Zünder stellten sich bei genauerer Betrachtung als Fälschung heraus.
Fakt war, dass die Erpressung von Hudson, und die gefälschten Bomben in New York in direktem Zusammenhang standen. Und Fakt war auch, dass New York eine Falle für ihn, Nia, Lilly, Arif und Frank gewesen war. Über das "warum" konnte er momentan nur spekulieren, aber er war sicher, dass es nur eine Person gab, die mächtig genug war, um das alles zu inszenieren. Er war früher bereits mit diesem Mann aneinander geraten, und Crane wusste, wie skrupellos sein Gegenspieler sein konnte. Doch auch dieser Mann, so mächtig er auch sein mochte, hätte ISOS keinesfalls alleine so hinters Licht führen können. Es musste noch ein Bindeglied zwischen Cranes Gegner und ISOS geben. Hudson war nur eine Marionette gewesen, die benutzt worden war, um an Crane und dessen Team heranzukommen. Das war eine raffinierte Vorgehensweise. Ein Maulwurf war gut, aber zwei waren besser. Eine Person, der man im Notfall die alleinige Schuld in die Schuhe schieben konnte - so wie bei Hudson - , und eine zweite Person, welche die ganze Zeit über unauffällig im Hintergrund die Fäden zog.
Aber wer war es? Wer war der eigentliche Verräter bei ISOS? So langsam reifte in Crane ein Verdacht.
Schließlich erreichte er McDermotts Büro. Im Vorzimmer saß Rose Parker, die Sekretärin des Direktors, hinter ihrem Schreibtisch. Rose war seit vielen Jahren eine loyale Weggefährtin von Direktor McDermott. Sie war eine unscheinbare fünfzigjährige Frau, mit leicht ergrautem Haar und Brille, die regelrecht für ISOS lebte. Crane fragte sich manchmal, ob sie überhaupt ein zuhause oder ein Privatleben hatte. Egal zu welcher Tages- und Nachtzeit, Rose fand man immer an ihrem Arbeitsplatz. Sie hielt an ihrem Schreibtisch und im gesamten Vorzimmer eine pedantische Ordnung. Ordner in Regalen waren farbig geordnet, Dokumente waren fein säuberlich gestapelt und Stifte lagen aufgereiht nebeneinander.
Crane mochte Rose, weil sie integer und absolut zuverlässig war.

„Einen wunderschönen guten Morgen, Rose! Es freut mich sehr, Sie zu sehen. Sie sehen heute wieder fantastisch aus. Wenn ich auf der Suche nach einer attraktiven Freundin wäre, würde ich Sie glatt heute Abend zu einem romantischen Dinner einladen!" Rose war nicht wirklich attraktiv, sondern eher eine graue unscheinbare Maus. Peter liebte es, ihr Komplimente zu machen, weil sie dann, genau wie auch jetzt, bis über beide Ohren errötete.
„Guten Morgen, Peter. Sie sind aber auch nie um ein nettes Kompliment verlegen. Der Direktor erwartet Sie bereits. Gehen Sie ruhig rein."

Gut gelaunt betrat Crane das riesige Büro.
Direktor McDermott saß hinter seinem großen Mahagonitisch auf einem schweren Lederschreibtischstuhl und telefonierte. Als er zu Crane aufschaute, sah dieser wie totenbleich der Direktor war.
„Peter, ich habe Arif Arsan in der Leitung. Es geht um Nia...."

25
Washington DC

Der ISOS Verräter betrat den Dulles International Airport. Es war so langsam Zeit für ihn, zu verschwinden. Die Dinge waren ins Rollen gekommen, und würden jetzt auch ohne ihn ihren Lauf nehmen. Und bevor er am Ende doch noch als Doppelagent enttarnt würde, war es ratsam, das Weite zu suchen.
Er musste lächeln bei dem Gedanken daran, dass man Hudson für den ISOS Verräter hielt. Dabei war Hudson nur eine Marionette gewesen. Ein Bauernopfer, dessen Verlust nicht allzu schwer wog. Ausgerechnet Hudson, einen unglaublich integren Mann, zu einem Verrat zu zwingen, war wirklich ein Geniestreich von ihm gewesen. Genau so, wie es ihm gelungen war, alle wichtigen ISOS Mitarbeiter so lange hinters Licht zu führen. Er war der wahre Verräter und hatte unbemerkt bereits jahrelang geheime

Daten von ISOS und TARC verkauft. Damit hatte er verdammt gut verdient. Doch das war ihm nicht genug. Er wollte mehr. Viel Geld zu haben machte süchtig. Und so hatte er einen letzten großen Coup gelandet, der es ihm endgültig ermöglichte, sich zur Ruhe zu setzen.

Als junger Mann war er anders gewesen. Ein Idealist. Ein Patriot. Er hatte als Marine für sein Land gekämpft und geblutet, hatte versucht, der Gerechtigkeit zum Sieg zu verhelfen und die Freiheit zu bewahren. Wie naiv er doch gewesen war. Heute wusste er es besser und von dem Idealisten und Patrioten war nichts mehr übrig. Freiheit und Gerechtigkeit waren nichts weiter, als hohle Plattitüden irgendwelcher Staatsoberhäupter und Politiker, um irgendwelche Kriege zu legitimieren, die jedoch letztlich nur dazu dienten, sich zu profilieren und dafür zu sorgen, dass die Waffenindustrie viel Geld verdiente. Er hatte gesehen, wie bei Luftangriffen "für die gerechte Sache" Zivilisten ohne mit der Wimper zu zucken geopfert wurden. Er hatte die verkohlten Leichen von Frauen und Kindern in den Trümmern nach diesen Angriffen gesehen. Und er hatte gesehen, wie seine Kameraden von Extremisten in die Luft gesprengt, oder zu Krüppeln geschossen wurden.

Gut, sein Job bei ISOS war eindeutig besser, als im Marine Corps im Irak oder in Afghanistan zu kämpfen. Er war oft monatelang weltweit auf irgendwelchen Einsätzen unterwegs, was ihm durchaus gefiel. Tagtäglich riskierte er sein Leben, intrigierte und meuchelte. Auch dagegen hatte er nichts. Er brachte Staatsmänner zu Fall und ließ ganze Verbrecherorganisationen auffliegen. Das war wirklich befriedigend. Das große Problem war nur: Für all das wurde er verdammt mies bezahlt!

Eines Tages musste er für einen Undercover Job in die Rolle eines reichen texanischen Ölbarons schlüpfen. Er jettete nach Monaco, wohnte in einer Suite im Hôtel de Paris, bekam für die Tarnung eine Kreditkarte ohne Limit, fuhr Ferrari und zockte im Kasino. Vier Wochen verbrachte er dort, umgeben von Geld, Alkohol und schönen Frauen. Ein echter Traum. Und das hatte ihn irgendwie angefixt. Er wollte nicht mehr nur diese Rolle spielen.

Nein, er wollte selber so ein Leben führen. Anstatt um die Welt zu reisen und schwierige Geheimdienst-Missionen zu absolvieren, wollte er lieber um die Welt reisen und leben.
Er würde sich das jedoch niemals leisten können. Und so reifte in ihm der Gedanke, dass es definitiv einträglicher wäre, Geheimnisse zu verkaufen, anstatt sie zu bewahren. Er begann bei seinen Einsätzen, Informanten gegenüber Gerüchte zu verbreiten, über einen hochrangigen Geheimagenten, der gewillt war, als Doppelagent zu arbeiten und Informationen zu verkaufen.
Einige Wochen später geschah es dann schließlich. Er saß mittags in einem Hotel an der Pool-Bar, trank ein eiskaltes Bier und wartete eigentlich auf einen Informanten. Die Sonne brannte und es lag eine schwüle Hitze in der Luft. Dadurch, dass er so viel reiste, konnte er nicht mal mehr sagen, in welchem Land und in welchem Hotel es genau gewesen war. Vermutlich irgendwo in der Karibik. Plötzlich setzte sich ein Mann neben ihn und sprach ihn gerade heraus an. Der Mann sah aus wie ein Tourist. Er trug einen Strohhut und eine Sonnenbrille, ein weißes Unterhemd, darüber ein buntes Hawaii Hemd und Badeshorts. Der Verräter wusste instinktiv, dass sein Gegenüber ein Geheimagent war. Dafür hatte er im Laufe der Jahre ein untrügliches Gespür entwickelt.
„Guten Tag. Darf ich mich setzen?", fragte der Neuankömmling auf Englisch, mit einem fast unhörbaren amerikanischen Akzent und deutete auf den Barhocker direkt neben dem Verräter.
„Wenn es sein muss…", antwortete er mit einem Schulterzucken und gespielter Gleichgültigkeit.
„Darf ich Ihnen etwas zu trinken ausgeben?", fragte der Mann verbindlich.
„Na, wenn Sie mich so fragen, dann nehme ich gerne noch ein Bier."
„Gut. Mein Name ist Ian Gold.", sagte er und reichte dem Verräter die Hand.
„Alex Whitmarsh."
Der Mann bestellte beim Kellner zwei Bier.
„Freut mich, Sie kennen zu lernen, Mr. Whitmarsh, oder darf ich Alex sagen?"

„Warum nicht!?"
„Machen Sie Urlaub, Alex, oder sind Sie geschäftlich unterwegs?"
„Ich denke, dass wissen Sie ganz genau?
„Wie bitte?"
„Sie wissen, wer ich bin und was ich hier mache. Genau so, wie ich direkt erkannt habe, dass Sie ein Geheimagent sind."
Verblüfft schaute der Mann den Verräter an.
„Sie sind gut, das muss man Ihnen lassen. Meine Vorgesetzten hatten mich diesbezüglich gewarnt."
„Also, Mr. Gold - auch wenn das mit ziemlicher Sicherheit nicht Ihr richtiger Name ist - was kann ich für Sie tun?"
„Mir ist zu Ohren gekommen, dass Sie Informationen über einen möglichen Doppelagenten haben!"
„Was Sie nicht sagen!"
„Ja, und wir haben naturgemäß großes Interesse an solchen Leuten."
„Aha. Interessant….Sie haben recht, Mr. Gold. Ich habe tatsächlich zufälligerweise Informationen, über einen Doppelagenten. Und wissen Sie was? Ich selber bin dieser Mann!"
Wiederum schaute Gold den Verräter verblüfft an.
„Sie…?"
„Ja, Ich."
„Das kommt jetzt überraschend, muss ich sagen. Damit, dass Sie selber es sind, hätte ich nicht gerechnet. Was haben Sie anzubieten?", fragte Gold, der vor Aufregung und Neugierde fast platzte.
„Kurz gesagt, habe ich alles anzubieten, Mr. Gold. Bei meinem Arbeitgeber habe ich die höchste Sicherheitsfreigabe. Es gibt nichts, worauf ich keinen Zugriff habe. Baupläne von Waffen, geheime Akten über öffentliche Personen bis hin zu Namen von Undercover Agenten im Auslandseinsatz. All das kann ich Ihnen liefern. Natürlich die entsprechende Bezahlung vorausgesetzt."
Der Mann sog scharf die Luft ein.
„Das ist mehr, als ich und meine Arbeitgeber zu hoffen gewagt hatten."
„Als Beweis, dass es mir ernst ist, habe ich hier auf einem USB Stick den Bauplan, einer in der Entwicklung befindlichen Aufklärungsdrohne. Ein streng geheimes Projekt."

„Gut.", sagte Gold. „Was verlangen Sie dafür?"
Der Verräter nannte ihm einen Preis.
Gold überlegte kurz und stimmte dann zu. „In Ordnung. Aber Sie werden verstehen, dass ich die Informationen erst überprüfen muss. Wenn sich die Echtheit bestätigt, dann bekommen Sie Ihr Geld. Falls nicht, werden wir uns niemals wiedersehen."
„Natürlich." Der Verräter packte Golds Oberarm wie ein Schraubstock. „Aber falls Sie mich verarschen, dann werden Sie dieses Land nicht mehr lebend verlassen!"
„Ruhig Blut, Mr. Whitmarsh. Sie können sich auf mich verlassen. Geben Sie mir den Stick, ich überprüfe die Daten, und dann bekommen Sie Ihr Geld. Entweder in Bar, oder auf ein Konto Ihrer Wahl, ganz wie Sie es wünschen. Und falls die Informationen echt sind, dann können Sie sich auf eine lange Zusammenarbeit freuen, bei der Sie einen Haufen Geld verdienen werden."
Der Verräter frohlockte. „So habe ich mir das vorgestellt!" Er griff in seine Hosentasche und holte eine Visitenkarte heraus, auf der nur "Alex Whitmarsh" und eine Telefonnummer stand. „Rufen Sie mich unter dieser Nummer an, wenn Sie alles geprüft haben."
Gold nahm die Karte, bezahlte die Biere und verließ den Verräter.

Einige Tage lang geschah gar nichts. Der Verräter ging seinen Aufgaben nach und wartete geduldig. Dann schließlich meldete sich Gold.
„Mr. Whitmarsh. Ihre Informationen haben sich als echt herausgestellt. Glückwunsch, Sie haben soeben eine hübsche Stange Geld verdient."
„Freut mich zu hören, Mr. Gold. Dann sollten wir uns treffen und dann werde ich Ihnen ein Konto nennen, auf das Sie das Geld überweisen. Sollte alles zu meiner Zufriedenheit ablaufen, dann steht von meiner Seite aus unserer Zusammenarbeit nichts im Weg."
„Es freut mich und meine Arbeitgeber, das zu hören!"
Und so fing er an, als Doppelagent zu arbeiten. Gold wurde sein direkter und einziger Kontaktmann. Er wusste natürlich, wem er Geheimnisse verkaufte. Aber das interessierte ihn nicht, denn das

Geld, das er als Doppelagent verdiente, hätte er auf legalem Wege nie verdienen können.

Der Verräter passierte die Sicherheitskontrollen am Flughafen und machte sich auf den Weg zu seinem Flug nach Los Angeles. Er würde ein paar anstrengende Tage vor sich haben, an denen er viel Reisen musste. Aber am Ende seiner Reise lag das Paradies vor ihm. Bei dem Gedanken daran musste er lächeln.

26
New York

Nia Coor erwachte früh am Morgen in ihrem Bett im Hotel Waldorf Astoria in New York. Es war ein kurzer, unruhiger Schlaf gewesen. Bis spät in die Nacht hinein hatten sie, Arif Arsan, Frank Thiel, Lilly Jaxter und Senior Special Agent Sparks in der mobilen Kommandozentrale die Nachbesprechung des Einsatzes durchgeführt. Sie hatten die gesamte Aktion bis ins kleinste Detail analysiert und versucht, sich einen Reim auf die ganze Angelegenheit zu machen.
Ein Spurensicherungsteam von ISOS hatte das gesamte Lagerhaus bis in die kleinste Ecke durchsucht, ohne auch nur einen Hinweis auf die Identität der Angreifer zu finden. Die siebzehn Leichen waren genauestens untersucht worden, doch auch dort gab es nicht die kleinsten Indizien. Es wurden Fotos gemacht und Fingerabdrücke genommen, um sie anschließend zur Identifizierung an ISOS zu schicken, jedoch gab es weder in der internen Datenbank noch bei Interpol, FBI, CIA oder sonst irgendwo einen Treffer. Es war fast so, als würden ihre Angreifer gar nicht existieren. Die Waffen der Toten, HK 50 Sturmgewehre und Glock 31 Pistolen mit Schalldämpfer und Laservisier hatten keinerlei Seriennummern, und es ließ sich nicht nachvollziehen, woher die Schusswaffen, und vor allen Dingen die panzerbrechende Munition, stammten. Die Bauteile der angeblichen Bom-

ben konnte man landesweit in jedem Baumarkt kaufen. Letztlich gab es also keinerlei brauchbare Hinweise.

Mit einem Seufzer stand Nia auf, und nahm erst mal eine lange, heiße Dusche, die ihre Müdigkeit vertrieb, und ihren Kreislauf wieder in Gang brachte. Anschließend zog sie sich Jeans, T-Shirt und gemütliche Sneakers an, und ging hinüber zu Arif Arsans Zimmer. Auch der Türke war bereits auf den Beinen, und ließ Nia ein. Frank Thiel saß mit brennender Zigarette in einem Sessel neben einem überquellenden Aschenbecher. Offensichtlich verweilte er schon länger in Arsans Zimmer. Lilly war ebenfalls bereits dort und saß an Arifs Computer. Ihnen allen sah man den Schlafmangel an, und aus ihren Blicken sprach die gleiche Ratlosigkeit über die Vorkommnisse wie bei Nia.

„Hallo, Nia, wie war deine Nacht?", fragte Arif.

„Hallo, ihr drei! Es geht. Ich hab' kaum geschlafen, und mir die ganze Nacht den Kopf über gestern Abend zerbrochen.", antwortete sie mit einem Gähnen. „Und bei euch?"

„Bei uns war es ähnlich. Hast du schon mit Peter gesprochen?", fragte Lilly.

Sie erzählte den dreien, was sie von Crane erfahren hatte.

„Hudson! Der arme Kerl. Es muss eine schreckliche Zeit für ihn gewesen sein! Auf der einen Seite die Sorge um seine Familie, und auf der anderen Seite die Erpressung, die das Ziel verfolgte, einen guten Freund und Kollegen von Steve in den Tod zu schicken. Zum Glück hat sich alles zum Guten gewendet.", entgegnete Frank. „Darüber hinaus teile ich Cranes Einschätzung, dass die Bombenaktion eine Falle war."

Arif nickte zustimmend.

„Ich denke, wir sollten erst mal frühstücken, und dann unsere weiteren Schritte planen.", schlug er vor.

Sie bestellten beim Zimmerservice ein reichhaltiges Frühstück mit Rührei, Bratkartoffeln, Bacon, Pfannkuchen, Muffins und literweise Kaffee und Orangensaft. Das Essen schmeckte großartig. Ausgehungert wie die drei waren, blieb trotz der Riesenportionen nicht ein Krümel übrig.

„Puh!", stöhnte Nia „Jetzt bin ich aber satt. Ich glaube, ich gehe mir draußen mal die Beine vertreten. Ich brauche jetzt ein biss-

chen Frischluft!", sagte sie und stand auf.
„Soll ich dich nicht vorsichtshalber begleiten?", fragten Arif und Lilly gleichzeitig.
„Das braucht ihr nicht. Ich passe schon auf mich auf!"
„Wie du meinst.", sagte Arif mit leicht sorgenvoller Miene.
Nia verließ das Zimmer und fuhr mit dem Aufzug ins Erdgeschoss. Gemächlich schlenderte sie durch die Hotel-Lobby, und bewunderte einmal mehr die prunkvolle und fast schon dekadente Architektur.
Vor dem Hotel auf der Straße herrschte trotz der frühen Stunde bereits das typische New Yorker Rush-Hour-Chaos. Verstopfte Straßen, hupende Autos und schimpfende Autofahrer. Unzählige Menschen, die mit ihrer Aktentasche und einem Kaffee in der Hand eiligen Schrittes zur Arbeit gingen, und dabei jeden über den Haufen liefen, der nicht schnell genug auf Seite ging. Doch Nia liebte New York. Die Stadt war so lebendig. Ganz anders als die Stadt, in der sie aufgewachsen war. Aachen war sicherlich eine schöne Stadt mit einigen historisch wertvollen Sehenswürdigkeiten. Und Aachen hatte viele schöne Ecken. Doch an New York reichte die Stadt definitiv nicht heran. Gegenüber New York City war Aachen regelrecht verschlafen. So gerne Nia ihre Heimatstadt auch hatte, sie wollte dennoch nicht mehr dorthin zurückziehen. Berlin war ihre neue Heimat. Und wer weiß, vielleicht würde sie irgendwann den Schritt über den großen Teich wagen und nach Amerika ziehen, denn der "American way of life" gefiel ihr. Durch ihre Arbeit bei ISOS hatte sie zeitweise sowieso schon mehr Zeit in den USA als in Deutschland verbracht und hatte ihr Heimatland dabei nicht mal sonderlich vermisst. Nur wegen ihren Eltern war sie in der Zeit regelmäßig zurück nach Deutschland geflogen, denn die beiden legten großen Wert darauf, dass Nia regelmäßig zu Besuch kam. Sonst wäre sie wahrscheinlich gar nicht zwischen den USA und Deutschland gependelt, da sie praktisch schon bei Peter eingezogen war und in dessen Wohnung in Washington DC gewohnt hatte.

Es war ein schöner Morgen. Die Sonne war noch nicht ganz aufgegangen und die Temperatur war noch recht angenehm. Gegen

Mittag wurde es hingegen in New York zu dieser Jahreszeit fast schon unerträglich heiß, zumal es in den Häuserschluchten sehr windstill war. Nia wandte sich am Hotelausgang nach links und schlenderte gemütlich die Park Avenue hinauf. Geradeaus erblickte sie das Metlife Building. Nia ging drei Blocks in diese Richtung und bog dann auf die East 48th Street ab, um zurück zum Hotel zu gehen. Sie fühlte sich schon viel besser und nicht mehr so unpässlich nach dem üppigen Frühstück.
Nachdem sie das Hotel wieder erreicht hatte, betrat sie die Lobby, und ging in Richtung der Aufzüge. Plötzlich, aus heiterem Himmel, verspürte sie ein Unbehagen und sie hatte das Gefühl, dass jemand hinter ihr war. Viel zu nah hinter ihr war. Gerade als sie sich umdrehen wollte, spürte sie ein leichtes Piksen in ihrem rechten Arm. Sie zuckte zurück und drehte sich um, bereit sich zu verteidigen, falls nötig. Doch plötzlich wurde ihr schwindelig und sie sah nur noch verschwommen. Sie spürte, wie jegliche Kraft aus ihrem Körper zu strömen schien.
„Was zum Teufel…", stammelte sie.
Schemenhaft konnte sie die Silhouette einer Person vor sich erkennen. Als ihr schwarz vor Augen wurde, verlor Nia das Gleichgewicht und fiel hin. Noch bevor sie hart auf den Boden aufschlug, hatte sie das Bewusstsein verloren.

Nervös wippte Arif Arsan mit seinem Bein. Nia war bereits seit einer Stunde fort, und ging nicht an ihr Telefon. Obwohl er seit Jahren Nichtraucher war, hatte er sich von Thiel eine Zigarette gefragt, die er jetzt mit zitternder Hand rauchte. Lilly lief nervös und mit verkniffenem Gesicht auf und ab.
Sorgenvoll schaute sie zu ihren Kollegen und sagte:

„Da stimmt was nicht. Nia würde uns hier nie so lange im Ungewissen sitzen lassen! Lasst uns an der Rezeption nachfragen, ob sie dort gesehen worden ist."
„Ja, ok. So langsam mache ich mir auch Sorgen.", sagte Arif, und Frank stimmte zu.
Gemeinsam fuhren sie hinunter in die Hotel-Lobby. An der Rezeption war nicht viel zu tun. Eine junge Dame mit schwarzen

Haaren und braunen Augen kam direkt zu Lilly, Arif und Frank hinüber.

„Schönen guten Morgen. Mein Name ist Christine Krupp. Wie kann ich Ihnen helfen?", fragte sie mit einem leichten deutschen Akzent.
„Guten Morgen, Ms. Krupp. Mein Name ist Arif Arsan, Zimmernummer 502, das ist mein Kollege Frank Thiel und das ist Ms. Lilly Jaxter. Unsere Kollegin Nia Coor, von Zimmer 503, hat vor einiger Zeit einen Spaziergang gemacht, und ist bis jetzt noch nicht wieder zurück gekommen. Da sie auch nicht an ihr Handy geht, machen wir uns mittlerweile Sorgen. Haben Sie möglicherweise gesehen, wie Ms. Coor das Hotel verlassen hat, beziehungsweise, ob sie zwischenzeitlich wieder zurück gekommen ist? Ms. Coor ist circa 1,65 groß, schlank, blonde Haare, blaue Augen, schmales Gesicht, bekleidet mit einem roten T-Shirt und Jeans."
„Ja, Sir. Ich habe gesehen, wie Mrs. Coor gemeinsam mit ihrem Ehemann zurück ins Hotel kam."
„EHEMANN?", fragte Arif ungläubig.
„Aber ja, Sir. Der armen Mrs. Coor ging es überhaupt nicht gut. Sie hatte mitten in der Lobby einen Kreislaufkollaps erlitten. Vermutlich wegen dem heißen schwülen Wetter im Moment hier in New York. Viele Leute vertragen das nicht. Ihr Mann hat daraufhin sofort einen Krankenwagen gerufen, der dann auch in rekordverdächtigen zwei Minuten hier war. Die Sanitäter haben Mrs. Coor kurz untersucht, haben den Blutdruck gemessen und sie dann auf einer Bahre in den Krankenwagen transportiert. Während Mrs. Coor untersucht wurde, ging ich kurz hinüber, und der Mann gab sich als Mrs. Coors Ehemann aus. Er sagte mir, man werde sie jetzt ins Lenox Hill Krankenhaus bringen."
Arsan atmete tief durch und sagte:
„Es tut mir leid Ihnen das sagen zu müssen, Ms. Krupp, aber Ms. Coor ist nicht verheiratet. Ich fürchte, sie ist entführt worden!"
„Oh, mein Gott. Ich..ich habe mir nichts dabei gedacht. W-w-ie hätte ich das ahnen können?", stotterte sie mit Tränen in den Augen.

„Beruhigen Sie sich Ms. Krupp. Das ist nicht Ihre Schuld.", sagte Lilly mit beruhigender Stimme, „Können Sie uns den Mann vielleicht beschreiben?"
„Hm, er war muskulös und groß. Bestimmt 1,90m. Er trug eine große Sonnenbrille. So eine Fliegerbrille, wissen Sie? Deswegen kann ich Ihnen sein Gesicht nicht beschreiben. Und er trug eine Kappe. Eine New York Kappe. Kurze beigefarbene Hose und schwarzes T-Shirt. Auf mich wirkte er wie ein typischer Tourist. Oh Gott, die arme Ms. Coor."
„Vielen Dank, Ms. Krupp. Sie haben uns sehr geholfen. Bitte rufen Sie jetzt die Polizei, und sagen Sie den Beamten, was Sie uns gerade erzählt haben. Bitte tun Sie uns aber den Gefallen und erwähnen Sie mich, Mr. Thiel und Ms. Jaxter nicht bei der Polizei. Wir sind Privatdetektive, und wollen Ms. Coor auf eigene Faust suchen. Das Aufnehmen unserer Personalien, und unsere Zeugenaussagen würden nur unnötig Zeit kosten. Zeit, die Ms. Coor möglicherweise nicht hat. Wir melden uns später noch einmal bei Ihnen, um zu erfahren, was die Polizei zu tun gedenkt."
Arif hielt der Hotel-Angestellten eine Visitenkarte mit der Aufschrift "P.I.S. - Private Investigative Service" entgegen, um seine Glaubwürdigkeit zu untermauern. Arif trug immer verschiedene Visitenkarten bei sich, denn es hatte sich gezeigt, dass es viele Leute gab, die einem solche Geschichten abkauften, solange man sie mit einer Visitenkarte "beweisen" konnte.
Ms. Krupp schaute auf die Karte und sagte: „Ja, o-ok. Natürlich. Es tut mir so leid. Ich hoffe, Sie finden Ms. Coor so schnell wie möglich!"
Mit zitternder Hand nahm sie den Telefonhörer und wählte 911. Arsan, Thiel und Jaxter wandten sich ab und beratschlagten kurz.
„Schöne Scheiße. Wäre ich nur mit ihr spazieren gegangen! So langsam werde ich richtig sauer. Die Arschlöcher, die Nia entführt haben, werden teuer dafür bezahlen, das schwöre ich euch.", schimpfte Arif.
„Das kannst du glauben. Wenn Crane davon erfährt, wird er den Typen die Eingeweide rausreißen!", fluchte Thiel voller Zorn.
„Hör zu, Frank. Nimm dir ein Taxi und fahr zum Lenox Hill

Krankenhaus. Nia wird zwar hundertprozentig nicht dort sein, aber irgendwo müssen wir ja anfangen. Frag nach, ob man dort einen Krankenwagen vermisst. Falls nicht, klapperst du alle Krankenhäuser in der näheren Umgebung ab. Irgendwo wird wohl ein solches Fahrzeug fehlen. Suche nach Zeugen, die den Diebstahl möglicherweise beobachtet haben. Das ist im Moment die einzige Spur, die wir haben. Ich benachrichtige derweil Crane und Direktor McDermott. Ich schätze, dass Crane sich umgehend auf den Weg nach hier machen wird. Lilly kann derweil versuchen, Nias Handy zu orten, auch wenn ich mir sicher bin, dass die Entführer es längst weggeworfen haben. Die Entführung war zu gut geplant, als dass die Entführer so einen Fehler begehen würden. Aber wer weiß, vielleicht haben wir ja Glück."
„Bin schon weg!", sagte Thiel und eilte in Richtung Hotel Ausgang.
„Und sei vorsichtig!", rief Lilly ihm noch hinterher.

27
Washington DC

Crane war rein äußerlich ganz ruhig, doch innerlich hatte eine eiskalte, aber kontrollierte Wut Besitz von ihm ergriffen. McDermott kannte diesen Zustand bei Crane. Es war kein blinder Zorn, der zu Fehlern verleitete, von dem Crane in solchen Momenten angetrieben wurde. Es war vielmehr so, dass aus dem Menschen Peter Crane eine gewissenlose Maschine wurde. Es war eine durchaus übliche Vorgehensweise, wenn man es auf jemanden abgesehen hatte, denjenigen unter Druck zu setzen, ihn zu hetzen, ihn zu Fehlern zu zwingen. Aber das funktionierte bei Peter Crane nicht. Man konnte ihn nicht in Rage versetzen und ihn so hetzen, dass er Fehler beging. Und das würden Nias Entführer jetzt bald zu spüren bekommen. Für Direktor McDermott war es eine riesige Dummheit ihrer Widersacher gewesen, Nia Coor zu entführen. Nichts würde Crane jetzt stoppen können. Er würde Nia und ihre Entführer finden, auch wenn er dafür ganz New York auf den Kopf stellen musste. Jeder, der Crane ein wenig kannte, wusste, dass man ihn sich besser nicht zum Feind machte. Die Entführer und die Leute, die das veranlasst hatten, waren bereits so gut wie tot! Crane würde sie wenn nötig um die ganze Welt jagen. Der Direktor wusste, dass es jetzt keinen Sinn machen würde, Crane Befehle zu erteilen, oder zu versuchen ihn zu beruhigen. Crane war jetzt ein Pitbull, der Witterung aufgenommen hatte, und der Direktor war fest entschlossen, ihn von der Leine zu lassen.

„Egal, was Sie vorhaben, Crane, Sie können alle Ressourcen von ISOS nutzen. Nia Coor hat jetzt oberste Priorität!"

„Danke, Direktor. Das weiß ich zu schätzen.", sagte Crane mit ruhiger, kalter Stimme, die dem Direktor eine Gänsehaut bereitete, „Ich fürchte jedoch, dass wir noch ein anderes dringliches Problem haben!"

„Was meinen Sie?", fragte McDermott verdutzt.

„Ich befürchte, dass ein direkter Angriff auf ISOS bevorsteht."

„Was veranlasst Sie zu dieser Meinung?"

„Fangen wir mal ganz von vorne an. Zunächst die Observierung in Washington. Unsere Gegner wussten, dass wir dort sind. Man hatte Hudson dazu benutzt, die Meldung über die verdächtigen Aktivitäten nicht weiterzuleiten, sondern sie aus dem ISOS System zu löschen. Damit stellte man sicher, dass kein ISOS Team auf diese Sache angesetzt wurde. Man wusste aber, dass diese Daten auch an meine private Datenbank weitergeleitet wurden, und ich mir die Sache mit ziemlicher Sicherheit genauer anschauen würde. Man hat mich dahin gelockt. Dann haben mich unsere Gegner zwei Wochen lang in diesem Drecksloch sitzen lassen, um den Schein zu wahren. Dann taucht aus heiterem Himmel dieser Mr. Smith auf, und übergibt den vermeintlichen Terroristen eine SD Karte mit Anweisungen. Aber warum hat man die Karte beispielsweise nicht per Post geschickt? Oder das ganze telefonisch geklärt? Oder ein geheimes Treffen an einem neutralen Ort vereinbart? Weil man wollte, dass wir dieses Schauspiel mit ansehen. Deswegen. Es war gewollt, dass ich mir anschließend die Karte hole, und meine Fingerabdrücke auf ihr hinterlasse. Bei der anschließenden Schießerei sollte ich sterben. Und im Zusammenhang mit den 500.000$ auf meinem angeblichen Konto und der Speicherkarte in meiner Tasche wäre die Diskreditierung von ISOS Agent Peter Crane perfekt gewesen: Peter Crane erhält eine Anzahlung von 500.000$, um einen Terroranschlag auf New York zu planen und auszuführen. Er engagiert zur Unterstützung ein paar Söldner, und beim Streit ums Geld wird er erschossen. So hätte es in den Akten gestanden. Peter Crane, die rechte Hand von ISOS Direktor John McDermott, ein Vaterlandsverräter!"

„Hm. Das klingt plausibel und passt anhand der Fakten auch zusammen. Und weiter?"

„Jetzt kommen Sie ins Spiel.", fuhr Crane fort, „Unserem Gegner war klar, dass Sie nach meinem Ableben mit allen Mitteln versuchen würden, die Beweise gegen mich zu entkräften. Zuerst hätten Sie Nia, Lilly, Frank und Arif angerufen, um sie von meinem Tod und den Anschuldigungen gegen mich zu unterrichten. Natürlich wären die Vier umgehend nach Amerika gekommen, um bei der Aufklärung des Falls zu helfen. Die ISOS Computertechniker hätten den Code auf der Karte geknackt, und ISOS hätte, wie auch geschehen, das Lagerhaus gestürmt. Allerdings sollten Nia, Arif und Frank dabei ums Leben kommen. Unser Gegner hätten dann überall in dem Lagerhaus fingierte Beweise hinterlassen, die beweisen sollten, dass Nia Coor, Lilly Jaxter, Arif Arsan und Frank Thiel ebenfalls aktiv an dem geplanten Terroranschlag beteiligt waren. Wir, die jahrelang die Speerspitze von ISOS waren, als Drahtzieher von Bombenattentaten. Das hätte ISOS einen schweren Schlag versetzt.", führte Crane aus, „Doch ich glaube, das war erst der Anfang. Es wird noch mehr kommen. Ich glaube, dass die Geheimdienstorganisation ISOS zerschlagen werden soll."

„Peter, ihre Argumentation ist vollkommen schlüssig, und dennoch unglaublich. Wer sollte eine solche Wut auf ISOS haben?", fragte McDermott verblüfft.

„Nun, Sir, ich habe zwar einen Verdacht, doch bevor ich keine stichhaltigen Beweise habe, behalte ich meine Theorien vorerst lieber noch für mich."

„Ok, Peter, was schlagen Sie vor?"
„Können Sie sich noch an den Notfallplan erinnern, den wir beide vor einigen Jahren entworfen haben, für den Fall, dass die ISOS Zentrale angegriffen wird?"
„Natürlich!", erinnerte sich McDermott.
„Setzen Sie ihn in die Tat um!", forderte Crane.
„Ich hätte nie gedacht, dass es einmal soweit kommen würde, aber unter den gegebenen Umständen ist das wohl die einzig vernünftige Lösung. Gehe ich recht in der Annahme, dass Sie sich jetzt auf den Weg nach New York machen? Soll ich Ihnen zur Unterstützung einige Agenten mitschicken?"
„Ja, ich fliege jetzt nach New York, und nein, ich brauche keine Unterstützung. Ich habe in NY alles, was ich brauche, um Nia zu finden."
„Ich rufe am Flugplatz an und lasse den Jet für Sie startbereit machen, damit Sie schnellstmöglich in New York sind.", sagte McDermott.
„Danke, Direktor. Ich melde mich bei Ihnen."
„Machen Sie es gut, Peter, und viel Glück! Nia ist bestimmt wohlauf!"
„Ich hoffe es!"

28
New York

Schwere. Bleierne Schwere. Sie wollte sich zwingen, ihre Augen zu öffnen, doch es ging nicht. Sie war zu müde, zu erschöpft. Sie versuchte sich zu erinnern, was passiert war, aber es fühlte sich an, als wäre ihr Gehirn in Watte gepackt. Keinen klaren Gedanken konnte sie fassen. Keine Erinnerungen. Nur schwerer, undurchdringlicher Nebel. Und Dunkelheit. Sie ließ sich fallen. Und fiel lange Zeit. Immer tiefer in den schwarzen Schlund. Doch plötzlich war da etwas. Ein kleiner Lichtpunkt. Die Miniatur eines einzelnen Sterns am Firmament. Langsam wurde der

Stern größer. Sie konnte Konturen erkennen. Es war kein Stern, es war.....ein Gesicht. Peters Gesicht. „Wach auf Nia, wach auf..."

Nia schreckte hoch, sie wollte aufstehen, doch etwas hielt sie zurück. Sie war an einen Stuhl gefesselt. Dann brachen die Erinnerungen über sie herein. Sie war entführt worden. Sie war mitten in New York, mitten im Waldorf Astoria entführt worden. Wie konnte sie nur so dumm und unaufmerksam gewesen sein? Sie hätte die Person hinter sich viel früher bemerken müssen, und nicht erst als es zu spät war. Vielleicht war ihre Unaufmerksamkeit darauf zurück zu führen, dass sie in der Nacht davor zu wenig Schlaf bekommen hatte. Letztlich war es auch egal. Ihr Fehler war unverzeihlich.
Die gute Nachricht war, dass sie unverletzt war. Ihre Entführer hatten ihr bis jetzt nichts angetan. Noch nicht. Die schlechte Nachricht war, dass sie mit Kabelbinder an einen Stuhl mit Metallgestell gefesselt war. Das machte es unmöglich, sich selber zu befreien. Bei einem Holzstuhl hätte die Möglichkeit bestanden, dass er irgendwann brach, wenn man sich genug anstrengte. Sie hatte auch nichts bei sich, womit sie die Kabelbinder hätte durchtrennen können.
Nia schaute sich um. Es brannte kein Licht in dem Raum, in dem sie sich befand. Die Fenster waren mit Brettern vernagelt durch deren Ritzen das Sonnenlicht drang. Ihr Gefängnis war circa zehn mal fünfzehn Meter groß. Ein schäbiger Raum. Die Farbe platzte von den Wänden ab. Der Boden war schmutzig und mit Unrat übersät. Die Luft roch nach Verfall. Vor sich erkannte sie eine alte rostige Stahltür. In der Ecke des Raumes stand eine große, schwere Werkbank. Sie vermutete, dass sie sich in einer alten Fabrik befand.
Mit Sicherheit war sie noch in New York. Mit einer entführten Person im Kofferraum machte es keinen Sinn, kilometerweit in eine andere Stadt zu fahren. Das Risiko, in eine Verkehrskontrolle zu geraten, war einfach zu groß.
Nia war sicher, dass Peter alle Hebel in Bewegung setzen würde, um sie zu finden und sie war überzeugt, dass er das auch schaffen

würde, aber die große Frage war wann. Nia wusste nicht, wer sie hier festhielt, aber es bestand durchaus die Möglichkeit, dass ihre Entführer nicht nur einfache Forderungen hatten und warteten, dass diese erfüllt wurden, sondern dass sie Nia auch peinigen würden. Verhöre, Folter, bis hin zum Undenkbaren und der größtmöglichen Erniedrigung für eine Frau: Einer Vergewaltigung. Bei dem Gedanken daran, begann sie zu zittern. Sie riss verzweifelt an den Kabelbindern, die schmerzhaft in ihre Handgelenk schnitten, doch sie hatte keine Chance. Ihre Fesseln gaben keinen Millimeter nach.
Jemand öffnete quietschend die Stahltür. Nia tat so, als wäre sie noch ohnmächtig. Eine Person trat auf sie zu, und verpasste ihr eine schallende Ohrfeige.

„VERFLUCHTES ARSCHLOCH!", schrie Nia erschrocken.
„Guten Tag, Ms. Coor! Es freut mich, Ihr Gastgeber sein zu dürfen.", sagte der Mann.
„SIE!? Sie armseliges Würstchen…Sie ekelhafter Speichellecker. Was fällt Ihnen ein?"
Sie kannte den Mann und sie wusste, wozu er fähig war.
Wieder gab der Mann ihr mit der Rückhand eine heftige Ohrfeige. Nia sah Sternchen und schmeckte Blut in ihrem Mund. Ihre Wange brannte von dem Schlag.
„Halts Maul, du dumme Schlampe!"
Nias Augen funkelten vor Zorn. „Sie elender Mistkerl. Wenn Sie wehrlose Frauen schlagen können, fühlen Sie sich stark. Das ist wohl die einzige Befriedigung, die ein schwanzloser Bastard wie Sie kriegen kann!", zischte Nia.
Ihr Peiniger kam nah an sie heran, und flüsterte in ihr Ohr: „Vielleicht amüsieren wir beide uns gleich ja noch ein bisschen. Dann zeige ich dir mal, was ich alles so draufhabe", sagte er, leckte dabei an Nias Ohrläppchen und grabschte ihr so grob an die Brust, dass es wehtat.
Nia drehte ihren Kopf und spuckte ihm ins Gesicht. „Warte Sie ab, Sie mieses Schwein. Peter wird mich finden, und dann werden Sie sich wünschen, niemals geboren worden zu sein!"
Er holte weit aus und schlug Nia mit der Faust ins Gesicht, so-

dass Sie beinahe wieder das Bewusstsein verloren hätte. Er hatte sie am Auge getroffen und sie fühlte, wie es begann anzuschwellen. Nia war rasend vor Wut.
„Oh ja, dein toller Peter Crane wird uns finden. Und wir werden ihn gebührend empfangen!", flüsterte er bedrohlich.
Wieder schlug er Nia mit der Faust und diesmal verlor sie das Bewusstsein, sodass sie nicht mehr mitbekam, wie der Mann sie befriedigt und mit kranker Lust anschaute. Er liebte es, Frauen so zu peinigen, und ihnen zu zeigen, wer der Mann war. Alle paar Monate flog er in irgendeine größere Stadt, suchte sich eine billige Nutte, nahm sie unbemerkt mit auf sein Hotelzimmer und verprügelte und vergewaltige die Frauen die ganze Nacht lang fast zu Tode. Anschließend ließ er sie dann beseitigen. Bei dem Gedanken, dass mit Nia Coor machen zu können, verspürte er eine Erektion. Nia Coor war anders als die Nutten. Sie war stark. Sie würde sich wehren wie eine Furie. Und es würde ein riesiger Spaß werden, sie zu demütigen und zu brechen. Er nahm die Hand der bewusstlosen Nia und rieb sie an seinem erigierten Penis. Er atmete schneller und stöhnte. Er hatte große Lust direkt anzufangen, doch leider musste er sich zuerst noch um andere Dinge kümmern, und wenn er zurückkam, war es fraglich, ob die Männer, die hier auf sie aufpassen sollten, noch etwas von Nia übrig lassen würden. Leider würde die Vergewaltigung von Nia Coor für ihn selber wohl nur ein Traum bleiben. Aber ein Traum, den er sich zukünftig bei jeder seiner Nutten vorstellen würde.
Der Mann wischte sich die Spucke aus dem Gesicht und lutschte sie sich genüsslich vom Finger. Leicht Wehmütig machte er auf dem Absatz kehrt und verließ den Raum.

Nach kurzer Zeit erwachte Nia wieder aus ihrer Ohnmacht und bemerkte erleichtert, dass sie wieder alleine war.
„Bitte, bitte, beeile dich, Peter. Und sei vorsichtig....", betete sie mit Tränen in den Augen.

29
New York

Frank Thiel hatte das Lenox Hill Hospital, in der Upper East Side, 77th Street und Lexington Avenue erreicht. Das Universitäts-Krankenhaus lag in der Nähe des Central Parks, und war ein zehn Gebäude umfassender Komplex mit insgesamt 652 Betten. Einige Prominente waren dort schon in Behandlung gewesen oder hatten ihre Kinder in diesem Krankenhaus zur Welt gebracht. So gebar beispielsweise Beyoncé Knowles ihre Tochter Blue Ivy Carter im Lenox Hill. Im Bereich der Kardiologie genoss das Lenox Hill landesweites Ansehen und dort war ebenfalls das größte und bedeutendste AIDS-Zentrum der Stadt.

Frank war in großer Sorge um Nia und machte sich Vorwürfe, weil sie nicht vorsichtiger gewesen waren und Nia alleine hatten gehen lassen. Er würde es sich nie verzeihen können, falls Nia im Zuge der Entführung etwas Schlimmes zustieße. Jedoch genau das befürchtete er. Die Entführer würden Nia sicherlich als Druckmittel gegen das Team nutzen. Und wie er ihre Gegner einschätzte, würde man sie töten, sobald Nia ihnen nicht mehr von Nutzen war. Oder man wollte Nia als Lockvogel einsetzen, um direkt das ganze Team auszulöschen. So oder so lief ihnen die Zeit davon, und sie mussten alles daran setzen, Nia schnellstmöglich zu finden. Noch hatten die Entführer jedenfalls keine Forderungen gestellt.

Am Haupteingang direkt vor dem blauen Vordach mit dem Logo des Krankenhauses parkte ein einzelner Streifenwagen. Thiel nahm sein Portemonnaie heraus. Er hatte stets eine ganze Sammlung von gefälschten Dienstausweisen bei sich. Er wählte einen FBI-Ausweis ausgestellt auf den Namen Fenton Tyler, und betrat das Hauptgebäude.
An der Information sah er zwei uniformierte Polizeibeamte, die sich mit einer Krankenschwester unterhielten. Thiel ging hinüber und stellte sich vor.

„Guten Tag zusammen. Darf ich mich vorstellen? Fenton Tyler, FBI. Ich bin auf der Suche nach einem gestohlenen Krankenwagen.", sagte Thiel höchst überzeugend und zeigte seinen FBI-Ausweis herum.

„Guten Tag. Ich bin Seargent Chris Paddock und das ist mein Partner Seargent Willi Rayman.", er zeigte auf die Krankenschwester. „Das ist Schwester Susan Wilks. Seit wann interessiert sich das FBI für gestohlene Krankenwagen?", fragte er neugierig. Typisch amerikanische Polizisten, dachte Thiel. Hauptsache Seitenscheitel und Schnauzbart. *„Wahrscheinlich wird man in Amerika nur dann zur Polizeiakademie zugelassen, wenn man diese äußerlichen Merkmale aufweist!",* überlegte er belustigt.

„Tut mir leid, Seargent Paddock, darüber darf ich Ihnen leider nichts sagen. Das ist eine Bundesangelegenheit. Es wäre trotzdem überaus freundlich von Ihnen, wenn Sie mir behilflich sein könnten."

„Na ja, sie sind der erste freundliche FBI Agent, der mir jemals begegnet ist. Von daher helfe ich Ihnen gerne. Heute Morgen ist hier tatsächlich ein Krankenwagen gestohlen worden. Zwei Männer sind in die Umkleidekabine der Fahrer eingedrungen, haben die Besatzung überwältigt, und anschließend deren Uniform und die Fahrzeugschlüssel gestohlen.", berichtete Seargent Paddock.

„Gibt es irgendwelche Zeugen, oder Aufnahmen der Überwachungskameras von den Tätern?", fragte Thiel mit gewecktem Interesse.

„Nein, weder noch. Die beiden schienen zu wissen, wo sich die Kameras befanden, und sind Ihnen geschickt ausgewichen. Aber wir hatten Glück. Ein Tourist hat just in dem Moment ein Foto des Krankenhauses gemacht, als die Diebe zu dem Fahrzeug gingen. Beide sind deutlich zu erkennen. Der Fotograf - zufällig selber Rettungssanitäter - wunderte sich, warum die zwei normale Turnschuhe, und keine Sicherheitsschuhe trugen. Aus Neugierde fragte er hier bei Schwester Susan nach, die uns dann verständigte, nachdem die bewusstlosen Fahrer gefunden wurden.", führte Seargent Paddock aus. „Wir haben das Foto hier am Computer ausgedruckt, wenn Sie mal schauen wollen?"

„Gerne."

Thiel schaute sich das Foto genauestens an, die Täter waren ihm jedoch gänzlich unbekannt. Beide waren sehr finstere Typen mit kahl rasierten Köpfen. Nach ihren Gesichtszügen zu urteilen möglicherweise Osteuropäer, vermutete Thiel.
„Sind die beiden schon identifiziert worden?" fragte er.
„Nein. Ausgerechnet heute ist das komplette Computernetzwerk des NYPD ausgefallen. Ein ganz schönes Chaos kann ich Ihnen sagen!"
„Na, so ein Zufall!", grummelte Thiel in sich hinein.
„Wie bitte?", hakte der Polizist nach.
„Nichts. Gar nichts!" Thiel wandte sich an Schwester Susan, eine überaus attraktive, dralle Mittdreißigerin. „Verzeihen Sie, Schwester Susan. Sie scheinen eine sehr kompetente Mitarbeiterin dieses Krankenhauses zu sein. Durch ihr entschlossenes und schnelles Handeln können wir vielleicht die Diebe fassen und ein schlimmes Verbrechen verhindern. Wären Sie so freundlich, mir das Foto der Diebe an diese E-Mail Adresse zu senden?", sagte er mit seinem charmantesten Aufreißer-Lächeln, und schrieb die Adresse inklusive seiner Handynummer auf einen Zettel. „Ich habe Ihnen vorsichtshalber auch meine Telefonnummer aufgeschrieben, für den Fall, dass Ihnen noch etwas zu dem Diebstahl einfällt…"
„Natürlich, Agent Tyler. Ich schicke die Datei sofort los. Hier ist meine Visitenkarte, falls Sie meine Aussage schriftlich aufnehmen möchten." Schwester Susans Lächeln hätte aus einer Zahnpasta-Werbung stammen können. Verführerisch zwinkerte sie Ihm zu. Die Polizisten schauten Thiel mit offenem Mund an. Zu gerne hätten sie sich auch einmal von Schwester Susan "behandeln" lassen.
Thiel wandte sich wieder den beiden zu.
„Meine Herren. Vielen Dank für Ihre Kooperation, und eine wunderschönen Tag noch."
Er schüttelte den Polizisten die Hand und verließ das Krankenhaus.
Draußen zückte er sein Handy und rief Arif Arsan an.

„Ich bin's. Der Krankenwagen ist im Lenox Hill gestohlen wor-

den. Ich habe dir ein Foto der Diebe per E-Mail schicken lassen. Schau mal nach, ob du die beiden identifizieren kannst."
„Mach ich. Lilly und ich sind übrigens bei Victor Chan. Als ich ihm erzählt habe, dass Nia entführt wurde, hat er uns sein Penthouse als Hauptquartier zur Verfügung gestellt. Sein technisches Equipment ist beachtlich. Mehrere schnelle High-End Computer, 200 MBit Glasfaser-Internetanschluss, Polizeifunk-Scanner, und ein Waffenarsenal, mit dem wir einen Kleinkrieg beginnen könnten. Außerdem stellt er uns sein Auto inklusive Chauffeur zur Verfügung.", erzählte Arsan überschwänglich. „Mach dich auf den Weg hierher. Bis du da bist, dürften wir die beiden identifiziert haben.", sagte er und legte auf.
Thiel hielt ein Taxi an und machte sich auf den Weg zu Victor Chans Penthouse.

Als Thiel das Penthouse von Victor Chan betrat, stürmte dieser auf ihn zu. Seit ihrem letzten Treffen schien der Chinese um zehn Jahre gealtert zu sein, und die sonst mit Pomade sorgfältig nach hinten gekämmten Haare hingen ihm wirr vom Kopf. Große Besorgnis sprach aus seinem Blick.
„Frank! Du hast einen ersten Hinweis gefunden. Gut gemacht. Ich bin ganz krank vor Sorge um Nia!", sagte Chan mit zitternder Stimme.
„Das sind wir alle, Victor. Ich bin überzeugt, dass wir sie bald finden werden! Wir tun unser bestes. Wo sind Arif und Lilly?"
„In der Kommandozentrale. Komm mit."
Sie befanden sich im Eingangsbereich der Wohnung. Geradeaus gelangte man in Chans Privaträume. Thiel war schon viele Male in Chans Penthouse gewesen, doch ihm war nie der Gedanke gekommen, dass es auf der rechten Seite der Diele, versteckt hinter einer Holzvertäfelung, einen geheimen Durchgang geben könnte. Gemeinsam betraten Sie Chans Allerheiligstes.
Thiel traute seinen Augen nicht. Er kam sich vor, als hätte er die Kommandozentrale eines Raumschiffs betreten. Der Raum war mindestens 100 Quadratmeter groß. Arsan saß an einer Konsole vor drei riesigen 30 Zoll Monitoren. Er drehte sich um und grüßte Thiel. Es gab insgesamt noch zwei weitere solcher Arbeitsplät-

ze. An einem davon saß Lilly Jaxter. In einer Ecke stand ein Serverrack, an dem dutzende Lämpchen blinkten. An einer Wand hingen gleich drei gigantische 60 Zoll Fernseher, auf denen stummgeschaltet die aktuellsten Nachrichten liefen. Über winzige Bose Lautsprecher, die überall im Raum verteilt waren, konnte Thiel den Polizeifunk hören. Den Mittelpunkt dieser Kommandozentrale bildete ein Konferenztisch für zehn Personen, in den zehn Monitore mit Tastatur eingebaut waren.
Mit einem Wink führte Chan ihn in zwei angrenzende Räume. Einer davon war ein großes Gemeinschaftsschlafzimmer mit mehreren Betten und angrenzendem Badezimmer. Der andere Raum war die Waffenkammer. Thiel konnte sich nicht erinnern, schon mal so viele Waffen auf einmal gesehen zu haben. In großen Glasvitrinen lagerten etliche Sturmgewehre, Uzis, Handfeuerwaffen aller Kaliber und jeweils Unmengen an passender Munition. Außerdem eine Auswahl an Scharfschützengewehren und verschiedene Arten von Handgranaten.
„Mein Gott, Victor. Ich hatte ja keine Ahnung.", staunte Thiel höchst beeindruckt.
„Ein gemeinsamer Freund hat das alles hier vor zwei Jahren bauen lassen.", erklärte Chan.
„Crane?"
„Genau. Er hatte schon länger geplant, in New York seine eigene, geheime ISOS Kommandozentrale aufzubauen, allerdings fand er keine geeignete Immobilie. Da mir die gesamte Etage gehört, und ich für mich alleine viel zu viel Platz hatte, bot ich ihm an, sein Vorhaben hier in die Tat umzusetzen. Da ich gerne Leute um mich herum habe, macht es mir nichts aus, wenn Crane und seine Freunde hier ein und aus gehen.", erklärte der Chinese.
„Wow. Da hat Crane ganze Arbeit geleistet.", stellte Thiel verblüfft fest.
„Tja, unser Peter ist halt ein Perfektionist.", merkte Chan an.
„Ich ziehe mich jetzt in meine Privaträume zurück, damit ihr drei in Ruhe arbeiten könnt. Haltet mich bitte, was Nia angeht, auf dem Laufenden!"
„Selbstverständlich, Victor.", versprach Thiel und ging hinüber zu Arsan. „Wie sieht's aus Arif? Hast du die Diebe identifiziert?"

„Yo, hab' ich, und das, obwohl die NYPD Server lahm liegen. Unsere beiden Diebe und vermutlich auch Geiselnehmer, sind Tschechen namens Vladimir Stankovic und Pjotr Kasincky. Nach dem Fall des Eisernen Vorhangs sind beide mit Anfang zwanzig nach Amerika ausgewandert. Ihre kriminelle Karriere begannen Sie in Boston. Es gab kaum etwas, das die beiden für Geld nicht gemacht hätten. Hehlerei, Drogenhandel, Zuhälterei, Erpressung und so weiter. Mit deren Vorstrafenregister kannst du hier die Wände tapezieren. Nach einer mehrjährigen Haftstrafe sind unsere zwei Freunde schließlich weitergezogen nach New York. Vermutlich hatten Sie hier das große Geld gewittert. Damaliger Wohnort: Brooklyn. Momentaner Wohnort: Unbekannt. Sie scheinen wohl untergetaucht zu sein.", führte Arsan aus.
„Ich könnte meinen guten Ruf verwetten, dass die Arschlöcher noch immer irgendwo in Brooklyn sind!", sagte Thiel.
„Welchen guten Ruf?", sagte Lilly grinsend. „Aber du hast vermutlich recht."
„Was hältst du davon, wenn wir unseren beiden alten Freunden Harry und Norris mal einen Besuch abstatten? Die beiden kennen doch alles und jeden in Brooklyn.", schlug Thiel vor.
„Prima Idee. Ich freue mich schon darauf, die alten Haudegen wieder zusehen. Crane dürfte zwar in diesen Minuten landen, aber ich schätze, er wird froh sein, wenn wir ihm die Entführer auf einem Silbertablett servieren. Allerdings sollten wir uns bewaffnen, bevor wir uns auf den Weg machen. Lilly, hältst du hier die Stellung und fungierst als Operator?"
„Klar, Jungs. Ich bleibe hier am Funk und erwarte Peter.
Aus dem Waffenarsenal nahm jeder eine Glock 31 mit Schalldämpfer und zwei Ersatzmagazinen. Anschließend fuhren sie mit dem Aufzug in die Tiefgarage des Gebäudes, um sich von Chans Chauffeur mit einer von Victors Limousinen nach Brooklyn bringen zu lassen.

30
Washington DC

In einem Konferenzraum der ISOS Zentrale saß Direktor McDermott mit den Leitern der verschiedenen ISOS Abteilungen zusammen. Der Direktor saß am Kopfende eines massiven Holztisches. Zu seiner Rechten befand sich Tom Brooke, der stellvertretende Leiter des Operationszentrums, der den beurlaubten Steve Hudson vertrat. Ein fünfzigjähriger, unscheinbarer Mann mit Glatze, der seit vielen Jahren in Diensten von ISOS stand, und dessen stoische Ruhe in Krisensituationen fast schon legendär war.
Neben ihm saß Dr. Alexander Willard, der Leiter des Analysezentrums. Er war ein hochintelligenter Mann, dessen Erscheinungsbild so gar nicht zu einem Doktor passte. Er war groß und breitschultrig, und sein Gesicht glich dem eines Schlägers.
Zu McDermotts Linken saß Louis Lassarde, Professor der Physik und Leiter der wissenschaftlichen Abteilung, kurz Lou genannt. Er wiederum sah aus wie der typische Überstudierte. Klein, schmächtig, auf der Nase eine leicht schiefe Nickelbrille. Die wenigen langen Haarsträhnen, die er noch hatte, kämmte er sich quer über seine Glatze, in dem Versuch, diese zu kaschieren.
Neben dem Direktor saß seine Assistentin Rose, wie immer bewaffnet mit Kugelschreiber und Notizblock. Rose war eine Assistentin der alten Schule und konnte mit Tablets und Smartphones nichts anfangen. Einfache Dinge wie Stift und Papier zog sie eindeutig der Elektronik vor.

Der Direktor hatte den Anwesenden gerade über die mögliche Verschwörung gegen ISOS berichtet, die darauf mit Bestürzung reagiert hatten, und jetzt wild durcheinander redeten.

„Meine Herren. Ruhe bitte. Es besteht kein Grund zur Panik!", sagte der Direktor mit erhobener Stimme, als es an der Tür klopfte, und Karl Warren, Chef der Finanzabteilung, den Raum betrat. Ein charmanter, attraktiver Mann Ende vierzig, der bei

ISOS den Ruf als Frauenheld genoss. Allerdings zugleich ein Schlitzohr und knallharter Banker, der auch vor ungemütlichen Entscheidungen nicht zurückschreckte. Warren war einst ein gefeierter Star in der Finanzwelt. Doch eines Tages ließ er sich mit den falschen Leuten ein und wurde gezwungen, Geld zu waschen. Dabei bedrohten diese Leute nicht nur Warrens Leben, sondern auch das seiner Familie. Warrens Vater war ein Freund von Direktor McDermott und so bat ihn dieser darum, seinem Sohn zu helfen. McDermott willigte ein. Allerdings unter der Voraussetzung, dass Karl Warren bei ISOS als Finanzchef anfing. Warren stimmte zu. Im Laufe der Jahre gelang es ihm, die Gewinne der Firma noch deutlich zu steigern.
„Verzeihen Sie, dass ich zu spät komme, Direktor.", sagte er außer Atem, „Ich bin da auf eine seltsame Sache gestoßen!"
„Setzen Sie sich, und berichten Sie", wies ihn McDermott an.
Warren setzte sich neben Rose und begann zu erzählen. „Wir haben eine Routineüberprüfung unserer Geheimkonten durchgeführt, und sind dabei auf etwas aufmerksam geworden. Auf diverse dieser Konten sind in den letzten Tagen größere Geldbeträge überwiesen worden. Absender unbekannt. Die Überweisungen kamen von Banken in der Schweiz, den Cayman Islands und….dem Iran!"
Verblüfft schauen die Anwesenden Warren an. „Über welchen Betrag reden wir hier?", wollte der Direktor wissen.
Warren räusperte sich. "Über zehn Millionen US Dollar!"
McDermott sog scharf die Luft ein. „Das ist es!", stieß er aus, „Die Verschwörung gegen uns ist in vollem Gange. Jemand will uns illegale Geschäfte mit dem Iran unterschieben! Jemand mit sehr viel Macht und Einfluss."
Die Anwesenden reagierten wiederum bestürzt. Es war das Undenkbare eingetreten. Jemand attackierte ISOS. Nachdem sich der erste Schock gelegt hatte, fingen alle an, nervös und lautstark miteinander zu diskutieren. Es lag eine greifbare Angst in der Luft. Angst, dass das erst der Anfang war und jemand drauf und dran sein könnte, ISOS zu zerschlagen.
Als sich die Gemüter wieder beruhigt hatten, fragte Willard an den Direktor gewandt: „Wie reagieren wir darauf?"

Der Direktor holte tief Luft.
„Also, meine Damen und Herren. Diese Angelegenheit ist äußerst ernst und es ist etwas, mit dem ISOS bis jetzt noch nicht konfrontiert war. Doch wir sind in der Lage, diese Krise zu meistern, so wie wir bis jetzt jede Krise gemeistert haben. Wir werden auf einen Notfallplan zurückgreifen, den Agent Crane vor einigen Jahren erdacht hatte, bei dem wir allerdings gehofft hatten, dass wir niemals gezwungen sein würden, ihn umzusetzen. In den unterirdischen Anlagen von TARC gibt es eine geheime Etage. Auf dieser Etage finden alle ISOS Mitarbeiter das Gegenstück zu ihren Arbeitsplätzen hier oben. Alle Daten von ihren Computern sind auf die Rechner dort unten gespiegelt worden. Alle Mitarbeiter, die hier ihren Dienst verrichten, werden umgehend nach unten evakuiert. Wir können sie alle dort mehrere Wochen mit Lebensmitteln versorgen. Solange diese Krise eben andauert. Bitte sorgen Sie dafür, dass Sie und alle Ihre Leute ausnahmslos *alles* von ihren Schreibtischen mitnehmen, was sich dort befindet. Egal ob Akten, USB-Sticks oder Notizblöcke. Bitte schauen Sie, dass wirklich *nichts* zurückbleibt. Anschließend werden die Daten auf allen Rechnern, die sich oberirdisch befinden, unwiderruflich gelöscht. Wir sind also in der Lage, die Arbeit von ISOS dort unten nahtlos fortzusetzen."
Erstaunt blicken die Anwesenden den Direktor an.
Lou Lassarde ergriff das Wort.
„Wie kommt es, dass niemand über diesen geheimen Bereich und den Notfallplan informiert ist?"
„Wenn niemand davon weiß, dann kann auch niemand verraten, dass es diesen Bereich gibt. Sie dürfen nicht vergessen, dass hier oben teilweise Mitarbeiter mit sehr niedriger Sicherheitsstufe arbeiten. Und da besteht die Gefahr, dass sie solche Dinge ausplaudern, und sei es nur unbeabsichtigt, weil sie einen über den Durst getrunken haben. Deswegen wussten nur Agent Crane und ich von dem Notfallplan.", erklärte McDermott.
„Aha, in Ordnung."
McDermott fuhr fort mit seinen Anweisungen: „Brooke, versetzen Sie alle ISOS Außendienstagenten in höchste Alarmbereitschaft und weisen Sie sie an, der ISOS Zentrale bis auf weiteres

fernzubleiben. Setzen Sie darüber hinaus Agenten auf die eingegangenen Zahlungen an. Die Agenten sollen Folgendes tun…", McDermott erklärte Brooke seinen Plan. „Senior Special Agent Jay Reynolds soll die Einsätze koordinieren und leiten."
„Sir, Senior Special Agent Reynolds hat gestern Abend die ISOS Zentrale verlassen. Er meinte, ein Informant hätte wichtige Beweise für ihn. Seitdem hat er sich nicht mehr gemeldet, und sein Handy ist ausgeschaltet.", entgegnete Brooke.
„Eigenartig!", grummelte der Direktor, „Dann versuchen Sie, ihn ausfindig zu machen, und beauftragen Sie seinen Stellvertreter mit der Einsatzleitung. Willard!", fuhr er anschließend fort, „Wir müssen wissen, was in Washington geschieht. Lassen Sie Ihre Beziehungen zum Weißen Haus, der Homeland Security und dem FBI spielen. Versuchen Sie herauszufinden, ob eine Razzia in der ISOS Zentrale bevorsteht."
Der Direktor atmete durch. „Die Lage ist mehr als ernst. ISOS sieht sich der größten Bedrohung gegenüber, die wir jemals erlebt haben. Jemand will unsere Organisation vernichten, aber das werden wir nicht zulassen. Sobald Agent Crane Nia Coor gefunden hat, wird er sich darum kümmern, dass die Drahtzieher zur Verantwortung gezogen werden! Meine Herren, machen Sie sich an die Arbeit!"
Brooke, Willard, Lassard und Warren verließen diskutierend den Konferenzraum.

„Ich hoffe, das Ganze nimmt ein gutes Ende!", sagte Rose besorgt.
„Das wird es, Rose. Das verspreche ich Ihnen.", versicherte ihr Direktor McDermott, doch so ganz überzeugt davon war er selber nicht.

31
New York

Brooklyn ist einer der fünf Stadtteile von New York City, im Südosten der Stadt gelegen. Die multikulturelle Bevölkerung von Brooklyn setzt sich zusammen aus Italienern, Briten, Niederländern, Iren und Puerto-Ricanern. Gerade in den letzten Jahren zog es jedoch vermehrt Einwanderer aus Osteuropa und Asien nach Brooklyn.
Arif Arsan und Frank Thiel fuhren in Victor Chans Dodge Charger SRT8, auf der Manhattan Bridge in Richtung Brooklyn. Die schwarze Limousine mit 6,1l V8 Motor, 425 PS und verchromten 20 Zoll Alu-Felgen wurde von Chans Chauffeur, einem Chinesen namens Jimmy Zhang, rennfahrermäßig durch den dichten New Yorker Verkehr gelenkt. Der Fahrer hatte, wie so viele chinesische Einwanderer, seinen Vornamen gegen einen, wie er meinte, typisch amerikanischen Namen getauscht.
Der V8 Motor des Wagens brüllte auf, als Zhang das nächste, halsbrecherische Überholmanöver startete. Während Arsan entspannt auf der Rückbank saß, krallte sich Thiel neben ihm krampfhaft an den Haltegriff.

„Hier riecht es so streng.", stichelte Arsan. „Hast dir wohl die Hosen vollgemacht!"
„Ha, ha, sehr witzig", sagte Thiel mit Schweißperlen auf der Stirn. „Ich wollte meinen Lebensabend eigentlich in Miami, mit einem Dutzend braungebrannter Strandschönheiten verbringen! Aber wenn unser chinesischer Freund weiterhin die Straßen von New York mit dem Nürburgring verwechselt, bezweifle ich, dass es jemals dazu kommen wird."
Arsan lachte lauthals, „Ruhig, Brauner! Wir sind ja gleich da!"
Den Spitznamen "Brauner" hatte Thiel wegen seiner dunklen Solariumbräune verpasst bekommen.
Mit quietschenden Reifen bog Zhang von der Manhattan Bridge in die Jay Street ab, um die beiden Agenten von dort aus zur Washington Street zu bringen. Sie wollten zum "Toulon", einer

alten, urigen Kneipe, deren Besitzer Norris Patton das Lokal vor vielen Jahren beim Pokern gewonnen hatte. In gewisser Weise war er seitdem selbst sein bester Kunde, und verbrachte jeden Tag damit, an seinem Stammtisch in der hinteren Ecke des Lokals mit seinem besten Freund Harry Mathews und anderen Gästen zu würfeln oder zu pokern. Wenn sie in New York waren, und die Zeit es zuließ, hatten Crane, Arsan, Thiel, Lilly und Nia öfters an diesen Spielen teilgenommen, und waren mittlerweile gut mit Harry und Norris befreundet. Zudem erwiesen sich die beiden als unschätzbare Informationsquellen, denn sie kannten alles und jeden in New York City, und speziell in Brooklyn.

Mit einer Vollbremsung hielt Zhang vor dem Toulon.
„Vielen Dank für diese "geruhsame" Fahrt.", sagte Thiel ironisch, und stieg aus, froh darüber, dass er es lebend bis nach Brooklyn geschafft hatte.

Als die beiden Agenten das Lokal betraten, winkten Norris und Harry bereits von weitem. Die beiden älteren Herren hatten sich seit ihrem letzten Zusammentreffen kaum verändert. Harry war mittlerweile sechzig Jahre alt. Eine Glatze hatte den Großteil seiner blonden Haare bereits verdrängt, und er trug, genau wie Norris, einen Schnurrbart. Sein Kumpel war zwei Jahre jünger, hatte noch volles, grau meliertes Haar, und ein auffälliges Muttermal mitten auf der Stirn. Während Harry eher der gemütliche Typ war, der sich im Laufe der Jahre einen kleinen Wohlstandsbauch angegessen hatte, war Norris nach wie vor drahtig und sportlich. Scherzhaft hatte Crane die beiden "Waldorf und Statler" getauft, nach den beiden älteren Herrschaften aus der Muppet Show, denn die Ähnlichkeit war in der Tat frappierend.
„Arif, Frank, schön euch noch mal hier zu sehen.", sagte Norris überschwänglich. „Setzt euch! Möchtet ihr was trinken?"
Thiel bestellte sich eine Diät Cola und Arsan ein Mineralwasser. Kurze Zeit später brachte Lizzy, die langjährige Bedienung des Toulon, die Getränke.
„So wie ihr beiden aussieht, seid ihr nicht aus Sehnsucht nach uns hierher gekommen, oder?", fragte Harry.

„Nein, sind wir tatsächlich nicht. Nia ist....entführt worden.", eröffnete Arsan ihnen.
Erschüttert sahen Harry und Norris sich an.
„Das ist ja furchtbar. Die arme Nia. Habt ihr schon Hinweise, wo sie stecken könnte?", wollte Norris wissen.
„Nein, noch nicht.", gab Thiel zu. „Aber wir haben die Namen ihrer Entführer. Wir vermuten, dass sie hier in Brooklyn untergetaucht sind, und wir hatten die Hoffnung, dass ihr uns dabei helfen könntet, die Verbrecher zu finden."
„Ich kann's versuchen.", sagte Norris. „Wie heißen die beiden?"
Thiel nannte ihm die Namen, und zeigte ihm das Foto der mutmaßlichen Entführer.
„Hm, noch nie gesehen. Wartet hier. Ich werde mal ein paar Telefonate führen. Ich denke, ich kenne da jemanden, der uns helfen kann.", sagte Norris und ging zu einem Münzfernsprecher, der ein paar Meter weiter an der Wand hing. Norris war ein altmodischer Typ. Anstatt seine Telefonate wie heute üblich mit einem Handy zu tätigen, bevorzugte er den uralten Münzfernsprecher seines Lokals.
Während sie warteten, sprachen Thiel und Arsan mit Harry über Nias Entführung.
„Ich glaube, dass die beiden Leute, die ihr sucht, nur zwei Strohmänner waren, denen man viel Geld für Nias Kidnapping bezahlt hat.", vermutete Harry. "Warum sollten zwei Kriminelle einen solchen Aufwand betreiben, um eine ISOS Agentin zu entführen? Wenn es um Geld ging, und das ist für gewöhnlich das einzige was solche Leute interessiert, dann hättet ihr längst eine Lösegeldforderung erhalten! Ich bin überzeugt, dass man euch von etwas viel Größerem ablenken will, euch quasi aus dem Spiel nehmen möchte.", mutmaßte Harry im Brustton der Überzeugung.
Arsan dachte kurz über das Gesagte nach. „Der Gedanke ist uns noch nicht gekommen. Wir waren wohl zu sehr darauf konzentriert, Nia zu finden. Aber du hast recht. Das ist die einzig plausible Erklärung. Man möchte uns ablenken."

Norris kam zurück an den Tisch, und wirkte sichtlich erleichtert:

„Glück gehabt. Ein Bekannter von mir, ein Russe, wusste zufälligerweise, wo die beiden sich aufhalten. Er liefert mir importierten, russischen Wodka, und erzählte mir, dass ein Cousin von ihm vor kurzem diverse Waffen an zwei Tschechen verkauft hat, auf welche die Personenbeschreibung passt. Sie wohnen bei einem Landsmann namens Pavel Popovic, im dritten Stock eines Wohnblocks in Coney Island. Vornehmlich hausen dort Russen. Gefährliche Gegend. Ich habe euch die Adresse aufgeschrieben."
„Das ist endlich mal eine gute Nachricht. Vielen Dank, Norris! Wir machen uns dann direkt auf den Weg.", sagte Arsan im Aufstehen, doch Harry hielt Ihn zurück.
„Hör zu, Arif. Ihr müsst verdammt vorsichtig sein. Ich kenne die Gegend dort. Mit den Leuten ist nicht zu spaßen! Die werden euch zehn Meilen gegen den Wind riechen, und sie haben keine Skrupel, ungebetene Gäste ins Jenseits zu befördern. Nehmt Waffen mit, und seid wachsam!", gab Harry ihnen mit auf den Weg.
„Keine Sorge, Harry. Wir haben vorgesorgt. Die Leute dort sollten sich lieber vor uns in Acht nehmen!", versicherte Arsan ihm mit stählernem Blick.
Thiel und Arsan verließen das Toulon. Der Türke zückte sein Handy, und wählte Cranes Nummer.
„Ich bin's. Wir wissen, wo die Entführer sind.", sagte Arsan, und nannte Crane die Adresse.
„Sehr gute Arbeit.", lobte Crane, „Ich mache mich jetzt auf den Weg. Wir treffen uns einen Block entfernt von dem Wohnhaus.", und legte auf.
„Crane trifft sich mit uns in der Nähe des Wohnblocks. Dann werden wir unseren tschechischen Freunden mal zeigen, dass man ISOS Agenten besser nicht auf den Schlips tritt!", sagte Arsan zu Thiel.
„Kann's kaum erwarten!"; entgegnete dieser mit grimmiger Miene.

Die Halbinsel Coney Island liegt im Süden von Brooklyn an der Atlantikküste. In der ersten Hälfte des zwanzigsten Jahrhunderts, nach dem Anschluss an das New Yorker U-Bahnnetz, war Coney Island ein beliebtes Naherholungsziel. Der Strand und diverse

Freizeitparks luden dazu ein, am Wochenende einen Familienausflug dorthin zu machen.
Nach dem Ende des zweiten Weltkriegs begann der langsame, aber stetige Niedergang der Gegend. Im Westen der Halbinsel wichen die Vergnügungsparks großen Wohnblöcken des Sozialen Wohnungsbaus. Arbeitslosigkeit und Kriminalität prägten das Areal in den Folgejahren. Zwar sank die Kriminalitätsrate in den letzten Jahren rapide, doch das änderte nichts am heruntergekommenen Zustand dieses New Yorker Vororts, und die sozialen Wohnblöcke waren nach wie vor Hochburgen für Drogenhandel und Gewalt.

Zu einem dieser Blöcke waren Crane, Arsan und Thiel zu Fuß unterwegs. Sie hatten ihrem Chauffeur Zhang aufgetragen, in sicherer Entfernung auf sie zu warten. In dieser Gegend mit einer aufgemotzten Limousine vorzufahren, hätte zu großes Aufsehen verursacht.
Schließlich erreichten sie ihr Ziel. Eine siebenstöckige, heruntergekommene, unansehnliche, braune Mietkaserne, in L-Form gebaut, die vermutlich selbst als sie gerade neu gebaut war, wenig einladend gewirkt haben musste. Der gesamte Komplex hatte ungefähr den Charme einer Platten-Bausiedlung in der ehemaligen DDR.
Vor dem Gebäude bewachten zwei finstere, grobschlächtige Schläger den Eingang, und schauten die Agenten misstrauisch an. Langsam gingen die drei auf die Wachen zu, Crane und Arsan vorne, Thiel dahinter.
„Verschwindet, sonst brechen wir euch alle Knochen!" sagten die Schläger bedrohlich, mit starkem russischen Akzent.
Crane und Arsan kannten sich schon so viele Jahre, dass eine Absprache oder ein Zeichen zwischen ihnen nicht nötig war. Gleichzeitig, und mit fast übermenschlicher Geschwindigkeit, die keine Chance einer Gegenwehr ließ, griffen sie ihre Gegner an. Mit der Kraft einer Schraubzwinge packte Arsan den Arm seines Gegenübers, verdrehte ihn mit einem äußerst schmerzhaften Knirschen und verpasste ihm einen gezielten Handkantenschlag an den Hals. Sofort verlor der Russe das Bewusstsein.

Crane hingegen ging weitaus weniger elegant vor. Mit der Wucht einer Dampframme verpasste er seinem Gegner einen Fausthieb mitten ins Gesicht. Mit einem lauten Knacken brach das Nasenbein seines Kontrahenten. Der Mann flog einen Meter nach hinten, und krachte gegen die Eingangstür des Gebäudes. Mit verdrehten Augen, bei denen nur noch das Weiße zu sehen war, brach der Russe ohnmächtig zusammen.

„Mit dir ist heute aber nicht gut Kirschen essen.", flachste Arsan erstaunt über diesen K.O.-Schlag. „Erinnere mich bei Gelegenheit daran, dass ich niemals mit dir in einen Boxring steige…."

Die drei Agenten betraten das Gebäude. Geradeaus war ein langer Flur mit unzähligen Wohnungstüren, auf dem niemand zu sehen war. Rechts gelangte man in einen weiteren solchen Flur. Daneben war das Treppenhaus mit Kellerabgang. Auf der linken Seite hingen eine Reihe verbeulter Metallbriefkästen. Nackte, schmutzige Neonröhren spendeten ein wenig schummriges Licht. Die Wände, an denen der Putz abbröckelte, waren mit Graffiti übersät, und es stank nach Urin.

„Nettes Domizil. Ich sollte hier mal Urlaub machen…", sagte Crane mit angewidertem Gesicht. „Wir müssen die beiden Bewusstlosen aus dem Weg schaffen, damit sie nicht direkt ins Auge fallen."

Crane und Arsan warfen sich die Russen über die Schulter, trugen sie hinab in den Keller, und warfen sie wenig zimperlich in eine dunkle Ecke.

„Erledigt!", schnaufte Arsan. „Laut Norris wohnen die Typen im dritten Stock, also los."

Gemeinsam stiegen sie das schmutzige, stickige Treppenhaus hinauf.

„Oh Mann, ich bin zu alt für so was.", sagte Thiel, als sie im dritten Stock ankamen. Das war sein Standardspruch, wenn es sich um körperliche Anstrengungen handelte, obwohl er fit und durchtrainiert war.

„Ja, ja, Frank. Nur für Frauen bist du nie zu alt…", erwiderte Crane. „Warte hier, und halte uns den Rücken frei. Dann kannst du deine alten Knochen ein wenig ausruhen."

„Komm du erst mal in mein Alter!", brummte Thiel vor sich hin, und bewachte mit gezogener Waffe das Treppenhaus.

Crane und Arsan gingen, ebenfalls mit gezückten Waffen, den Flur hinab und schauten auf die Namensschilder an den Türen, um die Wohnung der Tschechen zu finden. Plötzlich öffnete sich neben Arsan eine Wohnungstür, und ein bewaffneter Mann lugte hinaus. Geistesgegenwärtig trat der Türke kräftig gegen die Tür. Der Mann fiel hin, und verlor dabei seine Waffe. Arsan stürmte gefolgt von Crane in die Wohnung, und drückte dem Bewohner seine Glock 31 an die Stirn.

„Pavel Popovic!", flüsterte er bedrohlich.

„Letzte Tür links.", sagte der Mann, offensichtlich auch ein Russe, mit verängstigter Stimme.

Crane nahm die Waffe des Russen und entlud sie.

„Und keinen Mucks, verstanden? Sonst komme ich wieder!", drohte der Türke.

„J-j-ja, nat-t-türlich.", stotterte der Russe. Erst jetzt erkannte Arsan, dass er einen, noch sehr jungen Jugendlichen vor sich hatte.

„Tss, fast noch ein Kind, und läuft mit einer Knarre rum. Wo soll das noch hinführen?", sagte Arsan.

Crane trat wieder hinaus auf den Flur, als er plötzlich aus dem Raum, in dem sich Stankovic und Kasincky befinden mussten, mehrere Schüsse hörte. Er und Arsan preschten vor und gingen rechts und links neben der geschlossenen Tür in Stellung. Arif stellte sich vor die Tür, trat sie mit voller Wucht auf und ging dann sofort wieder in Deckung, während Crane bereits den Innenraum ins Visier nahm. Er sah zwei bewaffnete Männer, die gebeugt über zwei Leichen standen, sich erschrocken umdrehten und sofort begannen, das Feuer auf Crane und Arsan zu eröffnen. Crane ging in Deckung. In den Türrahmen, hinter dem die beiden Agenten versteckt waren und in die Wand des Flurs gegenüber, schlugen die Kugeln ein. Holz splitterte und Putz bröckelte. Als die beiden Angreifer ihre Magazine leer geschossen hatten, gingen sie, um nachzuladen, hinter der Couch und hinter einem Sessel in Deckung. Leise und mit erhobenen Waffen betraten

Arsan und Crane die Wohnung und gingen in Stellung, um zu schießen, sobald ihre Gegner sich wieder zeigten. Auf dem Boden der Einzimmerwohnung lagen Vladimir Stankovic und Pjotr Kasincky, getroffen von dutzenden Kugeln. Unter ihnen breitete sich eine riesige Blutlache aus, und die Wände waren rundherum mit Blut bespritzt.

„*Die beiden Eindringlinge müssen Killer sein, die den Auftrag hatten, Stankovic und Kasincky zu erledigen. Zeugenbeseitigung…*", überlegte Crane.

„Kommt mit erhobenen Händen raus und wir lassen euch leben!", forderte Crane die Killer auf.

„Niemals!", rief einer der beiden, woraufhin sie abermals versuchten, das Feuer auf Crane und Arsan zu eröffnen. Doch ehe sie auch nur einen einzigen Schuss abgeben konnten, hatten die Agenten sie mit präzisen Schüssen in den Kopf erledigt.

Crane ging sofort hinüber zu Stankovic und fühlte dessen Puls.

„Der hier ist tot.", sagte Crane resigniert.

„Kasincky lebt noch!", rief der Türke, und beugte sich hinab, weil der schwerverletzte Mann ihm offensichtlich etwas sagen wollte.

„Na farmě.", flüsterte Kasincky auf Tschechisch mit seinem letzten Atemzug.

32
Washington DC

Im Weißen Haus im Oval Office saß CIA Direktor Arthur Maxwell in einem Sessel und wartete auf den Präsidenten. Er trug wie immer einen schlecht sitzenden schwarzen Anzug mit schwarzer Krawatte. Auf dem Schoß hielt er eine schwarze Lederaktentasche.

Er fand das Oval Office imposant und wäre gerne selber Präsident geworden. Doch es war ihm bewusst, dass er nicht charismatisch genug war, um als Präsident gewählt zu werden. Doch auch ohne Präsident zu sein, gab es in Washington Mittel und Wege, um Macht auszuüben.

Präsident Roger Stapleton betrat das Oval Office und sah wie immer frisch und energiegeladen aus. Respektvoll begrüßte er Maxwell, der aufstand, um dem Präsidenten die Hand zu geben. Stapleton mochte Maxwell nicht sonderlich. Der Mann bereitete ihm Unbehagen und am liebsten hätte er dem Treffen gar nicht zugestimmt. Doch Maxwell sagte, er hätte wichtige Informationen für ihn, und so hatte Stapleton ihn wohl oder übel empfangen müssen. Normalerweise beschränkte der Präsident den Kontakt zu Maxwell nur auf das Allernötigste und hatte aus diesem Grund den Posten eines CIA Verbindungsmannes ins Leben gerufen, der für die Kommunikation zwischen CIA und dem Weißen Haus zuständig war. Doch dieses Mal hatte Maxwell regelrecht auf ein persönliches Treffen unter vier Augen bestanden.

„Direktor Maxwell, was kann ich für Sie tun?"
„Mr. President, es geht um ISOS."
„Hören Sie, Direktor, falls es sich um die Geschehnisse rund um Special Agent Peter Crane handelt, dann muss ich Ihnen sagen, dass ISOS Direktor John McDermott mir glaubhaft versichern konnte, dass Peter Crane in dieser Angelegenheit unschuldig ist und er mir entsprechende handfeste Beweise liefern wird."
„Natürlich hat er Ihnen das versichert. Denn schließlich ist Peter Crane McDermotts Zögling!", entgegnete Maxwell mit einem abfälligen Lächeln.
„Nun, ich tendiere dazu, Direktor McDermott in dieser Sache Glauben zu schenken und ich habe ihm die nötige Zeit gegeben, mir Beweise für Cranes Unschuld zu liefern."
„Mr. President, davon sollten Sie unbedingt absehen. Mir liegen unumstößliche Beweise vor, dass Peter Crane Teil einer groß angelegten Verschwörung ist, und dass sowohl Direktor John McDermott als auch die Geheimdienstorganisation ISOS in diese Verschwörung verwickelt sind. Es wurden Zahlungen erhalten, sich mit Terroristen getroffen und mit ihnen paktiert, und Ver-

brechen gegen das amerikanische Volk geplant." Maxwell öffnete die Aktentasche und gab dem Präsident eine Akte. „Hier haben Sie alles schwarz auf weiß.", sagte Maxwell mit einer gewissen Genugtuung.

Der Präsident begann zu lesen, sog scharf die Luft ein und schüttelte während der Lektüre mehrmals mit dem Kopf. In der Akte befanden sich Kopien von Überweisungsbelegen laut denen mehrere Millionen Dollar aus dem Iran auf TARC/ISOS Konten überwiesen wurden. Dazu Fotos der Leichen, die Peter Crane in den letzten Tagen hinterlassen hatte, mit Ausweisen, welche die Leute als Mitarbeiter der CIA auswiesen. Einige Fotos von Peter Crane und Direktor McDermott zeigten, wie diese sich in einem öffentlichen Park mit drei Männern, möglicherweise persischer Abstammung, trafen. Außerdem Kopien von Flugtickets, laut denen Peter Crane und John McDermott innerhalb der letzten zwölf Monate häufiger in den Iran geflogen waren.

„Es fällt mir wirklich schwer, das zu glauben, auch wenn ich es hier schwarz auf weiß vor mir sehe."

„Mir auch, Mr. President. Ich kenne John McDermott schon seit dem College. Es ist für mich unvorstellbar, dass er zu so etwas fähig wäre."

„Für mich stellt sich vor allem die Frage nach dem "Warum"?

„Genau das sollten wir herausfinden, Mr. President!"

„Was schlagen sie vor, in dieser Sache zu unternehmen, Direktor Maxwell?"

„Nun, Mr. President. Wir sollten mit allen Mitteln diese Angelegenheit näher untersuchen. Es ist notwenig, dass wir in der ISOS Zentrale eine Razzia durchführen, um unter Umständen weitere Beweise zu sammeln oder die jetzigen Beweise zu entkräften. Darüber hinaus sollten wir Direktor McDermott, die ISOS Führungsriege und Agent Crane festnehmen, um sie zu verhören."

Der Präsident nickte. „Das ist ein Pulverfass, Direktor Maxwell. Wir müssen in dieser Angelegenheit vorsichtig und behutsam vorgehen, damit uns das alles nicht um die Ohren fliegt. Es fällt mir sehr, sehr schwer das zu sagen, aber tun Sie, was Sie tun müssen. Ich erteile Ihnen hiermit die Befugnis, die ISOS Zentrale zu durchsuchen und die von Ihnen angesprochenen Personen festzunehmen. Sie sind autorisiert, diese Personen so lange festzuhalten, bis diese entweder geständig sind, oder die Vorwürfe entkräftet sind." Der Präsident seufzte. „Diese Sache macht mir sehr zu schaffen. Das alles könnte zu einem Skandal werden, der mich schlimmstenfalls mein Amt kostet…", sagte er mit leidender Miene.

„Keine Sorge, Mr. President. Wir werden uns dieser Sache äußerst behutsam annehmen. Ich hoffe natürlich, dass an diesen Vorwürfen nichts dran ist und dass es für die bisherigen Beweise plausible Erklärungen gibt. Ich halte große Stücke auf Direktor McDermott!", sagte Maxwell betont einfühlsam zu Präsident Stapleton. Doch innerlich jubelte Maxwell: *„Warte es nur ab, du Trottel. Ganz am Ende werde ich dafür sorgen, dass Du Dein Amt verlierst und heulend aus dem Weißen Haus getrieben wirst.…Die ISOS Krise wird der Strick sein, an dem Du hängen wirst!"*

Maxwell wusste, dass der Präsident ihn nicht leiden konnte. Umgekehrt hielt er aber auch nichts von dem Präsidenten. Für ihn war Stapleton nur ein verweichlichter Schönling, der es mit viel Glück geschafft hatte, zum Präsidenten gewählt zu werden, der eigentlich jedoch nicht würdig war, die mächtigste Nation der Welt zu regieren. Zudem war Stapleton so aalglatt und sauber, dass Maxwell nichts gegen ihn in der Hand hatte und dementsprechend keine Möglichkeit sah, den Präsidenten unter Druck zu setzen. Und aus diesem Grund würde er Stapleton aus dem Amt drücken. Denn der Vizepräsident Jonathan M. Segmore hatte so einige dunkle Geheimnisse und wenn er der Präsident als Nachfolger von Stapleton sein würde, dann wäre er nichts weiter, als Maxwells Marionette. *„Ein Präsident, der alles tut, was man ihm befiehlt, ist sogar noch besser, als selber Präsident zu sein."*, dachte er befriedigt.

„Gut, Mr. President, dann werde ich mich mal an die Arbeit machen. Wenn Sie bitte noch so freundlich wären, den Durchsuchungsbefehl und die Haftbefehle zu unterschreiben, damit wir formal auf der sicheren Seite sind."

„Natürlich.", sagte Stapleton widerwillig mit säuerlichem Gesicht.

Als der Präsident fertig war, stopfte Maxwell die Unterlagen in

seine Aktentasche, verabschiedete sich und verließ mit einem diabolischen Grinsen auf dem Gesicht das Oval Office.
Als er fort war, betrat Cameron Grant, der Stabschef des Präsidenten, das Oval Office. Grant war 1,60 m groß und drahtig. Er und der Präsident waren langjährige Freunde, weswegen sie sich duzten, wenn sie alleine waren. Zudem nahm Grant kein Blatt vor den Mund und sagte Stapleton immer ehrlich seine Meinung. Aus diesem Grund schätzte Stapleton ihn sehr als seinen Stabschef.
„Was wollte Maxwell?", fragte Grant.
Der Präsident klärte ihn auf. Wie immer zeigte Grant keinerlei Gefühlsregung, sondern betrachtete das Problem mit seinem analytischen Verstand von allen Seiten.
„Was denkst du?", fragte der Präsident.
„So prekär diese Beweise auch sind. Wir sollten Maxwell nicht trauen. Diese ganze Sache stinkt zum Himmel. Du weißt, dass ich selber früher bei ISOS gearbeitet habe und dass ich Crane und McDermott kenne. Die beiden würden so etwas nie tun.", sagte Grant mit Bestimmtheit.
„Ich weiß.", entgegnete der Präsident zerknirscht. „Aber wir haben keine Wahl. Wir müssen dieser Sache auf den Grund gehen."
„Ja, das müssen wir wohl. Ich bekomme nur Zahnschmerzen bei dem Gedanken daran, dass Maxwell jetzt im Prinzip bei dieser Ermittlung einen Freifahrtschein hat…..Wenn du mich jetzt bitte entschuldigst, ich muss noch etwas Dringendes erledigen.", sagte Grant abrupt, sprang auf und verließ hastig das Oval Office, noch bevor der Präsident etwas erwidern konnte. Draußen im Flur zückte Grant sein Handy und wählte aus dem Kopf eine Mobilfunknummer. „John, ich bin's. Hören Sie zu….."

33
Zürich

Es war mittlerweile 22:00 Uhr in Zürich. Dr. Elias Huber saß hinter seinem edlen Schreibtisch, und rieb sich die Augen. Es war ein langer, achtzehnstündiger Arbeitstag gewesen. Er arbeitete bei der "Seilert & Gerber Privatbank", kurz SGP, am Limmatplatz mitten in Zürich. Die Bank war eine der ältesten und angesehensten Privatbanken in der Schweiz. Zu ihren Kunden zählten schwerreiche Industrielle, Ölscheichs und milliardenschwere Konzerne. Verschwiegenheit und Seriosität wurden, wie bei so vielen Banken der Schweiz, großgeschrieben.
Dr. Huber war der Direktor der Bank, und hatte somit Zugriff auf das komplette Computersystem und auf sämtliche Dokumente und Akten, weil er beispielsweise im Zweifelsfall grünes Licht für Großkredite oder Ähnlichem geben musste.
Manchmal fragte er sich, ob sein Job das alles überhaupt wert war. Klar, er verdiente Millionen Schweizer Franken im Jahr. Aber er hatte leider keine Zeit, das Geld auszugeben. Seine Frau hatte ihn vor einigen Jahren verlassen, als ihr klar geworden war, dass er mit seinem Beruf und nicht mit ihr verheiratet war. Er war fünfzig Jahre alt, fühlte sich wie siebzig, und würde wahrscheinlich irgendwann als schwerreicher, aber total vereinsamter Mann an seinem Schreibtisch hier in der Bank sterben.
In der Finanzwelt hatte er einen kometenhaften Aufstieg hingelegt, und darauf war er zurecht stolz. Doch genau dieser Aufstieg hatte alles, was er jemals an Privatleben hatte, zerstört. Vielleicht war es an der Zeit, sich zur Ruhe zu setzten. Er war nach wie vor ein durchaus attraktiver Mann, der bei Frauen gut ankam. Er würde sich eine Villa am Comer See kaufen, sich eine hübsche, junge Frau suchen, und mit ihr gemeinsam seinen Lebensabend verbringen. *„Ja, das werde ich bald tun!"*, träumte er.
Mit einem tiefen Seufzer schloss Dr. Huber eine vor ihm liegende Akte und knipste seine teure Kristallschreibtischlampe aus. Er nahm seine Aktentasche, zog seinen Mantel an, und verließ sein

Büro.

Mit hängenden Schultern, wie ein alter Mann, schlurfte er durch die Bank - seine Bank - und fuhr mit dem Aufzug in die Tiefgarage. Dort unten wartete sein Schätzchen auf ihn: Ein silberner Mercedes SLS AMG. Chassis und Karosserie aus Aluminium gefertigt. Heckantrieb, 7-Gang Sportgetriebe, 6,2 Liter V8 Motor mit 570 PS. Der Wagen war eine Art Ersatzfreundin für ihn, und jedes Mal, wenn er in diesem technischen Wunderwerk saß und den V8 Motor startete, bekam er eine Gänsehaut.

Er ließ sich in die lederbezogenen, weich gepolsterten Sportsitze fallen, und machte sich auf den Weg nach Hause.

Dr. Hubers Villa lag auf der westlichen Seite des Zürichbergs, der Nobelwohngegend schlechthin in Zürich. Das Haus hatte eine Wohnfläche von 450qm, verfügte über vier Garagen, zwei Swimmingpools, Fitnessstudio und Sauna. Von der großzügigen Sonnenterrasse hatte man einen fantastischen Blick auf Zürich. Zuhause angekommen parkte er den Mercedes in der Garage, und schloss das elektrische Tor mit einer Fernbedienung. In den anderen Garagen standen ein Audi S8 als offizieller Dienstwagen, ein Porsche Cayenne für den Winter, und ein Ferrari California für den Sommer.

Huber betrat das Haus durch den Garageneingang. Er wollte noch ein, oder zwei, höchstens drei Gläser Cognac trinken, bevor er zu Bett ging. Er nahm einen riesigen Cognac-Schwenker, eine neue Flasche teuren edelsten Cognac, und setzte sich in seinen gemütlichen Lieblingssessel. Als er gerade erst ein halbes Glas getrunken hatte, überkam ihn eine unvorstellbare Müdigkeit, die er so noch nie verspürt hatte. Vergeblich versuchte Dr. Huber dagegen anzukämpfen, und fiel schließlich in einen tiefen, narkoseähnlichen Schlaf. Das Cognac-Glas drohte ihm aus der Hand zu fallen, doch wie aus dem Nichts erschien lautlos ein unbekannter Mann und fing das Glas auf.

„Puh, gerade noch gefangen!", sagte der Mann zu seiner Kollegin, einer 1,80m großen, äußerst attraktiven Brünetten. „Sonst hätten wir den Fusel aufwischen müssen. Die K.O. Tropfen haben verdammt schnell gewirkt. Huber schlummert tief und fest und wird bis morgen früh durchschlafen."

Die beiden Eindringlinge waren Geheimagenten, und arbeiteten bereits seit vielen Jahren zusammen. Ihre Beziehung war rein kollegial, und obwohl beide attraktiv waren, hatte noch nie irgendetwas Sexuelles zwischen ihnen stattgefunden. Sie respektierten sich auf beruflicher Ebene, und sie würden füreinander ihr Leben geben, doch privat hatte es noch nie zwischen ihnen gefunkt.
Der Mann nahm die Flasche Cognac, leerte sie zu Dreivierteln in der Spüle, und stellte sie zurück auf den Beistelltisch neben Huber. Wenn der Doktor morgen früh schwer verkatert erwachte, würde er denken, dass er wohl einen über den Durst getrunken hatte.
Der männliche Agent war aus zwei Gründen für diesen Einsatz ausgewählt worden: Er war ein erfahrener Hacker, und seine Größe und sein Körperbau waren denen Doktor Hubers sehr ähnlich. Er trug Anzug, Hemd und Krawatte, die genau so aussahen wie die Bekleidung Hubers. Für den Rest würde seine Kollegin jetzt sorgen.
Sie entnahm einem Aluminium-Koffer eine Perücke, eine Brille, Kontaktlinsen, etliche Silikonpölsterchen, hautverträglichen Klebstoff und Schminke. Dann machte sie sich an die Arbeit. Nach einer Stunde war sie fertig, und das Ergebnis war verblüffend. Ihr Kollege glich Dr. Huber wie ein Zwillingsbruder. Sie hatte perfekte Arbeit geleistet. Als letztes machte sie von Hubers Zeigefingerkuppe einen Abdruck, fertigte daraus einen dünnen Negativabdruck aus Silikon, und klebte diesen auf die Zeigefingerkuppe ihres Kollegen, damit er problemlos den Fingerabdruck-Scanner in der Bank passieren konnte.
„Fantastische Arbeit! Du bist die Beste!", sagte er nach einem bewundernden Blick in den Spiegel, „Ich mache mich jetzt auf den Weg. Pass du auf Huber auf."
„Mach ich. Und sei vorsichtig. Wir dürfen uns keinen Fehler erlauben", erwiderte sie.
Der Mann nahm Hubers Mercedes und machte sich auf den Weg zur Bank. Er hatte schon immer davon geträumt, einmal ein

solches Fahrzeug fahren zu können. Von seinem Gehalt als Agent konnte er sich so etwas allerdings nicht leisten und so genoss er die Fahrt in vollen Zügen.

Als er an der Bank ankam, gelangte er mit Hilfe von Dr. Hubers Zugangskarte und dessen Fingerabdrücken problemlos in das Gebäude.

Im Büro des Bankdirektors schaltete er dessen Computer ein, legte seinen Finger erneut auf einen Scanner, und machte sich, nach erfolgreicher Prüfung, ans Werk.

Das Konto, auf welches er zugriff, gehörte einer Firma namens "Technology and Research Company", oder auch TARC genannt. Einen Betrag von einer Million US Dollar von diesem Konto spendete er an diverse Kinderhilfsorganisationen in Afrika. Der Betrag war von einem Unbekannten auf dieses Konto eingezahlt worden, um TARC und ISOS, die Organisation, für die der Agent arbeitete, zu diskreditieren. Da war das Geld besser bei den Kindern in Afrika aufgehoben, fand er. Das restliche Geld des Kontos überwies er an verschiedene kleinere Banken rund um den Globus. Anschließend löschte er das Konto und alle Belege spurlos aus dem System, und vernichtete ebenfalls alle Informationen und Akten über TARC.

Würde irgendjemand Nachforschungen anstellen, ob eine Firma namens TARC Kunde der "Seilert & Gerber Privatbank" war, dann würde er nichts finden. Keinen Kunden, kein Konto, keine Kontoauszüge, keine Belege und schon gar kein Geld. Sogar die Bilanzen und Geschäftsberichte der Bank hatte der Agent perfekt gefälscht. Bei einer genauen Überprüfung würde man zwar vielleicht auf Ungereimtheiten stoßen, aber es konnte - wenn überhaupt - Monate oder gar Jahre dauern, bis diese Vertuschung entdeckt würde. Und selbst dann würde man nichts zu TARC oder ISOS zurückverfolgen können. Einzig Dr. Huber würde dann seinen Kopf hinhalten müssen. Die Bank würde ihn wahrscheinlich als Bauernopfer entlassen müssen. Da man ihm aber nichts würde beweisen können, er sich sowieso zur Ruhe setzen wollte und mehr als genug Geld hatte, um in Ruhe seinen Lebensabend zu genießen, war auch das kein Problem.

Zufrieden schaltete der ISOS Agent den Computer des Direktors aus, und machte sich auf den Weg zurück zu dessen Villa, um seine Kollegin abzuholen. Der Abend war perfekt gelaufen. 29,86 Millionen US Dollar hatten sich in Luft aufgelöst, ohne dass man es zurückverfolgen konnte, und ohne dass es irgendjemand in der Bank so schnell merken würde.

Überall auf der Welt fanden zu diesem Zeitpunkt mehrere, ähnliche Geheimdiensteinsätze statt. Alle diese Einsätze waren Teil eines Notfallplans, den ein gewisser Peter Crane vor vielen Jahren mit ISOS Direktor John McDermott ausgeklügelt hatte.

Am nächsten Morgen erwachte Elias Huber verkatert aus einem tiefen traumlosen Schlaf. Er reckte sich und schaute auf die Flasche Cognac vor ihm auf dem Tisch.

„Puh, da habe ich mir wohl doch mehr als drei Cognacs gegönnt…..", sagte er zu sich selber verschlafen. Er rappelte sich hoch und stakste immer noch leicht benommen ins Badezimmer, um eine lange Dusche zu nehmen. Sein Zustand heute Morgen war ein weiteres Indiz dafür, dass es an der Zeit war, kürzer zu treten. Und so war er fest entschlossen, seinen Beruf an den Nagel zu hängen und sich zur Ruhe zu setzen. Er würde gleich heute Morgen die Kündigung schreiben.

„Ja, das werde ich tun….", sagte er nach dem Duschen zu seinem zerknitterten Gesicht im Spiegel.

34
New York

Die Abenddämmerung brach über New York City herein. Crane, Arsan und Thiel waren zurück in Victor Chans Penthouse. Gemeinsam mit dem Chinesen und Lilly Jaxter saßen sie an dem großen Konferenztisch in der Mitte der Kommandozentrale. Resignation machte sich breit und es herrschte eine aggressive Stimmung.
„Was zum Teufel hat Kasincky gesagt, Arif? Versuch noch mal, dich genau zu erinnern!", sagte Crane extrem gereizt.
„Mann, ich weiß es nicht. Bin ich Türke oder Tscheche? Irgendwas wie "nafami" oder "nafomo", oder so was. Keine Ahnung. Mir wäre es auch lieber gewesen, wenn der Typ Englisch gesprochen hätte. Außerdem hat er nur geflüstert.", erwiderte der Türke ebenso gereizt.
„Jungs, beruhigt euch.", sagte Chan, der nach dem ersten Schrecken über Nias Entführung wieder ganz der Alte war. „Wenn ihr euch streitet, werdet ihr Nia niemals finden! Ihr habt nur eine Chance, wenn ihr zusammenhaltet!".
Crane atmete tief durch. „Victor hat recht. Wir sollten uns nicht streiten. Entschuldige, Arif."
„Schon okay, Pete. Ich kann deinen Unmut ja verstehen!"
„Hör zu, Arif, mach doch bitte Folgendes. Ruf Norris in Brooklyn an, und frage ihn, ob er einen Tschechen kennt, der uns möglicherweise die Wörter übersetzen kann. Auch wenn du sie nicht hundertprozentig verstanden hast, haben wir vielleicht Glück."

Plötzlich vibrierte in Cranes Hose ein Handy. Er zog das Telefon aus der Tasche, und war überrascht. Es war das Gerät des Killers Mr. Smith. Crane hatte ganz vergessen, dass er es noch bei sich trug. Er bat die anderen um Ruhe, aktivierte an seinem eigenen Telefon die Voice-Recorder-Funktion, und stellte das Mobiltelefon des Killers auf Lautsprechen. Durch den von Arsan pro-

grammierten Stimmenemulator meldete er sich mit der Stimme von Mr. Smith.
„Ja."
„Mr. Smith, hier ist Ihr spezieller Freund. Ich habe einen neuen Auftrag für Sie.", sagte eine männliche Stimme am Telefon. Crane hatte ihn sofort erkannt, und auch Jaxter, Arsan und Thiel schauten verdutzt und leicht erblasst drein.
„Reden Sie.", forderte Crane/Smith ihn auf.
„Ein schwieriger Auftrag. Ich zahle das Doppelte. Sie bekommen wie immer Ihr Geld im Voraus. Ich gebe Ihnen alle weiteren Informationen, wenn wir uns treffen."
„Nennen Sie einen Treffpunkt."
„Der Vorplatz des Madison Square Garden, in einer Stunde."
„Einverstanden.", sagte Crane/Smith und legte auf.

Crane erklärte Chan, der den Mann am Telefon nicht kannte, wer da gerade angerufen hatte, woraufhin auch Chan mit Bestürzung reagierte.
„Oh, Mann", sagte Thiel, „Die Angelegenheit nimmt mittlerweile Ausmaße an, dass es einem Angst und Bange wird. Dass ausgerechnet er der Verräter ist, hätte ich nie gedacht. Ich frage mich mittlerweile, ob wir überhaupt noch jemandem vertrauen können? Eines ist jedoch eigenartig. Warum wusste unser verräterischer Anrufer nicht, dass Mr. Smith tot ist?"

Crane dachte kurz nach.
„Warte, ich habe da eine Idee."
Dann nahm er sein Handy und wählte die Nummer von Direktor McDermott. Gegenseitig brachten sie sich kurz auf den neuesten Stand, und Crane fragte dann nach dem Aufenthaltsort der Person, die ihn angerufen hatte. Sein Telefonat als Mr. Smith erwähnte er jedoch nicht. McDermott klärte ihn auch darüber auf. Crane bedankte sich, und beendete das Gespräch.
„Jetzt ist alles klar. Nachdem ich in Berlin Mr. Smith erledigt hatte, sind wir direkt nach Amerika zurück geflogen. McDermott hat derweil auf meine Bitte hin in der ISOS Zentrale das Gerücht in Umlauf gebracht, dass der Killer mich erledigt hat. Als wir in

Amerika gelandet sind, wusste jeder in der ISOS Zentrale, dass Peter Crane tot ist. Natürlich auch der Verräter. Als ich in Washington ankam, und darauf wartete, dass Steve Hudson nach Hause kam, verließ der Verräter die ISOS Zentrale, immer noch in dem festen Glauben, ich sei tot. Seitdem hatte er, laut Aussage von McDermott, keinerlei Kontakt mehr zu ISOS. Er ist untergetaucht. Ich vermute, dass er noch diese eine Sache erledigen wird, um sich dann endgültig aus dem Staub zu machen. Schließlich ist das eine ziemlich gewagte Nummer, die er hier abzieht und das Risiko, doch noch aufzufliegen, ist verdammt groß.", erklärte Crane.
„Der Verräter glaubt also immer noch, du seist tot. Wen wollte er aber dieses Mal von Mr. Smith umbringen lassen?", fragte Arsan.
„Das kann ich nur vermuten. Ich denke, Direktor McDermott. Überlegt mal: Der Verräter denkt, dass ich tot bin und dass er Hudson als den alleinigen Verräter dargestellt hat. Wenn er jetzt noch dafür sorgt, dass der Direktor verschwindet, dann hat er drei der wichtigsten Leute bei ISOS ausgeschaltet. Hudson, McDermott und ich waren bei ISOS immer ein eingeschworenes Team und *er* war da immer ein wenig außen vor. Ich denke, dass dürfte ihm überhaupt nicht geschmeckt haben und das war mit Sicherheit der Grund, warum es relativ einfach gewesen sein dürfte, ihn zu diesem Verrat zu überreden. Es machte bei ISOS sowieso mittlerweile die Runde, dass er sich häufig über seine Unzufriedenheit in seinem Job und seinen Stellenwert bei ISOS ausließ. Ob aber nun seine Auftraggeber auch noch McDermott aus dem Weg haben wollen, oder ob es eine Art private Rache von ihm selber ist, das lässt sich momentan nicht genau sagen. Ich vermute aber, dass es eher seine persönliche Rache an McDermott ist. Für ihn das Tüpfelchen auf dem "i" bei seinem Verrat. Denn nach dem, was ich von Mr. Smith erfahren habe, wurde Smith immer mit verzerrter Stimme angerufen und ein Treffen zwischen ihm und dem Auftraggeber hat es nie gegeben. Doch jetzt plötzlich dieser Anruf ohne Stimmverzerrer und das Treffen? Das passt nicht. Deswegen glaube ich, dass dieser Attentatsauftrag von dem Verräter alleine ausgeht."
„Mein lieber Mann! Starker Tobak. Was machen wir mit dem

Verräter?", fragte Thiel.
„Nichts. Wir lassen ihn noch etwas in dem Glauben, ich sei tot und er noch nicht entlarvt worden. Allerdings fahre ich jetzt zum Madison Square Garden, und schieße ein paar Beweisfotos von ihm. Zusammen mit der Aufnahme des Telefonats haben wir dann genügend Beweise gegen ihn in der Hand.", antwortete Crane.
„Glaubst du nicht, dass er irgendetwas über die Entführung von Nia weiß?", wollte Lilly von Crane wissen.
„Nein, ich denke nicht. Schau, er ist untergetaucht. Ich glaube, er handelt im Moment auf eigene Faust und hatte keinen Kontakt mehr zu seinen Auftraggebern, denn sonst wüsste er, dass ich noch lebe. Da er aber denkt, dass ich tot bin und Mr. Smith lebt, würde es für ihn wenig Sinn machen, Nia zu entführen."
„Klingt plausibel.", musste Lilly zugeben. „Wir kümmern uns dann um die Übersetzung der tschechischen Wörter, während Du weg bist."
„Und ich kümmere mich um euer leibliches Wohl. Ihr habt seit heute Morgen nichts mehr gegessen. Wenn ihr wisst, wo Nia ist, müsst ihr bei Kräften sein.", sagte Chan vorwurfsvoll.
„Danke, Victor. Das ist sehr nett von dir.", sagte Crane im Aufstehen, und verließ das Penthouse.

Als Crane auf die Straße trat, sah er in circa fünfzig Meter Entfernung ein Taxi ohne Beleuchtung. Er hatte zunächst überlegt, mit Chans Limousine zum Madison Square Garden zu fahren, entschied sich jedoch dagegen und wollte lieber ein Taxi zu nehmen. Denn ein Yellow Cab war in New York die wesentlich unauffälligere Variante.
Crane lief zu dem Taxi hinüber, und öffnete die Beifahrertür. Im Innenraum saß ein circa dreißigjähriger muskulöser Afroamerikaner mit legerer weißer Trainingshose, weißem Ripp Unterhemd und weißer Baseballkappe.
Genüsslich biss der Fahrer gerade in einen Hot Dog, und sagte zwischen zwei Bissen:
„Sorry man, hab' Pause.", und grinste Crane dabei mit einem

Stück weichgekautem Hot Dog zwischen zwei riesigen Reihen vergoldeter Zähne an.

„Ich gebe Ihnen zweihundert Dollar im Voraus, wenn Sie mich sofort, und ohne Umwege zum Madison Square Garden bringen.", sagte Crane, und wedelte mit zwei einhundert Dollar Scheinen.

Der Fahrer sprang aus dem Auto, warf seinen Hot Dog auf die Straße und öffnete Crane die Hintertür.

„Yo, man, hätt' Jamal gewusst, dass sein neuer weißer Bro so scheiße großzügig is', hätt' er schon längst Vollgas gegeben. Wie heißt'n, Bruder?"

„Mein Name ist Peter."

„Yo, Pete, freut mich riesig, dich kennenzulernen. Jamal zu deinen Diensten."

Crane stieg schmunzelnd ein, und Jamal fuhr mit einem Affenzahn in Richtung 8th Avenue.

„Hey, Pete, was geht'n ab, Alter. Warum hast'n so ne große Kamera dabei?", fragte Jamal neugierig.

„Meine Frau geht fremd. Sie will sich heute mit ihrem Liebhaber am Madison Square Garden treffen. Ich möchte ein paar Beweisfotos schießen, und mich dann von ihr trennen.", log Crane.

„So ne Scheiße, Bro. Ich weiß, wie de dich fühlst. Meine Alte is' vor nem halben Jahr mit so nem reichen Nigger abgedampft."

„Tut mir leid, das zu hören, Jamal."

„Aaach, drauf geschissen, weißte. Se hat vorher schon zweimal fremdgebumst. War froh, als se endlich weg war! Und Jamal hat immer genug heiße Bitches, mit denen Jamal abhängen und viel Spaß haben kann, wenn de weißt, was Jamal meint?" Im Rückspiegel zwinkerte er Crane verschwörerisch zu. „Aber hey, wenn de was Ablenkung brauchst, sag Jamal Bescheid. Fallste Drogen oder Nutten oder so brauchst, kein Problem, Jamal kann alles besorgen. Und fallste deiner Bitch das Gehirn raus pusten willst, kann Jamal dir auch dabei helfen."

„Danke, Jamal, ich denke, das wird nicht nötig sein."

„Okay, Bro. Aber hier haste meine Karte, fallste doch mal Hilfe brauchst."

Crane nahm die Karte und las: *"Jamal Dupree – Dienstleistungen*

aller Art", und darunter Jamals Mobilfunknummer.
„Danke, Jamal, ich werde bestimmt mal darauf zurückkommen."
Sie erreichten den Madison Square Garden fünf Minuten vor der Zeit, doch der Verräter wartete bereits vor dem Gebäude.
„Jamal, könntest du drehen, und auf der anderen Seite vor dem Pennsylvania parken? Von dort aus bekomme ich ihn am besten drauf.", fragte Crane.
„Yo, no Prob, Bro! Jamal parkt, wo immer de möchtest!"
Jamal fuhr zweihundert Meter weiter, drehte, und parkte dann vor dem Hotel Pennsylvania. Crane nahm eine Canon EOS 5D Spiegelreflexkamera zur Hand, und machte einige Aufnahmen des Verräters, mit einem Koffer in der Hand, in dem sich vermutlich das Geld für Mr. Smith befand.

„Yo, Pete, wo is'n deine Bitch?", fragte Jamal.
„Keine Ahnung. Vielleicht hat sie ihn versetzt. Schade, da habe ich wohl doch keine Beweisfotos von ihr und ihm zusammen. Könntest du mich zurück zum Central Park West bringen, Jamal?"
„Klar, Bro. Schon unterwegs."
Zurück am Central Park West gab Crane Jamal noch einhundert Dollar zusätzlich, woraufhin dieser sich überschwänglich bedankte, und sich anschließend noch mindestens fünfmal mit diversen Handshakes von Crane verabschiedete, bevor er endlich losfuhr. Crane nahm sein Mobiltelefon, und rief einen Freund und ISOS Kollegen namens Patrick "Pat" O'Donnell an. Diesem gab er den Auftrag, den Verräter von nun an vierundzwanzig Stunden am Tag, 7 Tage die Woche, und nötigenfalls bis über die Landesgrenzen hinaus, zu beschatten.
Anschließend ging er zurück in Chans Penthouse in der Hoffnung, dass der Türke eine passende Übersetzung der tschechischen Wörter, gefunden hatte.

Als Peter die Kommandozentrale in Victor Chans Wohnung betrat, begrüsste er Frank, Arif und Lilly, die vor einem der Computer saßen, als Chan hereinkam und ihm einen großen

Teller mit gebratenen Nudeln brachte. Voller Heißhunger machte Crane sich über das Essen her, und bemerkte dabei, dass Lilly und Arif ihn erwartungsvoll anschauten.
„Dann lasst schon hören!"
„Norris kannte tatsächlich jemanden, der übersetzen konnte, was Kasincky gesagt hat", platzte es aus Arsan heraus. „Ich rief den Mann an, und sagte ihm, was ich meinte verstanden zu haben. Zuerst konnte er nichts damit anfangen. Erst als ich den Wortlaut etwas variierte, fiel bei ihm der Groschen. Er meinte Kasincky habe vermutlich "Na farmě" gesagt, was übersetzt "The Farm" bedeutet. "The Farm", verstehst du?"
„Ja, ja, bin ja nicht taub.", sagte Crane, der sich bewusst ein wenig dumm stellte, um Arsan seinen Triumph zu gönnen.
„Mein lieber Peter. Weißt du, was als "The Farm" bezeichnet wird?", fragte Arsan mit seinem besten Siegerlächeln.
„Nein, aber du wirst es mir vermutlich jetzt sagen.", natürlich wusste Crane, für was der Ausdruck stand.
„Du bist aber heute schwer von Begriff. Als "The Farm" wird das Ausbildungs-Camp für CIA Agenten bezeichnet!"
„NEIN", schauspielerte Crane.
„DOCH.", erwiderte Arsan, und überlegte kurz, „Du wusstest es, nicht wahr?"
„Yep."
„Oh Mann, es macht echt keinen Spaß, mit dir zu arbeiten. Woher wusste unser "Superhirn", dass die CIA hinter alldem steckt?", wollte Arsan entnervt wissen.
„Na ja, gewusst nicht gerade, aber vermutet: Bestens ausgebildete, und ausgerüstete Killer; extrem professionelle Vorgehensweise; bis ins kleinste Detail geplante Einsätze; Entführung; Erpressung; Bestechung. Wer außer der CIA hätte all das in dieser Art und Weise initiieren können? Was mir fehlte, war ein Beweis, und den hast du mir gerade geliefert. Die CIA hat Kasincky und Stankovic vermutlich viel Geld dafür bezahlt, Nia zu entführen. Dann haben sie sich das Geld zurück geholt, und die Entführer erschossen, um keine Zeugen zu hinterlassen. Auch wieder typisch CIA. Aber wir haben trotzdem noch zwei Probleme. Erstens wissen wir immer noch nicht, warum die CIA es auf ISOS

abgesehen hat, und zweitens hilft uns das bei der Suche nach Nia auch nicht weiter. Wir können ja schlecht zum CIA Direktor gehen, und fragen, wo sie ist."

„Das stimmt", sagte Arsan zerknirscht, „Und nun?"

„Wir sollten folgendes…", wollte Crane sagen, als sein Mobiltelefon klingelte. Er stellte auf Lautsprecher und nahm ab.

„Crane."

„Hallo, Mr. Crane.", sagte eine unbekannte Stimme.

„Wer spricht da bitte?"

„Ein Freund."

„Ich habe keine Freunde ohne Namen!"

„Mein Name tut nichts zur Sache. Ich wollte Ihnen nur einen Rat geben."

„Und der wäre?", fragte Crane.

„Halten Sie die Füße still, Mr. Crane. Falls Sie Ms. Coor lebend wieder sehen wollen, dann verkriechen Sie sich in den nächsten vierundzwanzig Stunden irgendwo, und lassen Sie den Dingen ihren Lauf. Danach bekommen Sie Ihr Schätzchen unbeschadet zurück.", forderte der Anrufer mit arroganter Stimme.

„Ok. Ich habe auch einen Rat für Sie.", sagte Crane kalt. „Sie sollten schleunigst Ihr Rattenloch verlassen, und schauen, dass Sie so weit wie möglich wegkommen. Denn ich werde herausfinden, wer Sie sind und dann werde ich Sie besuchen kommen. Und glauben Sie mir: danach werden Sie sich wünschen, diesen Anruf niemals getätigt zu haben!"

„Na, na, Mr. Crane. Wer wird da gleich drohen….befolgen Sie meine Anweisungen, und alles wird gut.", sagte der Anrufer und legte auf.

Der unbekannte Anrufer war sicher, dass er alles im Griff hatte. Er hatte jedoch einen entscheidenden Fehler begangen. Jeder Anruf, der auf Cranes Handy einging, wurde automatisch mitgeschnitten, und danach zur Speicherung an seine Datenbank gesendet, damit eine Stimmanalyse durchgeführt werden konnte. Darüber hinaus wurde bei jedem Telefonat - ebenfalls automatisiert - innerhalb von Sekunden eine Peilung durchgeführt. Bei normalen Handys war die Peilung relativ ungenau, aber bei GPS

Handys, wie dem Gerät des Unbekannten, war die Peilung bis auf einen Meter genau.
„Hab' ihn.", sagte Lilly triumphierend, „Ein Haus in Queens, Eingetragen auf den Namen Martha Walters. Die Dame ist letztes Jahr im Alter von 87 Jahren verstorben, und das Haus erbte ihr Sohn."
„Der Name Walters sagt mir nichts.", sagte Crane.
„Nein, mir auch nicht. Die Dame war mal verheiratet.", las Lilly weiter vor. „Der Ehe entstammte ein Sohn. Sie hat sich irgendwann von ihrem Ehemann getrennt, und wieder ihren Mädchennamen angenommen. Ihr Sohn allerdings behielt den Nachnamen seines Vaters. Sieh her!" Lilly zeigte auf den Monitor vor ihr. Crane schaute auf den Namen.
„Diese miese, kleine Ratte.", sagte Crane mit kalter Wut. „Was hat die Stimmanalyse ergeben?"
„Das gleiche Ergebnis. Er ist der unbekannte Anrufer und der Entführer!"
„Hört zu Leute, ich weiß, dass ihr genauso heiß darauf seid, den Entführer zu schnappen wie ich, aber ich muss das alleine regeln.", sagte Crane mit tödlicher Entschlossenheit. „Bleibt hier, und haltet euch bereit. Wenn wir wissen, wo Nia ist, müssen wir schnell reagieren."
„Einverstanden! Wir können davon ausgehen, dass Nia schwer bewacht wird. Wir machen alles bereit, damit wir sie befreien können. Und Peter, lass keine Gnade walten!", sagte Thiel mit grimmigem Blick."
„Keine Sorge."
Crane zog einen neuen High-Tech Kampfanzug an, den die TARC Ingenieure entwickelt hatten, und bewaffnete sich. Bevor er das Penthouse verließ, machte er noch einen Abstecher zu Victor Chan, und bat diesen um einen Gefallen.

35
New York

In der 12th Street im New Yorker Stadtteil Queens war eine eigenartige Atmosphäre zu spüren. Die Nacht war herein gebrochen, und es herrschte absolute Stille. Totenstille. Wo sonst hier und da eine streunende Katze miaute, oder Krach machte, war nichts zu hören. Kein Hund bellte, kein Vogel zwitscherte und es war so windstill, dass es schien, als hätte selbst der Wind Angst zu wehen, denn man hörte auch keinerlei luftiges Rascheln in den Baumkronen.
Die Tiere spürten etwas. Eine Präsenz. Eine gefährliche Präsenz. Der Tod war in die 12th Street gekommen.
Ein schwarzer Schatten bewegte sich durch die Vorgärten am Straßenrand. Schnell und kaum hörbar. Hätte jemand in diesem Moment aus dem Fenster geschaut, dann hätte er gedacht, den Hauch einer Bewegung wahrzunehmen. Nichts wirklich Greifbares. Weniger als ein Huschen, in der einen Sekunde noch da und in der nächsten schon wieder verschwunden. Der Beobachter hätte sich verwundert die Augen gerieben und im nächsten Moment gedacht, dass er sich wohl getäuscht haben musste.
Auch die beiden Wachen vor dem freistehenden viktorianischen Haus mit der Hausnummer 204 spürten etwas. Eine Bedrohung lag in der Luft. Unbehaglich zupften sie an ihren Krawatten, und spähten in die dunkle Nacht hinaus. Sie konnten nicht ahnen, dass der todbringende, schwarze Schatten dafür gesorgt hatte, dass in dieser Nacht in der 12th Street keine einzige Straßenlaterne brannte. Die Wachen konnten ihn nicht sehen, aber er konnte sie sehen. Er sah, wie ängstlich sie waren, sah wie sie schwitzten, und es bereitete ihm Genugtuung. *„Zittert nur, Ihr feigen Schweine"*, dachte er. *„Denn tief in Eurem Inneren wisst Ihr bereits, dass Ihr tot seid."*
Einer der Männer schaute in seine Richtung, doch selbst jetzt konnte er den Schatten nicht sehen. Er sah nur Dunkelheit. Und in der Dunkelheit ein noch dunkleres, nicht definierbares schwarzes Loch.

Ein kaum hörbares Zischen erfüllte die Luft. Etwas raste mit tödlicher Geschwindigkeit auf die Wachen zu. Als die Klingen der Wurfmesser ihre Kehlen durchdrangen, war es bereits zu spät. Der Tod hatte sie gefunden, und noch bevor die Wachen auf dem Boden aufschlugen, war er bereits an der Seite des Hauses wieder verschwunden.
Der tödliche Schatten lugte um die Hausecke in den Garten. Am Hintereingang, nur fünf Meter von ihm entfernt, standen noch zwei Wächter, ebenfalls nervös und ängstlich. Er nahm wieder zwei Messer zur Hand, doch diesmal vollführte er einen tödlichen Tanz, und rammte zuerst dem einen, und dann dem anderen, die Messer bis zum Schaft in die Kehle. Die beiden Männer hatten noch nicht einmal reagiert, denn sie hatten den Tod weder gehört noch gesehen, und wieder verschwand er hinter der Hausecke, bevor die Männer auf dem Boden aufschlugen.
Die Hintertür öffnete sich. Licht drang aus der offenen Tür, und der Bewohner lugte hinaus.
„Oh mein Gott!", sagte der Mann, knallte die Tür zu, und verriegelte sie eiligst.
Unvermittelt ging das Licht im gesamten Haus aus. Langsam, ängstlich tastend bewegte sich der Mann durch den Flur zum Sicherungskasten, um das Licht wieder einzuschalten.
„H-h-h-allo? Ist da jemand?", rief er mit angsterfüllter Stimme, doch niemand antwortete.
Der schwarze Schatten ging hinter ihm. Er konnte die Angst des Mannes riechen. Dieser bemerkte den Schatten jedoch nicht, obwohl zwischen ihnen nur noch ein Meter lag. Zwei Hände legten sich um den Hals des Bewohners, und drückten unnachgiebig zu. Er schlug um sich, und trat nach hinten aus, doch der Schatten ließ nicht los. Erst als der Mann durch den Sauerstoffmangel das Bewusstsein verlor, lockerte sich der Griff, und der bewusstlose Körper wurde durch das Haus in Richtung Küche geschleift.
Als der Bewohner wieder zu sich kam, war er mit Isolierband an einen Küchenstuhl gefesselt. Vor ihm stand jemand, oder etwas. Der Bewohner konnte das, was vor ihm war, nicht klar fokussieren, denn es schien irgendwie mit dem Hintergrund zu ver-

schmelzen, und doch konnte man die Umrisse einer Person erahnen. Die Person nahm einen Helm ab.
„Crane, Sie verfluchter Mistkerl. Wie ist das möglich?", rief der gefesselte Bewohner, mit weit aufgerissenen Augen.
„Leo Vanderbilt, Speichellecker und Schoßhündchen von CIA Direktor Maxwell.", sagte Crane mit Ekel in der Stimme. „Was Sie vor sich sehen,", fuhr Crane fort, „ist die neueste Spielerei für ISOS Agenten: Ein Tarnanzug. Ein Prototyp zu Testzwecken, leider noch nicht ganz ausgereift, denn zeitlich ist der Tarnmodus noch sehr begrenzt. Dennoch sehr hilfreich."
„Wie haben Sie mich gefunden?", fragte Vanderbilt angsterfüllt.
„Das tut nichts zur Sache. Wo befindet sich Nia Coor?"
„Ich weiß nicht, wovon Sie….", ein furchtbarer rechter Haken von Crane zertrümmerte Vanderbilts Jochbein, sodass er vor Schmerz aufschrie.
„Keine Spielchen!", fauchte Crane.
„V-v-von mir erfahren Sie gar nichts, S-s-ie brutales Schwein.", stotterte Vanderbilt, doch seine Augen sprachen eine andere Sprache. Crane wusste, dass er den Druck nur noch etwas erhöhen musste, und Vanderbilt würden reden wie ein Wasserfall. Der Mann besaß kein Rückgrat. Schwächeren gegenüber ließ er gerne den starken Mann raushängen. Aber jetzt und hier war er nur ein angsterfülltes Nervenbündel.
„Hören Sie zu, Leo. Es gibt da etwas, das Sie wissen sollten. Ich habe keine Lust, mir an Ihnen die Finger schmutzig zu machen. Aber ich habe einen Freund, ein Chinese genauer gesagt. Dieser Freund hat hervorragende Beziehungen zu den chinesischen Triaden. Sie wissen doch, was Triaden sind, oder? Nun, mein Freund hat der gefährlichsten und brutalsten Triade 500.000 Dollar gezahlt, damit diese Rache an dem Vergewaltiger seiner Tochter nimmt. Mein Freund hat zwar eigentlich keine Tochter, aber das braucht ja niemand zu wissen, nicht wahr?"
Vanderbilt wand sich auf seinem Stuhl wie ein Aal.
„Was hat das mit mir zu tun?"
„Nun, Leo, Sie sind der Vergewaltiger seiner vermeintlichen Tochter, und die Schläger der Triade sind auf dem Weg nach hier."

„Was soll der Schwachsinn? Sind Sie übergeschnappt?", schrie Vanderbilt mit weit aufgerissenen Augen.
„Ich würde sagen, Sie haben zwei Möglichkeiten, Leo." Crane ging mit seinem Gesicht nah an Vanderbilt heran. Seine Stimme war nur noch ein bedrohliches Flüstern. „Entweder, Sie sagen mir sofort, wo Nia ist. Dann sage ich den chinesischen Schlägern, die jetzt vermutlich schon vor Ihrer Tür warten, dass es nur ein Irrtum war, und Sie nicht der Vergewaltiger sind. Oder Sie schweigen weiterhin, und ich überlasse Sie meinen neuen chinesischen Freunden. Übrigens hat diese Triade eine ganz eigene Methode, um Leute zu bearbeiten. Zunächst wird man Sie mitnehmen, an einen abgelegenen, einsamen Ort. Dort wird man sich dann Ihrer annehmen. Zunächst amputiert man Ihnen einen Finger. Dann den zweiten, den dritten, und so weiter, bis keiner mehr übrig ist. Dann kommen die Zehen dran. Anschließend der erste Arm. Zwischendurch wird man Sie professionell verarzten, damit Sie am Leben bleiben. Weiterhin amputiert man Ihnen den anderen Arm, und beide Beine. Dann lässt man Sie in einige Zeit in Ruhe, damit Sie wieder zu Kräften kommen und Ihnen Ihre Situation den Verstand raubt. Ein Mann ohne Arme und ohne Beine. Nur noch ein Rumpf und ein Kopf. Bewegungsunfähig. Und dann kommt der Höhepunkt. Man schneidet Ihnen die Eier ab, und steckt Sie Ihnen so tief in den Hals, dass Sie an Ihren eigenen Eiern ersticken." Crane schaute Vanderbilt mit einem unheimlichen Blick an. „Also, Leo, welche Möglichkeit wählen Sie?"

In panischer Todesangst nannte ihm Vanderbilt den Aufenthaltsort von Nia.

„B-b-binden Sie mich jetzt los?", fragte Vanderbilt hoffnungsvoll. Statt zu antworten, nahm Crane eine Rolle Isolierband, und klebte Vanderbilt Mund und Augen zu.
„MMMMMHHHHHH, MMMMMMHHHHH", hörte Crane, und beugte sich nah an Vanderbilts Ohr.
„Sie hätten Nia niemals etwas antun sollen!", flüsterte er mit eiskalter, tödlicher Stimme.

Crane ging zum Hintereingang, und öffnete die Tür. Dort standen drei finster und brutal aussehende Chinesen.
„Er hat die Vergewaltigung zugegeben.", sagte Crane, und verschwand in der Dunkelheit.

36
Nia Coor

Verzweiflung übermannte Nia Coor. Es war draußen schon dunkel geworden, was bedeutete, dass sie mittlerweile seit über zwölf Stunden in ihrem Gefängnis hockte. In dem Raum, in dem sie sich befand, war es so dunkel, dass sie um sich herum rein gar nichts mehr erkennen konnte. Ängstlich saß sie in der Dunkelheit und bei jedem kleinen Geräusch, das sie hörte, oder meinte zu hören, zuckte sie panisch zusammen. Irgendetwas bewegte sich in dem Raum und sie vernahm ein ständiges Rascheln und Kratzen. *„Hoffentlich nur eine kleine Maus.....!"*, hoffte sie inständig. In dem Raum war es heiß und stickig. Nia schwitzte und konnte ihren eigenen Schweiß riechen. Es fühlte sich so an, als würde eine fiebrige Hitze sie innerlich aufzehren. Sie war ausgehungert und durstig. Ihre Peiniger hatten ihr noch nicht mal ein Glas Wasser gegeben, und ihr Mund fühlte sich trocken und sandig an. Ihr Hals war rau, weil sie lauthals um Hilfe geschrien hatte, doch niemand war gekommen, um sie zu retten. Ihr Gesicht kam ihr vor, als wäre es von Vanderbilts Schlägen auf Melonengröße angeschwollen und sie verspürte einen anhaltenden dumpfen Schmerz. Seitdem er sie geschlagen hatte, war er glücklicherweise nicht mehr bei ihr gewesen. Es graute ihr davor, dass er irgendwann zurückkam. Sie hatte seine lüsternen Blicke bemerkt und bekam eine Gänsehaut bei dem Gedanken daran. Mit Ekel erinnerte sie sich immer wieder an den Geruch seines billigen, penetranten Parfums und seinem stinkenden Atem an ihrem Ohr. Sie fühlte sich schmutzig und erniedrigt.
Die Kabelbinder an Nias Handgelenken hatten sich tief in ihr Fleisch eingeschnitten, als sie versucht hatte sich irgendwie zu

befreien. Sie spürte das geronnene Blut an ihren Händen und sobald sie sich falsch bewegte, rissen die Wunden wieder auf. Ihre Lage war vollkommen aussichtslos. Eines war ihr klar: Ihre Entführer würden sie nur so lange am Leben lassen, wie sie als Druckmittel von Nutzen war. Danach würde man sie in ihrem kleinen Gefängnis töten wie einen räudigen Hund. Darauf deutete vor allem auch hin, dass man sie nicht mit Nahrung versorgt hatte. Jemandem, der sowieso stirbt, brauchte man auch nichts zu essen oder zu trinken geben. Wenn es so weit war, dann hoffte sie, dass sie einen schnellen Tod haben würde. Eine Kugel in den Kopf, und das war es. Inständig betete sie, dass ihre Entführer vorher nicht noch irgendwelche anderen, schlimmen Sachen mit ihr anstellten.
Nia dachte an Peter. Der Gedanke an ihn war das einzige, was ihr in ihrer Situation Hoffnung und Halt gab. Peter würde nicht eher ruhen, bis er sie gefunden hatte, das war ihr vollkommen klar. Die Frage war nur, ob sie bis dahin noch lebte. Sie hoffte es, denn sie hatte ihm noch vieles zu sagen. Zwar war sie sich immer noch nicht sicher, ob es Sinn machen würde, noch einmal eine Beziehung mit ihm einzugehen, denn schließlich hatte er sie damals doch sehr verletzt. Andererseits liebte sie ihn jedoch noch immer. Ihr Herz hatte einen Sprung gemacht, als er in Berlin so plötzlich vor ihrem Bett gestanden hatte. Ihm gegenüber hatte sie - mit gespieltem Zorn - ihre Gefühle beiseite geschoben. Es hatte ihr Spaß gemacht, ihn zu necken und ihn wie einen Fisch an der Angel zappeln zu lassen. In Wahrheit jedoch hatte sie in den letzten Tagen jede gemeinsame Minute mit ihm genossen. Bei dem Gedanken daran, dass sie ihn möglicherweise nie mehr wiedersehen würde, fing sie an, hemmungslos zu weinen.

Randalls Island war eine Insel im East River, die zu New York City gehörte. Von Queens aus gelangte man zu der Insel über die Robert F. Kennedy Bridge. Auf dieser Brücke raste Crane in einer von Victor Chans Limousinen und telefonierte mit Lilly Jaxter. „Nia ist in einer alten Fabrik, nördlich von Randall Island. Die Fabrik befindet sich in einem großen Industriegebiet am Bruck-

ner Expressway. Eigentlich nicht zu verfehlen. Sage bitte Arif und Frank, dass sie dorthin kommen sollen."
„Sollen die beiden schwere Artillerie mitbringen?"
„Nein. Wir sollten leise vorgehen. Handfeuerwaffen mit Schalldämpfer. Dazu Kampf- und Wurfmesser. Mehr nicht. Falls wir die Entführer aufschrecken, bestünde ansonsten die Gefahr, dass sie Nia etwas antun."
„Alles klar, ich schicke die beiden jetzt los. Und, Pete?"
„Ja?"
„Viel Glück!"
„Danke, Lilly. Wir werden Nia wohlbehalten zurückbringen!"
Das hoffte Lilly. Ihr war klar, dass Peter das mehr sich selber, als ihr versichert hatte. Sie wusste, dass es Peter den Verstand rauben würde, wenn er Nia verlieren würde.

Crane parkte ungefähr einen Kilometer von der alten Fabrik entfernt, auf einem großen Parkplatz. Aus dem Kofferraum nahm er ein Scharfschützen Gewehr, zwei Handfeuerwaffen mit Schalldämpfer, einige Ersatzmagazine, zwei Kampfmesser und einige Wurfmesser. Im Laufschritt machte er sich auf den Weg zu Nias Gefängnis. Den Tarnanzug hatte er mittlerweile abgelegt, und trug stattdessen funktionelle, schwarze Einsatzkleidung. Da der Tarnanzug elektrischen Strom benötigte, um zu funktionieren, war die Nutzungszeit dieses High-Tech Spielzeugs noch sehr limitiert, doch die TARC Ingenieure arbeiteten bereits an einer entsprechenden Lösung.
Des Weiteren hatte Crane ein Funkheadset mit Mikrophon und einen GPS-Tracker angelegt. Mit den Trackern war es Thiel, Arsan und ihm möglich, ihre jeweiligen Positionen zu bestimmen.
Crane passierte ein Möbelhaus, einen Bau- und einen Supermarkt, und gelangte schließlich zu einem größeren Güterbahnhof. Hinter einer Reihe von Waggons sah er einen vier Meter hohen, blickdichten Maschendrahtzaun, in dessen Mitte sich ein Zufahrtstor befand. Die parkenden Güterzüge wurden nur äußerst spärlich von einigen wenigen Laternen beleuchtet, und der Zaun, mit dem parallel dazu verlaufenden Zufahrtsweg, lag gänz-

lich im Dunkeln. Er umfasste ein zweistöckiges, altes Fabrikgebäude, dessen Grundriss etwa einhundert mal einhundert Meter betrug.

Crane pirschte sich an den Zaun heran, und schnitt mit einem Messer vorsichtig ein Loch in den Zaun und die Kunststoffplane, die über den Draht gespannt war. Anschließend nahm er aus einer Tasche ein Infrarotfernglas und schaute durch das Loch. In dreißig Meter Entfernung entdeckte er vier rot schimmernde Silhouetten, welche den Eingang der Fabrik bewachten. Im Inneren des Gebäudes sah er drei Personen, die im Erdgeschoss an einem Tisch saßen und Karten spielten und drei weitere, die hinauf ins Obergeschoss gingen. Dort erkannte er die Silhouette einer einzelnen Person, die anscheinend an einen Stuhl gefesselt war. Crane hatte einen Klos im Hals: Das musste Nia sein. Er hatte sie gefunden. Endlich. Doch nun war Eile geboten, denn so wie es aussah, waren drei der Entführer auf dem Weg zu Nia. Doch Crane konnte nicht einfach da rein stürmen, um Nia zu retten. Das würde er nicht überleben. Er musste auf die Unterstützung von Arif und Frank warten, damit sie ihm den Weg freimachten, während er Nia rettete.

„*Kommt schon, Jungs, beeilt Euch……*"

Plötzlich hörte Nia Schritte vor ihrer Gefängnistür. Ein Riegel wurde zurück geschoben, und drei Personen traten ein. Jemand betätigte einen Lichtschalter, sodass Nia von dem hellen, gleißenden Licht geblendet wurde. Als sie wieder klar sehen konnte, erblickte sie drei große, schwere Männer mit militärischem Kurzhaarschnitt. Aus ihren Gesichtern sprach Bösartigkeit und Hinterlist. Zwei der Männer waren jünger, schätzungsweise um die dreißig, und hatten weiche Gesichtszüge, aus denen eine leichte Dummheit sprach. Der dritte Mann, offensichtlich ihr Anführer, hatte ein wettergegerbtes Gesicht, durch das ganze Canyons an Falten liefen, und der mindestens fünfzig Jahre alt war.

„*Hirnlose Söldner, einer dümmer als der andere…*", dachte Nia, mit einem mulmigen Gefühl in der Magengegend.

Die Männer betrachteten Nia lüstern und einer leckte mit der Zunge über seine wulstigen Lippen. „Da ist ja unsere Stute!",

sagte der Anführer mit rauer, brutaler Stimme.
„Und wer seid ihr? Die drei Stooges?", zischte Nia.
Die drei sahen sich an, und fingen lauthals an zu lachen. Als sie sich wieder beruhigten, sagte einer der Jüngeren:
„Man, Boss, die ist aber ganz schön kratzbürstig, unsere Kleine. Ich glaube, wir sollten ihr mal Manieren beibringen!"
„Deswegen sind wir hier!", sagte der Boss, und wandte sich an Nia:
„Weißt du, Süße, wir haben jetzt kurz vor Mitternacht. Das heißt, wir alle haben die ganze Nacht, um uns mit dir zu amüsieren. Und weil ich so nett bin, sage ich dir auch, wie es ablaufen wird. Zuerst beschäftige *ich* mich ein wenig mit dir. Weißt du, ich stehe auf harten Sex. Nicht nur in die Möse. Das wäre ja langweilig. Nein, ich werde dir meinen dicken dreißig Zentimeter Penis bis zum Schaft ein deinen kleinen Arsch drücken. Rein und raus, rein und raus. Immer wieder. Und je mehr du schreist und dich wehrst, desto mehr wird mich das aufgeilen. Und wenn ich dir dann meine Wichse in die Fresse gespritzt habe, dann sind meine zwei Freunde dran." Er deutete nach links. „Tommy hier ist harmlos. Der rammelt wie ein Karnickel.", er zeigte mit dem Daumen auf den anderen Mann neben ihm. „Aber Archie steht darauf, Frauen während des Sex zu beißen. Er ist da irgendwie ganz wild drauf, so feste zuzubeißen, bis es blutet. Speziell in die Brust. Und weißt Du was? Wir sind noch die lieben Jungs. Denn wenn wir drei unseren Spaß hatten, können die anderen sieben Jungs sich mit dir beschäftigen. Und das sind richtig kranke Typen. Ich habe ihnen versprochen, dass sie mit dir alles machen können, was sie wollen, solange du am Leben bleibst. Falls dann noch genug von dir übrig ist, darfst du dich morgen früh um meine Morgenlatte kümmern. Ich glaube allerdings nicht, dass unsere sieben psychopathischen Freunde noch etwas von dir übrig lassen werden, dass in irgendeiner Weise begehrenswert wäre.....Wie findest du das, meine Zuckerschnecke?", fragte der Anführer mit einem Grinsen, das Nia das Blut in den Adern gefrieren ließ. Sie schluckte und verzweifelte vollends. Das Undenkbare würde nun eintreten und sie würde sich nicht dagegen wehren können. *„Sei stark, Nia. Gib ihnen nicht die Genugtuung*

zu schreien!", ermahnte sie sich immer und immer wieder.
Er kam näher, und grabschte an Nias Brust, während er sich mit dem Kopf hinunter beugte, um ihr einen Kuss auf die Lippen zu pressen. Nias Kopf schnellte nach vorne, und traf ihn mit der Stirn mitten auf die Nase. Nia hörte ein äußerst befriedigendes Knacken.
„DIE SCHLAMPE HAT MIR DIE NASE GEBROCHEN!", brüllte der Anführer vor Schmerz und Zorn.
„DAS HALTE ICH DAVON, DU MIESES SCHWEIN!", schrie Nia ihm mit Genugtuung entgegen.
Mit der flachen Hand verpasste er ihr eine so gewaltige Ohrfeige, dass sie mit dem Stuhl umkippte. Da ihre Hände nach wie vor gefesselt waren, konnte sie sich nicht abfangen, und krachte mit ihrem Kopf auf den Boden, sodass sie ihr Bewusstsein verlor.
Als Nia wieder zu sich kam, war sie nicht mehr an den Stuhl gefesselt, sondern sie lag rücklings auf dem dreckigen Boden. Ihre Hände hatte man an die schwere Werkbank gefesselt. Der Anführer riss ihr das T-Shirt in Fetzen, und schob grob ihren BH nach oben. Anschließend zerrte er ihr mit roher Gewalt die Jeans von den Beinen. Er stand auf, und zog sich Hose und Unterhose runter. Nia gab keinen Laut von sich, auch wenn es ihr schwer fiel, um ihre Peiniger nicht noch mehr zu motivieren. Als er sich auf sie legen wollte, versuchte sie nach ihm zu treten. Die beiden anderen Männer eilten zur Hilfe und bekamen Nias Beine zu fassen. Brutal und schmerzhaft rissen sie ihre Beine auseinander und der Anführer legte sich auf sie. Sie roch seinen stinkenden Atem, als er versuchte sie zu küssen, sie roch ranzigen, alten Schweiß an seinem T-Shirt, und musste sich beinahe übergeben. Nia versuchte, sich mit Leibeskräften zu wehren, doch der Mann war zu groß und zu schwer. Allerdings hatte er es glücklicherweise wegen ihrer Gegenwehr noch nicht geschafft, in sie einzudringen. Hinter ihm konnte Nia seine beiden Komplizen sehen, die ein diabolisches, wölfisches Grinsen auf dem Gesicht hatten während sie ihre Beine festhielten. Sie fühlte sich, als hätte ihr Geist, um sich zu schützen, ihren Körper verlassen. Es war, als könnte sie dieses Verbrechen von außerhalb ihres Körpers beobachten. Krampfhaft versuchte der Mann, in sie einzudringen.

Endlich hörte Crane Arifs Stimme in seinem Ohr:
„Chef, wir befinden uns etwa dreihundert Meter südwestlich von deiner Position entfernt. Wie ist die Lage?", fragte der Türke.
„Nia ist im Obergeschoss! Vier Wachen nordwestlich am Haupteingang, sechs weitere im Gebäude. Drei in einem Raum rechts, neben dem Eingang. Drei im Obergeschoss", antwortete Crane.
„Uns läuft die Zeit davon. Nia ist in Bedrängnis. Wir müssen sie sofort da rausholen."
„Ok, Chef, lass hören!"
„Diese Dilettanten bewachen weder die Rückseite noch die beiden Seiten des Gebäudes. Geht zur südwestlichen Gebäudeseite, durchtrennt den Zaun, und erledigt möglichst lautlos die vier Wachen am Eingang. Ich behalte von hieraus alles im Auge, damit Ihr keine böse Überraschung erlebt."
„Verstanden.", bestätigten Arsan und Thiel gleichzeitig.
Crane schaute wieder durch sein Fernglas und beobachtete die Geiselnehmer. Durch den Infrarotmodus wirkte die Situation nicht real, sondern eher wie ein Computerspiel.
Plötzlich tauchten rechts in seinem Sichtfeld Arsan und Thiel auf, und machten sich an dem Zaun zu schaffen. Crane war von dieser Situation so abgelenkt, dass er nicht mitbekam, wie einer der Geiselnehmer im Obergeschoss Nia zu Boden schlug.
Nachdem sie das Loch groß genug geschnitten hatten, betraten Arsan und Thiel das Grundstück und pirschten sich an der Mauer entlang zur Gebäudeecke. Crane sah, wie Arsan einen kleinen Gegenstand zur gegenüberliegenden Seite warf. Ein leises "Klack" war beim Aufprall zu hören, und die Wachen hoben erschrocken Ihre Waffen, und wandten Arsan und Thiel den Rücken zu. Einer der Männer ging vorsichtig zu der Seite, von der das Geräusch erklungen war.
Wie zwei Raubtiere schlichen Arsan und Thiel von hinten an zwei der Wachen heran, und stachen ihren Gegnern ein Kampfmesser durch den Rücken in die Lunge. Die beiden anderen Wachen hatten von dem Angriff noch nichts bemerkt, und leuchteten mit ihren Taschenlampen um die Gebäudeecke, auf der Suche nach der Ursache für das Geräusch. Behutsam und leise lie-

ßen Thiel und Arsan die beiden Leichen zu Boden gleiten. Lautlos schlichen die beiden an die verbleibenden Wachen heran. Als diese sich gerade wieder umdrehen wollten, schnitten Arif und Frank ihnen die Kehle durch. Das Ausschalten der Wachen am Haupteingang hatte insgesamt nicht länger als zehn Sekunden gedauert, stellte Crane zufrieden fest. Doch dann sah er durch sein Fernglas etwas, dass sein Herz stocken ließ. Die drei Geiselnehmer im Obergeschoss hatten Nia zu Boden geworfen, und einer von ihnen machte sich gerade bereit, sie zu vergewaltigen.
„NIA STECKT IN SCHWIERIGKEITEN!", warnte Crane hastig. „Räumt mir den Weg frei, damit ich ihr helfen kann!"
„Verstanden, Chef!"
Crane warf das Fernglas und das Scharfschützengewehr beiseite, sprang mit aller Kraft vom Boden ab und bekam die Oberkante des Zauns zu fassen. Er schwang sich hinüber, federte den Aufprall mit einer Rolle ab, und sprintete in Weltrekordzeit die einhundert Meter bis zum Haupteingang. Arsan und Thiel hatten die Tür bereits vorsichtig und leise geöffnet. Crane passierte die beiden mit dem Rauschen eines Expresszuges. Rechts von ihm, hinter einem breiten Durchgang, schauten drei der Geiselnehmer verblüfft, und mit offenen Mündern von ihrem Kartenspiel auf. Der sprintende Crane war das letzte, was sie in ihrem Leben sahen, denn direkt hinter ihm stürmten Arsan und Thiel in das Gebäude, gingen vor dem Durchgang in die Hocke und erledigten ihre Gegner mit mehreren Präzisen Schüssen, noch bevor diese sich von ihren Stühlen erheben konnten.
Crane hörte Nia schreien und versuchte, noch schneller zu laufen. Hoffentlich war es nicht schon zu spät, betete Crane. Er erreichte die Treppe und nahm jeweils drei Stufen auf einmal. Auf dem Treppenabsatz zückte er seine Waffe und raste in das Zimmer, aus dem die Schreie kamen.

Nia hatte alles versucht, aber sie hatte dann doch letztlich vor Verzweiflung schreien müssen.
Der ekelhafte, schwere Anführer auf ihr, seine beiden Untergebenen mit hämischem Lachen neben ihm. Nia merkte, wie sie lang-

sam ihre Kräfte verließen. Dann geschahen innerhalb dem Bruchteil einer Sekunde mehrere Sachen. Nia hörte, kurz aufeinander folgend, zwei leise gedämpfte Geräusche, dann ein Klatschen, und sie spürte warme Spritzer auf ihrem Gesicht. Nia hob ihren Kopf und blickte auf. Die grinsenden Gesichter der beiden jüngeren Söldner waren plötzlich wie eingefroren. Bei beiden floss Blut aus einem Loch in der Stirn. Leblos kippten die beiden Körper zur Seite. Wie von einem Gummiband gezogen flog plötzlich ihr Peiniger rücklings von ihr herunter.

Crane erledigte die beiden stehenden Personen präzise mit zwei Kopfschüssen. Dann erblickte er Nia schreiend und kreischend unter einem massigen Mann, der sich seiner Hose entledigt hatte. „WAS ZUM…", wollte der Anführer gerade sagen, als Crane ihn mit fast unmenschlicher Kraft von Nia herunter zerrte, und ihn drei Meter nach hinten schleuderte.
Der Söldner landete so hart auf dem Rücken, dass ihm die Luft weg blieb. Crane schoss ihm in beide Knie, damit er fürs Erste liegenblieb. Dann eilte er zu Nia, schnitt die Fesseln durch, und bedeckte notdürftig ihre Blöße. Als er ihr geschwollenes Gesicht sah, versetzte ihm das einen Stich ins Herz. Er half ihr aufzustehen, und sie fiel in seine Arme und weinte bittere Tränen. Dann löste sie sich etwas von ihm, und streichelte sein Gesicht. „Peter….mein Peter. Ich hatte so gehofft, dein Gesicht noch einmal wieder zu sehen. Ich wusste, dass du mich retten würdest!", schluchzte sie. Er nahm aus seiner Tasche ein Tuch, und wischte ihr die Blutspritzer aus dem Gesicht, als er verunsichert fragte:
„Nia! Es tut mir leid, dass ich so spät bin. Hat er…?"
„Nichts passiert, mein Engel. Du warst rechtzeitig hier.", beruhigte sie ihn. Sie sah wie eine tonnenschwere Last von seinen Schultern fiel. Sie schmiegte sich an ihn, und sagte einen Satz, der sein Herz Jubelsprünge machen ließ:
„Ich liebe dich, Peter!"
„Ich liebe dich auch, mein Schatz, und ich bin froh, dass ich dich wiederhabe."

Als Nia sich von ihm löste, fragte sie:
„Wie viel Schuss hast du noch in Deiner Waffe?"
„Genügend. Warum?"
Sie nahm die Waffe aus seinem Holster, und ging hinüber zu ihrem Peiniger. Er winselte wie ein Hund und Schweiß rann ihm von der Stirn.
„Nein, bitte…", flehte er.
„Hast du mir Gnade gewährt, als ich darum gebettelt habe?", fragte sie kalt. „Du bist doch so stolz auf deinen Schwanz. Ich denke, ich werde ihn mal etwas verschönern!"
Nia trat einen Schritt zurück und verschoss das gesamte Magazin in die Genitalien des Mannes.

37
ISOS/TARC

Auf einer Landstraße außerhalb von Washington raste zur Mittagszeit mit hoher Geschwindigkeit ein ganzer Konvoi von Fahrzeugen in Richtung der ISOS/TARC Zentrale. Etliche Polizeifahrzeuge mit Blaulicht, Truppentransporter des Sondereinsatzkommandos der Polizei und einige schwarze Geländewagen mit dunkel getönten Scheiben. Auf dem Beifahrersitz des Geländewagens an der Spitze des Konvois saß CIA Direktor Arthur Maxwell und schaute ungeduldig aus dem Fenster. Endlich war der Tag gekommen. Der Tag seines Triumphes über seinen ewigen Rivalen McDermott und dessen elender Organisation ISOS.

Maxwell dachte über McDermott nach. Die beiden kannten sich schon seit dem College. Beide studierten sie Jura in Harvard. McDermott, der attraktive, eloquente junge Mann, der immer so energiegeladen war, und er, "die fette Kröte", wie sie ihn damals alle nannten. McDermott stand überall im Mittelpunkt und war überaus beliebt, vor allem bei den Frauen, aber natürlich auch bei den Professoren, die ihm eine große Zukunft voraussagten. Ihn,

Maxwell, beachtete niemand. Die meisten verabscheuten ihn sogar regelrecht. Maxwell wusste damals wie heute, dass er nicht attraktiv war. Und dennoch hatte er auf dem College begonnen, zarte Bande zu einem Mädchen zu knüpfen. Susie Wallace. Ein hübsches Mädchen, und durch und durch ein guter Mensch. Maxwell schrieb gute Noten auf dem College, während Susie sich schwer tat. Das war der Grund, warum sie ihn eines Tages aus heiterem Himmel fragte, ob sie nicht gemeinsam lernen konnten. Begeistert sagte Maxwell zu. Die Lernstunden mit Susie machten ihm viel Spaß. Susie war ein fröhlicher Mensch und brachte ihn oft zum Lachen. Sie sah in ihm nicht "die fette Kröte", sondern einen Mensch mit Gefühlen. Bald trafen sie sich auch außerhalb der Lernstunden. Sie gingen ins Kino oder Kaffee trinken. Trotz seines Äußeren begann Maxwell sich Hoffnung zu machen, dass Susie möglicherweise eine Beziehung mit ihm eingehen würde. Eines Morgens wollte er Susie auf dem Campus treffen. Er kaufte eine rote Rose, um sie für den Abend zu einem romantischen Dinner einzuladen, bei dem er sie fragen wollte, ob sie seine Freundin sein wollte. Als er nervös mit der Rose in der Hand zu ihrem Treffpunkt unterwegs war, sah er von weitem etwas, das ihm das Herz herausriss. Susie stand eng umschlungen mit John McDermott und die beiden küssten sich leidenschaftlich. Maxwell ließ die Rose fallen und Tränen schossen ihm in die Augen. Susie Wallace hatte ihm das Herz gebrochen. *„Und Schuld war dieser McDermott"*, dachte Maxwell hasserfüllt. Fortan ignorierte er Susie, ging ihr aus dem Weg und nahm ihre Anrufe nicht entgegen. Susie und McDermott blieben zusammen, heirateten nach dem College und waren bis heute ein Ehepaar.
Maxwell fixierte sich auf McDermott. Er erschuf sich ein regelrechtes Feindbild. Sein Ziel war es, zukünftig in allem besser zu sein als McDermott. Doch es gelang ihm nicht. Wenn Maxwell wie besessen Tag und Nacht ackerte und hervorragende Noten schrieb, dann schrieb McDermott mit deutlich weniger Aufwand etwas bessere Noten. Wenn Maxwell eine großartige Hausarbeit schrieb und von den Professoren gelobt wurde, dann bekam er immer wieder zu hören: „Ihre Hausarbeit ist herausragend. Nur die von Mr. McDermott ist noch ein wenig besser….". Ein ums

andere Mal wurde er von McDermott in seine Schranken verwiesen, was seinen Hass immer mehr steigerte.
Nach dem College wollte Maxwell zur Army und anschließend in die Politik. In der Army gewesen zu sein, würde sich gut in seinem Lebenslauf machen. Ein echter Patriot. Doch er wurde ausgemustert, weil er zu dick war. Aber McDermott natürlich nicht. Er wurde Soldat und bekam sogar Auszeichnungen für ehrenhaftes Verhalten in Einsätzen.
Aber mit Fleiß, ausgefahrenen Ellenbogen und Hinterlist arbeitete sich Maxwell dennoch in Washington nach oben. Eines Tages hörte er das erste Mal von einer unabhängigen Geheimdienstorganisation namens ISOS, wo eine Stelle in der Verwaltung frei wurde. Maxwell hatte tadellose Referenzen und bewarb sich auf die Stelle. Er wurde zu einem Einstellungsgespräch eingeladen.
Am Morgen des Vorstellungsgesprächs saß er in der ISOS Zentrale in einem Vorzimmer und wartete darauf, dass man ihn hereinrief, als John McDermott aus einem Zimmer trat und mit Handschlag von einem Mann verabschiedet wurde. McDermott hatte Maxwell jedoch nicht gesehen und verließ den Bereich. Der Mann, von dem McDermott sich verabschiedet hatte, trat auf Maxwell zu und sagte: „Mr. Maxwell? Es tut mir leid, Ihnen das sagen zu müssen, aber die Stelle ist soeben vergeben worden. Dennoch vielen Dank für Ihre Mühen und viel Glück!"
Schon wieder war ihm McDermott zuvor gekommen.
John McDermott schien alles von alleine in den Schoß zu fallen, während er sich alles selber hart erarbeiten musste. Und das hatte er getan. Skrupellos und mit äußerster Hinterlist war er unnachgiebig seinen Weg gegangen und hatte es bis an die Spitze der CIA geschafft. Er war sehr stolz darauf, wie weit er es gebracht hatte, und doch stand er selbst heute noch in McDermotts Schatten. Von McDermott und ISOS sprach man fast schon ehrfürchtig in Washington. Der große, unabhängige Geheimdienst, der alle Probleme lösen konnte, die man ihm vorsetzte. Der beste Geheimdienst, die besten Agenten, der beste Direktor. ISOS machte grundsätzlich alles richtig, die CIA grundsätzlich alles falsch. *„Zum Kotzen"*, fand er.
„Aber das wird heute endgültig vorbei sein", dachte er befriedigt.

Jahrelang hatte Maxwell Pläne geschmiedet und Vorbereitungen getroffen. Und heute war es endlich so weit. McDermott würde in den Knast wandern und ISOS würde man zerschlagen. Dafür hatte er gesorgt. Erwartungsvoll rieb er sich die Hände.

Als sie um eine Kurve bogen, erblickte Maxwell das große, imposante ISOS/TARC Gebäude. Von der leicht abschüssigen Straße, auf der sie sich befanden, hatte man einen guten Ausblick auf das runde, riesengroße Gebäude, welches direkt aus einem Science Fiction Film zu stammen schien. Widerstrebend musste Maxwell sich eingestehen, dass die ISOS/TARC Zentrale äußerst eindrucksvoll war.

Schließlich erreichte der Konvoi das Einfahrtstor, an dessen Seite das große "*TARC*" Schild prangte. Maxwell bemerkte verdutzt, dass das Tor geöffnet war. „*Eigenartig*", dachte er, denn normalerweise war das Tor geschlossen und man musste sich als Besucher bei Wachleuten vor dem Tor anmelden, bevor man hineingelassen wurde, wobei biometrische Daten wie Fingerabdrücke und Augenscans von den Besuchern genommen wurden. Auch Mitarbeiter von TARC/ISOS, die passieren wollten, mussten diese Scans über sich ergehen lassen, um ihre Identität zu verifizieren. Doch die Wachleute konnte Maxwell nirgends entdecken. Alles war ruhig….zu ruhig. Fast schon verlassen, wunderte sich der CIA Direktor. Er hatte sich auf den Moment gefreut, wenn er den Wachen am Tor den von höchster Stelle unterschriebenen Befehl zur Durchsuchung des Gebäudes und die Haftbefehle für die ISOS Führungsriege unter die Nase reiben konnte.
Mit quietschenden Reifen kam die Kolonne vor dem Gläsernen Haupteingang von ISOS/TARC zum Stehen, und sofort sprangen dutzende, schwer bewaffnete Polizisten des Sondereinsatzkommandos aus ihren Transportern und stürmten mit gezogenen Schnellfeuerwaffen in das Gebäude.

In seinem Büro im zwanzigsten Stock saß ISOS Direktor John McDermott an seinem Schreibtisch und beobachtete auf einem riesigen Flachbildschirm an der Wand das Geschehen. Er wusste,

wer da kam. Sein alter Rivale Arthur Maxwell.
Er dachte an den Moment, als er Arthur Maxwell das erste Mal gesehen hatte. Es war damals auf der Universität in Harvard gewesen. McDermott eilte durch die Gänge des Uni-Gebäudes, weil er wie so oft zu spät dran war für eine Vorlesung. Er hastete um eine Ecke und stieß dort mit Arthur Maxwell unsanft zusammen.
„Pass doch auf du Schnösel!", zischte Maxwell.
Beim Blick in die kalten, toten Augen seines Gegenüber, bekam McDermott eine Gänsehaut. Damals wie heute fühlte er sich unbehaglich in der Gegenwart dieses Mannes.
„Hallo, ich bin John McDermott", sagte er dennoch freundlich und streckte Maxwell die Hand entgegen.
Maxwell schaute zuerst auf die Hand, dann zu McDermott. „Ich weiß, wer du bist.", entgegnete er hasserfüllt, ignorierte McDermotts ausgestreckte Hand und ging weiter. Verdutzt starrte McDermott Maxwell hinterher. Bis heute war ihm nicht klar, warum Maxwell ihn so sehr hasste.
Im Laufe der vielen Jahre waren sie sich oft begegnet, sowohl an der Uni, als auch im späteren Verlauf ihrer Karrieren. McDermott war stets diplomatisch und freundlich gewesen, doch Maxwell verhielt sich so, als wolle er McDermott am liebsten die Kehle durchschneiden.
McDermott vermutete, dass der heutige Tag Maxwell eine enorme Genugtuung bereiten würde, auch wenn ihm nach wie vor nicht ganz klar war, warum dieser sich so verhielt.
Er wusste, dass man ihn verhaften und mit Handschellen abführen würde. Natürlich hätte er fliehen können, denn er hatte früh genug von den Haftbefehlen erfahren. Aber das wollte er nicht. Er wollte sich seinem Gegner stellen, wollte hören, was man ihm und seinen Leuten vorwarf.
McDermott lehnte sich zurück und wartete, fast schon entspannt, auf Arthur Maxwell.

Währenddessen betrat Maxwell das Gebäude. Direkt vor ihm sah er einen großen, marmornen Empfangstresen, auf dem ebenfalls der "*TARC*"-Schriftzug prangte. Doch eine Empfangsdame war nicht zu sehen. Das Foyer war schätzungsweise 60m lang, 30m breit, 50m hoch und wurde von einer riesigen Glaskuppel überspannt, durch die er den blauen Himmel sehen konnte. Hinter dem Empfangstresen befand sich ein von Pflanzen umsäumter, gemütlicher Besucherbereich mit vielen Sesseln und einladenden Sofas. Am Ende der Halle sah er eine Cafeteria. Rechts und links von ihm erstrecken sich auf der gesamten Länge des Innenraums auf 20 Etagen Emporen, an deren Rückseiten er hinter Glastrennwänden unzählige Büros und Konferenzräume erblickte. Es war jedoch keine Menschenseele zu sehen. Eigentlich sollten hier rund 200 Leute arbeiten und es sollte geschäftiges Treiben herrschen, doch es war eine Atmosphäre wie auf einem Friedhof. Einer der Polizisten kam auf ihn zu.

„Sir, so wie es bis jetzt aussieht, ist das Gebäude leer."
„Das sehe ich!", knurrte Maxwell.
„Das ist aber noch nicht alles."
„Was denn noch?", fragte Maxwell ungeduldig.
„Hier ist überhaupt nichts mehr. Die Daten auf den Computern wurden gelöscht und nirgends sind irgendwelche Akten zu finden. Nicht mal ein einziges beschriebenes "Post It" oder so etwas. Sogar die Mülleimer sind leer und bei den Papiervernichtern haben wir nicht einen Fetzen Papier gefunden."
„Wie zum Teufel ist das möglich?", blaffte Maxwell. „Es wussten nur wenige, vertrauenswürdige Leute von dieser Razzia und den Haftbefehlen. Den Einsatzkräften wurde das Ziel sogar erst auf der Fahrt mitgeteilt."
„Ich weiß es nicht, Sir...."
Wutentbrannt ließ Maxwell den Polizisten stehen und stampfte in Richtung der Aufzüge um hinauf zu Direktor McDermotts Büro zu fahren.
ISOS Direktor McDermott saß immer noch in seinem Bürostuhl, als unvermittelt die doppelflügelige Bürotüre mit Wucht aufsprang und CIA Direktor Maxwell gefolgt von einigen Polizisten in sein Büro stapfte.
„Guten Tag, Arthur.", sagte McDermott ruhig. „Was verschafft mir die Ehre?"
„Das wissen Sie ganz genau. Wo sind Ihre Untergebenen? Wie

kann es sein, dass hier alles leer ist? Wie zur Hölle haben Sie von der Razzia erfahren?", stieß Maxwell hervor, sichtlich bemüht, die Fassung zu bewahren.

„Ich habe keine Ahnung, wovon Sie reden und was genau Sie hier wollen? Was wird mir vorgeworfen? Und warum diese Razzia?"

„Wir haben klare Beweise dafür, dass Sie und Ihre lächerliche Organisation Terroristen unterstützen."

„Das ist Unfug, Arthur, und das wissen Sie. Wollen Sie mir nicht sagen, was Sie wirklich wollen, anstatt mit diese haltlosen Unterstellungen zu unterbreiten?"

„Was ich will?" Plötzlich trat ein diabolischer Ausdruck auf Maxwells Gesicht. McDermott meinte auch, in Maxwells Augen einen Hauch von Wahnsinn erkennen zu können. „Was ich will?", wiederholte Maxwell lauter und bedrohlicher. „Ich will *Sie* vernichten. Ich will ISOS und TARC vernichten. Und zwar endgültig. Sie, der elende Bastard, der immer alles bekommen und alles erreicht hat, was er wollte. Sie, der mir Susie Wallace und den Job bei ISOS vor der Nase weggeschnappt hat. Sie, der elende Speichellecker, der sich immer und überall eingeschleimt hat. Sie, der Liebling der Professoren auf der Uni und der Liebling der Politik in Washington. Während Sie immer alles in den Arsch geblasen bekamen, musste ich hart arbeiten und Dreck fressen. Während Sie mit Präsidenten Tee getrunken haben, musste ich die Scheiße entsorgen, die Sie und ISOS hinterlassen haben." Maxwells Augen funkelten gefährlich vor Wut und Wahnsinn. „ISOS, dieser dreckige Verein bestehend aus arroganten Wichtigtuern und unfähigen Nichtsnutzen. Die CIA ist der einzig wahre Geheimdienst. Mein Lebenswerk. Und deswegen werde ich Sie und Ihre nutzlose kleine Firma wie eine Fliege zerquetschen und sie ein für alle Mal vom politischen Parkett fegen. Sie und Crane mit seiner kriminellen Bande werden in den Knast wandern. Das wird der Tag meines Triumphes. Der Tag, an dem Sie von Ihrem hohen Ross fallen, während ich oben auf bin. Der Tag, an dem ich über Sie, und die CIA über ISOS triumphieren wird."

Geschockt schaute McDermott Maxwell an. „Sie sind komplett wahnsinnig geworden….."

Einhundert Meter unterhalb von McDermotts Büro saßen etwa dreihundert ISOS/TARC Mitarbeiter in einem riesigen Raum und beobachteten auf einer großen Leinwand das von versteckten Kameras gefilmte Geschehen über ihnen. Man hatte im Zuge des Notfallplans die ISOS/TARC Mitarbeiter in die unterirdischen Bereiche gebracht. Von dort aus war es problemlos möglich, das Tagesgeschäft weiterzuführen. Die Zugänge zu den geheimen unterirdischen TARC Laboren vom Hauptgebäude aus waren versteckt und versiegelt, sodass sie bei der Razzia nicht gefunden werden konnten. Über vier lange Tunnel, die weit außerhalb des Firmengeländes endeten, war es möglich diese unterirdischen Bereiche zu verlassen. Allerdings hatte man zur Sicherheit des Personals eine Ausgangssperre verhängt solange dieses Krise andauerte. Da der unterirdische Bereich auch als Bunker zum Schutz vor Bombenangriffen geplant worden war, hatte man dort unten genügend Vorräte, um die Leute schlimmstenfalls mehrere Wochen versorgen zu können.

Mit Bestürzung sahen die ISOS/TARC Mitarbeiter, wie Direktor McDermott von Arthur Maxwell in Handschellen abgeführt wurde. Grimmig gingen die Mitarbeiter danach in ihrem provisorischen Analyse- und Operationszentrum wieder an die Arbeit. Man würde Maxwell und der CIA schon zeigen, dass man ISOS/TARC nicht so schnell vernichten konnte, so die kollektive Einstellung.

Auf dem Flugplatz hinter der TARC/ISOS Zentrale gab es eine Lagerhalle. Dort waren dutzende Hummingbird Drohnen untergebracht. Wie von Zauberhand erwachte eine dieser Drohnen zum Leben und flog durch eine kleine Öffnung unter dem Dach hinaus ins Freie. Von dort aus flog sie zum Parkplatz des Hauptgebäudes und verweilte dann in sicherer Höhe. Als Direktor McDermott in eines der dort geparkten Fahrzeuge gesetzt wurde und der Konvoi sich in Bewegung setzte, folgte die Drohne vollkommen unbemerkt dem Fahrzeug, in dem McDermott saß.

38
Nia & Lilly

Crane und sein Team hatten Nia Coor zurückgebracht in ihr Hotel Zimmer im Waldorf Astoria. Sie war erschöpft und mental ausgelaugt nach der Beinahe-Vergewaltigung und hatte sich im Schlafzimmer in einen flauschigen Bademantel gewickelt auf das Bett gelegt. Crane ging zu ihr, während die anderen im Wohnraum warteten und die weitere Vorgehensweise beratschlagten. Crane setzte sich auf die Bettkante neben Nia und nahm ihre Hand in die seine. Sie ließ ihn gewähren. „Hey, wie geht's dir?", fragte er besorgt. Es tat ihm im Herzen weh, ihr geschundenes und geschwollenes Gesicht anzuschauen.
„So weit ganz gut, aber ich bin unglaublich müde.", murmelte sie.
„Das kann ich mir vorstellen. So ein traumatisches Erlebnis steckt man nicht so einfach weg.", sagte Crane einfühlsam. „Gott sei Dank konnten wir dich da rausholen, bevor Schlimmeres passiert ist."
Nia schaute Crane tief in die Augen.
„Danke, Pete. Vielen, vielen Dank. Ich hatte während der Gefangenschaft nie daran gezweifelt, dass du mich finden und retten würdest." Sie drückte seine Hand fester und ihm wurde warm ums Herz.
„Gern geschehen.", sagte Crane gerührt.
„Wie geht es jetzt weiter?"
„Wir müssen umgehend nach Washington. CIA Direktor Maxwell hat eine Razzia in der ISOS Zentrale durchgeführt. Zwar konnte man evakuieren, aber McDermott wurde festgenommen. Wir müssen ihn befreien und uns Maxwell vorknöpfen. Es wird Zeit, dass Maxwell für seine Taten zur Rechenschaft gezogen wird. Aber ruhe du dich erst mal aus. Du kannst später zu uns stoßen, wenn es dir wieder besser geht. Lilly bleibt hier bei dir, um dir Gesellschaft zu leisten und um auf dich aufzupassen."
Nia wollte protestieren und mit bei der Mission dabei sein, besann sich dann aber eines Besseren. Müde und ausgelaugt wäre

sie vermutlich keine große Hilfe für das Team.
„Ok. Dann viel Glück und kommt mir alle gesund wieder."
„Das werden wir. Versprochen!", sagte Crane, stand auf, beugte sich zu ihr hinunter und gab ihr einen Kuss auf die Stirn.
Crane verließ das Zimmer und fast augenblicklich fiel Nia mit einem Lächeln im Gesicht in einen tiefen Schlaf.
Nach drei Stunden wachte Nia wieder auf. Trotz des nur recht kurzen Schlafes fühlte sie sich viel besser und ausgeruhter. Siedend heiß fiel ihr ein, dass sie seit Tagen nicht mehr mit Marie in Berlin telefoniert hatte, die sich mittlerweile bestimmt Sorgen machte. Nia nahm ihr Handy und wählte Maries Nummer.
„Hi, Marie. Ich bin's Nia."
„Nia!", sagte Marie sichtlich erfreut. „Wie geht's dir? Alles in Ordnung? Ich hatte mir schon Sorgen gemacht." Es tat Nia gut, Maries Stimme zu hören.
„Ja, alles bestens. Wir sind nur sehr im Stress wegen dieser einen Sache. Deswegen hatte ich mich nicht gemeldet." Nia wollte und konnte Marie nichts von ihrer Entführung erzählen, denn sonst würde Marie sich direkt in den Flieger setzten und nach New York kommen. Zwar hätte sich Nia darüber gefreut, ihre Freundin zu sehen, aber bis das Team diese Krise nicht bewältigt hatte, wäre Marie ihnen eher im Wege, als hilfreich zu sein. Zudem hatte Marie vor kurzem jemanden kennengelernt und Nia wollte, dass sie sich darauf konzentrierte und sich nicht um ihre beste Freundin kümmern musste.
„Ok. Braucht ihr Hilfe? Soll ich nach New York kommen?"
„Danke, Marie, aber das ist nicht nötig. Wir kommen schon klar. Hör mal, ich lege jetzt mal auf. Wie haben heute noch viel zu tun."
„In Ordnung. Dann liebe Grüße an die anderen und alles Gute bei eurem Einsatz!"

Nia legte auf und ging in den Wohnraum. Lilly saß am Schreibtisch vor ihrem Laptop und hatte ein Headset mit Mikrophon übergezogen. Als sie Nia bemerkte, zog sie den Kopfhörer aus. Sie zuckte zusammen bei Nias Anblick, deren Gesicht an vielen Stellen von blauen Flecken dick angeschwollen war.

„Hey, Nia. Hast du gut geschlafen? Geht es dir wieder besser?", fragte Lilly besorgt.
„Ja, alles bestens. Der Schlaf hat gut getan und ich fühle mich schon viel besser. Allerdings fühlt sich mein Gesicht an, als würde es gleich platzen….."
„Tja….ähm…ich würde dir empfehlen, in den nächsten Tagen nicht unbedingt in den Spiegel zu schauen."
„Oh Gott, so schlimm?"
„Nein, nein. Halb so wild. Das wird schon wieder.", sagte Lilly beruhigend. „Soll ich dir Eis zum Kühlen holen?"
„Danke, aber nicht nötig. Ich kümmere mich gleich selbst darum. Hast du denn schon was von den anderen gehört?"
„Peter, Arif und Frank sind mit Viktors Privatjet in Washington angekommen und rüsten sich in Peters Wohnung für die Einsätze aus. Arif und Frank werden Direktor McDermott befreien, während Peter sich Arthur Maxwell vornimmt. Ich werde von hier aus als Operator fungieren. Agent Sparks ist übrigens mit ihnen nach Washington geflogen. Er hat gesagt, er müsste etwas organisieren. Keine Ahnung, was er damit meinte."
„Ich mache mir echt Sorgen um unsere Jungs. Mit der CIA ist nicht zu spaßen, wie wir alle erfahren mussten. Und dass Peter alleine Jagd auf Maxwell machen will, bereitet mir echt Bauchschmerzen. Wäre ich nur doch mit ihnen nach Washington geflogen…", sagte Nia aufgebracht.
„Keine Sorge, Nia. Du kennst doch Pete. Er hat mit Sicherheit einen absolut wasserdichten Plan, in dem alle Eventualitäten einkalkuliert sind."
„Ja, da hast du wahrscheinlich recht.", entgegnete Nia, schon etwas beruhigter.
„Apropos Pete. Was läuft da jetzt eigentlich zwischen euch beiden?", fragte Lilly neugierig. „Denkt nicht, dass ich eure gegenseitigen verstohlenen Blicke nicht bemerkt habe, und dieses peinliche auf Seite schauen, wenn der andere die verstohlenen Blicke bemerkt hat…", fuhr Lilly grinsend fort.
„So offensichtlich?" Nia errötete.
„OH jaaaa!"
„Ich weiß es einfach nicht. Ich weiß nicht, wie es mit uns weiter-

gehen soll. Ich liebe Pete.....noch immer. Aber ich weiß nicht, ob unsere Beziehung Sinn macht. Weißt du, Peter ist Peter. Er wird immer weiter versuchen, die Welt zu retten. Special Agent Peter Crane, Top Agent von ISOS. Der Mann, der immer an vorderster Front steht und sich von einer Gefahr in die nächste stürzt. Ich meine, auch dafür liebe ich ihn. Es ist einer seiner stärksten Charakterzüge, dass er versucht, die Welt zu einem besseren Ort zu machen. Aber ist das eine gute Basis für eine Beziehung? Peter wird seinen Beruf nie aufgeben. Stört unsere Beziehung da nicht eigentlich unsere Arbeit? Wäre es nicht besser, wenn wir getrennte Wege gehen? Ich bin mir da nicht sicher....", erklärte Nia nachdenklich, fast als würde sie zu sich selber sprechen.
Lilly dachte kurz über das Gesagte nach.
„Ja, das sind durchaus berechtigte Fragen. Aber weißt du, Nia, es ist so: Pete braucht dich. Er braucht dich mehr, als er sich selber bereit ist einzugestehen. Du bist für ihn so eine Art Rettungsring. Du bist die Person, die dafür sorgt, dass er sich in dem, was er tut, nicht verliert. Dass er nicht....seine Menschlichkeit verliert. Wir alle wissen, - auch wenn er es nicht ausgesprochen hat - was er getan hat, um diesen Killer Mr. Smith zum Reden zu bringen. Denn es ist klar, dass ein solcher Mann seine Geheimnisse nicht so ohne weiteres ausplaudert. Da muss man schon zu drastischen Mitteln greifen. Und du, Nia, bist diejenige, die Peter nach solchen Ereignissen zurück in die Realität holt. Du bist diejenige, die ihm zeigt, dass es auch Gutes gibt. Du zeigst ihm, dass es Gefühle gibt, und dass er Gefühle hat. Und vor allem, dass er es wert ist, geliebt zu werden. Denn glaube mir, in Momenten, in denen er zu solch drastischen Mitteln gezwungen ist, hasst er sich selber. Und nicht diesem Hass zu verfallen geht nur, wenn er weiß, dass jemand da ist, der ihn auffängt. Und dieser jemand bist du. Ich bin zwar Peters "Schwester", aber mir ist es nie in der Art und Weise gelungen zu ihm durchzudringen, wie es dir bei ihm gelingt. Und deswegen braucht er dich. Deswegen braucht er deine Liebe. Sonst ist irgendwann von dem Menschen Peter Crane nichts mehr übrig. Verzeihe ihm, Nia! Gehe zu ihm zurück und halte ihn fest! Halte den Menschen Peter Crane fest! Den Menschen, den wir alle lieben."

Nia kamen die Tränen.
„Das werde ich.", flüsterte sie.

39
Direktor McDermott

Mitten in der Innenstadt von Washington stand ein unauffälliges sechsstöckiges Bürogebäude. Die Wände waren aus massivem Stein gemauert und viele Fenster säumten die Fassade. Auf der doppelflügeligen Eingangstür war der Firmenname "Webber Consulting" aufgeklebt. Links neben dem Eingang war eine Zufahrt zur Tiefgarage.
Was niemand wusste war, dass die Firma Webber Consulting gar nicht existierte, und dass das Gebäude in Wahrheit eine Zweigstelle der CIA war. Zwar waren in den Obergeschossen Büros untergebracht, in denen CIA Mitarbeiter arbeiteten, in den Kellergeschossen befanden sich jedoch Gefängniszellen und Verhörräume. Dort wurden Gefangene für erste Verhöre untergebracht, die später nach Guantanamo verlegt wurden. Gefangene, bei denen niemand wissen sollte, wo sie sich befanden.
Drei SUVs fuhren in die Tiefgarage des Gebäudes und rasten mit hohem Tempo bis in die unterste Etage. Dort hielten die Fahrzeuge vor einer bewachten und gut gesicherten Eingangstür. Mehrere Leute stiegen aus und gingen auf den Eingang zu. In ihrer Mitte befand sich ein Gefangener mit einem Sack über dem Kopf, denn erstens sollte der Gefangene nicht wissen, wo man ihn hinbrachte und zweitens sollte keine der Wachen den Gefangenen identifizieren können. Der Mann wurde in das Gebäude gebracht und durch einen langen Flur geführt. Am Ende des Flurs war eine Tür, hinter der sich ein Verhörraum befand. Dorthin brachte man den Gefangenen, setzte ihn auf einen Metallstuhl und fesselte seine Handgelenke mit Ledermanschetten an die Armlehnen, und die Fußgelenke an die Beine des Stuhls. Den Sack nahm man ihm nicht ab. Man ließ ihn erst mal warten,

drehte aber die Heizung in dem Raum voll auf, damit der Mann zu schwitzen begann. Schon jetzt fing man damit an, ihn zu peinigen.

Nach zwei Stunden betrat ein kräftiger, schwerer Mann den Verhörraum und nahm dem vollkommen durchgeschwitzten Gefangenen den Sack vom Kopf.

„Hallo, John McDermott. Willkommen in der Hölle!", sagte CIA Direktor Maxwell freudig. Er hielt eine kalte Flasche Wasser in der Hand, öffnete sie und nahm erst mal vor McDermotts Augen einen tiefen Schluck.

„Hach!", seufzte Maxwell. „Einfach herrlich, so ein eiskalter Schluck Wasser"

„Bitte…", stammelte McDermott, der nach zwei Stunden in dieser Sauna schon etwas dehydriert war.

Mit seiner Rückhand versetzte Maxwell ihm mit voller Wucht einen Schlag ins Gesicht. McDermotts Kopf flog zur Seite und Spucke und Blut tropften aus seinem Mundwinkel.

„Habe ich Ihnen erlaubt zu sprechen?"

„Aber….." Wieder schlug Maxwell zu. McDermott sah Sternchen.

„SCHNAUZE UND ZUHÖREN!", schrie Maxwell ihn an. „Sie reden nur, wenn ich es sage, verstanden?" Maxwells Augen glühten vor Zorn.

McDermott nickte.

„Gut! Also, John. Ich darf Sie doch John nennen? Sie werden jetzt hier in unserer Einrichtung eine sehr interessante Phase im Umgang mit Gefangenen am eigenen Leib erleben. In dieser Phase geht es darum, den Gefangenen zu brechen, und um nichts anderes. Wir werden Sie zunächst nicht verhören, oder Ihnen Fragen stellen. Nein, wir werden Sie körperlich und mental brechen. Schauen Sie, wir haben da einiges vorbereitet."

Mit ausgestrecktem Arm deutete Maxwell nach rechts. Dort war ein langer Metalltisch aufgebaut. Auf dem Tisch lagen viele verschiedene Dinge. Ganz normales Werkzeug wie Hammer, Sägen, eine Bohrmaschine und Schraubzwingen. Medizinische Instrumente wie Skalpelle, Spreizer, Zahnzangen und -Bohrer, dazu Spritzen und diverse verschiedene Ampullen.

Neben dem Tisch stand ein Schweißgerät angeschlossen an eine Gasflasche und eine Autobatterie mit zwei Kabeln, deren Enden ab isoliert waren.
McDermott schluckte.
„Sie können doch nicht...." Wieder versetzte Maxwell ihm einen harten Schlag.
„Ich sagte Schnauze. Sie sehen also: Ihnen steht eine äußerst unangenehme Zeit bevor. Und glauben Sie nicht, dass der Tod Sie retten kann. Wir werden dafür sorgen, dass Sie am Leben bleiben. Und wenn wir dann mit Ihnen fertig sind, wenn Sie sabbernd in diesem Stuhl hängen, dann glauben Sie mir, werden Sie jedes Geständnis unterschreiben, das wir Ihnen unter die Nase reiben. Leider kann ich nicht während Ihrer gesamten "Behandlung" hier sein, denn ich muss mich erst noch um Ihren Schützling Crane kümmern. Aber das ist eher eine Formalität. Und gegen Ende, wenn Sie kurz davor stehen zusammenzubrechen, dann werde ich hier sein und dabei zusehen!"

Maxwell stellte die Flasche Wasser vor McDermott, sodass dieser sie sehen, aber nicht erreichen konnte und verließ eine Melodie pfeifend den Raum.

Verzweiflung übermannte McDermott. Verzweiflung und Angst. Er war in einem Albtraum gefangen und dieser Albtraum fing gerade erst an. Als junger Mann hätte er der Folter möglicherweise lange widerstehen können. Aber er war nun mal nicht mehr der Jüngste. Er war gebrechlicher als noch vor vierzig Jahren, als er ein junger, knallharter Marine gewesen war. Doch er würde kämpfen. Ja, das würde er.
Es verging einige Zeit. McDermott wusste nicht, wie viel. Er hatte das Gefühl für die Zeit vollkommen verloren. Immer noch war die Temperatur in dem Raum mörderisch. McDermotts Zunge war mittlerweile schon angeschwollen und sein Hals rau wie ein Reibeisen. Unvermittelt flog die Tür auf und ein Mann betrat den Raum. Ein grobschlächtiger Mann. Groß und muskulös. Mit fieser Akne im Gesicht, vermutlich von zu viel Anabolika. Er hatte einen rasierten Schädel und Augen, die fast schwarz

waren, so als würde man in einen Abgrund blicken.
„Hallo, Direktorchen..", sagte der Mann unheilvoll.
„Was wollen Sie?", krächzte McDermott.
„Pssst. Ganz ruhig, Direktorchen. Wir werden nur etwas Spaß haben."
Der Mann ging zu McDermott und streichelte diesem sanft die Wange.
„Sie sind immer noch ein attraktiver Mann, Direktorchen….."
Unvermittelt, ohne dass McDermott reagieren konnte, schlug der Mann ihm seine riesige Faust mit unvorstellbarer Kraft ins Gesicht. „….aber das werden wir ändern."
McDermott spürte, wie seine Nase brach und ein Schwall Blut sich auf seinem Hemd und seiner Hose ergoss. Sein Kopf flog von der Gewalt des Schlages nach hinten und er verlor kurz das Bewusstsein. Als er wieder erwachte, stand der Mann immer noch vor ihm und betrachtete ihn neugierig.
„Jetzt sind Sie nicht mehr ganz so attraktiv.", sagte der Mann, McDermott verspottend.
„Sie hatten leider kurz das Bewusstsein verloren. Dabei sollen Sie doch wach bleiben, um den ganzen Spaß mitzubekommen. Na ja, ich habe da ein Hausmittelchen, dass Ihren Kreislauf ganz schnell wieder auf Gang bringt. Und es wird auch Ihren Durst stillen. Sie müssen mittlerweile sehr durstig sein."
Der Mann nahm die Flasche Wasser, die Maxwell auf dem Boden hatte stehen lassen. Genüsslich und ganz langsam trank er das Wasser leer. Anschließend stellte er die Flasche vor sich, zwischen seine Beine. Betont lässig öffnete der Mann den Reisverschluss seiner Hose, holte seinen Penis heraus und urinierte in die Flasche.
„Ahhhh, das tut gut…."
Als er fertig war, schloss er seine Hose wieder, nahm die Flasche und ging näher an McDermott heran. Der Direktor rutsche unruhig auf dem Stuhl herum und zerrte vergeblich an den Fesseln.
„NEIN, BITTE!!!", schrie er verzweifelt.
„Aber, Direktorchen….ich will Ihnen doch nur helfen.", sagte der Mann, riss McDermotts Kopf nach hinten und drückte seine riesige Pranke auf McDermotts gebrochene Nase. Der Direktor

schrie vor Schmerzen auf. Er bekam keine Luft mehr durch die Nase und musste durch den Mund atmen, woraufhin der Mann anfing, ihm den Urin in den Mund zu schütten. McDermott prustete, würgte, schluckte. Er wollte sich wehren, wollte den Kopf wegdrehen, doch der Mann hielt seinen Kopf eisern in Position und leerte die ganze Flasche in und über McDermott. Als er fertig war, ließ der Mann ihn los und reinigte seine Hände an McDermotts Jackett. McDermott drehte den Kopf zur Seite und übergab sich.

„Aber, aber Direktorchen. Da gebe ich Ihnen freundlicherweise etwas zu trinken und Sie kotzen es direkt wieder aus.", sagte der Mann lachend. „Na ja, das war mein erster Besuch bei Ihnen, und ich denke, wir hatten für's Erste viel Spaß. Nachher kommt ein Kollege von mir und wird Sie weiter unterhalten. Ich komme dann später noch mal vorbei." Zufrieden schaute sich der Mann sein Werk noch einmal an und verließ dann den Raum.

McDermotts Nase war mehrfach gebrochen und schmerzte ungemein. Seine Wangen waren dick angeschwollen von Maxwells Schlägen. Sein Atem ging kurz und stoßweise. Er fühlte sich elend und gedemütigt. Er ekelte sich vor dem, was gerade geschehen war und vor dem Gestank, den der Urin verbreitete. Er hatte den Geschmack von Urin und Erbrochenem immer noch auf der Zunge. Schon jetzt wünschte er sich zu sterben, doch er wusste, dass diese Schweine ihn nicht sterben lassen würden.

Wieder verging einige Zeit, in der McDermott vor sich hinvegetierte. Ein anderer Mann betrat den Raum.

„Guten Tag, Direktor McDermott. Mein Name ist Dr. Perlotti. Ich habe mich der Forschung verschrieben. Der Forschung am Menschen. Ich erforsche, wie viel Schmerz ein Mensch ertragen kann." Der Mann sagte das mit leiser, fast flüsternder Stimme, ohne eine Miene zu verziehen. Er war groß, bestimmt zwei Meter und sehr dünn. Seine Haut war unnatürlich hell und seine unheimlichen Augen hatten einen rötlichen Stich, fast wie bei einem Albino. Er hatte weiße, dünne kurze Haare.

„Rick?", rief er, und ein zweiter Mann betrat den Raum. Ein kleiner, aber kräftiger Mann, dem eine gewisse Einfältigkeit aus dem Gesicht sprach.

„Das ist mein Assistent Rick. Er wird mir hier etwas zur Hand gehen.", erklärte Perlotti emotionslos. „Wissen Sie, Direktor. Wie ich festgestellt habe, gibt es etwas am menschlichen Körper, was sehr schmerzempfindlich sein kann, und das sind die Zähne. Die entsprechende Behandlung vorausgesetzt."
Perlotti ging zum Tisch und nahm einen Spreizer und den Zahnbohrer.
„Rick, würdest du, bitte!"
„NEIN, NEEEEIIIINNNNN!", schrie der Direktor.
Rick trat hinter ihn und nahm McDermotts Kopf so in den Schwitzkasten, dass dieser ihn nicht mehr bewegen konnte.
„NEIN, BITTE!?", flehte er.
Perlotti trat auf McDermott zu, rammte ihm brutal den Spreizer in den Mund und öffnete mit dessen Hilfe gewaltsam den Mund des Direktors.
„So, dann wollen wir mal.", sagte Perlotti unheilvoll und ließ zu Demonstrationszwecken den Zahnbohrer mehrfach aufheulen.
„*Aufhören!*" wollte der Direktor sagen, brachte aber nur ein hilfloses Gurgeln heraus.
Perlotti schaute sich McDermotts Zähne an, setzte den Bohrer an dessen hinterem Backenzahn an und fing an zu bohren. Tiefer und tiefer. Der Schmerz explodierte in McDermotts Kopf. Wie eine riesige Welle, die jeden anderen Gedanken und jedes andere Empfinden weg riss. Übrig blieb nur der Schmerz.
Der Direktor schrie und schrie wie von Sinnen, doch Perlotti ließ nicht von ihm ab....

40
Peter, Arif und Frank

Cranes Wohnung war ein schönes, geräumiges Loft mit hohen Wänden mitten im Herzen von Washington DC. Betrat man die Wohnung, dann befand sich rechts eine gemütliche Wohnlandschaft, vor der ein gigantischer Flatscreen an der Wand befestigt war. Daneben in der Ecke befand sich ein großes Doppelbett. Über dem Bett hing ein großes schwarz/weiß Portrait von Nia. Geradeaus sah man einen großen Schreibtisch, auf dem Tastatur und Maus standen und über dem an einer Halterung sechs Computer Monitore befestigt waren. Links sah man eine wuchtige Metall-Schiebetür, neben der eine Nummerntastatur an der Wand befestigt war. Direkt neben dem Eingang begann eine großzügig geschnittene Küchenzeile mit separatem Herdblock und einer Theke, an der fünf Barhocker standen. Der Boden war mit dunklen Holzdielen belegt. Die Wände und die Decke waren weiß gestrichen.

Peter, Arif und Frank gingen an Cranes Computer, um mit Lilly in New York in Kontakt zu treten.

„Hallo, Jungs!" Lillys Gesicht erschien auf einem der Monitore.

„Hey, Lilly. Wir sind jetzt in meiner Wohnung angekommen. Was hast du für uns?"

„Also, die Leute im Operationszentrum konnten eine Hummingbird Drohne hinter den Fahrzeugen herschicken, mit denen Direktor McDermott abgeführt wurde. Die Drohne ist den Fahrzeugen bis zu diesem Gebäude in Washington gefolgt." Man sah eine Streetview Animation auf einem der Bildschirme. „Den Grundriss und die Baupläne des Gebäudes schicke ich Arif und Frank auf ihre Smartphones. Ich gehe davon aus, dass der Komplex der CIA gehört und bewacht wird. Den Bauplänen nach würde ich vermuten, dass der Direktor im Keller festgehalten wird. Wir haben sämtliche Zugänge zu dem Gebäude durch die Humm Drohne scannen lassen. Alle sind mit Alarmvorrichtungen gesichert. Auch die Tiefgarage. Nur dieser Lüftungstunnel an der rückwärtigen Fassade nicht." Lilly zeigte den Zugang per 3-D Animation. „Ihr könnt den Zugang von einem Gebäude gegenüber erreichen, wenn ihr ein Drahtseil zwischen beiden Gebäuden spannt und euch hinüber hangelt. Ich weiß, es ist artistisch, aber so bekommt Ihr wenigstens unbemerkt Zutritt zum Gebäude."

„Puh, das klingt wieder nach Schwerstarbeit!", jammerte Frank Thiel theatralisch.

„Nun zu dir, Peter. Für dich habe ich die Adresse und die Baupläne von Arthur Maxwells Haus. Das Grundstück wird von drei Seiten von einem Wald umgeben, sodass du zumindest recht problemlos ungesehen an die Grundstücksgrenze herankommen kannst. Die Aufklärung mit Humms hat ergeben, dass das Haus stark bewacht wird und zudem über eine sehr gute Alarmanlage verfügt. Das Dumme ist, dass diese Alarmanlage sich von außen nicht knacken lässt und eine eigene Stromversorgung inklusive Notstrom hat. Das heißt, selbst wenn wir den Strom über die Stadtwerke in dieser Gegend ausschalten, bleibt die Alarmanlage aktiv. Aber du hast Glück. Die Versorgung befindet sich außerhalb des Haupthauses, in diesem kleinen Pavillon. Wenn du es schaffst, die Wachen und vor allem die Wachhunde, die dort patrouillieren, unbemerkt auszuschalten, dann kannst du die Stromversorgung der Alarmanlage kappen, und dir dann problemlos Zutritt zum Haus verschaffen. Alles in allem wirst du es mit zwölf Wachen und vier Hunden außerhalb des Gebäudes zutun bekommen, plus noch mal vier Wachen innen."

„Das ist ja fast schon zu einfach.", sagte Peter mit einer großen Portion Galgenhumor.

„Ach, Jungs, ihr habt doch alle schon Schlimmeres erlebt. Also hört auf zu jammern.", sagte Lilly aufmunternd.

„Lilly, ich habe da noch was.", sagte Peter und tippte etwas auf der Tastatur. „Schicke das, was ich dir jetzt sende, an alle ISOS Außendienst Agenten in Washington und der näheren Umgebung, ok?"

„Ja, ok, und was ist das? Braucht Ihr Verstärkung?"

„Nein, nein, wir kommen schon zurecht. Das sind einfach ein paar Anweisungen."

„In Ordnung, wird erledigt. Dann macht euch mal fertig, Jungs!"

Peter ging zu der großen Metalltür und gab einen Code über das Nummernfeld ein. Die Türe fuhr auf und dahinter kam ein Waffen- und Ausrüstungsschrank zum Vorschein, mit einer Vielzahl an Gewehren, Handfeuerwaffen, Granaten und Kampfanzügen.

„Ok, dann machen wir uns mal bereit", sagte Peter. „Hört zu. Unsere Gegner waren bisher nicht gerade zimperlich mit uns. Man wollte uns alle umbringen, man hat Nia entführt und beinahe vergewaltig, und jetzt ist auch noch der Direktor in deren Gewalt. Ihr wisst, dass ich es normalerweise bevorzuge, solche Einsätze möglichst ohne Todesopfer zu absolvieren. Doch nicht dieses Mal. Wir werden mit aller Härte und ohne Rücksicht vorgehen. Sind wir uns da einig?"

„Sicher, Chef!", sagten Arif und Frank wie aus einem Mund. Crane warf Arif einen Autoschlüssel zu. „Hier, Ihr könnt den BMW X6 nehmen. Im Kofferraum ist alles, was ihr braucht, um an den Lüftungsschacht zu gelangen. Ich fahre mit dem Mercedes."

Dann begannen sie, sich fertig zu machen. Alle drei streiften sich zunächst einen leichten Kampfanzug über. Auf schusssichere Westen verzichteten sie ganz, denn es war wichtig, dass sie beweglich waren und sich leise fortbewegen konnten. Bei beidem störten schwere, schusssichere Westen. Jeder nahm zwei Glock 31 mit Schalldämpfer, eine Handvoll Ersatzmagazine, einige Blendgranaten, zwei Kampfmesser, einen Schutzhelm und eine Infrarotbrille. Peter steckte darüber hinaus noch einige Wurfmesser und eine Betäubungspistole ein. Zwar würde er bei den Wachen keine Gnade walten lasse, aber die Wachhunde wollte er nicht töten, sondern nur betäuben, schließlich konnten die Tiere nichts dafür.

Als die drei fertig waren, standen sie sich gegenüber.

„Wir werden schnell und hart eingreifen. Tut, was ihr tun müsst und holt den Direktor da raus.", schwor Crane sie ein. „Viel Glück, Freunde!"

Crane hielt die Hand ausgestreckt und Arif und Frank legten Ihre Hand auf seine.

„Dir auch viel Glück, Pete", sagte Arif, und Frank nickte.

Lillys Stimme erklang aus der Richtung des Computers.

„Hey, Pete, hier ist jemand, der sich noch von dir verabschieden möchte!"

„Wir warten draußen vor der Tür.", sagte Frank und verließ mit Arif das Loft.

Nia erschien auf dem Bildschirm. Wieder versetzte es Peter einen Stich ins Herz, ihr geschundenes Gesicht zu sehen.

„Nia, schön dich vor dem Einsatz noch mal zu sprechen."
„Hallo, Peter, auch schön dich zu sehen."
„Wie geht's dir?"
„Ich habe etwas geschlafen und fühle mich schon besser. Mein Gesicht habe ich gerade eine Zeit lang gekühlt und die Schwellungen gehen so langsam zurück. Es geht also aufwärts. Und zum Glück konntest du ja noch das Schlimmste verhindern. Danke noch mal."
„Gern geschehen."
„Du, Pete….", sagte sie vorsichtig. „Ich…ich wollte nur, dass du weißt, dass ich auf dich warten werde, wenn du von deinem Einsatz zurückkommst. Ich…ähm…ich werde da sein. Für dich. Und ich werde dich nie mehr gehen lassen. Ich vermisse dich. Also komm schnell wieder zurück und dann lass uns noch einmal ganz von vorne anfangen. Denn ich…ich liebe dich!"
Peter hatte Schmetterlinge im Bauch.
„Ich liebe dich auch, Nia!"
„Und nun geh' und zeig's ihnen, Großer. Zeige ihnen, dass man sich mit uns besser nicht anlegen sollte!"
„Das werde ich! Bis später dann, mein Schatz."
Peter verließ ebenfalls das Loft. Vor der Tür warteten Arif und Frank auf ihn. Als die Drei den Flur entlang gingen, öffnete ein Nachbar seine Wohnungstür. Ein alter Mann mit Hut und Brille. Als er den drei ISOS Agenten in die grimmigen, entschlossenen Gesichter schaute und ihre Kampfmonturen sah, schloss der Mann hektisch wieder die Tür und verriegelte sie von innen, was die drei zum Schmunzeln brachte.

41
Arif & Frank

Arif Arsan und Frank Thiel blickten durch ein Fernglas auf das Gebäude, in dem ISOS Direktor John McDermott von der CIA gefangen gehalten wurde. Sie befanden sich auf dem Dach eines

gegenüberliegenden Hauses. Zunächst beobachteten sie die Umgebung mit Ferngläsern. Es waren keine Wachen vor dem Gebäude zu sehen und auf den Straßen waren zu dieser Nachtzeit kaum Autos unterwegs. Dann schauten sie sich das Lüftungsgitter an, durch das sie in das Gebäude gelangen wollten. Das CIA Gebäude war schätzungsweise zwanzig Meter von ihnen entfernt. Arif holte ein Gewehr aus einer großen Sporttasche, welches einer Harpune ähnelte, während Frank begann, ein Metallgestell aufzubauen und dieses mit Hilfe eines Luftdrucknaglers und Stahlstiften, auf dem Boden des Betondaches zu verankern. Als Frank fertig war, nahm Arif mit dem Gewehr das gegenüberliegende Gebäude ins Visier und schoss eine Stahlspitze, an der ein stabiles Drahtseil befestigt war, in das Mauerwerk. Als die Spitze in den Stein eindrang, lösten sich von ihr vier Ausleger, deren Spitzen mit Dübeln sich wiederum automatisch leise in die Fassade bohrten. So wurde das Drahtseil bombenfest in der Mauer verankert. Anschließend spannte Arif das lose Ende des Drahtseils in einen Flaschenzug an dem Metallgestell und zog das Drahtseil so stramm wie möglich. Das Seil konnte dann insgesamt mit 300 kg belastet werden. Die Männer sprachen dabei kein Wort. Das war auch nicht nötig. Arif Arsan und Frank Thiel hatten bereits so viele Einsätze gemeinsam bestritten, dass sie sich wortlos verstanden.
Beide befestigten eine Seilrolle an dem Drahtseil und hakten als Absicherung ihre Klettergurte ein, damit sie im Notfall nicht abrutschten und hinunterfielen. Lautlos glitten die beiden Agenten das Seil hinab zum gegenüberliegenden Gebäude. Arif befand sich vor Frank und als sie auf der anderen Seite ankamen, begann er mit einem winzigen Akkuschrauber die Befestigungsschrauben der Lamellenabdeckung des Lüftungskanals zu lösen. Als er fertig war, gab er die Abdeckung an Thiel weiter, der sie mit einem Karabinerhaken an dem Seil befestigte, damit sie nicht herabfiel und unnötig Krach machte.
Die Männer lösten ihre Klettergurte und bestiegen den Lüftungskanal.
„Lilly, wir sind drin!", gab Arif per Funk Rückmeldung.
Vor sich sah er den Ventilator der Klimaanlage mit etwa einem

Meter Durchmesser, der Frischluft von außen ansaugte. Zu dieser Nachtzeit war die Klimaanlage jedoch ausgeschaltet und der Ventilator stand still. Vorsichtig und leise begann er, den Rotor zu demontieren, damit sie weiter durch den Kanal kriechen konnten. Als er fertig war, gab er den Rotor weiter an Frank, der ihn behutsam hinter sich ablegte. Dann krochen die beiden weiter voran durch den Lüftungskanal, tunlichst darauf bedacht, keine Geräusche zu verursachen. Vor sich sah Arif eine Gabelung. Er schaute um die Ecke und erblickte ein Gitter, durch das sie den Lüftungskanal verlassen konnten. Er zog die Infrarotbrille über, konnte jedoch weit und breit keine Wache erkennen. Er löste das Gitter, kletterte aus dem Kanal und landete sanft auf dem Fußboden, gefolgt von Frank Thiel. Beide zogen ihre Waffen und machten sich auf den Weg, den Direktor zu befreien.

Einige Kilometer entfernt beobachtete ein Mann mit einem Fernglas aus sicherer Entfernung den Flugplatz hinter der ISOS/TARC Zentrale. Er hatte besonderes Interesse an einem großen Hangar, der jedoch leider von zwei bewaffneten Polizisten bewacht wurde. Das ganze Firmengelände war nach der Razzia nach wie vor von der Polizei gesperrt und der Zutritt verboten. Der Mann entdeckte weitere Wachen auf dem Flugplatz. Zwei Leute bewachten den ISOS/TARC Firmenjet, zwei andere den Tower. Und jeweils zwei die anderen vier Hangars. Insgesamt kein Problem für das, was er vorhatte, zumal die Polizisten nicht sonderlich aufmerksam waren, wie er bemerkte. Sie rechneten wohl nicht damit, dass jemand versuchen würde einzudringen. Die Start- und Landebahn wurde von großen Strahlern taghell erleuchtet. Die Hangars befanden sich allerdings etwas abseits des Flugfeldes und lagen zumindest im halbdunkeln. Auch das kam ihm sehr entgegen.
Der Mann stand hinter einem Baum versteckt. Direkt vor ihm befand sich ein großer Drahtzaun, der das Fluggelände umzäunte. Normalerweise stand der Zaun unter Strom und wurde von unzähligen Kameras bewacht. Allerdings hatte man dafür gesorgt, dass Kameras und Strom ausgeschaltet waren. Die Polizisten

wussten davon nichts und wähnten sich in trügerischer Sicherheit. Er kletterte leise über den Drahtzaun und schlich in geduckter Haltung über eine kleine Wiese, bis er schließlich die Rückseite des Hangars unbemerkt erreichte. Vorsichtig pirschte er sich an der Seitenwand entlang zur Vorderseite. Als er dort ankam, lugte er um die Ecke. Die beiden Polizisten unterhielten sich und rauchten dabei eine Zigarette. Der Mann zog eine Betäubungspistole, überprüfte nochmals, ob sie geladen war und schoss den beiden Wachen schnell hintereinander einen kleinen Betäubungspfeil in den Hals. Die beiden Polizisten schauten sich im ersten Moment verdutzt an, und griffen sich an die Stelle, wo der Pfeil eingedrungen war, doch bevor sie Alarm schlagen konnten, setzte die Wirkung des Betäubungsmittels ein und die beiden brachen schlafend zusammen. Gebückt lief der Eindringling zur verschlossenen Eingangstür des Hangars. Er holte einen Dietrich aus einer der unzähligen Taschen seines Kampfanzugs und knackte das Schloss mühelos in wenigen Sekunden. Anschließend ging er zu den beiden betäubten Männern und zerrte sie ins Innere des Hangars. Er ging noch mal zur Tür, um zu schauen ob ihn jemand dabei gesehen hatte, aber die restlichen Polizisten standen nach wie vor auf ihren Posten und hatten nichts von der gesamten Aktion mitbekommen. Dennoch war Eile geboten, denn es würde nicht lange dauern, bis jemand bemerkte, dass die Wachen vor diesem Hangar nicht mehr da waren, wo sie sein sollten. Er schloss die Eingangstür wieder.
Aus seiner Tasche nahm er eine Taschenlampe und beleuchtete ein großes, mattschwarzes furchteinflößendes Objekt, welches direkt vor ihm in der Halle stand:
„Hallo, meine Schönheit. Ich werde dich heute Abend zu einem kleinen Tänzchen ausführen!", sagte Senior Special Agent Vin Sparks und setzte sich in den ISOS "Buzzard" Kampf- und Transporthubschrauber. Die TARC Ingenieure hatten sich bei der Konstruktion dieses Fluggerätes selbst übertroffen. Nicht nur, dass der Helikopter nahezu lautlos im sogenannten "Stealth-Modus" fliegen konnte, er war auch noch schneller als jeder andere Heli. Gewehr- und Geschützpatronen konnten der Außenhülle nichts anhaben. Und selbst nach einem Raketenvolltreffer

war der Buzzard noch in der Lage, eine Zeit lang in der Luft zu bleiben. Bewaffnet war das Ungetüm mit einer schwenkbaren doppelläufigen 30 mm Bordkanone, etlichen Luft-Boden und Luft-Luft Raketen und mehreren Containern, mit denen man dutzende 70 mm Raketen gleichzeitig abfeuern konnte, die dann mithilfe des Bordcomputers zielgenau auf gegnerische Stellungen gelenkt wurden. Die mattschwarze Lackierung absorbierte nicht nur Radarstrahlen, sondern war auch eine spezielle Tarnfarbe, die den Buzzard in der Nacht nahezu unsichtbar machte. In der Pilotenkanzel fand ein Mann Platz, und im Rumpf war noch einmal Platz für sechs weitere Personen. So ließ sich der Buzzard nicht nur als Kampfhubschrauber mit enormer Feuerkraft nutzen, sondern auch als Transportmittel für ISOS Einsatzteams.

Sparks startete die Maschine und öffnete dann per Knopfdruck das Hangartor. Schnell setzten sich die Rotoren in Bewegung und blieben dabei für einen Helikopter unglaublich leise. Kaum war das Hangartor einen Meter geöffnet, sah er schon von gegenüber mehrere Wachen auf den Hangar zulaufen. Noch während des Laufens begannen sie, auf den Heli zu schießen, richteten aber natürlich keinen Schaden an. Langsam hob der Buzzard leicht vom Boden ab und Sparks steuerte ihn behutsam hinaus aus dem Hangar ins Freie. Sparks hatte für so ziemlich jedes Gefährt einen Führerschein in der Tasche. PKWs, LKWs, Boote bis hin zu Sportflugzeugen und Helikoptern. Nur Kampfjets war er noch nie geflogen, aber dafür war er wohl auch mittlerweile etwas zu alt, fürchtete er.

Rundherum hatten sich alle auf dem Flugplatz befindlichen Wachen in Position gebracht und feuerten aus allen Rohren auf den Helikopter. Doch mit ihren Waffen konnten sie der Panzerung des Buzzard nichts anhaben, und so entschwand Sparks in die Nacht von Washington DC.

Arif und Frank hatten die ersten beiden oberen Etagen hinter sich gelassen und waren bis jetzt noch nicht auf Widerstand gestoßen. Allerdings wurden diese Stockwerke scheinbar auch nur als Lagerräume genutzt, denn dort stapelten sich Kartons mit Akten und diverse alte Gerätschaften wie defekte Kaffeemaschinen und

Kopierer, was es wohl nicht nötig machte, diese Bereiche zu bewachen. Zwar hätten die beiden auch den Aufzug nach unten nehmen können, aber so wären sie unter Umständen aufgefallen. Zum Beispiel wenn jemand anhand der Stockwerkanzeige oberhalb der Aufzugtüren gesehen hätte, dass der Aufzug sich bewegte, obwohl zu dieser Nachtzeit niemand im Gebäude hätte sein dürfen. Deswegen gingen sie lieber die Treppen hinunter.
Als sie die Treppenhaustür zur 3. Etage öffneten, sahen sie, dass es eine Büroetage war. Das Gebäude war relativ simpel geschnitten. In der Mitte befand sich ein langer Flur und rechts und links mehrere geschlossene Büroräume und einige offene Großraumbüros mit mehreren Arbeitsplätzen.
Arif und Frank schalteten ihre Infrarotbrillen ein. Ganz am Ende vom Flur blinkte rot eine Person auf, die mit einer Taschenlampe in einen der Büroräume leuchtete. Der Mann war circa zwanzig Meter entfernt von Arif und Frank. Arif deutete stumm auf das Großraumbüro direkt gegenüber. Geduckt und vollkommen leise schlichen die beiden hinüber und versteckten sich hinter einer langen Reihe von Schreibtischen. Am Ende der Reihe stand eine hölzerne Trennwand. Die beiden krochen dorthin und warteten dahinter auf den Wachmann. Pfeifend kam der Mann um die Ecke und ging entlang der Trennwand hinter der Arif und Frank hockten. Als die Wache diese passiert hatte, sprang Arif aus seinem Versteck, schnappte den Mann von hinten und nahm ihn so lange in den Schwitzkasten, bis er ohnmächtig wurde. Er zerrte den Mann hinter einen der Schreibtische, sodass er vom Flur aus nicht zu sehen war und fesselte ihn mit Kabelbindern. Auf einem der Schreibtische fand er eine Rolle Klebeband, mit der er den Mund des Mannes zuklebte. Arif hätte ihn auch töten können, aber er schien nur ein einfacher Wachmann zu sein, der vermutlich nicht ahnte, dass er in einem Gefängnis arbeitete, weswegen der Türke ihn leben ließ.
Ansonsten sahen Arif und Frank mit ihren Infrarotbrillen keine weiteren Wachen und so gingen sie hinab in die darunter gelegene Etage. Doch in diesem Stock und auch in denen darunter trafen sie auf keine Wachleute mehr. Der eine Nachtwächter war wahrscheinlich alleine zuständig für die Überwachung der Stock-

werke eins bis vier.
Schließlich gelangten sie ins Erdgeschoss. Sie sahen vor sich ein großes, schwach beleuchtetes Foyer mit mehreren großen Beton-Stützpfeilern und einigen riesigen Blumenkübeln bepflanzt mit Yucca Palmen. Rechts und links patrouillierte jeweils eine schwer bewaffnete Wache mit Schnellfeuergewehr und schusssicherer Weste. Geradeaus am Pförtnerplatz standen noch zwei weitere bewaffnete Wachen.
„Das ist schon ein anderes Kaliber, als der Wachmann oben.", dachte Arif.
Er zeigte auf die zwei Pfeiler direkt vor ihnen, zog seine schallgedämpfte Waffe und deutete zwischen seine Augen. Frank verstand. Sie schlichen hinüber zu den Pfeilern und gingen dahinter in Deckung. Als die beiden Wachen langsam auf sie zukamen und so positioniert waren, dass sie vom Pförtnerplatz nicht mehr zu sehen waren, nahmen Arif und Frank die beiden ins Visier und töteten sie mit präzisen Schüssen zwischen die Augen. Dann schlichen sie zum nächsten Pfeiler und erledigten die beiden Wachen am Pförtnerplatz genau so präzise. Das Foyer war sauber und so machten Arif und Frank sich auf den Weg in den Keller.

Vor der ISOS/TARC Zentrale in Washington standen mehrere Mannschaftswagen der Polizei und etliche bewaffnete Polizisten, die das Gebäude und die Zufahrt bewachten. Erstaunt sahen die Polizisten, dass auf der Zufahrtsstraße plötzlich dutzende Fahrzeuglichter aufleuchteten und sich langsam auf die Einfahrt der Zentrale zubewegten. Als die Fahrzeuge näher kamen, sahen die Polizisten, dass es ein ganzer Konvoi aus mattschwarzen Dodge Durango SUVs war. Die zehn Polizisten hoben ihre Waffen. Zuerst der gestohlene Helikopter und jetzt das. Die Polizisten hatten sich diese Nacht definitiv ruhiger vorgestellt. Kurz vor dem Tor hielt der Konvoi. Zunächst stieg jedoch nur ein einziger Mann auf der Beifahrerseite des ersten Dodge aus.
„Hände hoch, und stehen bleiben.", brüllte ein sichtlich nervöser Polizist. Sie hatten die strikte Anweisung niemanden, und zwar wirklich niemanden, auf dieses Gelände zu lassen. die Polizisten

hatten eigentlich auf eine ruhige Nacht gehofft, doch dann wurde zuerst der Helikopter gestohlen und jetzt das.
Der Mann, bekleidet mit Bundfaltenhose und einem Hemd, über dem er eine schusssichere Weste trug, hob die Hände und begann zu sprechen:
„Ganz ruhig, Officer. Ich bin unbewaffnet und möchte nicht, dass hier irgendjemand zu Schaden kommt."
„Wer sind Sie?"
„Ich bin ISOS Vize Direktor Alan Moore und das, was Sie bewachen, ist unsere Zentrale, die wir gerne wieder in Betrieb nehmen würden."
Der Polizist schüttelte den Kopf.
„Unmöglich, wir haben den Befehl, bis auf weiteres niemanden auf das Gelände zu lassen."
Hinter Moore öffneten sich etliche Autotüren und insgesamt dreißig schwer bewaffnete ISOS Agenten in voller Kampfmontur stiegen aus. Sie gingen rund um die Polizisten in Stellung, und nahmen sie mit ihren Sturmgewehren ins Visier, woraufhin diese noch nervöser wurden.
„Sagen Sie Ihren Leute, sie sollen die Waffen niederlegen!", sagte der Beamte mit schriller Stimme.
„Hören Sie, Officer. Wie ist Ihr Name?
„Barnes."
„Officer Barnes, ich weiß, dass dieses Gelände von fünfunddreißig ihrer Kollegen bewacht wird. Mit mir stehen hier einunddreißig ISOS Agenten. Zahlenmäßig haben wir also fast eine Patt Situation. Der Unterschied ist: Sie und Ihre Leute sind ausgebildet, um zu beschützen, meine Leute jedoch, um zu töten. Und was Sie nicht wissen, weil Sie sie nicht sehen können, ist, dass Ihre Leute hier am Tor im Visier von Scharfschützen sind. Noch bevor Sie alle überhaupt in der Lage wären abzudrücken, wären Sie bereits tot. Und mit den restlichen Beamten auf dem Gelände hätten die Agenten hinter mir leichtes Spiel, das können Sie mir glauben. Was ich damit sagen will, Officer Barnes, ist, dass Sie chancenlos sind. Sie würden Ihre Männer in den Tod schicken, wenn Sie es auf eine Konfrontation ankommen ließen! Jedoch wollen wir natürlich keine offenen Kampfhandlungen mit Ihnen.

Dafür sind wir *nicht* hier. Wir wollen um jeden Preis eine friedliche Lösung erreichen. Deswegen appelliere ich an Sie, Officer Barnes: Lassen Sie uns bitte auf das Gelände und lassen Sie uns bitte wieder unsere Zentrale in Betrieb nehmen. Ich kann Ihnen versichern, dass ich dafür sorgen werde, dass Sie keinerlei Probleme mit Ihren Vorgesetzten bekommen werden! Also, wie lautet Ihre Antwort, Officer Barnes?"
Der Polizist überlegte. Hektisch gingen seine Augen hin und her. Er senkte seine Waffe leicht…doch dann hob er sie wieder."
„Tut mir leid, Sir, wir können Sie nicht auf das Gelände lassen!", sagte er wild entschlossen.

Arif Arsan und Frank Thiel hatten das unterste Kellergeschoß erreicht. Die zwei Kellergeschosse darüber waren leer gewesen. Keine Wachmänner und keine Gefangenen in den Zellen. Arif und Frank mussten in diesen Bereichen jeden Raum einzeln durchsuchen, denn die Wände im Keller waren aus dickem Stahlbeton, wodurch die Infrarotbrillen nutzlos waren. Man konnte auch nicht mit Lilly Jaxter in Kontakt treten, da man dort unten keinen Funk Empfang hatte.
Die beiden sahen einen langen Flur vor sich. Rechts und links befanden sich jeweils vier Räume, deren Türen offen standen. Weiter hinten waren jeweils vier Zellen und am Kopf des Flurs eine Tür, die in einen angrenzenden Raum führte.
Langsam, mit gezückter Waffe und leicht gebückt betraten Arif und Frank den Flur. Frank ging voraus und Arif folgte etwa drei Meter dahinter. Unvermittelt erschien in der Tür rechts neben ihm ein wahrer Hüne von Mann, packte Arifs Handgelenk, in der er die Waffe hielt, und noch ehe er reagieren konnte, verdrehte der Angreifer dem Türken so schmerzhaft den Arm, dass dieser seine Waffe fallen ließ. Der Mann holte mit dem anderen Arm aus und verpasste Arif einen so heftigen Schlag ins Gesicht, dass er Sternchen sah. Frank Thiel wollte sich gerade umdrehen, um Arif zu helfen, als er von einer Kugel in die rechte Schulter getroffen wurde. Sein Arm wurde taub und er ließ die Waffe in seiner rechten Hand fallen. Thiel verlor das Gleichgewicht, kippte nach rechts, knallte mit der verletzten Schulter gegen die Wand,

rutschte zu Boden und hinterließ dabei einen blutigen Streifen auf der Wand. Er stöhnte vor Schmerz, hatte jedoch Glück im Unglück. Der Schütze, der sich in einem der Zimmer vor ihm befinden musste, hatte abermals geschossen, allerdings ohne Treffer, da Thiel unvermittelt zur Seite gekippt war. Der Gegner kam aus dem Zimmer etwa zehn Meter vor Thiel und wollte den Rheinländer endgültig erledigen. Thiel konnte nicht gut mit links schießen, hob aber dennoch die Waffe auf und versuchte sein Glück. Die ersten beiden Schüsse gingen daneben. Sein Gegner drückte ebenfalls ab, jedoch zu hektisch und verfehlte Frank seinerseits. Der dritte Schuss von Thiel traf seinen Gegner in den Kopf und dieser brach zusammen.

Währenddessen versuchte Arif, sich aus der schmerzhaften Umklammerung seines Gegners zu befreien. Der Türke schlug dem fast einen Kopf größeren Angreifer mit seiner linken Faust mehrfach ins Gesicht so fest er konnte, doch die Schläge zeigten kaum Wirkung. Sein Gegner lächelte nur überheblich, packte Arif am Kragen, hob ihn hoch und schleuderte ihn durch die geöffnete Tür ins angrenzende Zimmer. Hart schlug Arif auf dem Boden auf, und alle Luft entwich seiner Lunge. Noch ehe er wieder aufstehen konnte, war der Mann schon wieder über ihm. Arif sah in die fast schwarzen, unheimlichen Augen und nahm die starke Akne im Gesicht des muskulösen Mannes wahr. Dieser packte ihn wiederum am Kragen, hob ihn hoch und schleuderte ihn quer über einen Tisch, in die Ecke des Raumes. Arif knallte wuchtig gegen die Wand und hatte das Gefühl, ihm würden alle Knochen brechen. Mühsam hatte er sich gerade wieder aufgerappelt, als der Mann schon wieder bei ihm war. Er packte Arifs Hals und würgte ihn. Um sein Leben kämpfend schlug der Türke seinem Peiniger mehrfach hart in die Körperseite. Bei einem Schlag fühlte er Rippen brechen. Der Angreifer ließ von ihm ab und hielt sich mit schmerzverzehrtem Gesicht die Seite.

„Na warte, du dreckiger Ausländer, dafür wirst du büßen."
Doch ehe der Mann sich Arif wieder vornehmen konnte, ging dieser seinerseits wie von Sinnen auf den Mann los und drosch ohne Unterlass auf dessen verletzte Seite ein. Zwar versuchte der Mann, seine Rippen zu schützen, aber immer und immer wieder

trafen ihn die harten Schläge des Türken. Mit einem vernichtenden Schlag traf Arif abermals die gebrochenen Rippen und der Mann ging keuchend in die Knie. Arif holte zu einem mächtigen Schwinger aus und schlug seinen Angreifer endgültig k.o. Was er nicht wusste war, dass sein Angreifer der Mann war, der Direktor McDermott bis vor kurzem noch gefoltert und erniedrigt hatte. Erschöpft sank der Türke an der Wand zu Boden, um erst mal wieder zu Atem zu kommen, als Frank Thiel in das Zimmer kam. Franks rechter Arm hing schlaff herab und aus der Wunde in der Schulter quoll Blut. In der linken Hand hielt er immer noch die Waffe. Er ging auf den k.o. geschlagenen Muskelmann zu, und schoss ihm eine Kugel in den Kopf.

„Sicher ist sicher.", sagte er mit schmerzverzogenem Gesicht und sank neben Arif zu Boden. „Alter, wie sieht dein Gesicht denn aus?"

„Sieh dir die Pranken von dem Typ an, dann weißt du's.", antwortete Arif hustend. „Los, Frank, lass uns denn Direktor holen und dann von hier verschwinden. Kriegst du das hin mit deiner Schulter?"

„Es wird schon gehen...."

Mühsam standen die beiden auf. Im Flur nahm Arif seine verlorene Waffe und bewegte sich langsam auf die Tür am Ende des Flurs zu. Frank folgte ihm. Als Arif an einer der Zellen vorbeikam, erschrak er leicht. Ein Mann saß zusammengesunken in der Ecke der Zelle. Man hatte ihm übel mitgespielt. Seine Lippen waren aufgeplatzt, die Nase scheinbar gebrochen und sein Gesicht war fast komplett zugeschwollen. Die roten Haare hingen strähnig herab. Der Mann öffnete die Augen und schaute Arif an. Erkennen blitzte in ihnen auf.

„Arrrif.", röchelte er.

„Wer sind Sie?", fragte Arif. Trotz des geschwollenen Gesichts kam ihm der Mann irgendwie bekannt vor.

„Woodcock!", brachte der Mann mühsam hervor.

„Woodcock? Sie leben!", jubelten Arif und Frank.

„Mehr oder weniger..."

„Was ist mit Tolino?"

„Nebenan."

Frank und Arif schauten in die Nachbarzelle. Tolino hatte man genau so übel mitgespielt wie Woodcock.
„Hallo Arif, hallo Frank.", sagte der Italiener schwach.
„Wartet, ich hole euch da raus.", sagte Arif und knackte die Schlösser der Zellen mit seinem Dietrich. Arif und Frank gingen zu Tolino und Woodcock und halfen den beiden dabei aufzustehen und ihre Zellen zu verlassen. Beide waren wirklich in einem erbärmlichen Zustand, doch in ihren Augen lag ein kämpferischer Ausdruck.
„Habt ihr etwas Wasser?", fragte Tolino. „Man hat uns seit unzähligen Stunden - oder gar Tagen - weder zu Essen noch zu Trinken gegeben."
„Nein, leider nicht. Ich gehe mal in den Zimmern dahinten nachschauen, ob ich etwas finde.", antwortete Arif. Eine Minute später war er zurück und hatte in einem der Räume, einer Art Aufenthaltsraum, mehrere Flaschen Wasser und einige Müsliriegel gefunden.
„Hier, das sollte euch wieder ein wenig aufpäppeln."
Er gab Woodcock und Tolino je eine Flasche und mehre Riegel. Die beiden tranken zuerst gierig das Wasser. Als ihr Durst halbwegs gestillt war, rissen sie mit zitternden Händen die Verpackung der Snacks auf und schlangen sie fast ohne zu kauen herunter.
„Wir dachten, ihr wäret genau so wie alle anderen außer Crane bei dem Einsatz gestorben. Deswegen wurde auch nicht nach euch gesucht.", erklärte Frank.
„Nein, man hat uns im Versteck außer Gefecht gesetzt und hierher gebracht, um uns tagelang zu foltern und zu verhören. Wir sind jedoch standhaft geblieben und haben keinen Ton gesagt. Aber Gott sei Dank seid Ihr gekommen. Lange hätten wir diese Tortur hier nicht mehr durchgehalten.", erklärte Tolino.
„Ok, ihr beiden. Seid Ihr in der Lage, mit uns hier raus zu gehen? Wir können euch nicht helfen und euch stützen. Frank ist verletzt, wir müssen noch den Direktor mitnehmen und ich muss beweglich bleiben, falls auf dem Weg nach draußen noch böse Überraschungen auf uns warten. Schafft Ihr das? Sonst müssen wir euch zunächst noch etwas hier lassen und euch später holen

kommen."

„Arif, wir bleiben keine Minute länger in diesem Dreckloch. Wir gehen *jetzt* mit euch, selbst wenn wir auf dem Zahnfleisch hier heraus kriechen müssen!", sagte Woodcock kämpferisch und Tolino nickte zustimmend.

„Gut. Frank, warte hier mit den beiden. Ich suche den Direktor und dann verschwinden wir von hier."

„Er ist hinten, im letzten Raum.", krächzte Woodcock.

Langsam ging Arif den Flur hinunter. Die Tür am Ende war eine schwere, schallisolierte Tür. „*Wer auch immer dahinter noch lauert, der dürfte von dem Trubel hier nichts gehört haben.*", dachte er. Vorsichtig und leise stieß er die Tür mit erhobener Waffe auf. Vor sich sah er Direktor McDermott vor Schmerzen kreischen. Ein Mann hinter dem Direktor hielt ihn fest und ein anderer Mann mit Arztkittel bohrte an den Zähnen des Direktors herum. Arif erledigte mit einem Kopfschuss den Mann hinter McDermott, ging auf den Arzt zu und riss ihn von McDermott fort. Er wollte nicht riskieren auf den Mann zu schießen und unter Umständen den dahinter sitzenden Direktor zu verletzen. Der Doktor fiel zu Boden. Arif ging auf ihn zu und schlug ihn mit der Faust bewusstlos.

Der Direktor war in einem elenden Zustand, aber er lebte. Arif entfernte vorsichtig den Spreizer aus McDermotts Mund.

„Arif, danke!", stammelte er, noch benommen von den Schmerzen.

„Können Sie gehen, Direktor?"

„Ja, lassen Sie uns verschwinden."

Arif wollte dem Direktor aufhelfen, doch dieser ignorierte das und wuchtete sich mit unbändigem Willen eigenständig aus dem Stuhl.

„Arif, seien Sie doch so nett, und geben mir bitte Ihre Waffe."

Der Türke reichte ihm seine schallgedämpfte Glock.

Der Direktor ging hinüber zu dem Doktor und kniete sich neben ihn. Er packte die Pistole am Lauf und hieb mit dem Kolben immer und immer wieder auf das Gesicht des Mannes ein. Zähne zerbarsten, Blut spritzte und Knochen brachen. Als der Direktor fertig war, bestand Dr. Perlottis Gesicht nur noch aus einer bluti-

gen, unförmigen Masse. Erschrocken sah Arif ihm zu. Von McDermott, der normalerweise nicht zu Wut- oder Gewaltausbrüchen neigte, hätte er das nicht erwartet. In Anbetracht der Umstände hatte er aber dennoch Verständnis für diese Tat.
Der Direktor stand auf. „Danke, Arif, jetzt geht es mir besser. Nun, lassen Sie uns verschwinden."
„Brauchen Sie Hilfe?"
„Danke, nicht nötig. Da muss schon Schlimmeres passieren, um mich daran zu hindern dieses Gebäude jetzt zu verlassen. Machen Sie sich also keine Sorgen um mich!", sagte McDermott mit eiserner Entschlossenheit.
Sie stießen zu Frank, Ray Tolino und James Woodcock.
„Direktor, schön Sie zu sehen."
„Danke, Frank. Auch schön Sie zu sehen.", antwortete McDermott und nickte Tolino und Woodcock zu.
„Ok, Leute. Ich gehe vor. Der Direktor, Tolino und Woodcock gehen in der Mitte. Frank, du bist die Nachhut. Auf geht's!"
Arif hatte vor, die Gruppe durch die Tiefgarage nach draußen zu bringen, denn das war der einfachste und schnellste Weg. Von innen konnte er die Alarmvorrichtung des Garagentors knacken, was von außen nicht möglich war. Sie gingen den Flur zurück und Arif öffnete die Tür mit der Aufschrift "Parking". Sofort wurde das Feuer auf ihn eröffnet und er schaffte es noch gerade so, in Deckung zu gehen und die Tür wieder zu schließen.
„Scheiße, Verstärkung ist angerückt. Irgendjemand hat mitbekommen, dass wir hier eingebrochen sind. Schnell, die Treppen hoch nach oben!", befahl er.
So schnell es ging, erklommen sie die Treppen. Arif voran, während Frank immer wieder Schüsse abgab, um die Gegner, die hinter ihnen anrückten, auf Distanz zu halten.
Als sie im Foyer ankamen, sah Arif, dass weitere Gegner im Begriff waren, das Gebäude durch den Haupteingang zu betreten. Arif sprintete zum Pförtnerplatz und schnappte sich von den Wachen, die sie zuvor erledigt hatte, deren beiden Schnellfeuergewehre. Eines hing er sich um.
„Frank, bring die drei zum Aufzug, ich halte euch den Rücken frei."

Die Verletzten bewegten sich in Richtung Aufzug, so schnell es ihnen möglich war, während Arif, der hinter einem Pfeiler in Deckung gegangen war, die Gegner am Eingang mit Salven eindeckte. Er hatte nicht viel Zeit, denn die Männer aus dem Parkhaus würden auch jede Sekunde hier oben auftauchen.
Sie erreichten den Aufzug und Thiel drückte den Knopf. Sofort öffnete sich die Schiebetür, da sich der Aufzug zum Glück schon im Erdgeschoss befand. Trotz der verletzten Schulter schob er den Direktor, Tolino und Woodcock in die Kabine und nahm mit seiner Glock den Eingang ins Visier.
„ARIF, KOMM!", brüllte er. Sofort sprintete der Türke los in Richtung Aufzug, als seitlich von ihm die Männer aus dem Parkhaus das Foyer erreichten und sofort das Feuer eröffneten. Die Kugeln schlugen vor ihm und hinter ihm ein, doch es gelang ihm, unverletzt den Aufzug zu erreichen. Schnell drückte Tolino den Knopf für die oberste Etage. Kugeln schlugen in die Kabine ein, doch niemand wurde getroffen und Arif feuerte eine Salve nach der anderen in Richtung der Gegner. Nach einer gefühlten Ewigkeit schlossen sich die Türen und der Aufzug glitt nach oben.
Plötzlich hörten Arif und Frank Lillys Stimme:
„Hey, Jungs, ihr seid wieder online. Wie ist euer Status?"
„Wir haben den Direktor und zwei Überraschungsgäste dabei: Tolino und Woodcock.", sagte Arif.
„WAS? SIE LEBEN?", rief Lilly freudig erstaunt.
„Ja, sie leben, sind aber genau wie der Direktor in keiner guten Verfassung und Frank ist an der Schulter angeschossen worden. Unser Fluchtplan ist dahin und unsere Gegner sind mit mehreren Einheiten Verstärkung angerückt. Man hat wohl scheinbar unser Eindringen bemerkt. Wir sind gerade auf der Flucht in Richtung Dach. Es sieht nicht gut aus. Du musst uns hier raus holen, Lilly!"
„Keine Sorge, man wird euch oben erwarten!"
„Was? Wie das?, fragte Arif verblüfft.
„Das erkläre ich dir später. Jetzt schaut erst mal, dass ihr heil oben ankommt."
„Los, Jungs, ihr schafft das!", schaltete sich auch Nia ein.

„Ok, werden wir!"
Als der Aufzug im Dachgeschoss ankam, musste die Gruppe noch einen letzten Treppenaufgang nach oben steigen, da der Aufzug nicht bis auf das Dach fuhr. Frank, Ray, James und der Direktor betraten das Treppenhaus, stiegen die letzten Stufen hinauf, traten hinaus ins Freie und blickten verblüfft auf ein großes, schwarzes Objekt, welches in zehn Metern Entfernung fast lautlos über dem Dach schwebte: Der Buzzard mit Vin Sparks am Steuerknüppel. Die Vier waren so erstaunt über den unerwarteten Anblick, dass sie vergaßen weiterzugehen. Sie hörten Sparks über Lautsprecher.
„Ähm, Leute, wie wäre es, wenn Ihr euch bewegt und an Bord kommt?"
Sie setzten sich in Bewegung und als sie den Helikopter erreichten, half Frank den anderen an Bord.
Arif Arsan war etwas zurück geblieben, um der Gruppe nötigenfalls Feuerschutz zu geben. Von den Gegnern war noch nichts zu sehen. Er sah, dass die anderen ins Freie getreten waren und lief auch die Treppe hinauf. Als er das Treppenpodest erreichte, flog die Tür unten auf und jemand eröffnete das Feuer auf ihn. Eine Kugel traf ihn in den Oberschenkel. Das getroffene Bein knickte weg und Arif fiel hart zu Boden, wobei er sich bei dem Versuch, den Sturz abzufangen, das Handgelenk schmerzhaft verstauchte. Das Schnellfeuergewehr war ihm dabei aus der Hand gerutscht und das Treppenpodest hinunter gefallen. Geistesgegenwärtig zog er aus seinem Beinholster die Glock 31 und schoss auf seinen Gegner. Er traf ihn in den Arm und in die Brust und der Mann sackte zusammen. Mühsam schaffte es Arif, sich am Treppengeländer wieder hoch zu ziehen und humpelte so schnell es ging durch den Ausgang ins Freie. Draußen war er gerade drei Meter weit gekommen, als er einen Schuss hörte und sich von hinten eine Kugel in seine linke Schulter bohrte. Die Schmerzen explodierten regelrecht. Er verlor durch das verletzte Bein das Gleichgewicht und fiel auf die Knie, was die Beinwunde nur noch weiter aufriss. Alle Luft entwich seinen Lungen und mit großen, weit aufgerissenen Augen starrte er ungläubig Frank Thiel an. Er spürte, wie mit jedem Tropfen Blut, das aus einen Wunden sickerte,

das Leben aus ihm hinaus floss.
„AAAAAARIIIIIFFFFFF!", brüllte Thiel. Er sah den Schützen mit angelegtem Gewehr hinter Arif an der Tür des Treppenhauses. Er sah, wie der Mann abdrückte, sah wie eine dritte Kugel Arifs Rücken traf, sah wie der Türke seitlich umfiel und sich nicht mehr rührte. Das alles geschah so schnell, dass Frank keine Zeit hatte, um zu reagieren und seinem Freund zu helfen. Frank Thiel brüllte. Ein verzweifelter Schrei, bei dem die Adern in seinem Hals wie Seile hervorstachen. Er hob seine Waffe und lief wild feuernd auf den Schützen zu. Den schmerzenden rechten Arm spürte er vor lauter Wut nicht mehr. Die meisten seiner Schüsse gingen daneben, aber einer traf den Angreifer in die Schulter und dieser brach zusammen. Frank erreichte seinen Freund, packte ihn mit der Hand seines heilen Arms hinten am Kragen und schleifte den leblosen Körper rücklings in Richtung Helikopter. Frank riss, zerrte, stöhnte und war fast am Helikopter angelangt, als wieder auf sie gefeuert wurde. Doch Tolino und Woodcock hatten sich Waffen aus dem Heli gegriffen, und feuerten zurück, während der Direktor und Thiel den bewegungslosen Arif an Bord hievten.
„Los, los, los!", brüllte Thiel zu Sparks und der startete umgehend.
Frank kniete hinter Arif, und hielt den blutenden Körper des Türken in den Armen. „Komm schon, Arif, du schaffst das…", sagte er verzweifelt immer und immer wieder mit Tränen in den Augen.
„Frank, was zum Teufel ist los?", hörte er Lilly in seinem Ohr.
„Es…es ist Arif. So viel Blut. Er…er stirbt….wir brauchen Hilfe"
Entsetztes Schweigen.
„Fliegt zur ISOS Zentrale!", sagte Lilly monoton.
„Ich denke, die ist gesperrt?"
„MACHT SCHON!", schrie sie, vollkommen mit den Nerven am Ende.

Vor der ISOS Zentrale richteten die Polizisten entschlossen ihre Waffen auf die ISOS Agenten und Alan Moore. Der Vize Direktor hörte Lilly Jaxters Stimme über seine Kopfhörer und erschrak

über das, was Lilly ihm berichtete.
Er wendete sich wieder an den befehlshabenden Polizisten:
„Hören Sie, Officer Barnes. Ein Hubschrauber ist im Anflug. An Bord befinden sich mehrere Verletzte und ein Schwerverletzter. Die Leute sind meine Freunde. Ihre letzte Hoffnung ist die Krankenstation in diesem Gebäude und die Ärzte, die sich in einem Schutzbunker unterhalb des Gebäudes versteckt halten. Ohne deren Hilfe wird der von mehreren Kugeln schwerverletzte Mann sterben. Er ist eine ehrenhafter Mann. Jemand, der schon so unglaublich vielen Menschen das Leben gerettet hat. Jemand, für den ich ohne "wenn" und "aber" mein Leben geben würde. Also bitte, bitte lassen Sie uns durch. Ich flehe Sie an. Es geht hier um die Rettung eines Menschenlebens...."
Nach kurzem Überlegen senkte Barnes die Waffe.
„Scheiß auf Befehle. Männer, helft diesen Leuten, wo ihr nur könnt. Es gibt wichtigere Dinge, als diesen Kasten zu bewachen."
Erleichtert seufzte Moore.

42
Peter

Mit seinem Mercedes CLS 63 AMG raste Peter Crane durch die Nacht von Washington DC. Peter war ein geübter Autofahrer und trotz der hohen Geschwindigkeit zirkelte er den über 500 PS starken Boliden präzise um die Kurven. Er mochte den Wagen und den Klang des V8 Biturbo Motors.
Doch jetzt war er gedanklich ganz woanders. Immer wieder musste er an das denken, was Nia zu ihm gesagt hatte. Sie beide würden noch einmal ganz von vorne anfangen. Das war mehr, als er in den letzten Tagen zu hoffen gewagt hatte. In den zwei Jahren ohne Nia hatte er sich in die Arbeit gestürzt, um sich abzulenken. Er war um den Globus geflogen, hatte einen schwierigen Einsatz nach dem anderen bestritten und hatte versucht, jeden Gedanken an Nia möglichst weit von sich fort zu schieben. Doch

als er sie in Berlin wiedergesehen hatte, da traf ihn eine Erkenntnis wie ein Donnerschlag: Er wollte und konnte nicht ohne Nia leben. Er wollte sie an seiner Seite haben. Und selbst falls das Schicksal ihm ein Schnippchen schlagen würde, und ihr etwas zustoßen sollte, dann wollte er sagen können: „Ich habe meine Zeit mit ihr gehabt!"
Und so hatte er beschlossen, um sie zu kämpfen, sobald die Krise rund um ISOS beendet war. Dass Nia ihrer Beziehung jedoch schon jetzt eine neue Chance geben wollte, hatte ihn freudig überrascht und ihn zu einem glücklichen Mann gemacht. Er freute sich darauf, nach diesem Einsatz zu ihr zurückzukehren und den Beginn vom Rest seines Lebens mit ihr verbringen zu können. Denn eigentlich war es genau das, was er sich gewünscht hatte, seit er sie vor vielen Jahren das erste Mal gesehen hatte. Damals, als sie noch BND Agentin war und ihn beschatten sollte. Peter schwelgte in Erinnerungen. Er dachte an gemeinsame Erlebnisse und an die lustigen oder romantischen Momente, die sie erlebt hatten.

Nur mit äußerster Disziplin gelang es ihm, sich gedanklich von Nia loszureißen und sich auf den vor ihm liegenden Einsatz zu konzentrieren.
„Ich werde Maxwell kriegen und ihn für seine Taten zur Rechenschaft ziehen", dachte er grimmig. Er schaute auf das große Display seines GPS Navigationssystems. Er war fast an seinem Ziel angekommen. Crane ging in sich und begann, sein Vorgehen wie ein Schachspieler zu planen.

Zu der Zeit, als Frank Thiel und Arif Arsan die Vorbereitungen trafen, um in den Lüftungsschacht des CIA Gebäudes zu gelangen, befand sich Crane am Rande eines kleinen Wäldchens, welches an das Grundstück des Hauses von CIA Direktor Maxwell grenzte. Er hatte den Wagen in sicherer Entfernung in einem kleinen Seitenweg geparkt, sodass er weder von der Hauptstraße noch von diesem Wald aus zu entdecken war. Crane spähte mit seiner Infrarotbrille durch die Nacht auf der Suche nach Wachen, die durch den Wald streiften. Und tatsächlich entdeckte er etwa

zwanzig Meter entfernt zwei Männer, die durch den Wald patrouillierten. Unhörbar leise pirschte Crane durch das Dickicht, immer und immer näher von hinten an die beiden Männer heran. Crane zückte zwei lange, unglaublich scharfe Kampfmesser. Als er nur noch einen Meter entfernt war, ohne dass die beiden ihn bemerkten, vollführte Crane einen tödlichen Tanz, an dessen Ende die beiden Männer mit durchgeschnittenen Kehlen auf dem Boden lagen und innerhalb kürzester Zeit verbluteten. Crane war auf der Jagd, und war heute Nacht genau so erbarmungslos wie ihre Gegner es ihnen gegenüber gewesen waren. Er zerrte die beiden Leichen hinter einen großen Baum und bedeckte sie mit Ästen und Blättern, damit sie nicht sofort ins Auge fielen, falls noch andere Wachen hier unterwegs waren. Vorsichtig pirschte Crane weiter. Schließlich erreichte er eine alleinstehende große Garage, die sich am Rand von Maxwells Anwesen befand und in der mindestens vier Autos Platz hatten. Vor der Garage entdeckte er zwei Wachen, die im hellen Schein eines Halogenstrahlers am geöffneten Garagentor standen. Dort, wo die Wachen sich befanden, konnte er sie nicht erledigen, ohne Gefahr zu laufen, entdeckt zu werden. Das war ein zu großes Risiko. Er musste die Wachen ablenken, um sie dann in einer dunklen Ecke ausschalten zu können. An der Rückseite der Garage entdeckte er eine Eingangstür. Von dort aus führte ein kleiner Kiesweg hinüber zum Wohnhaus. Crane nahm eine Handvoll Kieselsteine und betrat die Garage, deren Innenraum im Dunkeln lag. Er versteckte sich hinter einem der drei Fahrzeuge, die dort geparkt waren und von denen er nur die Silhouetten ausmachen konnte.
Er hörte, wie sich die Wachen unterhielten.
„Oh Mann, meine Alte ist voll auf dem Wellness -Trip", sagte eine der beiden Wachen.
„Warum?"
„Ach, sie will mit mir eine Woche lang in eines dieser scheiß teuren Luxus-Wellness-Hotels, um sich tagsüber verwöhnen zu lassen und um danach romantische Abende mit mir zu verbringen. Eine ganze Woche mit meiner Alten? Ich könnt' kotzen!"
Die zweite Wache lachte. „Du hast Probleme. Andere wären froh,

so einen heißen Feger wie Arlene an ihrer Seite zu haben."
Crane warf einen Kieselstein an die Wand gegenüber.
„WAS? WER IST DA?" Die Wachen drehten sich um und leuchteten mit Taschenlampen ins Innere der Garage, sie konnten Crane von ihrer Position aus allerdings nicht sehen.
„Beruhige dich. Das war bestimmt wieder nur die blöde Katze."
„Kann sein. Aber du weißt doch, was die fette Kröte gesagt hat, oder? Er sagte, dass ein Killer hinter ihm her sei, und dass dieser Killer vielleicht versuchen würde, in das Haus einzudringen. Derjenige, der ihn erwischt, bekommt Zehntausend extra."
„Ja, hast ja recht. Dann lass uns nachschauen."
Vorsichtig gingen die beiden mit gezückten Waffen in der einen, und ihren Taschenlampen in der anderen Hand zu der Stelle, von wo sie das Geräusch vernommen hatten. Crane schlich derweil an der Seite des Fahrzeugs entlang, hinter dem er sich versteckte, und befand sich nun im Rücken der beiden Wachen. Er nahm seine beiden Kampfmesser. Leise trat er von hinten an die Wachen heran und rammte ihnen gleichzeitig seine Kampfmesser in den Nacken. Beide waren sofort tot und brachen zusammen. Er schleifte die beiden Leichen hinter eines der Fahrzeuge, wo man sie nicht sofort entdecken würde.
Crane war gerade fertig und wollte die Garage wieder durch die Hintertür verlassen, als er im letzten Moment zwei Hunde erblickte, die umher schnüffelten. Zwei große, muskulöse Dobermänner. Sie hatten Crane noch nicht bemerkt, schienen aber das Blut der beiden Leichen zu wittern. Vorsichtig und leise nahm Crane die Betäubungswaffe aus seinem Schulterholster, ging im Dunkeln der Garage in die Knie und legte an. Die Betäubungspistole mit ihren fünf Schuss hatte eine begrenzte Reichweite und so musste er darauf warten, dass die Hunde näher kamen. Einer der beiden kam schnüffelnd in Richtung der Garagentür getrabt. Als er nahe genug war, schoss Crane ihm einen Pfeil in die Brust. Der Hund quiekte kurz und fiel dann wie ein nasser Sack um. Der andere hatte den Vorfall bemerkt, knurrte und lief auf die Garage zu. Auch ihm schoss Crane in die Brust, als er nah genug war. Er ging zur Garagentür und schaute sich vorsichtig um. Scheinbar hatte niemand den Vorfall bemerkt. Er ging hinaus,

und trug die bewusstlosen Hunde nacheinander in die Garage und versteckte sie ebenfalls hinter einem Auto. Die Tiere würden schätzungsweise eine Stunde lang betäubt bleiben. Vier Wachen plus zwei Hunde hatte er neutralisiert. Blieben außen noch acht und zwei.

Crane verließ die Garage und schaute zu Maxwells Haus. Für einen Mann in Maxwells Position war das Haus eher klein. Andere Männer in hohen Positionen protzten gerne mit ihren großen Villen. Doch darauf schien Maxwell keinen großen Wert zu legen. Allerdings war er auch ledig und lebte praktisch in seinem Büro bei der CIA. So skrupellos wie Maxwell sich gezeigt hatte, war er vermutlich regelrecht beziehungsunfähig. Zudem hatte er nichts an sich, was ihn in irgendeiner Weise sympathisch machte, wie Crane von Treffen mit dem CIA Direktor wusste. Genau genommen war Arthur Maxwell sogar mit großem Abstand der unsympathischste Mensch, den Crane kannte.
Maxwells Haus hatte insgesamt zwei Etagen plus einem ausgebauten Dachgeschoss. Der Holzrahmen der weißen Haustür war mit Schnitzereien verziert. Die Fenster hatten grüne Läden. Die Fassade war mit hellgelben Holzpaneelen verplankt und war mit insgesamt vier Säulen mit dorischen Kapitellen verziert. An der linken Hausseite befand sich eine Veranda, auf der eine Wache patrouillierte. Das Haus stand auf einer kleinen Anhöhe und man musste zehn Stufen zur Haustür erklimmen, die von zwei Männern bewacht wurde. Ein weißer, niedriger Zaun umschloss das Gelände. Überall am Haus waren Strahler verteilt, die das Grundstück in helles Licht tauchten. Etwas Abseits, auf der anderen Seite des Hauses sah Crane den kleinen Pavillon, in dem sich die Stromversorgung befand. Davor standen zwei Wachen, die zwei Wachhunde an der Leine hielten. Dahinter befand sich ebenfalls ein Waldgebiet.
Crane machte sich auf den Weg zum Pavillon, tunlichst darauf bedacht, dem Lichtkegel, der das Haus umgab, nicht zu Nahe zu kommen. Als Crane noch ein gutes Stück entfernt war, versteckte er sich hinter einem Baum. Die Hunde waren aufmerksam, hatten ihn aber noch nicht gewittert. Crane nahm einen großen

Stein und warf ihn in den Wald neben dem Pavillon. Die Hunde schreckten auf und zogen die Wachen dorthin, wo sie das Geräusch gehört hatten. Crane lief näher heran. Durch die Ablenkung bemerkten ihn weder die Hunde noch die Wachen. Crane war nur noch wenige Meter entfernt. Mit zwei gezielten, schnellen Schüssen betäubte er die Hunde, ließ die Waffe fallen und zückte seine Messer. Die Wachen drehten sich um, doch Crane war zu schnell. Noch bevor sie überhaupt ihren Gegner zu Gesicht bekamen, hatte er ihnen schon die Kehlen aufgeschlitzt. Auch dieses Mal versteckte er die Leichen und die bewusstlosen Hunde, damit diese nicht sofort ins Auge stachen.
Crane ging zurück zum Pavillon und betrat ihn. Anstatt den Strom einfach nur abzuschalten, zerstörte er die Stromversorgung mit mehreren schallgedämpften Schüssen seiner Glock, damit niemand den Strom wieder anstellen konnte. Er ging wieder ins Freie und sah, dass das Haupthaus nun komplett in Dunkelheit lag. Zwei Wachen hatten sich auf den Weg gemacht, um nach dem Strom zu schauen. Crane versteckte sich hinter dem Pavillon und wartete, bis die Wachen nah genug waren. Als sie gerade eintreten wollten schnellte Crane von hinten an sie heran und erledigte sie beide blitzschnell mit seinem Messer.
Insgesamt hielten jetzt noch vier Männer außerhalb des Hauses Wache. Da das Haus aber komplett im Dunkeln lag, hatte Crane mit ihnen leichtes Spiel. Zuerst nahm er sich die Wache auf der Veranda vor. Crane schlich sich von hinten heran und schnitt dem Mann die Kehle durch. Weil es jetzt stockdüster war, machte er sich nicht mehr die Mühe, die Leiche zu verstecken, denn selbst, wenn sie entdeckt würde, wäre Crane mit seiner Infrarotbrille den Gegnern gegenüber im Vorteil. Er ging zur Hausecke und nahm von dort die Wachen vor der Haustür ins Visier und erledigte sie mit Kopfschüssen aus seiner Glock. Genau so ging er mit der letzten verbleibenden Wache am Hintereingang vor. Somit waren alle Wachen und alle Hunde im Außenbereich unschädlich gemacht.
Crane beschloss, das Haus über das Obergeschoss zu betreten, da er mithilfe seiner Infrarotbrille sah, dass sich die Wachen aufgrund des Stromausfalls im Untergeschoss aufhielten. Er sah fünf

Leute im Erdgeschoss. Vier schlanke Männer, welche wohl die Wachen sein mussten. Und ein kräftiger Mann, der im Wohnzimmer in einem Sessel saß. Das konnte nur Maxwell sein. Crane erklomm das Verandadach und knackte den Verschluss eines Fensters. Vorsichtig kletterte er hinein. Offensichtlich Maxwells karg eingerichtetes Schlafzimmer mit einem alten, durchgelegenen Doppelbett und einem noch älteren Kleiderschrank, der seine besten Zeiten schon lange hinter sich hatte. Ein schaler, abgestandener Schweißgeruch lag in der Luft. Crane durchquerte das Zimmer und ging hinaus. Er befand sich auf einer Empore. Direkt unter ihm im Wohnzimmer befanden sich zwei Wachen und Maxwell in seinem Fernsehsessel.

Crane zückte seine Messer, sprang über das Geländer der Empore, fuhr auf die zwei Wachen hinab wie ein Racheengel und tötete sie, indem er ihnen seine Messer in den Nacken rammte. Crane sprang wieder auf und noch ehe Maxwell reagieren konnte, schlug er ihn mit einem harten Fausthieb k.o. Eine weitere Wache hatte den Radau gehört, betrat den Raum und leuchtete mit einer Taschenlampe umher. Blitzschnell warf Crane ihm ein Wurfmesser in die Gurgel. Die letzte übrig gebliebene Wache betrat über einen weiteren Zugang das Wohnzimmer. Wiederum reagierte Crane unglaublich schnell und erledigte den Mann ebenfalls mit einem Wurfmesser.

Crane hatte alle Wachen ausgeschaltet. So weit so gut. Er griff sich eine der Taschenlampen, welche die Wachen fallengelassen hatten und leuchtete auf die Person im Sessel. Das war nicht Maxwell, stellte er erstaunt und verärgert fest, sondern nur ein weiterer, etwas kräftigerer Wachmann, der langsam wieder zu sich kam. Crane packte ihn am Kragen und riss ihn aus dem Sessel.

„Wo ist Maxwell?", fragte er bedrohlich.

„B-b-bitte, tun Sie mir nichts. Ich flehe Sie an. Ich habe Frau und Kinder. I-i-ich bin nur hier, weil ich eine ähnliche Statur wie Maxwell habe. Ehrlich ich…"

„SCHNAUZE!", herrschte Crane ihn an. „WO IST ER?"

Der Mann fing an zu wimmern.

„G-g-g-gehen Sie hoch ins A-a-arbeitszimmer. Er h-h-hat da was

für Sie hinterlassen.
„IST DAS EIN FALLE?" Crane blieb unerbittlich.
„Nein, Sir, nein, nein. N-n-nur eine Nachricht an Sie. B-b-b-bitte lassen Sie mich gehen…", flehte der Mann erneut.
„Ok, verschwinden Sie, und zwar so schnell wie möglich. Wehe, Sie sind noch hier, wenn ich wieder herunter komme."
Er ließ ihn los und der Mann rannte aus dem Haus, als wäre der Leibhaftige hinter ihm her.

Crane ging hinauf in die obere Etage und suchte nach Maxwells Arbeitszimmer. Dort gab es nur vier Zimmer und so wurde er schnell fündig. Das Arbeitszimmer war unordentlich. Ein großer Schreibtisch, der über und über mit Akten bedeckt war, stand mitten im Raum. Auch rund um den Tisch stapelten sich Berge von Akten. An einer Wand hing eine riesige Pinnwand, an der Fotos von Crane, seinem Team und vielen hochrangigen ISOS Mitarbeitern befestig waren. Darunter hingen kurze Steckbriefe zu jeder Person. Anscheinend war Maxwell regelrecht fixiert auf ISOS und deren Mitarbeiter. Crane schaute sich einige der Akten auf dem Schreibtisch an. In einer fand er eine Liste mit Namen von Undercover ISOS Agenten im Ausland. Hoch brisant. In einem anderen Ordner fand er Baupläne der Hummingbird Drohnen und des Buzzard Hubschraubers. Crane war schockiert. Offensichtlich hatte der ISOS Verräter so einige hochsensible Daten an Maxwell verkauft.
Er schaute sich weiter in dem Zimmer um. An der Wand hing ein Fernseher und darunter stand ein DVD Player. Auf dem Player lag eine handgeschriebene Karte und eine Fernbedienung. Crane schaute sich die Karte an. Er las "Press Play". Er nahm die Fernbedienung und drückte Play. Ein Video wurde abgespielt. Maxwells Kopf erschien auf dem Fernseher.
„Sehr geehrter Mr. Crane. Da Sie dieses Video sehen, muss ich davon ausgehen, dass Sie meine Wachen unschädlich gemacht haben. Wie Sie sicherlich bemerkt haben, bin ich nicht zuhause. Ich würde mich aber gerne mit Ihnen treffen, Mr. Crane. Allerdings auf neutralem Boden. Begeben Sie sich doch bitte zu der unten eingeblendeten Adresse. Ich erwarte Sie dort."

Das Video endete. Und obwohl Crane sicher war, dass er das Gebäude, zu welchem Maxwell ihn lotste, nicht mehr lebend verlassen würde, wollte er dennoch dorthin fahren.
Allerdings hatte er vorher noch etwas zu erledigen. Crane verließ das Haus und ging zurück zur Garage. Er schaltete das Licht ein und auf einer Werkbank sah er genau das, was er suchte: Einen vollen Kanister Benzin. Crane nahm ihn mit und ging wieder ins Haus. Im Wohnzimmer fand er ein Heft Streichhölzer. Auch die nahm er mit und ging wieder hinauf ins Arbeitszimmer. Dort öffnet er den Kanister und überschüttete den Schreibtisch, die Akten und die Wände mit Benzin. Anschließend zündete er ein Streichholz an und steckte das Zimmer in Brand.
Während Crane draußen auf dem Weg zurück zu seinem Auto war, stand das ganze Haus von Arthur Maxwell bereits lichterloh in Flammen.
Als er in seinem Mercedes angekommen war, gab er Vollgas und raste los. Er meldete sich bei Lilly und Nia.
„Hey, Ihr beiden ich bin's."
„Peter, wie lief es bei dir?", fragte Nia erleichtert.
„Maxwell war nicht da. Er hatte wohl vermutet, dass ich kommen würde. Er hat mir allerdings eine Nachricht dagelassen und möchte mich woanders treffen. Ich schicke euch die Adresse."
„Peter, du solltest da nicht hinfahren. Zumindest nicht ohne Verstärkung. Du weißt, dass er dich da nicht mehr lebend rauskommen lassen wird.", sagte Nia mit großer Besorgnis.
„Ich weiß. Aber wir haben nur diese eine Chance, um ihn zu schnappen. Wenn wir die nicht nutzen, dann kann es sein, dass er sich absetzt und wir ihn nie mehr wieder finden. Das Risiko dürfen wir nicht eingehen. Ich muss dort alleine hin, und dann vor Ort improvisieren. Ich werde da schon irgendwie heil rauskommen!"
„Auch wenn es mir schwer fällt, aber du hast recht. Das ist unsere beste Chance, ihn zu fassen, also nutze sie! Viel Glück, ich liebe dich!"
„Danke, ich liebe dich auch! Bis später."
„Peter, ich muss dir etwas sagen.", sagte Lilly ernst.
„Was ist los?"

Sie erzählte ihm von Arif und Franks Einsatz. Peter machte vor Schreck eine Vollbremsung, bei der zum Glück niemand hinter ihm war, und atmete tief durch.
„Wie geht es Arif? Kommt er durch?"
„Wir wissen es nicht, Pete. Es steht auf Messers Schneide. Die Ärzte auf der ISOS Krankenstation operieren ihn noch. Wir müssen abwarten."
„Er wird es schon schaffen. Arif ist zäh!", sagte Crane mehr zu sich selbst.
„Wir hoffen es, Pete." Crane hörte, dass Lilly den Tränen nahe war. „Schnapp dir bitte dieses Monster von Maxwell und schaffe ihn endgültig aus dem Weg!", sagte sie wütend.
„Das werde ich. Ich melde mich, sobald ich da raus bin."

Crane erreichte das alte Bürogebäude, welches direkt am Ufer des Potomac River stand. Das Gebäude war fünf Stockwerke hoch. Die Fassade bestand aus altem roten Backstein. Die schmutzigen Glasscheiben der Fenster waren an vielen Stellen beschädigt und die Rahmen aus Metall waren mit dickem Rost überzogen. Vor der doppelflügeligen rostigen Eingangstür standen im schummrigen Schein einer Glühbirne zwei düster dreinblickende Wachen, beide 1,90 m groß und mit der Statur eines Schwergewichtsboxers. Als Crane aus seinem Auto stieg zückten sie ihre Waffen.
„Hände hoch und langsam herüberkommen!"
Crane hob die Hände und ging langsam auf die Wachen zu. Dort angekommen durchsuchte einer der beiden Crane nach Waffen, während der andere weiter auf ihn zielte.
„Alles klar, er ist sauber!"
Und das war er wirklich. Crane hatte sich aller Waffen entledigt. Wenn er erst einmal vor Maxwell saß, dann würde er keine Waffen brauchen, um ihn zu erledigen.
Die Wachen positionierten sich hinter Crane und schubsten ihn vorwärts.
„Los jetzt!"
Sie schubsten ihn durch die Eingangstür.
„Vorwärts in den Lastenaufzug."

Crane gehorchte.
Einer der Männer schloss per Hand ein Schutzgitter und drückte den Knopf für die oberste Etage. Crane hätte die Männer jetzt mühelos erledigen können, aber da er nicht wusste, was ihn oben erwartete, sah er davon ab.
Als sie ganz oben angekommen waren, sah Crane eine geöffnete Doppeltür. Dahinter, mitten im Raum, saß CIA Direktor Arthur Maxwell an einem alten Tisch.
„Mr. Crane, bitte, nehmen Sie Platz." sagte Maxwell und deutete auf einen Stuhl ihm gegenüber. „Wie finden Sie mein Büro hier? Ich ziehe mich nach hierhin zurück, wenn ich meine Ruhe haben möchte. Hier kann ich absolut ungestört arbeiten, denn man hat keinen Handy-Empfang und dazu kann man einen schönen Blick auf Washington und den Potomac genießen."
Crane schwieg mit stoischer Miene, ging zu dem Stuhl und nahm Platz. Die beiden Wachen postierten sich rechts und links neben Crane.
Der Raum, in dem sie sich befanden, war ungefähr zehn mal zehn Meter groß. Direkt hinter Maxwell war ein großes Panoramafenster, hinter dem man den Potomac River in der Dunkelheit höchstens noch erahnen konnte. Überall bröckelte der Putz von den Wänden. Über dem Tisch, an dem der CIA Direktor saß, baumelte an einem Kabel eine einzige Glühbirne, die den Raum nur schwach erleuchtete.
Maxwell trug einen schwarzen, zerknitterten Anzug, der an ihm aussah wie ein Müllsack. Wie immer schwitzte er stark und die wenigen Haare, die Maxwell noch hatte, standen ihm wirr vom Kopf.
Crane schaute dem Mann in die Augen. Verschlagenheit und ein Hauch von Wahnsinn blickten ihm entgegen. Maxwell schaute ihn arrogant mit einem triumphierenden Lächeln an. Crane überlegte, wie er die Wachen am besten ausschalten konnte, um sich anschließend um Maxwell zu kümmern.
„Mr. Crane. Ich kann Ihnen ansehen, wie Sie Ihre Chancen abwägen die Wachen auszuschalten, um danach auf mich loszugehen. Doch bedenken Sie Folgendes." Maxwell legte seine Hand auf den Tisch. „Hier in meiner Hand mit meinem Daumen halte

ich einen Schalter mit Funkverbindung. Sollte ich diesen Schalter loslassen, zum Beispiel im Falle meines Todes, dann sendet dieser Schalter ein Funksignal zu Funkzündern von Bomben, die dann dieses Gebäude zerstören werden. Töten Sie mich, dann töten Sie also auch sich selber. Ein kleine Sicherheitsmaßnahme zum Schutz vor Ihnen."

Überheblich lehnte sich Maxwell zurück und verschränkte die Arme über seinem ausladenden Bauch.

Crane erschrak und schaute sich um. Tatsächlich konnte er an den Wänden Sprengsätze ausmachen. Vorher waren ihm diese bei dem schlechten Licht nicht aufgefallen.

„Dieser Wahnsinnige ist tatsächlich bereit, uns beide nötigenfalls in die Luft zu sprengen", dachte Crane.

„Gut, Mr. Crane. Jetzt, wo ich Ihre ungeteilte Aufmerksamkeit habe und Sie sich nicht mit Mordgedanken rumplagen müssen, können wir uns ja endlich ein wenig unterhalten."

Crane verzog keine Miene und starrte Maxwell einfach nur düster an. Zorn blitze in Maxwells Augen auf.

„Ich muss gestehen, Mr. Crane, dass Sie verdammt schwer zu töten sind. Sie konnten meiner Falle in Washington entkommen. Es ist Ihnen gelungen, aus dem sicheren Haus zu fliehen, genau so wie Sie in New York und Berlin meinen Leuten lebendig entkommen sind. Und auch ihr Team hat es geschafft, meine Falle mit den schmutzigen Bomben zu meistern. Erstaunlich, denn eigentlich war der Plan perfekt. Meine besten Männer sollten Sie und Ihr Team in diesem Lagerhaus in New York töten und mit fingierten Beweisen dafür sorgen, dass Sie alle entlarvt werden, als Drahtzieher von Attentaten mit schmutzigen Bomben auf New York. Sie selber waren noch nicht mal dabei, aber es hat mich extrem überrascht, wie schnell ISOS Einsatzteams vor Ort hatte, und dass Ihr Team es fast im Alleingang geschafft hatte, meine Leute auszulöschen. Aber ich kann Ihnen versichern, dass das alles hier und heute endet. Sie werden dieses Gebäude nicht lebend verlassen, aber ich denke, dass wissen Sie. Und um Ihr Team wird man sich kümmern."

Crane schwieg weiterhin.

„Sie werden sich sicherlich fragen, warum ich das alles getan ha-

be. Die CIA ist mein Leben und mein Vermächtnis, Mr. Crane. Und alles, aber auch wirklich alles, was mir und der CIA im Weg steht, wird von mir gnadenlos vernichtet. Und ISOS war mir und der CIA im Weg. Wir brauchen keinen unabhängigen Geheimdienst, der uns auf der Nase rumtanzt. ISOS ist nutz- und sinnlos. Für mich nichts weiter als eine lästige Fliege, die einem um den Kopf herumschwirrt und es war endlich Zeit, diese Fliege loszuwerden. Ich war es leid, mir immer von allen Seiten anhören zu müssen, wie vorbildlich der Geheimdienst ISOS doch ist, und dass sich die CIA ein Vorbild daran nehmen sollte. Ich war es leid, dass die CIA immer einstecken musste, während ISOS in den höchsten Tönen gelobt wurde. Und es gab nur einen Weg, um mein Ziel zu erreichen: Ich musste Sie und Ihre Organisation in Misskredit bringen. Und das ist mir gelungen. Ich habe ISOS diskreditiert. Und ihr Direktor, der sich in meiner Gewalt befindet, wird bald gestehen, dass er mit Terroristen paktiert hat, da können Sie sicher sein. Doch damit nicht genug. Ich habe darüber hinaus noch fingierte Beweise, dass der Präsident ebenfalls in diese Sache involviert ist. Dieses Würstchen wird mit Ihnen und mit ISOS untergehen. ISOS wird geschlossen, der Präsident wird gezwungen sein, zurückzutreten und Sie können sicher sein, dass ich Sie und Ihr Team auslöschen werden, auch wenn Sie mir bis jetzt immer entkommen sind. Was Sie also heute erleben, Mr. Crane, ist der Tag meines totalen Triumphes!"
Maxwell grinste diabolisch, im festen Glauben, dass er, Maxwell, der große Triumphator war.
Das erste Mal sprach Crane. Ruhig. Gelassen:
„Bei Ihrer schönen Ansprache haben Sie eines vergessen, Maxwell. Ich habe alle, und zwar *ausnahmslos alle* Ihre Pläne durchkreuzt. ISOS ist nicht am Boden. Alle finanziellen Mittel von ISOS wurden in Sicherheit gebracht, noch bevor die Konten eingefroren werden konnten. Alle ISOS Mitarbeiter wurden evakuiert und erhalten den Betrieb von ISOS an einem sicheren und geheimen Ort aufrecht. ISOS ist zu einhundert Prozent einsatzbereit. Wir wissen, dass Sie Steve Hudson erpresst haben, ISOS zu verraten, und wir wissen, dass Sie einen weiteren Maulwurf bei ISOS eingeschleust hatten, dessen Identität mir mittlerweile be-

kannt ist. Wir haben Direktor McDermott mittlerweile befreit, was Sie natürlich nicht wissen können, da man hier, wie Sie schon sagten, keinen Handy Empfang hat. Auch unsere beiden Agenten Woodcock und Tolino sind im Zuge dessen befreit worden. Ihren Speichellecker Leo Vanderbilt habe ich aus dem Verkehr gezogen. Seine Leiche wird man jedoch niemals finden. Und zu guter Letzt weiß der Präsident mittlerweile über Ihre Machenschaften Bescheid, was bedeutet, dass Ihre Karriere beendet ist und Sie in den Knast wandern. Was Sie sich also als großen Triumph erträumen, ist in Wahrheit Ihre größte Niederlage!"
Ein Kichern. Ein unheimliches, irres Kichern drang aus Maxwells Mund, welches zu einem lauten Lachen anschwoll.
„Was ist so witzig?", fragte Crane erstaunt über diese Reaktion.
„Die Ironie, Mr. Crane, die Ironie an der ganzen Sache", antwortet Maxwell, als er sich wieder einbekommen hatte. „Sie haben recht. Mein größter Triumph ist zu meiner größten Niederlage geworden. Und diese Niederlage muss ich von dem Mann einstecken, den ich selber letztlich erschaffen habe.", sagte Maxwell todernst, nachdem ihm die volle Tragweite dessen, was Crane gesagt hatte, bewusst wurde.
„Was soll das bedeuten?", fragte Crane mit düsteren Vorahnungen.
„Wissen Sie, Mr Crane. Es gab mal eine Zeit, da lief es überhaupt nicht gut für die CIA. Der Kalte Krieg neigte sich dem Ende zu. Es wurden die Gelder gekürzt. Leute mussten entlassen werden. Es war an der Zeit, dass ich etwas dagegen unternahm. Denn den Niedergang der CIA - meiner CIA - wollte und konnte ich nicht mit ansehen. Terrorgefahr war das Zauberwort. Also befahl ich Terroranschläge auf der ganzen Welt, die natürlich islamistischen Terroristen in die Schuhe geschoben wurden. Terroranschläge, bei denen amerikanische Bürger sterben sollten, damit die Politiker in Washington und die amerikanische Bevölkerung aufwachten und verstanden, dass man der CIA nicht die Mittel kürzen durfte, damit die CIA in der Lage war, Amerika zukünftig vor der heraufziehenden Terrorgefahr zu schützen. Unter anderem befahl ich einen Anschlag in Ägypten, bei dem zwei Amerikaner getötet

wurden. Ihre Eltern, Mr. Crane. Es waren Ihre Eltern, die bei dem Attentat starben, dass ich in Auftrag gegeben hatte. Ist das nicht wahrlich ironisch? Ich ließ Ihre Eltern töten und machte Sie damit zu dem Menschen, der jetzt hier vor mir sitzt und mich töten möchte."

Maxwell fing laut an zu lachen. Ein raues, unnatürlich klingendes Lachen.

Cranes Augen funkelten. Vor ihm saß der Mann, der ihn hatte töten wollen. Der Mann der viele ISOS Agenten auf dem Gewissen hatte. Der Mann, der durch Attentate viele Unschuldige hatte töten lassen. Der Mann, der Nia entführen ließ und wegen dem sein Freund Arif um sein Leben kämpfte. Und er, Arthur Maxwell, war der Mörder seiner Eltern. Crane sah die Gesichter seiner Eltern vor sich. Er erinnerte sich, wie sie sich an dem Tag von ihm verabschiedeten, als sie nach Ägypten aufbrachen. Er konnte noch immer das Parfüm seiner Mutter und das Rasierwasser seines Vaters riechen, als sie ihn zum Abschied gedrückt hatten.

Und dann verspürte Peter etwas, das er schon lange nicht mehr gefühlt hatte: *Rage.*

Crane spannte die Muskeln an. Mit einer rasend schnellen Bewegung schlug er der Wache rechts von ihm den Ellenbogen in den Unterleib. Noch bevor dieser sich vor Schmerz gekrümmt hatte, stand Crane auf und schlug der Wache links von ihm die Handkante mit voller Wucht gegen den Adamsapfel. Wie ein Hürdenläufer sprang Crane mit einem Satz über den Tisch auf den verdutzten Maxwell zu, packte dessen Kopf und riss ihn schräg nach hinten. Mit einem lauten Knacken brach Maxwells Genick. Er war sofort tot. Doch Crane gelang es nicht mehr, den Schalter in Maxwells Hand zu greifen. Maxwells Daumen glitt von dem Knopf - KLICK - und die Zündung der Bomben wurde eingeleitet.

Vor Schreck riss Crane die Augen weit auf. Er begann zu laufen so schnell er konnte, doch es kam ihm so vor, als liefe er gähnend langsam auf der Stelle. Er rannte auf das große Panorama Fenster zu. Die Explosion spürte er mehr, als dass er sie hörte. Er spürte die Hitze wie eine Wand hinter ihn auf sich zukommen. Er spürte wie seine Haare versengt wurden. Und dann erfasste ihn die

Druckwelle mit voller Wucht und er wurde mit brutaler Gewalt durch die Scheiben des Fensters geschleudert. Cranes vollkommen lebloser Körper fiel zehn Meter tief in das dunkle Wasser des Potomac Rivers und tauchte nicht mehr auf.

43
Washington DC

Vier Wochen nach den Vorfällen saßen Lilly, Frank und Vin Sparks in McDermotts Büro an dem großen Konferenztisch. Es war McDermotts erster Tag zurück im Dienst nach seiner Gefangenschaft und Folter und ihr erstes offizielles Treffen nach den Vorfällen. In seinem Gesicht sah man zwar noch die Spuren der Misshandlung, aber der Direktor wirkte gut erholt und energiegeladen. Bei ISOS/TARC ging mittlerweile alles wieder seinen gewohnten Gang. Vize Direktor Moore hatte während McDermotts Rekonvaleszenz die Leitung vorübergehend übernommen. Und er hatte seinen Job gut gemacht.
Frank Thiel trug seinen rechten Arm noch in einer Schlinge, da bei dem Schuss in die Schulter auch ein Knochen angeknackst wurde, und noch nicht wieder verheilt war.

Frank, Lilly und Vin lauschten McDermott, der mit Präsident Stapleton telefonierte:
„Ja, Mr. President……Natürlich, Mr. President……Ihnen auch, Mr. President."
Der Direktor beendete das Telefonat.
„Was sagt der mächtigste Mann der Welt?", fragte Frank sarkastisch. Präsident Stapleton hatte die Razzia in der ISOS/TARC Zentrale und die Festnahme von Direktor McDermott im Sinne des PATRIOT Acts genehmigt. PATRIOT steht für "**U**niting and **S**trengthening **A**merica by **P**roviding **A**ppropriate **T**ools **R**equired to **I**ntercept and **O**bstruct **T**errorism", übersetzt "*Gesetz zur Stärkung und Einigung [US-]Amerikas durch Bereitstellung*

geeigneter Instrumente, um Terrorismus aufzuhalten und zu blockieren". Somit war Stapleton auch indirekt verantwortlich für die Geschehnisse während McDermotts Gefangenschaft und den Verhören. Dementsprechend waren Lilly, Vin und Frank nicht sonderlich gut auf den Präsidenten zu sprechen.

„Er war ziemlich zerknirscht und hat sich ständig entschuldigt. Er hat mich und meine Frau als ersten Schritt der Wiedergutmachung ein Wochenende nach Camp David eingeladen."

„Da muss aber noch deutlich mehr kommen.", entgegnete Lilly grimmig.

„Natürlich, Ms. Jaxter. Da gebe ich Ihnen vollkommen recht. Und ich denke, da wird auch noch mehr kommen. Zunächst mal sind natürlich alle Ermittlungen gegen Sie alle, gegen mich und ISOS/TARC eingestellt worden. Darüber hinaus hat der Präsident unsere Hilfe erbeten, um Nachfolger für Ex-CIA Direktor Maxwell und dessen gesamte Führungsriege zu finden. Des Weiteren möchte er, dass wir Maßnahmen für eine Um- und Neustrukturierung der CIA erarbeiten. Der Präsident möchte zukünftig einen solchen Konkurrenzkampf, wie er von der CIA gegen uns geführt wurde, unterbinden und dafür sorgen, dass die beiden Geheimdienste ohne Argwohn zusammenarbeiten. Zudem plant er, bei der CIA ein Kontrollgremium zu installieren, um die Einsätze der CIA deutlich stärker zu kontrollieren, damit gezielte Anschläge, seien sie fingiert oder real, von der CIA nicht mehr durchgeführt werden können. Kurz gesagt möchte er die CIA ziemlich an die Leine legen."

„Das hört sich nach vernünftigen Maßnahmen an.", sagte Lilly. „Aber was ist mit ihm selber? Ich meine, er ist schließlich als oberster Befehlshaber derjenige, der auch den Kopf für die gesamten Vorkommnisse hinhalten müsste! Das würde ihn sein Amt kosten."

„Da haben Sie natürlich grundsätzlich recht, Lilly. Der Präsident hat mich gebeten, das alles unter Verschluss zu halten und nicht an die Öffentlichkeit zu gehen. Und ich bin geneigt, ihm diesen Gefallen zu tun. Stapleton ist kein schlechter Mann. Er ist nur - genau wie wir alle - von Maxwell getäuscht und hintergangen worden. Und seine Pläne bezüglich der Umstrukturierung der

CIA und der Zusammenarbeit von CIA und ISOS haben Hand und Fuß. Wer weiß, ob ein neuer Präsident diese Pläne genau so mit dieser Konsequenz durchführen würde. Plus natürlich die Tatsache, dass der Präsident uns dann für die Dauer seiner Amtszeit etwas schuldig wäre. Das kann für uns nur von Vorteil sein."
„Ja, da haben Sie schon recht.", stimmte Lilly dem Direktor zu. „Ich werde ihn trotzdem für die zweite Amtsperiode nicht wählen!" Thiel und Sparks stimmten nickend zu.
„Das kann ich Ihnen nicht verdenken. Es kommen übrigens mittlerweile immer mehr von Maxwells Machenschaften ans Tageslicht. Offensichtlich hatte er schon seit Jahren vollkommen den Hang zur Realität verloren und ist für "seine" CIA buchstäblich über Leichen gegangen. In ISOS sah er eine immer größere Bedrohung und so entwickelte er einen unglaublichen Hass gegen ISOS und mit allem, was damit zu tun hatte. Seine Antipathie gegen mich schürte diesen Hass noch zusätzlich. Zeugenaussagen belegen, dass Maxwell mittlerweile vollkommen in diesem Hass aufging, und dass er das eigentliche Tagesgeschäft der CIA vernachlässigte. Es wurden sogar schon interne Untersuchungen durchgeführt. Doch leider zu spät. Sein Hass entlud sich noch bevor man die Untersuchungen abschließen und ihn seines Amtes entheben konnte, und so initiierte er den Großangriff auf ISOS, der so vielen Menschen das Leben gekostet hat. Der Verräter Jay Reynolds wurde für seinen Verrat an ISOS übrigens von Maxwell mit CIA Geldern bezahlt. Geschätzte zweieinhalb Millionen Dollar. Das bringt mich zum nächsten Punkt. Konnten Sie Reynolds mittlerweile fassen?"
„Nein, Sir, tut mir leid. Reynolds ist entkommen. Er hat seinem Spitznamen "Das Chamäleon" alle Ehre gemacht und ist uns durch's Netz geschlüpft.", antwortete Lilly zerknirscht.
„Das ist nicht ganz so dramatisch. Wir werden Reynolds schon irgendwann finden.", tröstete der Direktor sie."
Es klopfte an der Büro Tür und in einem Rollstuhl wurde Arif Arsan von einer hübschen, kurvigen Latina Krankenschwester in den Raum geschoben, die anschließend das Büro wieder verließ und die Tür hinter sich schloss.
„Arif!", sagte Lilly erfreut, sprang auf und gab dem Türken zur

Begrüßung einen Kuss auf die Wange. „Schön, dass du dich zu uns gesellst!"

Frank Thiel schaute Arif erstaunt an: „Sag mal, Arif, kannst du nicht mittlerweile auch wieder mit Krücken gehen?"

„Ach, na ja. Es zwickt manchmal schon noch ganz schön, und da habe ich Schwester Carmen gebeten, sich doch noch etwas um mich zu kümmern", entgegnete der Türke mit breitem Grinsen, woraufhin die Anwesenden sich ein Schmunzeln nicht verkneifen konnten.

„Guten Morgen, Direktor, hallo Vin." Arif nickte den beiden zu und sie erwiderten seinen Gruß. „Vin, nochmals vielen, vielen Dank dafür, dass du uns da raus geholt hast. Ohne dich würde ich nicht hier sitzen. Ich werde mich dafür revanchieren!"

„Danke nicht mir, danke…." Sparks wurde bewusst, was er im Begriff war zu sagen und seine Miene versteinerte sich. „Du müsstest Peter danken. Er hat mich beauftragt, den Heli zu stehlen und Euch Luftunterstützung zu geben."

Arif schluckte und schaute in die betretenen Gesichter der Anwesenden. „Und was ist mit Peter? Gibt es was Neues?"

Lilly senkte den Blick, damit man die Tränen in ihren Augen nicht sehen konnte. „Nein, Arif. Es gibt keine Spur.", antwortete sie tief traurig. „Man hat drei Leichen gefunden und konnte sie als Arthur Maxwell und zwei CIA Mitarbeiter identifizieren. Peters Leichnam war aber nicht dabei. Man hat den Fluss hinter dem Gebäude auf einer Länge von einem Kilometer mit Tauchern abgesucht, weil es möglich gewesen wäre, dass Peter durch die Druckwelle der Explosion in den Fluss geschleudert wurde. Doch man hat keine Leiche gefunden. In den umliegenden Krankenhäusern war Peter ebenfalls nicht aufzufinden. Wir vermuten, dass er tatsächlich in den Fluss geschleudert wurde und seine Leiche durch die Strömung weg getrieben wurde." Lilly schluckte. „Ich fürchte, wir haben unseren Kollegen, Freund und Bruder Peter ein für alle mal verloren."

Tief betroffen schauten sie alle drein und niemand sagte für längere Zeit ein Wort.

McDermott durchbrach das Schweigen: „Was ist mit Nia? Wie hat Sie es aufgefasst?"

„Nia ist seit Peters Tod verschwunden. Sie war natürlich am Boden zerstört und hat sich die Augen aus dem Kopf geweint. Wir sind dann gemeinsam am nächsten Tag mit Victor Chans Privatjet nach Washington geflogen. Am Flughafen meinte Nia, sie müsste mal auf die Toilette. Nach einer Viertelstunde machte ich mir so langsam Sorgen und ich bin nachschauen gegangen, ob alles mit ihr Ordnung war. Doch Sie war verschwunden. Ein paar Minuten später bekam ich eine SMS von ihr, in der sie sich für ihr Verschwinden entschuldigte und mir mitteilte, dass sie nun etwas Zeit für sich bräuchte. Seitdem habe ich nichts mehr von ihr gehört.", antwortete Lilly.

Im obersten Stockwerk des ISOS/TARC Gebäudes trat Agent Rupert Jarvis aus dem Aufzug und schlenderte in Richtung des Büros von Direktor McDermott. Jarvis trug den Codenamen "Der Bote", denn er hatte sich darauf spezialisiert, die Agenten im Einsatz an allen möglichen und unmöglichen Orten der Welt mit Ausrüstung zu beliefern. Wüste? Eismeer? Jarvis lieferte zuverlässig, was immer die Agenten brauchten. Selbst falls ein Agent in zehntausend Meter Tiefe in einem defekten U-Boot festsaß, würde Jarvis ihm das passende Werkzeug liefern, um das U-Boot zu reparieren.
Doch dieses Mal sollte er nur eine Postkarte ausliefern. Als Postbote fungierte er für gewöhnlich nicht. Doch Jarvis kannte und bewunderte den Mann, der ihn um diesen Gefallen gebeten hatte. Er war aus allen Wolken gefallen, als der Mann ihn vergangene Woche abends anrief und ihn darum bat, diese Karte auszuliefern. Er wollte, dass er sie genau dann überreichte, wenn Direktor McDermott, Lilly Jaxter, Frank Thiel und Vin Sparks das erste Mal nach der ISOS Krise wieder ein offizielles Meeting abhielten. Und dieser Zeitpunk war jetzt gekommen.
Jarvis betrat das Vorzimmer, in dem wie immer Rose an ihrem Schreibtisch saß.
„Guten Morgen Rose. Sonderlieferung für den Direktor.", sagte er und wedelte mit der Karte.
„Gehen Sie ruhig hinein.", sagte Rose, die Jarvis aus diversen

Besprechungen kannte.
Jarvis klopfte an der Bürotür.
„Herein!", hörte er den Direktor sagen.
Er betrat den Raum und bemerkte die bedrückte Stimmung.
„Entschuldigen Sie, Sir, ich wollte Sie nicht stören, aber ich habe hier eine Sonderlieferung für Sie." Überrascht schaute der Direktor Jarvis an, der hinüber ging und ihm die Postkarte überreichte. McDermott betrachtete neugierig die Karte. Auf der Vorderseite war eine nackte Frau mit großen Brüsten zu sehen. Am unteren Bildrand stand in großen gelben Lettern "Greetings from Mallorca". Der Direktor drehte die Karte herum und las. Anschließend gab er sie an Lilly, Arif Frank und Vin weiter. Die vier lasen die Rückseite, wo in einer ihnen wohl bekannten Schrift geschrieben stand:
„Warum so trübsinnig, liebe Freunde? Auch ISOS Agenten brauchen mal Urlaub....."
Lilly, Arif, Frank, Vin und der Direktor sahen sich an und fingen dann vor Erleichterung lauthals an zu lachen.
Verwundert über dieses Verhalten schüttelte Jarvis grinsend den Kopf. Immer wieder erstaunlich, wie die Leute auf seine Lieferungen reagierten.

44
Mallorca, Spanien

Mallorca ist die größte der Ballearen Inseln im europäischen Mittelmeer und die größte Insel Spaniens. Aufgrund des ganzjährig milden Klimas und den vielen schönen Buchten mit ihren Sandstränden, ist die Insel ein beliebtes Urlaubsziel, und das nicht nur für Pauschaltouristen, sondern auch für Reiche und Prominente. An der mallorquinischen Ostküste zwischen Portocolom und Porto Cristo gibt es eine kleine wunderschöne, abgelegene Bucht mit einem weißen Sandstrand. Kein Tourist verirrt sich dorthin und selbst bei den Einheimischen ist diese Bucht kaum bekannt.

Über einen kleinen Schotterweg, den man von der Landstraße aus leicht übersieht, gelangt man zu einem Kiefernwald, den man etwa einen Kilometer zu Fuß durchqueren muss, um schließlich die kleine Bucht zu erreichen.
An dem dort gelegen Strand lag eine blonde, etwa 1,65 m große Frau im Bikini auf einem großen Badehandtuch. Neben ihr lag ihr Freund und beide ließen sich entspannt von der Sonne bräunen. Der Freund war etwa 1,82 m groß und hatte leuchtend blaue Augen, die jedoch unter seiner Sonnenbrille nicht zu sehen waren. Seine Haare waren relativ kurz geschoren und sein Körper war insgesamt sehr durchtrainiert. Der Körper des Mannes war übersät mit langsam verblassenden Blutergüssen und verheilenden Schnitten, die er sich vor kurzem bei einem Unfall zugezogen hatte, den er nur äußerst knapp überlebte.
Trotz der hohen Temperatur von 30°C im Schatten, war es sehr angenehm dort zu liegen, da eine kühle Brise dafür sorgte, dass man die Hitze nicht so sehr spürte.
Der Mann hatte Durst und schaute in die Kühlbox neben ihm. Er drehte sich zu seiner Partnerin um, gab ihr einen Kuss und sagte:
„Wir haben nichts mehr zu trinken. Ich fahre mal kurz ins Dorf und hole uns was Neues. Ich bin in ungefähr einer Stunden wieder da."
„Ok, aber beeile dich.", sagte die Frau und küsste ihn zum Abschied.
Der Mann zog sich sein T-Shirt an und machte sich auf den Weg durch den Wald zu seinem Auto, einem schnittigen weißen Porsche 911 Cabriolet. Er stieg ein und mit einem heiseren Röhren erwachte der Boxer Motor zum Leben. Als er etwa 20 Minuten auf der Landstraße in Richtung Süden gefahren war, stellte er das Fahrzeug am linken Straßenrand hinter einer Gruppe von Bäumen ab, sodass es von der Fahrbahn aus nicht mehr zu sehen war. Aus dem Kofferraum nahm er einen großen Rucksack, der schwer zu sein schien und machte sich auf den Weg zur felsigen Küste. Nach einem Fußmarsch von ungefähr zehn Minuten gelangte er schließlich zum Zipfel einer Meerenge, die in eine kleine Bucht mündete. Er befand sich circa 30 m über dem Meeresspiegel auf

einer Klippe. Auf der anderen Seite der Bucht konnte der Mann ein großes Anwesen mit einer luxuriösen Villa im spanischen Stil sehen. Rundherum war die Villa verglast, sodass man vom Wohnzimmer aus einen wunderschönen Rundblick auf das Meer genießen konnte.
Der Mann stellte den Rucksack ab, öffnete ihn und holte nach und nach die Bauteile für ein Scharfschützengewehr heraus. Er begann, das Gewehr zusammenzubauen und als er das erledigt hatte, legte er sich flach auf den Bauch, setzte das Gewehr auf ein Stativ und beobachtet durch das Zielfernrohr die Villa. Noch war jedoch niemand zu sehen.

Auf einer Küstenstraße raste der Ex-ISOS Mitarbeiter Jay Reynolds in einem sündhaft teuren Ferrari Cabriolet zu seiner Villa, die er vor zwei Monaten erstanden hatte. Mit seinem Gehalt als Senior Special Agent hätte er sich jedoch weder das Auto noch die Villa jemals leisten können. Das Geld dafür hatte er "nebenbei" verdient. Er hatte über viele Jahre hinweg Geheiminformationen an den Meistbietenden verkauft. Das war ein sehr einträgliches Geschäft gewesen, doch er wollte mehr. Er wollte einen letzten großen Coup landen und sich zur Ruhe setzen. Er hatte schon lange davon geträumt, seinen Lebensabend auf Mallorca zu verbringen. Am Schluss hatte er deswegen sogar seinen Arbeitgeber ISOS und seine Kollegen verraten. Es hatte dabei viele Tote gegeben. Aber für den Verrat war er auch fürstlich entlohnt worden. Immerhin 2,5 Millionen Dollar hatte ihm das eingebracht. Und durch seine früheren Geschäfte war Reynolds jetzt ein reicher Mann.
Seine Ex-Kollegen hatten ihn sogar als Freund gesehen und hatten große Stücke auf ihn gehalten. Doch ein Mann wie Jay Reynolds hatte keine Freunde. Er war ein einsamer Wolf. Ein Einzelkämpfer. Da war kein Platz für Freundschaft. Ein schlechtes Gewissen wegen des Verrats an seinen Kollegen hatte er nicht. Genau genommen hatte er gar kein Gewissen. Das einzige, was ihn jetzt wirklich noch interessierte, war sein prall gefülltes Bankkonto. Er würde ein Leben in Saus und Braus führen können. Schnelle Autos, Alkohol und schöne Frauen. Er lebte seinen

Traum.
Reynolds war seit mittlerweile vier Wochen auf der Flucht. In der Zeit hatte er sich keine Ruhe gegönnt. Er hatte diese Phase seiner Flucht hauptsächlich in Flugzeugen verbracht. Von Washington nach Los Angeles. Von dort nach Japan, von Japan nach Australien. Immer weiter und weiter mit verschiedenen Identitäten und Verkleidungen. Jeder, der versuchen würde, seiner Spur zu folgen, hätte diese auf kurz oder lang verloren. Schließlich war er "Das Chamäleon", denn er verstand es, meisterhaft in verschiedene Tarnidentitäten zu schlüpfen. Er veränderte dann nicht nur sein Aussehen, sondern auch die Art, wie er sich bewegte. Mal ging er aufrecht, mal leicht gebeugt. Mal ging er schnell, mal langsam humpelnd. Und so war es ihm gelungen, seine Ex-Kollegen, die Jagd auf ihn gemacht hatten, abzuschütteln. Seit drei Wochen war er nun auf der Insel und somit am Ende seiner Flucht angelangt.
Schließlich erreichte er seine Villa, stellte den Porsche vor der Haustür ab und ging hinein. Er marschierte direkt geradeaus ins Wohnzimmer. Wieder staunte er über den wunderschönen Ausblick, den man durch die Glasfassade des Wohnzimmers genießen konnte. Reynolds schenkte sich ein Glas Whiskey ein, nahm aus einem Humidor eine dicke Zigarre und setzte sich zufrieden auf die riesige gemütliche Couch, um die Aussicht zu genießen.

Etwa 300 m entfernt sah der Scharfschütze Reynolds Ankunft in dessen neuer Villa. Es war für den Scharfschützen nicht einmal wirklich schwer gewesen, Reynolds aufzufinden, denn die beiden kannten sich. Reynolds hatte ihm irgendwann einmal erzählt, dass es ein Traum von ihm sei, sich auf der wunderschönen spanischen Mittelmeerinsel Mallorca zur Ruhe zu setzen. Er erzählte ihm sogar von dem Küstenstreifen, an dem sie sich jetzt gerade befanden. Und so war der Scharfschütze auf die Insel gekommen und fing an zu recherchieren. Er suchte nach Luxusvillen, die in den letzten sechs Monaten an diesem Küstenstreifen von Ausländern gekauft wurden. Und er hatte Glück. Die Villa, die er gerade im Moment im Visier hatte, war die einzige Immobile, auf die das zutraf. Also hatte er sich in der Nähe der Villa jeden Tag auf

die Lauer gelegt. Vor drei Wochen schließlich war Reynolds aufgetaucht. Der Schütze hatte Reynolds weiter beobachtet. Schnell wurde klar, dass der Ex-Agent jeden Nachmittag in die Stadt fuhr, ein paar kühle Bier trank und sich nach zwei Stunden auf den Weg zurück machte. Und so war es auch heute gewesen. Ein fester Tagesablauf war unvorsichtig. Das machte einen berechenbar. Zu aktiven Zeiten wäre Reynolds das nicht passiert. Aber er wähnte sich in absoluter Sicherheit und war davon überzeugt, dass ihn hier niemand würde finden können. Das war ein tödlicher Irrtum.
Der Scharfschütze nahm Reynolds ins Visier, beruhigte seine Atmung und drückte ab. Es gab keinen lauten Knall, denn das Gewehr war schallgedämpft. Durch sein Zielfernrohr sah er, wie die Fensterscheibe des Wohnzimmers zerbarst und Reynolds Kopf in einem Schwall aus Blut, Gehirnmasse und Knochen explodierte. In aller Seelen Ruhe demontierte der Mann das Scharfschützengewehr, packte es wieder in den Rucksack und ging zurück zum Auto. Anschließend fuhr er in das Städtchen, um die versprochenen Getränke zu kaufen. Er hielt unterwegs jedoch mehrfach an und warf die Einzelteile des Gewehrs an verschiedenen Stellen ins Meer.

Als er schließlich zurück zu seiner Freundin kam, waren mittlerweile zwei Stunden vergangen.
„Wo warst du denn so lange? Ich habe mir schon Sorgen gemacht.", fragte sie.
„Ich hatte unterwegs noch mal angehalten, um die Aussicht auf's Meer zu genießen."
„Ach so. Ich dachte, du hättest vielleicht einen alten Freund besucht."
„Ja, das auch…", grinste der Mann und ging sich erst mal im Meer etwas abkühlen.

ENDE

Danksagung

Zunächst möchte ich mich bei meiner Frau bedanken, die mich während der gesamten Entstehungsphase von "RAGE" begleitet und unterstützt hat, und die mir jede Zeit der Welt für mein Projekt eingeräumt hat, auch wenn das bedeutete, dass sie viele, viele Stunden auf mich verzichten musste. Obwohl sie nicht gerne Agententhriller liest, hat sie "RAGE" Korrektur gelesen und war gleichzeitig meine erste und größte Kritikerin.

Dann möchte ich meiner kleinen Schwester danken (die mittlerweile gar nicht mehr so klein ist). Sie fungierte als meine "private Lektorin" und hat trotz Stress im Studium und Nebenjobs, viel Zeit in mein Projekt investiert. Als wahre Leseratte war mir ihr Urteil über "RAGE" ganz besonders wichtig.

Ohne meine beiden Mädels wäre "RAGE" wahrscheinlich niemals vollendet worden. Danke dafür!